Gustav Pfizer

Die Nibelungen

Der Nibelungen Noth

Mit Illustrationen von
Julius Schnorr von Carolsfeld

REPRINT – VERLAG
LEIPZIG

Die zum Teil geminderte Druckqualität ist auf den Erhaltungszustand der Originalvorlage zurückzuführen.

Bibliografische Information Der Deutschen Bibliothek
Die Deutsche Bibliothek verzeichnet diese Publikation in der Deutschen Nationalbibliografie; detaillierte bibliografische Daten sind im Internet über http://dnb.ddb.de abrufbar.

Volker Hennig, Goseberg 22–24, 37603 Holzminden
www.reprint-verlag-leipzig.de
ISBN 978-3-8262-1604-0
ISBN 978-3-8262-1605-9 (Limitierte Exklusivausgabe)

8. Reprintauflage der Originalausgabe von 1843
nach dem Exemplar des Verlagsarchives

Lektorat: Andreas Bäslack, Leipzig
Gesamtherstellung: Druckhaus „Thomas Müntzer“ GmbH

Der Nibelungen Noth

illustrirt mit Holzschnitten

nach Zeichnungen von

Julius Schnorr von Carolsfeld

und

Eugen Neureuther.

Die Bearbeitung des Textes

von

Dr. Gustav Pfizer.

Stuttgart und Tübingen.

1843.

HOLZSCHNITTE AUS DER XYLOGRAPHISCHEN ANSTALT VON KASPAR BRAUN & VON DESSAUER IN MÜNCHEN.

Seiner Königlichen Majestät

dem allerdurchlauchtigsten großmächtigsten König

Ludwig dem Ersten

König von Bayern

Pfalzgraf bei Rhein, Herzog von Bayern, Franken und in Schwaben

&c. &c. &c.

dem deutschen

Königlichen Dichter

und großmüthigsten

Beschützer der Künste und Wissenschaften

im Jahre der tausendjährigen Trennung Deutschlands und Welschlands

gewidmet

in allertiefster Unterthänigkeit

von der

Verlagshandlung.

Der Nibelungen Noth.

Erste Aventure.

Von den Nibelungen.

Uns ist in alten Mären Wunders viel gesait
Von Helden, werth der Ehren, von großer Kühnheit;
Von Freuden und Hochgezeiten, von Weinen und von Klagen,
Von kühner Recken Streiten mögt Ihr nun Wunder hören sagen.

Es wuchs in Burgunden ein schönes Mägdelein,
Daß in allen Landen nichts Schöneres mochte seyn,
Kriemhild war sie geheißen, und war ein schönes Weib,
Um welche mußten Degen viele lassen Leben und Leib.

Der Maid, der minniglichen, durften ohne Schaam
Begehren kühne Recken, Niemand war ihr gram;
Ohne Maßen schöne so war ihr edler Leib,
Der Jungfrauen Tugenden hätten gezieret jedes Weib.

Ihr pflagen Könige, dreie, edel und groß,
Gunther und auch Gernot, die Recken tadellos,
Und Giselher der junge, ein auserwählter Degen,
Die Frau war ihre Schwester, die Fürsten hatten sie zu pflegen.

Die Herren waren milde, von hoher Art geboren,
Mit Kraft ohnmaßen kühne, die Recken auserkoren;
Sie herrschten in Burgunden, so war ihr Land genannt,
Sie übten starke Wunder seit in König Etzels Land.

Zu Worms am Rheine hielten sie Hof mit ihrer Kraft;
Ihnen diente aus ihren Landen viel stolzer Ritterschaft,
Mit löblichen Ehren bis an ihres Endes Zeit,
Da jämmerlich sie starben durch zweier edlen Frauen Neid.

Frau Ute ihre Mutter, die reiche Königin, hieß,
Ihr Vater der hieß Dankrat, der ihnen das Erbe ließ
Nachdem er selbst gestorben, an Stärke ein reicher Mann,
Der auch in seiner Jugend großer Ehren viel gewann.

Die drei Könige waren, als ich gesaget han,
Von viel hoher Tugend; ihnen waren unterthan
Auch die besten Recken, davon man je gesagt,
Starke und viel kühne, in allen Streiten unverzagt.

Da war von Tronege Hagen, und auch der Bruder sein,
Dankwart der viel schnelle, von Metzen Ortewein,
Auch die zween Markgraven, Gere und Eckewart,
Volker dann von Alzeyen, von starker Heldenmannes Art.

Rumold der Küchenmeister, ein theuerwerther Degen,
Sindold und Hunold; diese Herren mußten pflegen
Des Hofes und der Ehren, der drei Könige Mannen;
Wollt all die Recken ich nennen, es käme nicht das Lied von dannen.

Dankwart der war Marschalk; da war der Neffe sein
Des Königes Truchsäße, von Metzen Ortewein;
Sindold der war Schenke, ein auserwählter Degen,
Hunold das war der Kämmrer; sie konnten hoher Ehren pflegen.

Von des Hofes Prachten
Und von ihrer großen Kraft,
Von ihrem Werth und Würde,
Und von ihrer Ritterschaft,
Der die Herren pflagen
Mit Freuden all ihr Leben:
Davon könnte wahrlich
Niemand zur Gnüge Kunde geben.

Da träumte Kriemhilden,
In Tugenden, der sie pflag,
Daß sie einen wilden Falken
Zöge gar manchen Tag,
Den ihr zween Aare würgten;
Daß sie das mußt' ansehn,
In dieser Welt nicht konnte
Ihr ein ärger Leid geschehn.

Den Traum sie da erzählte ihrer Mutter Uten;
Bessern Bescheid nicht konnte geben die der Guten:
„Der Falke den du ziehest, das ist ein edler Mann;
Will ihn nicht Gott behüten, wirst du ihn bald verloren han.“

„Was sagt Ihr mir vom Manne, viel liebe Mutter mein?
Ohne Recken Minne — so will ich immer seyn;
So schöne will ich bleiben bis an meinen Tod,
Daß mir von Mannes Minne nimmer soll erwachsen Noth.“

„Verschwör du es zu hoch nicht,“ ihre Mutter räth ihr so:
„Wenn du sollst von Herzen auf der Welt werden froh,
Das geschieht durch Mannes Minne; du wirst ein schönes Weib,
So dir noch Gott bescheidet einen Ritter gut, und stark von Leib.“

„Die Rede lasset bleiben,“ sprach sie, „Fraue mein!
Es ist an manchem Weibe kommen zum Augenschein,
Wie Liebe mit Leide oft zum Ende lohnt;
Ich will sie meiden beide, daß ich vom Mißglück bleib' verschont.“

In ihren viel hohen Tugenden, deren sie in Züchten pflag;
Lebte die Magd, die edle, viel manchen lieben Tag,
Wußt' Keinen, dem sie eigen wollt' seyn mit Seel' und Leib;
Seit ward sie doch mit Ehren eines viel guten Ritters Weib.

Der war derselbe Falke, der vor im Traum ihr kam,
Den ihr deutete ihre Mutter. Wie sie deß Rache nahm
An ihren nächsten Magen, die ihn ihr seit erschlagen!
Durch des Einen Mannes Sterben viel mancher Mutter Kind' erlagen.

Zweite Aventure.

Von Sigfrid.

Da wuchs in Niederlanden eines reichen Königes Kind,
Deß Vater hieß Sigemund, seine Mutter Sigelind,
In einer Burg, einer reichen, weithin wohl bekannt,
Unten bei dem Rheine; zu Santen war die Burg genannt.

Ich sag' Euch von dem Degen wie er war so schöner Art;
Sein Leib vor allen Schanden war viel wohl bewahrt.
Stark und hochgepriesen ward seit der kühne Mann;
Hei! was großer Ehren er auf dieser Welt gewann!

Sigfrid war geheißen derselbe Degen gut;
Er versuchte viele Reiche mit heldenhaftem Mut;
In seines Leibes Stärke ritt er in manches Land;
Hei, was schneller Degen er dort bei den Burgunden fand!

Eh' daß der Degen kühne erwuchs zum Mann,
Hatt' er schon solche Wunder mit seiner Hand gethan,
Davon in allen Tagen man wird erzählen und zeugen,
Deß wir zu dieser Stunden, ob andrer Märe, müssen schweigen.

In seinen besten Zeiten, bei seinen jungen Tagen,
Mochte man viel Wunder von Sigfriden sagen,
Wie groß er wuchs an Ehren, und wie schön war sein Leib;
Seit freuten seiner Minne sich die viel waidlichen Weib.

Man zog ihn auf mit Fleiße, als dem Königskind zukam;
Aus seinem eignen Gemüte was Tugend er an sich nahm!
Deß wurde seit gezieret seines Vaters Land,
Daß man zu allen Dingen so recht herrlich ihn erfand.

Gewachsen war er, zu Hofe ritt er zu der Zeit;
Die Leute sahen ihn gerne; manche Frau und manche Maid
Ihm wünschten, daß er immer zu Hofe sich stelle dar;
Hold wurden ihm gnug viele; deß ward der Herre wohl gewahr.

Unbehütet gar selten man reiten ließ das Kind;
Ihn hieß mit Kleidern zieren Sigmund und Sigelind;
Sein pflagen auch die Weisen, denen Ehre war bekannt;
Darum auch wohl gewinnen mocht' er, beide, Leute und Land.

Nun war er in der Stärke, daß er wohl Waffen trug;
Was er dazu bedurfte deß schaffte man ihm genug.
Um schöne Fraun werben mit Sinnen er begann;
Die nahmen in Züchten und Ehren des kühnen Sigfrids Minnen an.

Da hieß sein Vater Sigmund
Seinen Mannen sagen an:
Er wolle Hochgezeite
Mit lieben Freunden han.
Die Kunde man dann brachte
In andrer Könige Land;
Den Fremden und den Heimschen
Gab er Rosse und gut Gewand.

Wo man wußte Einen,
Der Ritter sollte seyn,
Nach seiner Magen Rechte:
Die edeln Kindelein
Die lud man zu dem Lande,
Zur Hochgezeit zu kommen;
Mit dem jungen Könige
Haben sie da das Schwert genommen.

Von dem Hochgezeite
Man mochte Wunder sagen;
Sigmund und Sigelind
Die mochten wohl erjagen
Viel Ehr' durch ihre Güte;
Viel theilte aus ihre Hand,
Darum sah man viel Helden
Zu ihnen reiten in das Land.

Vierhundert Schwertgenossen die sollten tragen das Kleid
Zugleich mit Sigfrid; viel manche schöne Maid
War nie des Werkes müßig, weil sie ihm waren hold;
Viel der edeln Steine die Frauen legten in das Gold,

Die sie mit Borten wollten den Gewanden wirken ein
Der jungen stolzen Recken; es durft' nicht anders seyn.
Der Wirth der hieß da lagern viel manchen kühnen Mann
Zur Zeit der Sonnenwende, da Sigfrid Ritters Namen gewann.

Da gingen zu einem Münster viel mancher reiche Knecht,
Und mancher edle Ritter. Die Weisen thaten Recht
Daß sie den Jungen dienten, wie ihnen eh geschah;
Sie hatten Kurzweile und auch viel manche Freuden da.

Gott man da zu ehren eine Messe sang;
Da hub an von den Leuten gar ungestümer Gedrang,
Da sie zu Rittern wurden nach ritterlichem Brauch,
Mit also großen Ehren — geh' es so herrlich fürder auch!

Sie liefen, da sie fanden gesattelt manch Roß,
In Sigmundes Hofe; der Buhurt * war so groß
Daß man ertosen hörte Palast und Saal;
Die hochgemuten Degen hatten großen Jubel allzumal.

Von Greisen und von Jungen man hörte manchen Stoß,
Von der Schäfte Brechen stieg in die Luft Getos;
Speersplitter sah man fliegen vom Kampf der Recken heiß
Hin zu dem Palaste; das ward gethan mit großem Fleiß.

* Kampf- und Ritterspiel.

Der Wirth bat abzulassen; weg zog man die Rosse da;
Viel manche starke Buckeln man auch zerbrochen sah;
Viel der edeln Steine, zerstreuet auf dem Gras,
Von lichter Schilde Spangen; von Stößen war geschehen das.

Wie sie der Wirth geheißen, zu Tisch die Gäste saßen,
Und bei viel edler Speise der Müdigkeit vergaßen;
Weins, des allerbesten herbei man ihnen trug;
Den Fremden wie den Heim'schen bot man Ehren da genug.

In Kurzweile brachten all den Tag sie zu;
Viel der fahrenden Leute gönnten sich keine Ruh.
Sie dienten nach den Gaben die reichlich man dort fand;
Deß ward mit Lobe gezieret alles Sigemundes Land.

Der Herr der hieß verleihen Sigfrid den jungen Mann
Land und Burgen, wie sonst er selbst gethan;
Seinen Schwertgenossen gab viel da seine Hand;
Ihnen ward lieb die Reise, daß sie gekommen in das Land.

Die Hochzeit die währte bis an den siebenten Tag;
Sigelind, die milde, treu alter Sitten pflag,
Ihrem Sohn zu Liebe auszutheilen rothes Gold;
Sie bracht' es wohl zuwege daß ihm die Leute waren hold.

Von den fahrenden Armen wenig mehr man da fand.
Rosse und Gewänder stäubten ihnen von der Hand,
Als ob sie hätten zu leben nicht mehr einen Tag.
So großer Milde, wähn' ich, Hofgesinde nie noch pflag.

Mit löblichen Ehren schloß sich die Hochgezeit.
Von den reichen Herren hörte man wohl seit,
Daß sie den Jungen wollten zu ihrem Herren han;
Deß kein Gelüst Herr Sigfrid trug, der viel waidliche Mann.

So lang noch beide lebten Sigmund und Sigelind,
Nicht wollte tragen Krone ihr beider liebes Kind;
Doch wollt' er Meister bleiben der Gewalt mit Macht,
Der Degen kühn und trotzig, im Land, darob mit Fleiß er wacht.

Ihn durfte Niemand schelten, seit er die Waffen nahm,
Selten pflag der Ruhe der Recke lobesam,
Suchte Nichts denn Streiten; seine Heldenhand
Macht' ihn zu allen Zeiten in fremden Reichen wohl bekannt.

Dritte Aventure.

Wie Sigfrid nach Worms kam.

Den Herren plagte selten irgend Herzeleid.
Er hörte sagen Märe, wie eine schöne Maid
Wäre zu Burgunden, nach Wunsche wohlgethan,
Von der er seit Freuden und auch Jammers viel gewann.

Deren Schöne ohn' Maßen ward viel weithin kund;
Und ihr hoch Gemüte zu derselben Stund'
An der Jungfrauen gar mancher Held erfand;
Das lud der Gäste viele hin zu König Gunthers Land.

Wie viel man da auch werben sah um ihre Minne:
Nie doch gestand sich Kriemhild in ihrem Sinne,
Daß sie deren Einen wollte zum Trauten han;
Er war ihr noch viel fremde, dem nachmals sie ward unterthan.

Da sann auf hohe Minne das Sigelinden Kind;
Es war ihr aller Werben gegen ihn wie Wind;
Er mochte wohl verdienen schöner Frauen Leib:
Seit ward die edle Kriemhild noch des kühnen Sigfrids Weib.

Ihm riethen seine Mannen und Magen von seinem Blut,
Weil auf stete Minne nun ihm stand der Mut,
Daß er um Eine würbe, die ihm möchte ziemen;
Da sprach der kühne Sigfrid: „So will ich Kriemhilden nehmen,

Die schöne Jungfraue von Burgunden Land,
Um die Schönheit ohn' Maßen; das ist mir wohl bekannt,
Nie war so reich ein Kaiser, der wollte haben ein Weib,
Dem nicht zu minnen ziemte der reichen Königstochter Leib."

Diese selbe Märe vernahm Sigemund;
Durch seiner Leute Reden ward's dem König kund;
Der Wille seines Kindes war ihm bitter leid,
Daß er wollte werben um die viel herrliche Maid.

Es hatt' auch große Sorgen, da sie's hörte, Sigelind,
Das Weib des edeln Königes, um ihr liebes Kind;
Denn sie gar wohl kannte Gunthern und seine Mannen;
Die Werbung sie dem Degen arg zu verleiden begannen.

Da sprach der kühne Sigfrid: „Viel lieber Vater mein!
Ohn' edler Frauen Minne wollt' ich immer seyn,
Wärb' ich nicht, wo mein Herze viel großer Liebe hat;
Was Jemand spricht dagegen: kein ander Mittel ist und Rath."

„Und willst du nicht ablassen," Antwort gab ihm so
Der König, „deines Willens väterlich bin ich froh,
Und will dir's helfen enden so gut ich immer kann,
Doch hat der König Gunther viel manchen hoffährtigen Mann.

Ob es auch sonst Niemand als Hagen wäre der Degen,
Der kann mit Uebermute der Hoffahrt pflegen,
Daß ich sehr drum fürchte, es möcht uns werden leid,
So wir werben wollen um die viel herrliche Maid."

„Was kann uns das gefährden?“ sprach der kühne Mann;
„Was ich nicht in Freundschaft von ihnen erbitten kann,
Das mag mit Trotz erwerben meine starke Hand;
Ich getrau’ mir von ihnen zu erzwingen Leute und Land.“

Da sprach der Fürste Sigmund: „Deine Rede ist mir leid;
Wenn diese Märe würde am Rheine gesait:
Du dürftest wahrlich nimmer hinreiten in das Land;
Gunther und Gernot die sind mir beide lang bekannt.

Mit Gewalt mag Niemand werben um die Magd,“
So sprach der König Sigmund, „das ist mir wohl gesagt;
Willst du aber mit Recken reiten in das Land,
So viel wir Freunde haben, sie sind auf unsern Ruf zur Hand.“

„So bin ich nicht gemutet,“ sprach aber Sigfrid,
„Daß mir sollen Recken zum Rheine folgen mit;
Nicht durch eine Heerfahrt, das wäre mir viel leid,
Will ich mir erkämpfen die viel schöne, waidliche Maid.

Sie mag wohl so erzwingen da meine Eines Hand;
Ich will selb Zwölfe in König Gunthers Land;
Dazu sollt Ihr mir helfen, Vater Sigemund.“
Da gab man seinen Degen zu Kleidern Rauchwerk grau und bunt.

Da vernahm auch diese Märe seine Mutter Sigelind,
Sie begann zu trauern um ihr liebes Kind,
Das sie furchte zu verlieren durch einen Gunthers Mann;
Viel sehr zu weinen die edle Königin begann.

Sigfrid der Herre sie da zu suchen ging;
Seine Mutter gütlich zu trösten er anfing:
„Frau, Ihr sollt mit Nichten weinen um willen mein;
Denn traun ohne Sorge darf ich vor allen Feinden seyn

Helft mir nur zu der Reise nach Burgunden Land,
Daß ich und meine Recken haben solch Gewand,
Wie also stolze Helden mit Ehren mögen tragen,
Deß will ich mit Verneigung in Treuen wahrlich Dank Euch sagen."

„So du nicht willst ablassen," sprach Frau Sigelind,
„So helf' ich dir zur Reise, du mein einziges Kind,
Mit den besten Gewanden, die je ein Ritter trug,
Dir und deinen Gesellen, Ihr sollt deß mit Euch nehmen genug."

Vor der Königin da neigt sich Sigfrid der junge Mann;
Er sprach: „Zu meiner Ausfahrt will ich mehr nicht han
Als nur zwölf Recken; denen rüste man Gewand;
Ich will sehen gerne, wie's mit Kriemhilden ist bewandt."

Da saßen schöne Frauen Nacht hindurch und Tag,
Daß ihrer aller keine viel der Ruhe pflag,
Bis daß war gefertigt Sigfrides Gewand;
Die Reise zu beginnen der Sinn des Helden feste stand.

Sein Vater hieß ihm zieren sein ritterlich Gewand,
Damit er wollte räumen König Sigmunds Land;
Ihre lichten Panzerhemde machte man auch bereit,
Und ihre festen Helme, und ihre Schilde schön und breit.

Da kam die Zeit zu reisen nach Burgunden heran;
Um sie begann zu sorgen Weib und Mann,
Ob sie je kommen sollten heim wieder in das Land. —
Auf Saumthiere hießen legen die Helden Waffen und Gewand.

Ihre Rosse waren schöne, ihr Reitzeug Goldes roth,
Lebt' Einer stolzern Mutes, deß war keine Noth —
An Sigfrid seinen Meister fand er und seinen Mannen,
Urlaub er begehrte nach Burgunden zu ziehn von dannen.

Trauriglich um ihn weinten
König und Königin;
Trost sprach er ein den Beiden
Mit minniglichem Sinn;
Er sprach: „Ihr sollt das Weinen
Lassen um willen mein;
Immer sollt Ihr ohne Sorge
Wegen meines Lebens seyn.“

Es war leid den Recken,
Es weinte auch manche Maid;
Ich wähne, daß ihr Herze
Ihnen das recht gesait,

Daß ihnen so viel Freunde dadurch fänden den Tod;
Gnug hatten sie zu klagen, deß mahnte wahrlich sie die Noth.

An dem siebenten Morgen zu Wormes auf den Sand
Ritten die viel Kühnen; alles ihr Gewand
War von rothem Golde, ihr Reitzeug wohlgethan,
Die Rosse schritten stattlich unter Sigfrids Mannen heran.

Neu waren ihre Schilde, glänzend und breit,
Und viel schön ihre Helme, da zu Hofe reit't
Sigfrid der viel Kühne in König Gunthers Land.
Man sah an Helden nie noch also herrliches Gewand.

Ihrer Schwerter Spitzen gingen nieder zu den Sporen;
Es führten scharfe Speere die Ritter auserkoren:
Sigfrid der führt' einen wohl zweier Spannen breit,
Der an den beiden Schärfen gar fürchterliche Wunden schneid't.

Die goldfarbnen Zäume hatten sie in der Hand,
Die Bugriemen waren seiden; so kamen sie in das Land;
Die Leute sie allenthalben anzugaffen begannen;
Da liefen ihnen entgegen viele von König Gunthers Mannen.

Die hochgemuten Recken, Ritter und Knecht,
Die traten zu den Herren, das war Sitt' und Recht,
Und empfingen diese Gäste in ihrer Herren Land,
Und nahmen ihnen die Mähren sammt den Schilden von der Hand.

Die Rosse wollten von dannen
Weg sie führen gemach;
Sigfrid, der viel kühne,
Wie schnell er da sprach:
„Mir und meinen Mannen
Lasset die Mähren stahn;
Wir wollen rasch von hinnen;
Deß ich viel guten Willen han.

Wem ist kund die Märe,
Gewähre mich der Fragen;
Wo ich den König finde,
Das soll man mir sagen,
Gunthern, den viel reichen,
Von Burgunden Land;“
Da sagt' es ihm ihrer Einer,
Dem recht die Wahrheit war bekannt:

„Wollt ihr den Herren finden, das mag wohl geschehen;
In jenem weiten Saale da hab' ich ihn gesehen
Bei den seinen Helden, da treffet Ihr ihn an,
Und möget bei ihm finden viel manchen herrlichen Mann."

Nun war dem Könige gesagt diese Mär',
Daß da wären kommen Ritter herrlich und hehr,
Die da führten weiße Panzer mit stattlichem Gewand,
Welche Niemand kannte im ganzen Burgunden Land.

Den König nahm das Wunder, von wannen möchten seyn
Kommen die herrlichen Recken in Kleidern von lichtem Schein,
Und mit so guten Schilden neu und breit;
Daß ihm das Niemand sagte, that dem König Gunther leid.

Da antwortet dem Könige von Metz Herr Ortwein,
Reich und kühne mocht' er viel wohl seyn:
„Weil wir sie nicht erkennen, darum sollt Ihr heißen gehen
Nach meinem Oheim Hagen; den sollt Ihr sie lassen sehen.

Dem sind kund die Reiche und auch die fremden Land';
Sind ihm bekannt die Herren, so thu' er's uns bekannt."
Der König hieß ihn suchen, ihn sammt seinen Leuten;
Man sah ihn stattlich mit Recken hin zu Hofe schreiten.

„Was sein der König begehre?" fragte Hagen da.
„Es sind in meinem Hause Degen, die Keiner sah

Noch kennt von meinen Mannen; habt Ihr sie je gesehen,
So sollt Ihr mir, Herr Hagen, in rechten Treuen Rede stehen."

„Das will ich," sprach Hagen; an ein Fenster trat er nah,
Hinüber zu den Gästen sein Auge schweifend sah,
Ihr reis'ger Zeug ihm behagte und auch ihr Gewand;
Sie däuchten viel fremde ihm in der Burgunden Land.

Er dachte: woher auch kämen die Recken an den Rhein,
Es möchten selbe Fürsten oder Fürsten Boten seyn,
Ihre Rosse wären schöne, ihre Kleider trefflich gut;
Von wannen sie auch führen, sie trügen hohen Sinn und Mut.

Also sprach da Herr Hagen: „Für mein Wort will ich stehen,
Wiewohl ich Sigfriden niemals hab' gesehen,
So will ich doch beschwören, wie es darum steht,
Daß es sey der Recke, der dort so hoch und herrlich geht.

Er bringet neue Märe her in diese Land';
Die kühnen Nibelungen schlug des Helden Hand,
Schilbung und Nibelungen, die reichen Königes Kind';
Seither viel starke Wunder durch seine Kraft verrichtet sind

Da der Held alleine ritt, ohn' allen Beistand,
So hab' ich erkundet, vor einem Berg er fand
Bei Nibelunges Horte viel manchen kühnen Mann;
Die fremd zuvor ihm waren bis dort er ihrer Kunde gewann.

Der ganze Nibelunges
Hort ward getragen
Aus einem hohlen Berge;
Nun höret Wunder sagen,
Wie ihn huben zu theilen
Die Nibelungen an:
Das sah der Degen Sigfrid;
Zu wundern sich der Held begann.

Er kam ihnen so nahe,
Daß er die Helden sah
Und ihn auch die Degen;
Ihrer Einer sprach da:
„„Hier kommt der starke Sigfrid,
Der Held aus Niederland.““
Viel seltne Abenteuer
Er bei den Nibelungen fand.

Den Recken wohl empfingen
Schilbung und Nibelung;
Mit gemeinem Rathe
Die edeln Fürsten jung
Baten den Schatz zu theilen
Den waidlichen Mann;
Ernstlich sie's begehrten;
Der Herr es ihnen geloben begann.

Er sah so viel Gesteines, als wir hören sagen,
Hundert ganze Wagen möchten es nicht tragen;
Mehr noch des rothen Goldes von Nibelungen Land,
Das ihnen Alles sollte theilen des kühnen Sigfrids Hand.

Das Schwert Nibelunges zum Lohne sie ihm gaben;
Sie sollten von dem Dienste wenig Segen haben,
Den ihnen da leisten sollte Sigfrid der Held gut;
Er kam nicht bis zum Ende; trotzig und zornig war ihr Mut.

Sie waren mit ihren Freunden, kühnen Mannen zwölfen,
Die starke Riesen waren; was mochte das sie helfen?
Die all' erschlug im Zorne seit die Sigfrides Hand,
Und siebenhundert Recken zwang er von Nibelungen Land,

Mit dem guten Schwerte, deß Namen ist Balmung;
Durch die Furcht die starke, viel mancher Recke jung,
Die sie hatten vor dem Schwerte und vor dem kühnen Mann,
Das Land sammt den Burgen machten sie ihm unterthan.

Dazu die reichen Könige, die schlug er beide todt;
Er kam von Albrichen seit in große Noth,
Der wollte seine Herren rächen da zur Stund',
Bis ihm die große Stärke Sigfrids ward zum Schaden kund.

Ihm konnt' im Streit nicht stehen das starke Gezwerg;
Als wie die wilden Leuen liefen sie zu dem Berg,
Wo er die Tarnkappe noch Alberich abgewann;
Da war des Hortes Meister Sigfrid der furchtbare Mann.

Die da durften fechten, die lagen all' erschlagen;
Den Schatz hieß er balde führen weg und tragen
Wo zuvor ihn holten Nibelunges Mannen;
Zum Kämmrer die Schätze Albrich den viel starken gewannen.

Er mußt' ihm schwören Eide,
So dient' er ihm als Knecht;
Zu allen Dingen und Diensten
War er ihm gerecht;"
So sprach von Tronege Hagen,
„Das hat er vollbracht;
Nie gewann ein Recke
So großen Reichthum und Macht.

Und mehr noch von ihm weiß ich
Und ward mir bekannt;
Einen Lindbrachen
Erschlug des Helden Hand;
Er badete sich im Blute,
Die Haut ihm hornen ward,
Drum schneidet ihn kein Waffen,
Als sich das wohl hat offenbart.

Wir müssen den Herren
Empfangen desto baß,
Daß wir nicht verdienen
Des jungen Recken Haß;
Von Leib ist er so stattlich,
Man muß ihn günstig han;
Er hat mit seiner Stärke
So manche Wunder schon gethan."

Da sprach der reiche König: „Du magst wohl reden wahr!
Nun schau, wie streitesfertig stellt sich der Degen dar!
Er und seine Degen, der viel kühne Mann!
Wir müssen ihm entgegen hinunter zu den Recken gahn."

„Das mögt ihr thun," sprach Hagen, „ohne Spott und Hohn,
Er ist von edlem Samen, eines reichen Königs Sohn;
Seine Gebärden zeugen, mich dünket, das weiß Christ!
Es sind nicht kleine Dinge darum er her geritten ist."

Da sprach der König des Landes: „so sind sie uns willkommen;
Er ist edel und kühne, das hab' ich wohl vernommen,
Deß soll er auch genießen hier in Burgunden Land."
Da ging der Herre Gunther hinab wo er Sigfriden fand.

Der Wirth und seine Recken empfingen so den Gast
Daß ihren Züchten und Sitten gebrach wenig fast;
Da begann sich zu neigen ihnen der waidliche Mann,
Weil sie mit ihrem Gruße ihm hatten Ehre viel gethan.

„Mich wundert zu vernehmen," sprach der König zur Hand
„Von wannen Ihr, edler Sigfrid, seyd kommen in dieß Land,
Oder was Ihr wollt suchen zu Wormes an dem Rhein?"
Da sprach der Gast zum Könige: „Das soll Euch unverhohlen seyn.

Mir ward gesagt Märe in meines Vaters Land,
Daß hier bei Euch seyen — das hätt' ich gern erkannt —
Die kühnesten Recken, deß hab' ich viel vernommen,
Die je gewonnen ein König, darum bin ich her gekommen.

Auch hörte ich Euch selber um Heldenart loben,
Daß man sah größre Kühnheit keinen König nie erproben;
Deß reden viel die Leute durch alle diese Land',
Nun will ich nicht ablassen, bis mir selbst es werde bekannt.

Ich bin auch ein Recke und soll die Krone tragen;
Ich möchte gerne schaffen, daß sie von mir sagen,
Daß ich mit Rechte habe die Leute und das Land;
Deß will ich meine Ehre setzen und auch mein Haupt zum Pfand.

Nun Ihr, wie mir gesagt ist, also kühne seyd,
Ruh' ich nicht, ob das Jemand lieb sey oder leid,
Ich will von Euch erzwingen, wie viel Ihr möget ha'n,
Land und Burgen, das soll mir werden unterthan."

Den König mit seinen Mannen groß Wunder überkam
Ob solcher Märe, die er hier vernahm,
Daß er deß hatte Willen, ihm zu nehmen sein Land.
Das hörten seine Degen, da war in ihnen Zorn entbrannt.

„Wie hab' ich das verdienet," sprach Gunther dazu,
„Was mein Vater lange gepflogen in Ehr' und Ruh,
Daß wir das sollten verlieren durch Jemands Trotz und Kraft?
Das wär' bewähret übel, daß wir auch pflegen Ritterschaft."

„Ich will davon nicht lassen," sprach aber der kühne Mann;
„Wo du nicht durch dein Fechten dein Land läßst Frieden han,
Will ich es alles gewinnen; und auch die Erbschaft mein,
Erwirbst du sie mit Stärke, soll ganz dir unterthänig seyn.

Dein Erbe und das meine soll'n gegen einander liegen;
Wer nun von uns Beiden dem andern mag obsiegen,
Dem soll es alles dienen, die Lande sammt den Leuten;"
Dagegen Hagen und Gernot mit Worten begannen hart zu streiten.

„Wir tragen deß kein Verlangen," sprach der Herr Gernot,
„Daß wir Lande gewännen, daß Jemand darum den Tod
Fände durch Helden Hände; wir haben reiche Land',
Die nach dem Recht uns dienen; besser beriethe sie Niemand."

Mit grimmigem Mute standen da die Freunde sein;
Da war auch darunter von Metzen Ortewein,
Der sprach: „diese Sühne ist mir bitter leid;
Euch hat der starke Sigfrid gefordert unverdient zum Streit.

Ob Ihr und Eure Brüder scheutet Gegenwehr,
Und ob daher er führte eines Königs ganzes Heer:
Ich getrau' mir zu erstreiten, daß der kühne Mann
Solch übermütig Gebahren hinfort muß lassen ungethan."

Viel hart darob zürnte der Held von Niederland,
Er sprach: „sich soll vermessen wider mich nicht deine Hand;
Ich bin ein König mächtig, so bist du Königes Mann;
Ja, deiner zwölfe dürften im Streit mich nimmermehr bestahn."

Da rief laut nach Schwertern von Metzen Ortewein;
Der Schwestersohn von Hagen, der mochte wohl er seyn;
Daß der schwieg so lange, that dem Könige leid.
Gernot, ein Ritter kühne, begonnte schlichten diesen Streit.

Er sprach zu Ortweinen: „Laßt Euern Zorn stehn an!
Uns hat der Herre Sigfrid noch Solches nicht gethan
Daß wir's nicht wohl noch schieden mit Züchten, und rath ich so,
Daß wir zum Freund ihn haben, deß dürfen wir seyn zwiefach froh."

Da sprach der starke Hagen: „Uns mag wohl werden leid,
Allen deinen Degen, daß er je zum Streit
Zum Rhein her ist geritten; er hätt's sollen unterla'n,
Ihm hätten meine Herren solches Leid nie angethan."

Da antwortete Sigfrid der kräftigliche Mann:
„Verdrießt Euch das, Herr Hagen, das ich gesprochen han,
So will ich wohl bewähren, daß die Hände mein
Wollen viel gewaltig hie im Burgundenlande seyn."

„Das möcht' ich gern abwenden," sprach aber Gernot;
Allen seinen Degen zu reden er verbot
Uebermütige Worte; das wäre ihm leid;
Da gedachte auch Sigfrid an die viel herrliche Maid.

„Wie ziemte uns mit Euch streiten?" sprach aber Gernot,
„So viele Helden darüber müßten erliegen todt,
Wir hätten ringe Ehre, Ihr kleines Frommen davon."
Da gab ihm Antwort Sigfrid, des König Sigemundes Sohn:

„Warum zögert Hagen, und auch Ortewein,
Daß er nicht eilt zu streiten mit den Freunden sein,
Deren er so manchen zu Burgunden hat?"
Sie sollten lassen die Reden, das war des Herren Gernots Rath.

„Ihr sollt uns seyn willkommen," sprach da Utens Kind,
„Mit Euren Gesellen, die mit Euch kommen sind;
Wir wollen Euch gern dienen, ich und die Magen mein."
Da hieß man den Gästen schenken von König Gunthers Wein.

Da sprach der Wirth des Landes: „Alles was wir ha'n,
Begehret Ihr's mit Sitten, sey Euch unterthan,
Und sey mit Euch getheilet Leib und Gut."
Da ward der Herre Sigfrid ein wenig sänftlicher gemut.

Da hieß man ihnen bewahren alles ihr Gewand;
Man suchte Herberge, die beste die man fand;
Sigfrides Knechten gab man gute Rast;
Seit noch viel gerne sah in Burgunden man den Gast.

Man bot ihm viel Ehre darnach zu manchen Tagen,
Mehr zu tausendmalen denn ich euch kann ansagen;
Das galt ihm seine Mannheit; glauben sollt Ihr das;
Ihn sah selten Jemand der ihm noch hätte getragen Haß.

Wenn sich Kurzweile beflissen die Könige und ihre Mannen,
So war er stets der Beste; was sie auch begannen,
Ihm konnte Keiner folgen, so groß war seine Kraft,
Ob sie den Stein wurfen oder schossen mit dem Schaft.

Wo immer bei den Frauen mit feiner Hofesart
Kurzweile gepflogen von den kühnen Rittern ward:
Da sah man je viel gerne den Held aus Niederland;
Er hatt' auf hohe Minne allen seinen Sinn gewandt.

Zu Hof die schönen Frauen wollten wissen Märe,
Wer aus fremden Landen der stolze Recke wäre?
„Sein Leib der ist so schöne, viel reich ist sein Gewand."
Zu Antwort sprachen Viele: „Er ist der König von Niederland."

Was man auch begonnte, dazu war er bereit;
Er trug in seinem Sinne eine minnigliche Maid;
So auch ihn die Frau, die Eine, — sein Aug' sah sie noch nie,
Heimlich doch ihr Gemüte dem Helden guten Beistand lieh.

Wenn draußen auf dem Hofe Kurzweil trieben und Spiel
Die Kind', Ritter und Knechte, da schaute oft und viel
Kriemhild durch die Fenster zu, die Königin hehr,
Keiner Kurzweile bedurfte sie zu den Zeiten mehr.

Wüßt' er, daß sie ihn sehe, die er im Herzen trug:
Er hätte Kurzweile davon immer genug;
Könnt' er sie sehn mit Augen, das ist gewiß, der Held:
Es konnte nimmermehr ihm Liebres geschehn in dieser Welt.

Wenn er auf dem Hofe stand mit den Degen,
Gleichwie die Leute zur Kurzweile pflegen:
So minniglich dort stunde das Sigelinden Kind,
Daß hold ihm von Herzen manche Fraue ward gesinnt.

Manchmal auch er gedachte: „Wie soll das geschehen,
Daß ich die Magd, die edle, mit Augen möge sehen,
Die ich von Herzen minne, und lange schon gethan?
Die ist mir noch viel frembe, dessen muß ich traurig stahn."

So oft die Könige stattlich ritten in ihr Land,
So mußten auch die Recken mit ihnen allzuhand;
Da mußte mit auch Sigfrid; das war den Frauen leid,
Er auch von ihrer Minne trug viel Noth zu jener Zeit.

So wohnt' er bei den Herren, das ist allwahr,
In König Gunthers Lande völliglich ein Jahr,
Daß doch die Minnigliche die Zeit er niemals sah,
Durch die ihm seit viel Liebe und auch Leides viel geschah.

Vierte Aventure.

Wie Sigfrid mit den Sachsen stritt.

Da nahten fremde Mären in König Gunthers Land
Durch Boten, die von ferne ihnen wurden gesandt
Von unbekannten Recken die ihnen trugen Haß;
Da sie die Kunde vernahmen nicht kleines Leid war ihnen das.

Die will ich Euch jetzt melden: es war Liudeger
Von Sachsen Land König, ein Fürst reich und hehr,
Und auch von Dänemarken der König Liudegast,
Die führten in ihrem Gefolge manchen herrlichen Heeresgast.

Ihre Boten kommen waren in König Gunthers Land,
Die seine Widersacher hatten hergesandt;
Die unbekannten Mannen man fragte um ihr Begehr;
Zu Gunthers Hofe führte man alsbald die Boten her.

Der grüßte sie viel schöne, er sprach: „Seyd willkommen!
Wer Euch her hab' gesendet deß han ich nichts vernommen,
Das sollt Ihr lassen hören;“ sprach der König gut.
Da furchten sie nicht wenig des Gunthers viel grimmen Mut.

„Wollt Ihr, König, erlauben, daß wir die Mär' Euch sagen,
Die wir Euch da bringen, so reden wir ohne Zagen,
Wir nennen Euch die Herren, die uns her haben gesandt,
Liudegast und Liudeger die wollen heimsuchen Euch das Land.

Ihr habt ihren Zorn verdienet, wohl hörten wir das,
Daß Euch die Herren beide tragen großen Haß,
Sie wollen heerfahrten nach Wormes an den Rhein,
Ihnen helfen Degen viele, deß sollt Ihr wohl gewarnet seyn.

Inner zwölf Wochen diese Fahrt muß geschehen;
Habt Ihr gute Freunde, das lasset balde sehen,
Die Euch helfen schützen die Burgen sammt dem Land;
Hie wird von ihnen zerhauen viel mancher Helm und Schildrand.

Oder wollt Ihr mit ihnen dingen, so entbietet ihnen dar,
Daß nicht so nahe reite herbei die mächtige Schaar
Eurer starken Feinde, Euch zu Herzeleid und Noth,
Davon müßten finden viele stattliche Ritter den Tod.“

„Nun wartet eine Weile,“ sprach der König gut,
„Bis ich mich baß besinne, dann künd' ich Euch meinen Mut;
Was ich hab' von Getreuen, mit denen will ich drob tagen;
Diese starke Märe will ich meinen Freunden klagen.“

Gunthern dem viel reichen war leid genug;
Die Rede gar verwahret er in seinem Herzen trug.
Durch Boten er Hagenen und andre Mannen entbot,
Zu Hofe eilig kommen, bat er den Bruder sein, Gernot.

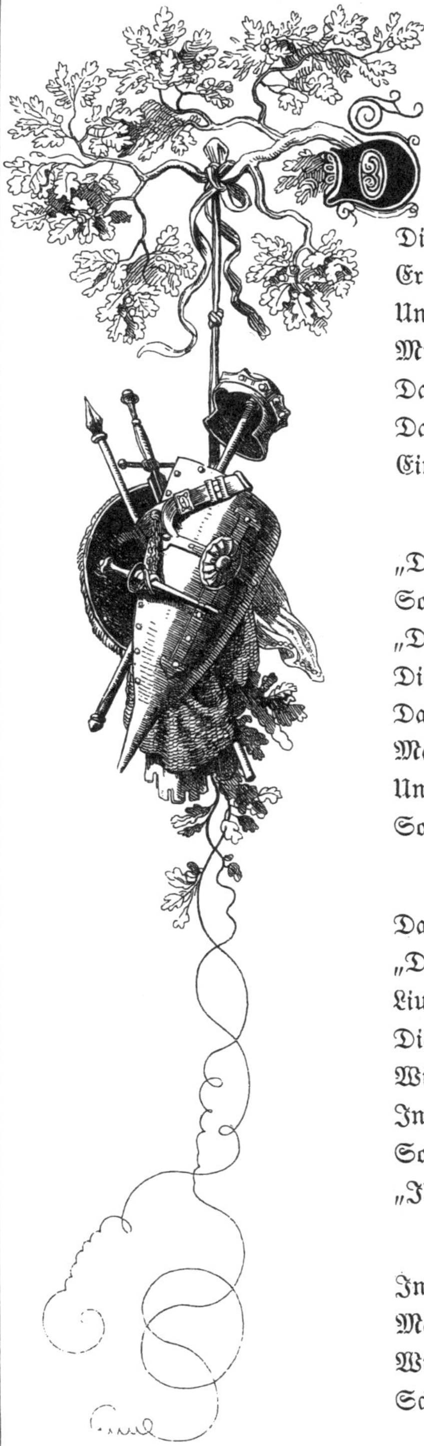

Da kamen herbei die Besten
Die man überall fand;
Er sprach: „Man will heimsuchen
Uns in unserem Land
Mit starken Heerfahrten,
Das laßt Euch werden leid.“
Da antwortete Gernot,
Ein Ritter kühn und kampfbereit:

„Deß wehren wir uns mit Schwertern,“
So sprach Gernot,
„Da sterben des Todes Kinder,
Die lassen wir liegen todt,
Darum ich doch nicht vergessen
Mag der Ehren mein;
Unsre starken Feinde
Sollen uns willkommen seyn.“

Da sprach von Tronege Hagen:
„Das dünket mich nicht gut;
Liudegast und Liudeger
Die tragen Uebermut;
Wir können uns nicht rüsten
In so kurzen Tagen;“
So sprach der kühne Recke;
„Ihr sollet es Sigfriden sagen.“

In der Stadt Herberge
Man den Boten schaffen ließ,
Wie feind man ihnen wäre,
Schön ihrer doch pflegen hieß

Gunther der reiche; das war wohl gethan,
Bis er erfand an Freunden, wer zu ihm wollt' im Kampfe stahn.

Dem König in seinen Sorgen war es doch viel Leid;
Ihn sah ein kühner Ritter in seiner Traurigkeit,
Der nicht mochte wissen, was da war geschehen;
Den König Gunther bat er des Leides Ursach ihm gestehen.

„Mich nimmt das groß Wunder," sprach Sigfrid, der Recke gut,
„Wie habt Ihr so verwandelt den fröhlichen Sinn und Mut,
Den wir doch seit lange Euch mit uns sahen pflegen?"
Drauf antwortet ihm Gunther der viel zierliche Degen:

„Ich mag nicht allen Leuten die Kümmerniß sagen
Die ich muß verborgen in meinem Herzen tragen;
Man soll steten Freunden klagen des Herzens Noth."
Des Herren Sigfrids Farbe die wurde da bleich und roth.

Er sprach zum König: „Immer war ich Euch dienstbereit;
Ich will Euch helfen wenden alles Euer Leid;
Wollt Ihr Freunde suchen, deren will ich Einer seyn,
Und trau' es zu vollbringen mit Ehren bis ans Ende mein."

„Nun lohn' Euch Gott, Herr Sigfrid, die Rede dünkt mich gut,
Und ob auch keine Hülfe mir Eure Mannheit thut,
Ich freu' mich doch der Märe, daß Ihr mir seyd so hold;
Leb' ich noch eine Weile: meinen Dank wohl Ihr spüren sollt.

Ich will Euch lassen hören was mich macht traurig stahn;
Von Boten meiner Feinde ich das vernommen han:
Daß sie mich woll'n heimsuchen mit Heerfahrten hie,
Das thaten uns noch Degen in unsrem eignen Lande nie."

„Das fecht' Euch an geringe," sprach Sigfrid; „Euern Mut
Lasset werden sanfter; was ich Euch bitte, thut;
Laßt mich Euch erwerben Ehre und Frommen,
Und bietet Euern Degen, daß sie Euch auch zu Hülfe kommen.

Ob Eure starken Feinde zur Hülfe möchten ha'n
Dreißig tausend Degen, so wollt' ich sie bestahn,
Und hätt' ich auch nur tausend; da bauet kühn auf mich."
Da sprach der König Gunther: „verdienen will ich das um dich." —

„So heißet mir der Euren gewinnen tausend Mann,
Weil hier mit mir der Meinen sind geritten heran
Mehr nicht als zwölf Recken, so wehr' ich Euer Land;
Euch soll mit Treuen dienen immerdar Sigfrides Hand.

Dazu sollen uns helfen Hagen und Ortewein,
Dankwart und Sindold, die lieben Recken dein,
Auch soll da mit reiten Volker der kühne Mann,
Der soll die Fahne führen, keinem Bessern ich sie gönnen kann.

Und laß die Boten reiten heim in ihrer Herren Land;
Daß sie uns bald soll'n sehen, das thu' man ihnen bekannt,
Auf daß unsre Burgen müssen im Frieden seyn;"
Da hieß der König senden nach den Magen und Mannen sein.

Von Liudeger die Boten zu Hofe da gingen hin;
Daß wieder heim sie sollten, deß war viel froh ihr Sinn;
Da bot ihnen reiche Gaben Gunther der König gut,
Und gab ihnen sein Geleite; darob stand ihnen hoch der Mut.

„Nun saget," sprach da Gunther, „den starken Feinden mein,
Sie mögen mit ihrer Heerfahrt am besten daheime seyn;
Woll'n sie mich aber suchen hier in meinem Land:
Entstehn mir nicht die Freunde, wird ihnen Noth viel seyn zur Hand."

Den Boten reiche Gaben herbei man da trug;
Deren ihnen zu geben hatte Gunther genug;
Die durften nicht ausschlagen die Liudegers Mannen;
Da sie Urlaub genommen, schieden fröhlich sie von dannen.

Da die Boten waren gen Dänemarken kommen,
Und der König Liudegast hatte das vernommen:
Wie die vom Rhein kämen, als ihm das ward gesait,
Daß sie so stark und muthig, war's ihm im Herzen bitter leid.

Sie sagten, daß sie hätten viel manchen kühnen Mann;
Darunter sie auch gesehen einen Recken stahn,
Der sey geheißen Sigfrid, ein Held aus Niederland;
Leid war es Liudegasten, da er die Märe so befand.

Da die von Dänemarken das hörten sagen,
Da eilten sie der Freunde desto mehr zu erjagen,
Bis daß der König Liudegast zwanzigtausend Mann
Seiner kühnen Degen zu seinem Heereszug gewann.

Da besandte sich auch von Sachsen der König Liudeger,
Bis sie vierzigtausend hatten und noch mehr,
Mit denen sie wollten reiten nach Burgunden Land;
So hatt' auch bei sich daheime der König Gunther ausgesandt

Nach den seinen Magen und seiner Brüder Mannen,
Mit denen sie wollten fahren zu Streit und Krieg von dannen,
Und auch mit Hagenen Recken; das that den Helden Noth;
Darum mußten Degen schmecken seit den bittern Tod.

Sie eilten sich der Heerfahrt, den Feinden zu kommen vorau;
Die Fahne mußte tragen Volker der kühne Mann;
Also wollten sie reiten von Wormes über'n Rhein,
Hagen von Tronege der mußte Schaarmeister seyn.

Mit dem Zug auch ritten Sindold und Hunold
Die wohl verdienen konnten König Gunthers Gold;
Dankwart, Hagenen Bruder und auch Ortewein,
Die mochten wohl mit Ehren mit bei der Heerfahrt seyn.

„Herr König bleibt hie daheime;“ sprach da Sigfrid,
„Weil ja Eure Recken mir wollen folgen mit,
Bleibet Ihr bei den Frauen und traget hohen Mut;
Ich getrau' mir zu behüten Euch wohl die Ehre und das Gut.

Die Euch da wollten suchen zu Wormes an dem Rhein,
Daß die daheime bleiben dafür will ich wohl seyn;
Wir wollen ihnen reiten und rücken in ihr Land,
Daß ihnen selbst zu Sorgen werd' ihr Uebermut gewandt.“

Vom Rheine sie durch Hessen mit ihren Helden ritten
Gegen der Sachsen Lande, da ward seit gestritten;
Mit Rauben und mit Brennen wüsteten sie das Land,
Daß es den Fürsten beiden mit Noth und Sorgen ward bekannt.

Die Knechte zogen eilends, bis sie kamen zur Marke;
Da begann zu fragen Sigfrid der viel starke:
„Wer soll des Gesindes uns nun hüten hie?“
Noch gerieth den Sachsen Heerfahrt zu schlimmerm Schaden nie!

Sie sprachen: „Laß die Jungen hüten auf den Wegen
Den kühnen Dankwarten, der ist ein schneller Degen.
Wir verlieren desto Mindre durch Liudegers Leute;
Laß ihn und Ortweinen zusammen die Nachhut führen heute.“

„So will ich selber reiten,“ sprach Sigfrid der Degen,
„Und will der Kundschaft gegen den Feinden pflegen,
Bis ich recht erfahre wo die Recken sind.“
Da war bald gewaffnet der schönen Sigelinde Kind.

Das Volk befahl er Hagenen, da er der Spähe begann,
Und auch Gernoten, dem viel kühnen Mann;
Allein von dannen ritt er in der Sachsen Land.
Da ward von ihm zerhauen des Tages manches Helmband.

Er sah das Heer, das große, das da lag zu Feld,
Deß Schwarm, dem ungefügen, wollte wehren der Held;
Ihrer waren vierzigtausend oder mehr gelagert da;
Sigfrid in hohem Mute das mit fröhlichen Augen sah.

Da hatt' auch sich ein Recke gegen den Feinden dar
Erhoben auf Kundschaft, der nicht müßig war;
Den sah der Herre Sigfrid und ihn der kühne Mann;
Jeder da den Andern zu bewachen mit Neid begann.

Ich sag' Euch wer der gewesen der der Spähung pflag;
Ein lichter Schild von Golde vor der Hand ihm lag;
Es war der König Liudegast, der Hut hielt vor seiner Schaar;
Der Gast, der viel edele, sprengte da viel herrlich dar.

Nun hatt' auch ihn Herr Liudegast feindlich auserkoren;
Ihre Rosse faßten Beide in den Seiten mit den Sporen,
Sie stießen auf die Schilde die Schäfte mit ihrer Kraft:
Dadurch der reiche König mit großen Sorgen ward behaft't.

Nach dem Stich die Rosse trugen die reichen Königskind'
An einander vorüber, als wehte sie ein Sturmwind;
Viel ritterlich dann wandten mit dem Zaume sie die Roß',
Mit Schwertern es versuchten die beiden Mannen, grimmig und groß.

Da schlug der Herre Sigfrid daß all das Feld erscholl;
Da stoben aus dem Helme, als wär' er von Bränden voll,
Die feuerrothen Funken von des Helden Hand;
Ihrer Jedweder seinen Mann an dem Andern fand.

Auch schlug ihm Herr Liudegast viel manchen grimmen Schlag;
Ihrer Beider Stärke hart auf den Schilden lag;
Deß hatten wahrgenommen seines Volkes dreißig Mann;
Eh' die ihm kamen zu Hülfe Sigfrid doch den Sieg gewann,

Mit drei starken Wunden die er dem König schlug
Durch's weiße Panzerhemde, das war gut genug;
Das Schwert an seiner Schneide ward roth von der Wunden Blut;
Deß mußte König Liudegast haben gar traurigen Mut.

Er bat ihn leben lassen und bot ihm all sein Land,
Und sagte ihm, daß er wäre Liudegast genannt.
Da kamen seine Recken, die hatten wohl gesehen
Was da von den beiden Helden auf der Warte war geschehen.

Er wollt' ihn führen von dannen, da ward er angerannt
Von dreißig seiner Mannen; da wehrte des Helden Hand
Sich um seinen reichen Geisel mit ungefügen Schlägen;
Ihnen that großen Schaden der viel zierliche Degen.

Die dreißig er zu Tode, der viel Streitbare, schlug;
Ihrer Einen ließ er leben; der ritt fort und bald genug
Sagt' er den Seinen Märe, was hier war geschehen;
Auch mochte man die Wahrheit an seinem rothen Helme sehen.

Denen von Dänemarken war es viel grimmig leid,
Daß ihr Herr war gefangen, als ihnen das ward gesait;
Man sagt' es seinem Bruder; zu toben der begann,
In ungefügem Zorne, als wär' ihm selbst ein Leid gethan.

Liudegast der Recke ward geführet von dannen
Von Sigfrids Gewalten zu König Gunthers Mannen;
Er befahl ihn Hagenen; da ihnen ward gesait,
Daß es der König wäre, da war nicht allzugroß ihr Leid.

Man hieß die Burgunden ihre Fahnen binden an;
„Wohl auf!“ sprach Sigfrid, „hie wird noch mehr gethan,
Eh kommt der Tag zu Ende, behalt' ich heilen Leib;
Drob soll im Sachsenlande trauern manches waidliche Weib.

Ihr Helden von dem Rheine Ihr sollt mein nehmen wahr,
Ich kann Euch wohl geleiten hinein in Liudegers Schaar;
So seht Ihr Helme zerhauen von guter Helden Hand;
Eh daß wir wieder kehren, wird Euch viel Kampf und Müh' bekannt.“

Zu den Rossen sprang Gernot und seine Leute dann;
Die Fahne zuckte balde der starke Spielmann,
Volker der Recke, da ritt er vor der Schaar,
Und auch das Gesinde harten Streits gewärtig war.

Mehr doch nicht sie führten als nur tausend Mann,
Darüber zwölf Recken; zu stieben da begann
Der Staub von den Straßen; sie ritten über Land;
Da sah man an ihnen glänzen manchen stattlichen Schildrand.

Da waren auch die Sachsen mit ihrer Schaar gekommen,
Mit Schwertern wohl gewachsen, das hab' ich seit vernommen;
Die Schwerter scharf schnitten in der Helden Hand;
Da wollten sie den fremden Gästen wehren Burgen und Land.

Der Herren Schaarmeister das Volk führten heran;
Da war auch Sigfrid kommen mit manchem kühnen Mann
Von den Seinen, die er brachte mit sich aus Niederland;
Des Tages ward im Sturme blutig viel manche Hand.

Sindold und Hunold und auch Gernot,
Die schlugen in dem Streite viel manchen Helden todt,
Eh sie das recht empfanden welche Stärke barg ihr Leib;
Drob seither weinen mußte manches waidliche Weib.

Volker und Hagen und auch Ortewein
Die löschten im Streite viel manches Helmes Schein
Mit fließendem Blute, die sturmkühnen Degen;
Da hat auch manch Wunder Dankwart gethan mit Schwertes Schlägen.

Die von Dänemarken versuchten wohl ihre Hand;
Da hörte man ertosen vom Stoß manchen Schildrand,
Und auch von scharfen Schwertern deren man da viele zerschlug;
Die streitkühnen Sachsen thaten Schaden da genug.

Da die von Burgunden drangen in den Streit,
Von ihnen ward gehauen viel manche Wunde weit;
Da sah man über die Sättel fließen das Blut;
So warben um die Ehren die Rittersleute kühn und gut.

Man hörte da laut hallen an der Helden Hand
Die viel scharfen Waffen, da die von Niederland
Nachdrangen ihrem Herren in die dichte Schaar;
Ritterlich sie rückten mit Sigfrid auf die Feinde dar

Derer vom Rheine Niemand folgen man ihm sah;
Einen Bach Blutes sah man fließen da
Durch die lichten Helme von Sigfrides Hand,
Bis er Liudegeren vor seinen Heergesellen fand.

Dreimal blut'ge Wege hatt' er nun genommen
Durch das Heer bis an's Ende; nun war Hagen gekommen,
Der half ihm wohl ersätt'gen im Sturme seinen Mut;
Des Tages mußte ersterben vor ihm mancher Ritter gut.

Da der starke Liudeger Sigfriden fand,
Und daß er also stattlich führt' in seiner Hand,
Balmungen, den guten, und ihrer so Manchen erschlug:
Da ward der Herre zornig und wuchs der Grimm ihm arg genug.

Da war ein starkes Drängen und großer Schwerterklang,
Da ihr Heergesinde gegen einander drang;
Da versuchten sich die Recken beide desto baß;
Die Schaaren begannen weichen; da erhub sich grimmiger Haß.

Dem Vogte von den Sachsen ward das wohl gesait:
Sein Bruder wäre gefangen; das war ihm bitter leid;
Wohl wußt' er, daß der Streiter war Sigelindens Sohn;
Man zieh' es Gernoten; die wahre Mär' erfuhr er schon.

Von Liudeger die Schläge waren also schwer,
Daß Sigfriden unterm Sattel strauchelte die Mähr';
Da sich das Roß erholte, Sigfrid der kühne Mann
Von neuem zu stürmen mit furchtbarlicher Sitte begann.

Da half ihm wohl Hagen und auch Gernot,
Dankwart und Volker; durch die lagen Viele todt;
Sindold und Hunold und Ortewein der Degen,
Die konnten in dem Streite zum Tode Manchen niederlegen.

Im Sturme ungeschieden waren die Fürsten hehr;
Da sah man über Helme fliegen manchen Speer
Durch die lichten Schilde von der Helden Hand.
Man sah da gefärbt von Blute viel manchen herrlichen Schildrand.

In dem starken Sturme sank mancher Mann
Nieder von dem Rosse; einander liefen an
Sigfrid der viel kühne und auch Liudeger;
Man sah da Schäfte fliegen und gar manchen scharfen Speer.

Da flogen die Schildspangen weg unter Sigfrids Hand;
Sieg gedachte zu erwerben der Held von Niederland
An den kühnen Sachsen die man da wimmeln sah;
Hei, wie viel lichter Ringe zerbrach der kühne Dankwart da!

Da hatte der Herr Liudeger auf einem Schild erkannt
Gemalt eine Krone, der an Sigfrides Hand;
Wohl wußt' er, daß es wäre der viel kräftige Mann;
Laut zu seinen Freunden rufen da der Held begann:

„Meine Mannen alle wollt ab vom Sturme stehen!
Den Sohn Sigemundes hab' ich hier gesehen,
Sigfriden den Starken, den hab' ich hier erkannt;
Ihn hat der üble Teufel her nach Sachsenland gesandt.“

Vom Sturm hieß er ablassen, des Friedens er begehrte,
Und hieß die Fahnen senken, deß man ihn bald gewährte;
Doch mußt' er werden Geisel in König Gunthers Land,
Das hatte von ihm erzwungen Sigfrids des viel kühnen Hand.

Mit gemeinem Rathe so ließen sie den Streit;
Viel durchlöcherte Helme und auch viele Schilde breit
Legten sie von den Händen; so viel man deren fand,
Die trugen Blutes Farbe von der Burgunden starker Hand.

Sie fingen so Viele sie wollten, deß hatten sie Gewalt.
Da hießen Gernot und Hagen, die Recken hochgestalt,
Die Wunden legen auf Bahren; sie führten mit von dannen
Gefangen zu dem Rheine fünfhundert wehrlicher Mannen.

Die sieglosen Recken nach Dänemarken ritten;
Es hatten auch die Sachsen so herrlich nicht gestritten,
Daß man sie darum lobte; das war den Helden leid.
Da wurden auch die Gefallnen geklagt von Freunden in Traurigkeit.

Die Andern mit den Waffen zogen wieder zum Rhein;
Es hatte wohl geworben mit den Händen sein
Sigfrid der Recke, gütlich hatt' er gethan;
König Gunthers Mannen die mußten alle den Preis ihm la'n.

Gegen Wormes sandte der Herre Gernot
Heim zu seinem Lande, den Freunden er entbot:
Wie es gelungen wäre ihm und seinen Mannen,
Wie die viel Kühnen große Ehren da gewannen.

Eilig die Boten liefen durch die es ward gesait;
Da freuten sich vor Liebe die kaum noch trugen Leid
Ob dieser lieben Märe, die ihnen da war kommen;
Da ward von edeln Frauen Fragen ohne End' vernommen:

Wie es gelungen wäre des reichen Königes Schaar?
Man hieß der Boten einen zu Kriemhilden gehen dar;
Das geschah viel heimlich, sie durft's nicht offen und laut,
Weil sie darunter hatte ihn den sie trug im Herzen traut.

Da sie den Boten kommen
Zu ihrer Kammer sah,
Kriemhild, die Schöne;
Viel freundlich sprach sie da:
„Nun sag' an liebe Märe,
So geb' ich dir mein Gold,
Thust du's ohne Lüge,
Ich will dir immer bleiben hold.

Wie schied aus dem Streite
Mein Bruder Gernot
Und andre meine Freunde?
Ist uns ihrer Jemand todt?
Oder Wer that das Beste?
Das sollst du mir sagen."
Da sprach alsbald der Bote:
„Wir hatten unter uns keinen Zagen.

Doch zu Ernst und zu Streite
Reitet Niemand also wohl,
Königin, viel Edle,
Wenn ich Euch das sagen soll,
Als der Gast, der kühne,
Aus dem Niederland;
Vollbracht große Wunder
Hat des tapfern Sigfrids Hand.

Was die Recken alle
Haben gethan im Streite,
Dankwart und Hagen
Und andre des Königs Leute,

Was sie gestritten ehrlich: das ist gar wie Wind
Gegen den Einen Sigfrid, des Königes Sigmundes Kind.

Sie frommten in dem Streite viel Helden zu erschlagen,
Doch könnte Euch die Wunder Niemand wohl ansagen,
Die da verrichtet Sigfrid, wenn er ritt zum Streit;
Den Frauen an ihren Sippen bereitet' er da großes Leid.

Viel mancher Frauen Traute sind todt vor ihm gefallen;
Man hörte seine Schläge so laut auf Helmen schallen,
Daß sie aus Wunden brachten das fließende Blut;
Reich an allen Tugenden ist er ein Ritter kühn und gut.

Was da hat begangen von Metzen Ortewein!
Was er ihrer mocht' erlangen mit dem Schwerte sein:
Die mußten wund bleiben oder die Meisten todt;
Da brachte Euer Bruder über sie die größte Noth,

Die jemals in Schlachten mochte sein geschehen;
Man muß den Auserwählten zur Wahrheit das gestehen;
Die stolzen Burgunden haben so gefahren,
Daß sie vor allen Schanden ihre Ehre können wohl bewahren.

Man sah da von ihren Händen viel manchen Sattel blos;
Und von lichten Schwertern auf dem Feld war ein laut Getos,
Die Recken von dem Rheine die haben so gestritten,
Daß besser wär' ihren Feinden, sie wären dem Streit davon geritten.

Die Troneger die kühnen ursachten großes Leid
Als mit Volkes Kräften sich die Heere trafen im Streit;
Da fällte Manchen zu Tode des kühnen Hagen Hand;
Davon zu sagen wäre viel hier in der Burgunden Land.

Sindold und Hunold, die Gernotes Mannen,
Und Rumold der kühne, so viel Ehre gewannen,
Daß Liudeger immer es hart mag beklagen
Daß er sich vermaß am Rheine deinen Sippen abzusagen.

Kampf, den allerhöchsten, der irgend da geschah,
Zuletzt und am Anfang, den Jemand sah,
Den focht ritterlich die Sigfrides Hand.
Er bringet reiche Geiseln mit in König Gunthers Land.

Die bezwang mit seiner Stärke der waidliche Mann;
Davon auch König Liudegast muß den Schaden ha'n,
Und auch von Sachsenlande sein Bruder Liudeger;
Nun höret edle Königin mit allem Fleiße meine Mär':

Sie hat gefangen beide die Sigfrides Hand;
Nie so viele Geisel brachte man in dieß Land
Als durch seine Mannheit jetzt kommen an den Rhein."
Ihr konnt' im Herzen lieber Nichts als diese Märe seyn.

„Man bringet fünf hundert oder mehr noch der Gesunden,
Das vernehmet, Fraue, und der zum Marke Wunden
Wohl achtzig rothe Bahren her in unser Land,
Die meist hat zerhauen des starken Sigfrides Hand.

Die im Uebermute uns absagten an dem Rhein,
Die müssen nun Gefangne König Gunthers seyn;
Die bringet man mit Freuden her in diese Land'."
Da erblüht' ihre lichte Farbe als sie die Märe so befand.

Ihr Antlitz, ihr schönes, das ward rosenroth,
Weil mit Glücke war geschieden aus der großen Noth
Der waidliche Recke, Sigfrid der starke Mann.
Sie freute sich auch ihrer Freunde; das war nach Schuld und Fug gethan.

Da sprach die Minnigliche: „gebracht hast du mir Freude,
Darum sollst du haben zum Lohn reiche Kleide,
Und zehn Mark von Golde, die heiß' ich her dir tragen."
Da mag man solche Kunde wohl gerne reichen Frauen sagen!

Sein Lohn ward ihm gegeben Gold und Kleid.
Da ging an die Fenster viel manche schöne Maid,
Die Straß' entlang sie schauten; reiten man da fand
Viel der hochgemuten Recken in der Burgunden Land.

Voran die Gesunden, der Wunden Zug dann kam;
Sie mochten sich grüßen hören von Freunden ohne Schaam;
Der Wirth ritt entgegen seinen Gästen mit viel Freude;
Es ward ein fröhlich Ende gewonnen seinem großen Leide.

Da empfing er wohl die Seinen und die Fremden auch;
Dem Könige, dem reichen, gebot Sitt' und Brauch
Gütlich zu danken denen, die ihm waren kommen,
Daß sie den Sieg mit Ehren hatten in dem Sturme genommen.

Gunther bat, ihm Kunde von seinen Freunden zu sagen,
Was ihm auf der Heerfahrt zu Tode wär' erschlagen;
Nicht mehr hatt' er verloren als nur sechzig Mann;
Verschmerzen man die mußte, wie man seit Helden viel gethan.

Die Gesunden brachten zerhauen manchen Schildrand,
Und Helme viel zerlöchert in König Gunthers Land;
Das Volk stieg von den Rossen vor des Königes Saal,
Zu liebem Empfange hörte man da fröhlichen Schall.

In der Stadt den Recken Herberg man geben ließ;
Der König seiner Gäste viel schön pflegen hieß;
Er hieß der Wunden warten mit sorgsamer Hand.
An seinen Feinden ward seine Tugend wohl erkannt.

Er sprach zu Liudegasten: „Nun seyd mir willkommen!
Ich hab' durch Eure Schulden viel großen Schaden genommen,
Der wird mir nun vergolten, so wahr Glück ich han;
Gott lohne meinen Freunden, sie haben Liebe mir gethan."

„Ihr mögt ihnen billig danken," sprach da Liudeger;
„Also hoher Geiseln gewann nie ein König mehr;
Um ehrliche Pflege geben wir viel Gut;
Wenn gnädiglich und milde Ihr an Euern Feinden thut."

„Ich will Euch beide lassen," sprach er, „ledig gehn;
Doch daß meine Feinde hier bei mir bestehn
Deß will ich haben Bürgen; daß sie mein Land
Nicht räumen ohne Urlaub;" drauf bot ihm Liudeger die Hand.

Man brachte sie zur Ruhe und schuf ihnen Gemach,
Den Wunden an sanften Betten und Labe wenig gebrach;
Man schenkte den Gesunden Meth und guten Wein;
Da konnte das Gesinde nimmer in größrer Freude seyn.

Ihre zerhaunen Schilde zur Rüstkammer man trug;
Viel blutiger Sättel, derer war da genug,
Die hieß man verbergen, daß nicht weine Kind und Weib;
Da kam heim heermüde manches guten Ritters Leib.

Der König seiner Gäste pflag aus der Maßen wohl;
Der Fremden und der Heim'schen die Lande waren voll;
Er hieß der schwer Wunden aufs gütlichste pflegen:
Da mußte ihr Uebermut sich zu gar großer Sänfte legen.

Die der Arznei waren kundig, denen bot man reichen Sold,
Silber ungewogen, dazu das lichte Gold,
Daß sie die Helden pflegten nach des Streites Noth;
Dazu der König den Gästen viele große Gaben bot.

Die wieder heim nach Hause trieb der Reisemut,
Die bat man noch bleiben, wie man Freunden thut.
Der König ging da zu Rathe, wie er lohnte seinen Mannen,
Weil sie nach seinem Willen mit Ehren ihm den Sieg gewannen.

Da sprach der Herre Gernot: „Man lass' sie reiten zur Stund';
Ueber sechs Wochen thu' man ihnen kund,
Daß sie kommen wieder zu einer Hochgezeit,
So ist heil ihrer mancher, der hart wund liegt nieder heut."

Urlaubs da auch begehrte Sigfrid von Niederland;
Da der König Gunther ihn so gewillet fand,
Er bat ihn freundlichen Sinnes, daß er's noch lass' stehn an;
Ohne seine Schwester hätt' schwerlich es der Held gethan.

Denn dazu war zu reich er, daß er hätt' genommen Sold.
Er hatt' es wohl verdienet, der König war ihm hold,
So auch alle seine Magen, die da hatten gesehen
Was von seinen Handen in dem Streite war geschehen.

Um der Schönen willen ließ die Reis' er stehen an,
Ob er sie sehen möchte; seit ward es auch gethan,
Wohl nach seinem Willen ward ihm die Magd bekannt;
Darnach ritt er fröhlich heim in Sigemundes Land.

Der Wirth zu allen Zeiten hieß der Ritterschaft pflegen;
Das that mit gutem Willen viel mancher junge Degen.
Dieweil hieß' Sitz' er bauen zu Wormes auf dem Sand,
Denen, die da sollten kommen in der Burgunden Land.

In den selben Zeiten, da sie nun sollten kommen,
Da hatte die schöne Kriemhild die Märe wohl vernommen:
Er wolle Hochgezeite für liebe Freunde ha'n;
Da ward fleiß'ge Arbeit von schönen Frauen viel gethan,

Mit Röcken und mit Bändern, die sie da sollten tragen;
Ute, die viel reiche, die Märe hörte sagen
Von den stolzen Recken, die da sollten kommen;
Da wurden aus der Truhe der reichen Kleider viel genommen.

Ihren Kindern zu Liebe hieß sie bereiten Kleid',
Damit ward gezieret viel manche Frau und Maid,
Und viel der jungen Recken aus Burgunden Land;
Auch hieß sie für die Fremden fertigen viel herrlich Gewand.

Fünfte Aventure.

Wie Sigfrid Kriemhilden zuerst sah.

Man sah sie alle Tage nun reiten an den Rhein
Die bei der Hochgezeite gerne wollten seyn,
Die dem König zu Liebe kamen in das Land,
Derer bot man Vielen Ross' und herrliche Gewand'.

Dach und Fach ward ihnen allen wohl bereit,
Den Höchsten und den Besten, wie uns das ist gesait.
Zwei und dreißig Fürsten die kamen zur Hochgezeit;
Geschmückt sie zu empfangen, war unter den Frauen großer Streit.

Es war da viel geschäftig Giselher das Kind;
Die Heimischen und die Gäste freundlich empfangen sind
Von ihm und von Gernoten, und ihren Mannen auch.
Die Degen sie begrüßten wie geboten Ehr' und Brauch.

Viel goldrother Sättel führten sie in das Land;
Zierliche Schilde und stattlich Gewand
Brachten sie zum Rheine zu der Hochgezeit,
Manchen Ungesunden sah man genesen zu der Zeit.

Die in den Betten lagen, von Wunden hatten Noth:
Die mußten deß vergessen, wie bitter sey der Tod.
Die siech blieben, die mußten sie aus dem Sinn sich schlagen;
Sie freuten sich entgegen schon der Hochgezeite Tagen,

Wie sie leben wollten da bei Fest und Mahl;
Wonne ohne Maßen mit Freuden ohne Zahl
Hatten all die Leute, so viele man ihrer fand;
Deß hub sich viele Freude über Gunthers ganzes Land.

An einem Pfingstmorgen sah man schreiten heran
Wonniglich gekleidet viel manchen kühnen Mann,
Fünftausend oder drüber zu der Hochgezeit;
Da hub sich Kurzweile an manchen Orten und Wettstreit.

Der Wirth, mit guten Sinnen, der hatte wohl erkannt
Wie so recht von Herzen der Held von Niederland
Minnte seine Schwester, die er doch nie gesehn,
Der man vor allen Frauen mußte Schönheit zugestehn.

Da sprach zu dem Könige der Degen Ortewein:
„Wollt Ihr mit vollen Ehren Wirth bei der Hochzeit seyn,
So sollt Ihr lassen schauen die wonniglichen Kind',
Die mit so großen Ehren hier im Burgundenlande sind.

Was sollte Mannes Wonne und Herzens Labe seyn,
Wären nicht herrliche Weiber und Jungfrauen fein?
Lasset Eure Schwester vor Eure Gäste kommen."
Der Rath der war gar manchem von den Helden hoch willkommen.

„Dem will ich gerne folgen;" sprach Gunther; die ihn so
Hörten reden, alle die waren's herzlich froh;
Er entbot Frau Uten sammt der Tochter wohlgethan,
Daß sie mit ihren Mägden hin zu Hofe sollten gahn.

Da ward aus den Schreinen gesucht gut Gewand,
Was man in den Truhen von edlem Schmucke fand,
Spangen sammt Borten, deß war ihnen viel bereit;
Mit Fleiße sich zierte viel manche wohlgethane Maid.

Viel mancher junge Recke des Tags war so gemut,
Daß in der Frauen Augen er stattlich wär' und gut,
Daß er dafür nicht nähme eines reichen Königs Land;
Sie sahen die viel gerne, so niemals sie zuvor gekannt.

Da hieß der reiche König mit seiner Schwester gehn
Die ihr dienen sollten, seiner Mannen zehnmal zehn,
Von ihren und seinen Sippen, die trugen Schwert' in der Hand;
Die das Hofgesinde waren in der Burgunden Land.

Uten, die viel reiche, die sah man mit ihr kommen;
Die hatte schöner Frauen zur Gesellschaft genommen
Wohl hundert oder drüber, die trugen reiche Kleid';
Auch hinter ihrer Tochter ging manche stattliche Maid.

Man sah sie alle schreiten aus eines Saales Pforte;
Von Helden ein groß Drängen erhub sich an dem Orte,
Die da heiß begehrten, so es könnte geschehen,
Daß sie die Jungfrau edel sollten da viel herrlich sehen.

Nun schritt die Minnigliche, als wie der Morgen roth
Zieht aus trüben Wolken; da schied von mancher Noth
Der sie da trug im Herzen nun schon so lange Zeit;
Er sah die Minnigliche mit Augen in ihrer Herrlichkeit.

Es leuchtete ihr vom Kleide viel mancher Edelstein;
Ihre rosenrothe Farbe gab minniglichen Schein;
So Einer dürfte wünschen: doch könnt' er sagen nicht,
Daß in dieser Welt ihm je Schöneres kam zu Gesicht.

Wie der Mond, der lichte,
Vor den Sternen steht,
Der Schein, also lauter
Abwärts den Wolken geht,
Demselben gleich stand sie
Vor manchen Frauen gut;
Deß ward wohl da erhöhet
Manches schnellen Helden Mut.

Die Kämmerer, die reichen,
Sah man vor ihr gehn;
Die hochgemuten Degen
Mochten nicht ferne stehn;

Sie drängten sich zu sehen die minnigliche Maid;
Sigfrid dem Herren ward zu Mute lieb und leid.

Er dachte in seinem Herzen: wie wäre das gethan,
Daß ich dich minnen sollte? das ist wie Kindes Wahn;
Soll aber ich dich fremden, so läg' ich sanfter todt.
Er ward von den Gedanken viele Male bleich und roth.

Da stand so herrlich das Sigemundes Kind,
Als ob er wär' gemalet auf ein Pergamint
Durch Kunst eines guten Meisters; Alle zeugten da,
Daß man Seinesgleichen an Schönheit einen Held nie sah.

Die mit den Frauen gingen, die hießen aus den Wegen
Weichen allenthalben; dem gehorchten manche Degen;
Die hochtragenden Herzen erfreuten Seel' und Leib;
Man sah in hohen Züchten schreiten manch waidliches Weib.

Da sprach von Burgunden der Herre Gernot:
„Der Euch seine Dienste so gütlich und trefflich bot,
Gunther, viel lieber Bruder, dem sollt Ihr also thun
Vor allen diesen Recken — bedacht ist, was ich rathe nun: —

Ihr heißet Sigfriden zu meiner Schwester kommen,
Daß ihn die Maid begrüße; deß haben wir immer Frommen.
Die nie noch Recken grüßte, soll ihn jetzt grüßen pflegen;
Damit uns bleibt gewonnen der viel zierliche Degen."

Da gingen des Wirthes Magen wo man den Helden fand.
Sie sprachen zu dem Recken aus dem Niederland:
„Euch hat erlaubt der König: Ihr sollt zu Hofe gehn;
Seine Schwester soll Euch grüßen; zu ehren Euch soll das geschehn."

Der Herr in seinem Mute war deß viel gern bereit;
Da ward es ihm im Herzen lieb, ohn' alles Leid,
Daß er sollte sehen schön Utens Töchterlein;
Mit minniglicher Tugend grüßte sie Sigfriden fein.

Wie sie den Hochgemuten vor sich stehen sah:
Da entzündete sich seine Farbe; die schöne Magd sprach da:
„Seid willkommen Herr Sigfrid, o edler Ritter gut!"
Da ward ihm von dem Gruße wohl erhöhet der frohe Mut.

Minniglich er sich neigte, und Gruß und Dienst ihr bot;
Sie zwang gegen einander sehnender Minne Noth.
Mit lieben Augenblicken einander sahen an
Der Herr und auch die Fraue; in Heimlichkeit ward das gethan.

Ob ihr da ward freundlich gedrückt die viel weiße Hand
Von herzelieber Minne? das ist mir nicht bekannt.
Doch will ich nicht glauben, daß es blieb unterwegen;
Zwei minnegehrende Herzen die mußten deß von Schulden pflegen.

Um die Sommerzeiten und an den Maientagen
Durft' er in seinem Herzen nicht mehr geheim tragen
So viel der hohen Freude, als er da gewann,
Da ihm die ging an Händen die er zur Trauten wollte ha'n.

Da dachte mancher Recke: hei! wär' mir so geschehen,
Daß ich zur Seit' ihr ginge, als ich ihn hab' gesehen,
Oder bei ihr läge! das thät' ich ohne Haß.
Es hat seither kein Recke gedienet einer Königin baß.

Von welcher Könige Landen die Gäste kamen dar,
Die nahmen sonderlich alle dieser Beiden wahr.
Ihr ward erlaubt zu küssen den waidlichen Mann;
Ihm ward nie so Liebes noch auf dieser Welt gethan.

Der König von Dänemarken sprach da so zur Stund':
„Um willen des hohen Grußes liegt viel Mancher wund;
Wie ich das wohl empfinde, von Sigfrides Hand.
Gott lasse nimmer ziehen ihn nach Dänemarken Land.“

Man hieß da allenthalben weichen aus den Wegen
Der schönen Kriemhilde. Manchen kühnen Degen
Sah man gehn in Züchten zur Kirche mit ihr hinan;
Seit ward von ihr geschieden der viel waidliche Mann.

Da ging sie zu dem Münster; ihr folgte manch Weib.
Da war auch wohl geschmücket der jungen Königin Leib,
Daß da hoher Wünsche mancher ward verloren.
Sie war zur Augenweide für der Recken Manchen geboren.

Zu warten verdroß Sigfrid bis zu Ende war der Sang;
Er mochte seinem Heile immer sagen Dank,
Daß ihm die so gewogen, die er im Herzen trug;
Auch war er, von Schulden, der Schönen von Herzen hold genug.

Da man sie nach der Messe sah vor dem Münster stehn,
Bat man den kühnen Helden wieder zu ihr gehn.
Da erst begann ihm danken die minnigliche Maid,
Daß er vor den Recken also mannhaft gethan im Streit.

„Nun lohn' Euch Gott, Herr Sigfrid,“ sprach das viel schöne Kind,
„Daß Ihr das habt verdienet, daß Euch die Recken sind
So hold in guten Treuen, als ich sie höre sagen.“
Das Aug' begann er minnig gegen Kriemhilden aufzuschlagen.

„Ich will ihnen immer dienen,“ also sprach der Degen,
„Und mein Haupt zur Ruhe will ich nimmer legen,
Ehe ich ihre Gunst erworben, soll ich das Leben ha'n;
Das soll Euch zu Diensten, Jungfrau Kriemhilde, seyn gethan.“

Während zwölf Tagen, jeden Tag allda
Stehen bei dem Degen die hohe Magd man sah,
So oft sie sollte zu Hofe zu ihren Freunden gehn;
Der Dienst war dem Recken aus großer Gunst und Liebe geschehn.

Freude und Wonne mit großem Jubelschall
Sah man alltäglich vor König Gunthers Saal,
Außen und innen, von manchen kühnen Mannen;
Ortewein und Hagen großer Wunder viel begannen.

Was Einer pflegen wollte, dazu bereit sie waren
Mit völliglichem Maße, die Helden vielerfahren;
Dadurch den Gästen wurden die Recken mit Gunst bekannt;
Davon ward gezieret König Gunthers ganzes Land.

Hervor sah man auch gehen, die da wund gelegen,
Sie wollten Kurzweile mit dem Gesinde pflegen,
Schirmen mit den Schilden und schießen manchen Schaft;
Dabei halfen ihnen Viele; sie zeigten wieder herrliche Kraft.

Der Wirth hieß ihrer pflegen in den Hochzeittagen
Mit der besten Speise. Er hatte sich entschlagen
Aller Schande und Scheltens, so je ein König erfahren;
Man sah ihn gar freundlich mit den Gästen sein gebahren.

Er sprach: „Ihr guten Recken, eh' Ihr zieht dahin,
So nehmet Ihr meine Gabe, also steht mein Sinn,
Daß ich Euch recht vergelte. Verschmäht Ihr nicht mein Gut,
Das will ich mit Euch theilen, dazu hab' ich willigen Mut."

Die von Dänemarken die sprachen so zur Hand:
„Eh daß wir wieder reiten heim in unser Land,
Begehren wir steter Sühnung; deß ist uns Recken noth;
Wir haben von Euern Degen lieber Freunde Manchen todt!"

Geheilet war Liudegast, der da wund gewesen,
Der Vogt von den Sachsen, nach dem Streite wohl genesen;
Etliche Todte ließen sie zurück im Land.
Da ging der König Gunther hin, wo er Sigfriden fand.

Er sprach zu dem Recken: „Nun rathe mir, wie ich thu';
Unsere Gäste wollen reiten morgen fruh,
Und begehren steter Sühne mit mir und den Mannen mein;
Nun rathe, Degen Sigfrid, was hier am besten gethan mag seyn.

Was mir die Herren bieten, das will ich dir sagen:
So viel fünfhundert Rosse Goldes mögen tragen,
Das geben sie mir gerne, wenn ich lös' ihren Bann;"
Da sprach Sigfrid: „Gar übel wäre das gethan.

Ihr sollt sie frei und ledig von hinnen lassen fahren,
Und daß die edeln Recken hinfort sich wohl bewahren
Feindlich zu reiten her in Euer Land:
Deß laßt Euch Sicherheit geben von der beiden Herren Hand."

„Dem Rathe will ich folgen; mögen sie reiten dann."
Den seinen Feinden ward das kund gethan;
Ihres Golds begehrte Niemand das sie boten dar;
Daheim den lieben Freunden weh nach den Heermüden war.

Manche volle Schilde mit Schätzen herbei man trug;
Er theilt' es ohne Wage den Freunden sein genug;
Bei fünfhundert Marken und Etlichen noch Mehr;
Gernot der viel kühne — dem König Gunther rieth es der.

Urlaub sie da nahmen, als sie wollten von dannen;
Vor Kriemhilde treten sah man die fremden Mannen,
Und auch Frau Ute da, die Königin, saß.
Es wurden so viel Recken Urlaubes nie gewähret baß.

Leer wurden die Herbergen als sie von dannen ritten;
Daheim doch noch weilte mit herrlichen Sitten
Der König mit seinen Magen; viel mancher edle Mann.
Die sah man alle Tage zu Frauen Kriemhilde gahn.

Urlaub auch nehmen wollte Sigfrid ein Held gut;
Zu erwerben nicht getraute, die er minnte, sein Mut.
Der König hörte sagen, daß er wollte gehn.
Giselher der junge, der machte der Reise ihn entstehn.

„Was wollet Ihr nun reiten, Ihr Held von edler Sitte?
Bleibet bei den Recken, thut wie ich Euch bitte,
Bei dem König Gunther und den Mannen sein.
Hier sind viel schöne Frauen; die zu sehn soll unverwehrt Euch seyn."

Da sprach der starke Sigfrid: „So laßt die Rosse stehn;
Ich wollte weg reiten; davon will ich abgehn.
Traget hin die Schilde; ich wollte in mein Land;
Deß hat mir mit Ehren Giselher den Sinn gewandt."

So blieb der Kühne den Freunden zu Liebe dort,
Und wär' nicht in der Heimath und wär' an keinem Ort
Ihm also sanft gewesen. Dadurch es geschah,
Daß er nun alle Tage Kriemhilden die viel schöne sah.

Ihrer Schönheit ohnmaßen willen der Held da blieb,
Mit mancher Kurzweile man nun die Zeit vertrieb,
Nur daß ihn zwang ihre Minne, die schuf ihm viele Noth;
Darum seit der Kühne erlag in jämmerlichem Tod.

Sechste Aventure.

Wie Gunther gen Island um Brunhilden fuhr.

Und aber neue Mären sich huben überm Rhein,
Man sagte daß da wären manche schöne Mägdelein,
Deren dacht' ihm Eine zu werben König Gunthers Mut;
Das däuchte seine Recken und die Herren alle gut.

Es war eine Königin gesessen über der See;
Ihr Gleiche fand man keine in der Fern' und Näh'.
Sie war ohnmaßen schöne, viel groß war ihre Kraft;
Sie schoß mit schnellen Degen um ihrer Minne Preis den Schaft.

Den Stein den warf sie fernhin, darnach sie sprang viel weit.
Wer ihrer Minne begehrte, mußt' ohne Wanken im Streit
Drei Spiele abgewinnen der Frauen hoch geboren:
Gebrach es ihm in Einem, so hatte er sein Haupt verloren.

Das hatte die Jungfraue ohnmaßen viel gethan;
Davon ein edler Ritter beim Rhein Kunde gewann;
Der wandte seine Sinnen auf das schöne Weib;
Darum viel Helden mußten seit lassen Leben und Leib.

Da eines Tages sie saßen, der König und seine Mannen
Im wechselnden Rathe sie hin und wieder sannen:
Welche Jungfrau der König zu seinem Weibe nähme,
Die ihm zur Frau wohl taugte und auch dem Land zu Frommen käme.

Da sprach der Vogt vom Rheine: „Ich will über die See
Hin zu Brunhilden, wie es mir auch ergeh.
Ich will an ihre Minne wagen den Leib.
Den will ich verlieren, wo ich sie nicht gewinn' zum Weib."

Da sprach Sigfrid: „Dazu rath ich nicht auch;
Die Königin ja übet also grimmigen Brauch,
Daß, wer wirbt um ihre Minne, dem kommt es hoch zu stehn;
Drum sollte zu dieser Reise wahrlich Euch der Mut vergehn."

Da sprach der König Gunther: „Nie geboren ward ein Weib,
So stark und auch so kühne, daß ich nicht sollt' ihren Leib
Im Streite wohl bezwingen mit dieser meiner Hand."
„Schweiget," sprach da Sigfrid, „Euch ist ihre Stärke unbekannt.

Und wären Eurer Viere, Euch könnte Nichts bewahren
Vor ihrem viel grimmen Zorne; drum laßt Euern Willen fahren,
Das rath' ich Euch mit Treuen; wollt' Ihr nicht erliegen todt,
So laßt nach ihrer Minne Euch allzusehr nicht werden noth."

„Sey sie so stark sie wolle, die Reise lass' ich nicht
Hin zu Brunhilde, was auch mir geschicht;
Um die ohnmaßen Schöne muß es gewaget seyn;
Ob mir's nun Gott bescheide, daß sie mir folget an den Rhein."

„So will ich Euch das rathen," sprach da Hagen,
„Ihr bittet Sigfriden, daß er Euch helfe tragen
Die Last der schweren Reise, das ist nun mein Rath,
Weil er von der Frauen also genaue Kunde hat."

Er sprach: „Willst du mir helfen, Held von edler Sitte,
Um die Minnigliche werben? thu' wie ich dich bitte.
Und wird mir zu eigen das minnigliche Weib,
Will ich um deinetwillen auch wagen Ehre und Leib."

Drauf Antwort gab ihm Sigfrid Sigemundes Sohn:
„Gibst du mir deine Schwester, — ich thu' es um diesen Lohn!
Die schöne Kriemhilde, eine Königin hehr;
Für meine Hülf' und Arbeit begehr' ich keines Lohnes mehr."

„Das gelob' ich," sprach Gunther, „Sigfrid in deine Hand;
Und so die schöne Brunhild kommt in dieses Land,
So will ich dir zum Weibe meine Schwester geben;
So magst du mit ihr immer in Fröhlichkeit und Friede leben."

Darob schwuren sie Eide, die Recken kühn und hehr.
Davon Mühsal und Arbeit ihnen kam noch mehr,
Eh daß sie die Frauen brachten an den Rhein;
Deß mußten die Kühnen seit in großen Nöthen seyn.

Von wilden Gezwergen hab' ich gehöret sagen,
Sie seyen in hohlen Bergen, und daß zum Schirm sie tragen
Ein Ding, heißet Tarnkappe, von wunderbarer Art;
Wer das hat an seinem Leibe, der soll viel sehr wohl seyn bewahrt

Vor Hieben und vor Stichen; ihn möge auch Niemand sehen
Wenn er sey darinne; aber hören und spähen
Kann er nach seinem Willen; da ihn doch Niemand sicht.
Er werde auch viel stärker; also uns die Aventure bericht't.

Sigfrid mußte führen die Kappen mit ihm dann,
Die der Held, der kühne, mit Sorgen abgewann
Vor Zeiten einem Gezwerge, das hieß Alberich.
Da gürteten zur Reise die Recken kühn und mächtig sich.

Wo nun der starke Sigfrid die Tarnkappe trug,
So hatte er darinnen großer Kräfte genug,
Wohl zwölf Männer Stärke zusammt seinem eignen Leib.
Er erwarb mit großen Listen Brunhild das viel herrliche Weib.

Und um dieselbe Tarnhaut war es also gethan,
Daß darinnen wirkte ein jeglicher Mann
Was er eben wollte, und daß Niemand ihn sah.
Damit gewann er Brunhild, davon ihm viel Leid geschah.

„Nun sag' mir, Degen Sigfrid, eh' unsre Fahrt angeh',
Daß wir mit vollen Ehren fahren über die See:
Sollen wir Recken führen mit in Brunhildens Land?
Dreißig tausend Degen die wären uns viel schnell besandt.

„Wie viel wir Volks auch führen," Sigfrid darauf sprach,
„Die Königin ist, das weiß ich, so grimmig stark und jach,
Sie müßten doch alle sterben durch ihren trotzigen Mut.
Was Bessers will ich zeigen Euch, o Degen kühn und gut.

Wir wollen nach Reckenbrauche hinab fahren den Rhein;
Die will ich dir benennen, die dabei sollen seyn;
Degen unsrer Viere fahren wir über See;
So erwerben wir die Jungfrau, wie es uns darnach ergeh.

Der Gesellen sey ich Einer, der Andre du erlesen,
Der Dritte der sey Hagen, wir mögen wohl genesen;
Der Vierte das sey Dankwart, der viel kühne Mann.
Tausend Mann im Streite getraun sich nicht uns zu bestahn."

„Die Märe wüßt' ich gerne," es sprach der König so,
„Eh wir von hinnen führen; deß wär' ich herzlich froh:

Was wir für Kleider sollten vor Brunhilde tragen,
Die uns da wohl ziemten; Sigfrid das sollst du mir sagen."

„Kleider die allerbesten, so man je an Helden fand,
Trägt man zu allen Zeiten in Brunhildens Land.
Drum müssen wir reiche Kleider vor der Jungfrau tragen,
Daß wir nicht haben Schande so man die Märe höret sagen."

Da sprach der gute Degen: „So will ich selber hinan
Zu meiner lieben Mutter, ob ich erbitten kann,
Daß uns ihre schönen Mägde helfen schaffen Kleid',
Die wir tragen mit Ehren vor der viel herrlichen Maid."

Da sprach von Tronege Hagen mit herrlichen Sitten:
„Was wollt Ihr Eure Mutter um solchen Dienst bitten?
Laßt Eure Schwester hören, wozu Ihr traget Mut,
So kommen Euch ihre Dienste zu dieser Hofereise gut."

Da entbot er seiner Schwester, daß er sie wollte sehen,
Und der Degen Sigfrid. Eh das war geschehen,
Da hatte sich die Schöne gehüllet in stattlich Kleid.
Daß die Herren kämen, das war ihr wahrlich wenig leid.

Nun ward auch ihr Gesinde gezieret lobesam.
Die Fürsten kamen beide. Da sie das vernahm,
Stund sie auf vom Sessel. Mit Züchten sie da ging,
Daß sie den Gast, den edeln, und auch ihren Bruder empfing.

„Sey willkommen mein Bruder und der Geselle dein.
Die Märe wüßte ich gerne," sprach das Mägdelein,
„Was Ihr Herren wollet, daß Ihr zu Hofe geht.
Lasset Ihr mich hören wie's um Euch edle Recken steht."

Da sprach der König Gunther: „Frau, ich will's Euch sagen.
Wir müssen viele Sorge in hohem Mute tragen,
Wir wollen auf Werbung reiten fern in fremdes Land;
Wir sollten zu der Reise haben zierliches Gewand."

„Nun sitzet, lieber Bruder," sprach das Königskind.
„Laßt mich recht vernehmen Wer die Frauen sind
Deren Ihr begehrt zur Minne in andrer Könige Land."
Die auserwählten Degen nahm sie beide bei der Hand.

Sie ging mit den beiden hin wo zuvor sie saß,
Auf gar reichen Polstern, Ihr sollt wissen das!
Gewirkt mit guten Bildern, mit Golde wohl erhaben.
Sie mochten bei den Frauen gute Kurzweile haben.

Freundliche Blicke und minniglich Ansehen —
Deß mochte zwischen den beiden in Freuden viel geschehen.
Er trug sie in seinem Herzen wie die Seele von seinem Leib.
Seit ward die schöne Kriemhild des starken Sigfrides Weib.

Da sprach der reiche König: „Viel liebe Schwester mein
Ohne deine Hülfe kann es nicht vollendet seyn,
Wir wollen zur Kurzweil fahren in Brunhildens Land.
Da bedürfen wir zu haben vor Frauen herrliches Gewand."

Da sprach die Jungfraue: „Viel lieber Bruder mein,
Was ich mit meinen Kräften dabei kann hülfreich seyn,
Das sollt Ihr wohl inne werden, daß ich deß bin bereit,
Versagt' Euch sonst Wer Etwas, das wäre Kriemhilden leid.

Ihr sollt mich, Ritter edel, nicht mit Sorgen bitten.
Ihr sollt mir gebieten mit herrlichen Sitten;
Was Euch von mir gefalle, deß bin ich Euch bereit,
Und thu's mit bestem Willen;" so sprach die minnigliche Maid.

„Wir wollen, liebe Schwester, tragen gut Gewand;
Das soll helfen schaffen Eure edle Hand;
Deß laßt sorgen Eure Mägde, daß es uns fein ansteht;
Weil ab von dieser Reise nimmer unser Willen geht."

Da sprach die Jungfraue: „Nun merket was ich sage;
Ich hab' selber Seide; nun schaffet, daß man trage
Gesteine herbei auf Schilden, so wirken wir Euch solch Kleid."
Deß waren Gunther und auch Sigfrid gern bereit.

„Wer sind die Gesellen," sprach die Königin,
„Die mit Euch schön gekleidet zu Hofe sollen ziehn?"
Er sprach: „Ich selbvierte. Meiner Mannen zween,
Dankwart und Hagen sollen mit mir zu Hofe gehn.

Jungfrau, merket fleißig, was ich Euch sage,
Daß ich selbvierte auf vier Tage trage
Je dreierlei Kleider und also gut Gewand,
Daß wir ohne Schande heimziehen aus Brunhildens Land."

Als guten Urlaub die Herren dann genommen,
Da hieß von ihren Jungfrau'n dreißig Mägdlein kommen
Aus ihrer Kemenaten Kriemhild die Königin,
Die zu solchem Werke hatten rechten klugen Sinn.

Die arabischen Seiden, weiß wie der Schnee,
Und von Zazamank gar feine, so grün als wie der Klee —
Darein sie wirkten Steine; das gab gar trefflich Kleid.
Selber schnitt sie Kriemhilde, die viel herrliche Maid.

Von fremder Fische Häuten Verbrämung wohl gethan,
Die gar fremde däuchten denen die es sahn,
Die bezogen sie mit Seide, so sie sie sollten tragen.
Nun höret aber Wunder von dem lichten Prachtkleid sagen;

Von Marokko aus dem Lande und auch von Libya
Die allerbesten Seiden, die man jemals sah
Bei eines Königs Kinde, der hatten sie genug.
Wohl ließ das scheinen Kriemhild daß sie ihnen holden Willen trug.

Seit sie der hohen Fahrten hatten nun begehrt:
Pelzwerk vom Hermeline das däuchte sie viel werth;
Gute Stoffe darauf lagen, schwarz wie eine Kohl',
Das noch stattlichen Degen ziemte bei Hochgezeiten wohl.

Aus arabischem Golde schien da viel Gestein;
Die Arbeit der Frauen die war da nicht klein;
Inner sieben Wochen ward fertig all das Kleid,
Da war auch ihr Gewaffen für die guten Recken bereit.

Da sie gerüstet waren, da ward ihnen auf dem Rhein
Gemacht mit gutem Fleiße ein starkes Schifflein,
Das sie tragen sollte nieder an die See.
Den edlen Jungfrauen war von vieler Arbeit weh.

Da sagte man den Recken: Gewand' und Kleid',
Die sie da führen sollten, wären zierlich bereit.
Wie sie begehrt hätten, wär ihnen nun gethan;
Da wollten sie nicht länger die Fahrt lassen stehen an.

Nach den Heergesellen ward ein Bote gesandt,
Ob sie wollten schauen ihr neues Gewand,
Ob es den Helden wäre zu kurz nicht noch zu lang;
Es war in rechten Maßen; deß sagten sie den Frauen Dank.

Vor wem sie sich schauen ließen, die mußten das gestehen,
Daß auf der Welt sie hätten Beff'res nicht gesehen;
Da mochten sie wohl gerne sie zu Hofe tragen.
Von besserm Gewand von Recken wußte Niemand nirgend zu sagen.

Viel große Danksagung ward da nicht gespart;
Urlaubs da begehrten die Helden edler Art;
In ritterlichen Züchten die Herren thaten das;
Deß wurden lichte Augen von vielem Weinen trüb und naß.

Sie sprach: „Viel lieber Bruder, haltet die Fahrt noch an!
Wenn andre Frau Ihr wärbet, das hieß' ich wohlgethan,
Dabei in solchen Gefahren nicht schwebte Euer Leib;
Ihr mögt hier näher finden ein also hochgebornes Weib."

Ich wähn', ihnen sagt ihr Herze was daraus ihnen kam hernach;
Insgesammt sie alle weinten, wenn ein Wort Jemand sprach.
Trüb ward ihnen von Thränen vor den Brüsten das Gold,
Die ihnen, viel heiße, aus den Augen sind gerollt.

Sie sprach: „Herre Sigfrid, laßt Euch befohlen seyn
Auf Treue und auf Gunsten den lieben Bruder mein,
Daß ihn Nichts gefährde in Brunhildens Land.“
Das gelobte der viel Kühne in der Frau Kriemhilde Hand.

Da sprach der mächtige Degen: „so mir bleibt das Leben,
So sollt Ihr aller Sorgen, Jungfrau, Euch begeben;
Gesund bring' ich ihn wieder zurück Euch an den Rhein.
Darauf sollt Ihr bauen.“ Da neigte sich ihm das Mägdelein.

Ihre goldfarbnen Schilde trug man ihnen auf den Sand;
Herbei brachte man ihnen alles ihr Gewand;
Ihre Rosse hieß man bringen, sie wollten reiten von dannen;
Bitterlich zu weinen schöne Frauen da begannen.

Da standen sie in den Fenstern — manch minnigliches Kind.
Ihr Schiff mit dem Segel das rührt' ein hoher Wind;
Die stolzen Heergesellen die setzten sich auf den Rhein.
Da sprach der König Gunther: „Wer soll nun Schiffmeister seyn?“

„Das will ich,“ sprach Sigfrid; „ich kann Euch auf der Flut
Wohl von hinnen führen, das wisset, Helden gut!
Die rechten Wasserstraßen die sind mir wohl bekannt.“
So schieden fröhlichen Mutes sie aus der Burgunden Land.

Eine Ruderstange Sigfrid alsbald gewann,
Vom Strand begann zu stoßen der kräftige Mann;
Gunther, der kühne, ein Ruder selber nahm;
Da huben sich vom Lande die schnellen Ritter lobesam.

Sie führten köstliche Speise,
Dazu viel guten Wein,
Den besten, den man konnte
Finden um den Rhein;
Ihre Rosse stunden ruhig
In gutem Behagen da.
Ihr Schiff das ging gar eben;
Wenig Leides ihnen da geschah.

Ihre starken Segeltaue
Wurden straff vom Wind gemacht;
Sie fuhren zwanzig Meilen,
Eh daß es wurde Nacht,
Mit einem guten Winde
Niederwärts zur See;
Ihr hartes Arbeiten
That seit schönen Frauen weh.

An dem zwölften Morgen,
So wir hören sagen,
Hatten sie die Winde
Fern hinab getragen,
Nach dem Isensteine
In Brunhildens Land.
Das war ihrer Keinem,
Außer Sigfrid, zuvor bekannt.

Da der König Gunther
So viel der Burgen sah
Und auch der weiten Marken,
Wie bald sprach er da:

„Sagt mir, Freund Sigfrid, ist Euch das bekannt?
Weß sind diese Burgen und auch das herrliche Land?

Ich hab' in meinen Tagen, die Wahrheit will ich gestehen,
So wohl erbaute Burgen nie so viel gesehen
In irgend einem Lande als wir da vor uns schaun;
Der mag wohl reich heißen, der alle sie vermocht zu baun."

Da gab Antwort Sigfrid: „Es ist mir wohl bekannt;
Es sind Brunhildens die Leute und das Land,
Und Isenstein die Veste; dafür will ich Euch stehen,
Daß Ihr mögt noch heute dort viel schöner Frauen sehen;

Und will Euch Helden rathen, daß Ihr habet Einen Mut
Und das Gleiche saget, so dünket es mich gut;
Wenn wir noch heute für Brunhilde gehn,
So müssen wir mit Sorgen und klüglich vor der Königin stehn.

So wir die Minnigliche bei ihrem Gesinde sehen,
So sollt Ihr Helden edel bei Einer Rede stehen:
Gunther sey mein Herre und ich sey sein Mann;
Was er will und begehret, das wird Alles ihm gethan."

Dazu bereit sie waren; was er sie geloben hieß,
Im Uebermute Keiner unerfüllet ließ,
Sie sprachen wie er wollte; dadurch ihnen wohl geschah,
Als der König Gunther die schöne Brunhilde sah.

„Wohl dien' ich nicht so sehr dir um die Liebe dein,
Als um deine Schwester, das schöne Mägdelein;
Die ist mir wie meine Seele und wie mein eigner Leib;
Ich will hier gern dir dienen, damit sie werde mein Weib."

Siebente Aventure.

Wie Gunther Brunhilden gewann.

Zu denselben Stunden waren der Burg so nah
Sie kommen mit dem Schiffe, daß der König stehen sah
Oben in den Fenstern viel manche schöne Maid;
Daß er sie nicht erkannte, das war dem König Gunther leid.

Er fragte Sigfriden den Gesellen sein:
„Ist Euch bekannt Etwas von diesen Mägdelein,
Die von dort nieder schauen gegen uns auf die Flut?
Wie auch ihr Herr mag heißen, sie tragen viel hohen Mut.“

Da sprach der Herre Sigfrid: „Nun sollt Ihr heimlich spähen
Unter den Jungfrauen, und sollt mir dann gestehen:
Welche Ihr nehmen wolltet, hättet Ihr's Gewalt.“
„Das will ich thun,“ sprach Gunther, der kühne Ritter, alsobald.

„Ich sehe ihrer Eine in jenem Fenster stahn,
Im schneeweißen Gewande; die ist so wohlgethan;
Die wählen meine Augen, sie ist so schön von Leib;
Wenn ich Gewalt deß hätte: werden müßte die mein Weib.“

„Viel richtig hat gewählet deiner Augen Schein;
Es ist die edle Brunhild das schöne Mägdelein,
Nach der dein Herze ringet, dein Sinn und auch dein Mut."
Alle ihre Gebärde die däuchte König Gunthern gut.

Da hieß aus den Fenstern die Königin weggehn
Ihre herrlichen Mägde; sie sollten da nicht stehn
Den Fremden anzuschauen; deß waren sie bereit.
Was da die Frauen thaten, das ist uns seither auch gesait.

Für die fremden Gäste schmückten sie den Leib,
Wie es stets war Sitte bei jedem waidlichen Weib;
An die engen Fenster stellten sie sich dann
Da sie die Helden sahen; das ward aus Schauens Lust gethan.

Ihrer waren vier nur die kamen in das Land;
Sigfrid der kühne ein Roß zog auf den Sand;
Das sahen durch die Fenster die schönen Frauen werth;
Dadurch wähnte höchlich der König Gunther sich geehrt.

Er hielt ihm da beim Zaume das stattliche Roß,
Gut und kräftig, viel schön, stark und groß,
Bis daß im Sattel der König Gunther saß;
So diente ihm Sigfrid, deß er doch seither gar vergaß.

Auch sein Roß, sein eignes, zog er vom Schiffe dann;
Er hatte viel selten ehe solchen Dienst gethan
Daß er andern Helden den Stegreif hielt je;
Das sahn die schönen Frauen durch die Fenster aus der Höh.

Recht in Einem Maße den Helden kühn und groß
Von schneeweißer Farbe ihre Kleid' und ihre Ross'
Viel gleich einander waren; ihre Schilde wohlgethan,
Die leuchteten von den Händen Gunther und seinem stattlichen Mann.

Ihre Sättel reich mit Steinen, ihre Vorbuge schmal;
Gar herrlich sie ritten vor Brunhildens Saal;
Daran hingen Schellen von lichtem Golde roth;
Sie kamen zu dem Lande wie ihre Mannheit ihnen gebot.

Mit Speeren neu geschliffen, mit Schwertern wohlgethan,
Die ihnen an den Sporen schlugen tönend an, —
Die führten die viel Kühnen scharf und dazu breit;
Das sah Alles Brunhild die viel herrliche Maid.

Mit ihnen kamen Dankwart und auch der starke Hagen;
Die beiden Degen trugen, wie wir hören sagen,
Von rabenschwarzer Farbe reiche, schöne Kleid',
Ihre Schilde waren stattlich, von guter Arbeit, hoch und breit.

Von India dem Lande sah man sie tragen Steine,
Die an ihren Gewanden schwebten in herrlichem Scheine.
Ohne Hut sie ließen ihr Schifflein bei der Flut;
So zu der Burg hin ritten die Helden kühn und wohlgemut.

Sechs und achtzig Thürme sahen sie daran,
Drei weite Paläste, einen Saal auch wohlgethan
Von edlem Marmelsteine, grün als wie das Gras,
Darinne Brunhild selber mit ihrem Hofgesinde saß.

Die Burg war erschlossen, viel weit aufgethan;
Da liefen, ihnen entgegen, Brunhildens Mannen heran
Und empfingen die Gäste in ihrer Frauen Land;
Ihre Rosse hieß man bergen, die Schilde sie legen von der Hand.

Drauf sprach so ein Kämmerer: „Ihr sollt uns geben Eu'r Schwert
Und auch die lichten Panzer.“ — „Das wird Euch nicht gewährt;“
Sprach von Tronege Hagen, „wir wollen selbst sie tragen.“
Da begann ihm Sigfrid die rechte Hofessitte sagen:

„In dieser Burg pfleget man, das will ich Euch sagen,
Daß nie keine Gäste hier Waffen dürfen tragen;
So laßt sie tragen von hinnen, das ist wohlgethan.“
Dem folgte viel ungerne Hagen, König Gunthers Mann.

Ein schenkte man den Gästen, viel Dienst ihnen geschah;
Viel manchen schnellen Recken man da zu Hofe sah
In fürstlichen Gewanden allenthalben gehn;
Da mußten sich die Kühnen von vielen Augen lassen ansehn.

Da wurden der Frau Brunhild angesagt die Mären:
Daß unbekannte Recken dar gekommen wären
In herrlichen Gewanden geschifft auf der Flut;
Darob begann zu fragen die Jungfrau schön und gut.

„Ihr sollt mich lassen hören,“ die Königin begann,
„Wer sind die fremden Recken, die gekommen heran,
Die da so herrlich in meiner Burg jetzt stehn,
Und was die kühnen Helden trieb, auf solche Fahrt zu gehn.“

Da vom Gesind sprach Einer: „Frau, ich mag wohl sagen,
Daß ich ihrer Keinen gesehen in meinen Tagen,
Nur steht darunter Einer, der Sigfriden sieht gleich;
Den müßt Ihr gut empfangen; den Rath geb' ich in Treuen Euch.

Der Andre der Gesellen der ist so stattlich und hehr,
Als ob, hätt' er Gewalt deß, er ein reicher König wär'
Ueber weiten Fürstenlanden und stünden sie ihm wohl an;
Man sieht ihn bei den Andern so königlich und herrlich stahn.

Der Dritte der Gesellen, der ist so greulich zu schau'n,
Und doch von schönem Leibe, Mächtigste der Frau'n!
So finster sind seine Blicke deren er viele thut;
Er hegt in seinem Sinne, als ich wähne, grimmigen Mut.

Der Jüngste darunter, der ist so stattlich auch,
Von magdlichen Züchten, von tugendlichem Brauch,
Seh' ich den edeln Degen so minniglich dastehn:
Bang dürft' uns Allen werden, wär' ihm ein Leides hier geschehn.

Wie blöde der Zucht er pflege und schön er sey von Leib:
Er möchte wohl weinen machen manches edle Weib,
Wenn er begönnte zürnen; so heldenhaft ist sein Wesen.
Er ist an aller Tugend ein Degen kühn und auserlesen."

Da sprach so die Königin: „Nun bringt mir mein Gewand!
Und ist der starke Sigfrid gekommen in dieß Land
Um meiner Minne willen: geht's ihm um Leben und Leib;
Ich fürchte nicht so sehr ihn, daß ich sollte werden sein Weib."

Brunhild die schöne bald trug sie ein stattlich Kleid;
Da ging mit ihr von dannen viel manche schöne Maid,
Wohl hundert oder drüber geziert aufs allerbeste,
Es trugen die schönen Frauen Verlangen anzuschau'n die Gäste.

Mit ihnen gingen Degen da aus Island,
Die Brunhildens Recken, die Schwerter in der Hand,
Fünfhundert oder drüber; das war den Gästen leid;
Da stunden von den Sitzen die Helden auf mit Höflichkeit.

Da nun Sigfriden die Königin sah,
Höret was von der Jungfrau für eine Rede geschah:
„Seyd willkommen Sigfrid, hier in diesem Land;
Was meinet Eure Reise? ich wollt', es würde mir bekannt."

„Viel groß ist Eure Gnade, meine Frau Brunhild
Daß Ihr mich geruhet grüßen, Fürstentochter mild,
Vor diesem edlen Recken der vor mir stehet hier;
Denn er ist mein Herre; die Ehre gern verbät' ich mir.

Er ist König am Rheine; was soll ich sagen mehr?
Und um deinetwillen sind wir gefahren her;
Er will dich gerne minnen, was ihm dadurch geschicht;
Nun bedenke dich bei Zeiten; erlassen wird mein Herr dir's nicht.

Er ist geheißen Gunther und ist ein König hehr;
Erwärb' er deine Minne: Nichts sonst begehrt' er mehr.
Die Fahrt deinetwegen mit ihm gemacht ich han,
Wär' er nicht mein Herre, ich hätt' es nimmermehr gethan."

Sie sprach: „Ist dein Herr er, und bist du sein Mann —
Die Spiele, die ich setze, wenn die bestehn er kann,
Und bleibt er darin Meister, so werde ich sein Weib;
Wenn aber ich gewinne: geht's allen Euch um Leben und Leib."

Da sprach von Tronege Hagen: „Frau, so laßt uns sehn
Eure Spiele, die starken; eh' daß Euch nach müßt' stehn
Gunther mein Herre, — gar hart müßte das seyn;
Er getraut sich wohl erwerben ein also schönes Mägdelein."

„Den Stein soll er werfen, und springen darnach,
Den Speer mit mir schießen; seyd nicht zu kühn und jach!
Ihr möchtet wohl hie verlieren die Ehre und auch den Leib,
Das sollt Ihr wohl bedenken," sprach das minnigliche Weib.

Sigfrid der viel kühne zu dem Könige trat,
Allen seinen Willen er ihn frei reden bat
Gegen Brunhild die Königin; ohne Sorge sollt' er seyn:
„Ich will Euch wohl behüten vor ihr mit den Listen mein."

Da sprach der König Gunther: „Königin hehr,
Nun ordnet, was Ihr gebietet, und wär' es auch noch Mehr,
Ich bestünd' es doch Alles um Euern schönen Leib;
Mein Haupt will ich verlieren, so Ihr werdet nicht mein Weib."

Da seine Rede hörte die Königin: das Spiel
Hieß sie in Eile ordnen, wie es ihr gefiel;
Sie hieß für sich holen zum Streite gut Gewand,
Einen Panzer von rothem Golde und einen guten Schildrand.

Ein Waffenhemde, seiden, das legte an die Maid,
Das von keinen Waffen nie ward versehrt im Streit,
Von Stoffen fern aus Libya, es war viel wohl gethan,
Von Borten licht Gewirke sah man herrlich scheinen daran.

Dieweile ward den Recken mit Trutze viel gedräut;
Dankwart und Hagen die waren unerfreut;
Wie es dem König erginge? drob war ihnen bang der Mut;
Sie dachten: „Unsre Reise die ist uns Recken nicht zu Gut.“

Derweile war auch Sigfrid, der waidliche Mann,
Hinab zum Schiff gegangen; Niemand hielt ihn an;
Wo er seine Tarnkappe verborgen liegen fand;
Darein viel rasch er schlüpfte; so ward gesehn er von Niemand.

Zurück er wieder eilte, da fand er Recken viel,
Wo die Königin, die kühne, richtet' ihre hohen Spiel';
Daher kam er heimlich, daß ihn Niemand sah
Von Allen, die da waren; mit großen Listen das geschah.

Der Ring der war gezogen, da das Spiel sollte geschehen
Vor manchen kühnen Recken, die das sollten sehen,
Mehr als siebenhundert, die sah man Waffen tragen:
Wer Meister blieb' im Spiele, daß sie die Wahrheit sollten sagen.

Da war auch kommen Brunhild; gewaffnet man die fand,
Als ob sie sollte streiten um all eines Königes Land,
Auch trug sie über der Seiden viel manche goldne Spangen;
Dazu minniglich schienen mit lichter Farbe ihre Wangen.

Da kam ihr Gesinde; die trugen daher zu Hand
Von ganz rothem Golde einen Schildesrand,
Mit stahlharten Spangen, viel groß und breit,
Darunter die Spiele wollte bestehn die minnigliche Maid.

Der Frauen Schildfessel eine edle Borte war,
Darauf lagen Steine, grün wie das Gras und klar;
Die leuchteten mannichfaltig mit Scheine wider das Gold;
Der mußte seyn viel kühne, dem diese Frau sollt' werden hold.

Der Schild war unter den Buckeln, so ist es uns gesagt,
In der Dicke wohl drei Spannen, den tragen sollte die Magd;
Von Stahl und auch von Golde war er reich genug,
So daß kaum die Kraft ihn von ihrer Kämmrer vieren trug.

Als so der Held von Tronege den Schild daher sah tragen,
Mit grimmigem Mute sprach da der starke Hagen:
„Wie nun König Gunther? Wohl kostet es uns den Leib!
Die Ihr begehrt zu minnen, die ist fürwahr des Teufels Weib!"

Vernehmt noch von ihren Kleidern; deren hatte sie genug.
Von Azagoch der Seiden einen Waffenrock sie trug,
Edel und köstlich; ob deß Farbe den Schein
An der Königin ausstrahlte viel manches herrliche Gestein.

Da trug man der Frauen, viel schwer und groß
Einen Speer, einen scharfen, den sie allezeit schoß,
Stark und ungefüge, gar mächtig und breit,
Der an seinen Schärfen gefährlich und gar greulich schneid't.

Von des Speeres Schwere höret Wunder sagen:
Wohl viertehalb Mäße waren dazu geschlagen,

Den trugen mit Mühe von Brunhilden drei Mann;
Gunther der edle darum große Sorge gewann.

Er dachte in seinem Mute: was will mir da geschehen?
Der Teufel aus der Hölle — wie könnt' er hie bestehen?
Wär' ich zu Burgunden mit dem Leben mein:
Sie dürfte hier viel lange frei vor meiner Minne seyn.

Ihm war in seinen Sorgen, das wisset, leid genug;
All sein Gewaffen man ihm zusammentrug,
Da ward der stattliche König wohl gewaffnet darin;
Es hätte vor Leide Hagen verwandelt fast den Sinn.

Da sprach Hagens Bruder, der kühne Dankwart:
„Innerlich mich reuet diese Hofefahrt;
Hießen wir sonst doch Recken, und kostet uns hier den Leib!
Soll in diesen Landen uns verderben nun ein Weib?

Viel hart das mich kränket, daß ich kam in dieß Land;
Und hätte mein Bruder Hagen sein Gewaffen an der Hand,
Und auch ich das meine: die jetzt so trotzig gebahren,
Brunhildens Mannen alle die wollt' ich lehren sanfter fahren.

Das wisset nur ganz sicher, sie sollten's wohl lassen gehn;
Und hätt' ich tausend Eide gethan, im Frieden zu stehn:
Eh' daß ich sähe sterben den lieben Herren mein,
Eh' sollte den Leib verlieren das viel schöne Mägdelein."

„Wir würden ungefangen wohl kommen aus diesem Land,"
Sprach da sein Bruder Hagen; „und hätten wir das Gewand,
Deß wir zur Noth bedürfen und auch die Schwerter viel gut,
So würde wohl geleget der starken Frau der Uebermut."

Wohl hörte die edle Jungfrau, was der Degen gesprochen da;
Mit schmollendem Munde sie über die Achsel sah:
„Wenn ihr Dünkel ist so kühne, traget herein ihr Gewand, —
Ihre viel scharfen Waffen gebet den Recken in die Hand.

Mir ist's so lieb eben, ob sie gewaffnet gehn,"
Sprach Brunhilde, „als ob sie bloß stehn;
Ich fürchte Niemands Stärke der mir noch ward bekannt;
Ich trau' mir wohl im Streite zu bestehn vor jedes Einen Hand." —

Da sie die Schwerter gewonnen, wie die Jungfrau gebot,
Der viel kühne Dankwart vor Freuden ward er roth;
„Beginne nun das Spielen," sprach der viel schnelle Mann;
„Gunther ist unbezwungen, nun wir auch unsre Waffen ha'n."

Brunhildens Stärke die zeigte sich nicht klein;
Man trug ihr zu dem Ringe einen schweren Stein,
Groß und ungefüge, mächtig und rund,
Kaum schneller Helden zwölfe konnten heben ihn vom Grund.

Den warf sie alle Male wenn sie den Speer verschoß;
Der Burgunder Sorgen wurden bitter und groß;
„Waffen!" sprach da Hagen; „Wen minnt der König! ei schaut!
Mag sie doch in der Hölle seyn des übeln Teufels Braut!"

An ihre viel weiße Arme sie die Ermel band;
Sie begann zu fassen den Schild mit der Hand,
Den Speer sie hoch zuckte; der Streit nahm jetzt Anfang;
Den Gästen aus der Fremde war vor Brunhildens Zorne bang.

Und wäre ihm Sigfrid nicht da zu Hülfe gekommen,
Sie hätte dem Könige seinen Leib genommen.
Er ging dar auf ihn heimlich und rührte ihm an die Hand;
Gunther seine Listen in seinen harten Sorgen empfand.

Was hat mich angerühret? dachte der Herre da;
Da schaut' er allenthalben, und Niemand stehen sah;
Er sprach: „Ich bin es, Sigfrid, der liebe Freund dein;
Vor der Königin Brunhild sollst ohne alle Angst du seyn.

Den Schild gib von der Hand mir und laß mich ihn tragen,
Und merke recht dir, was du mich hörest sagen:
Die Werke will ich vollbringen, hab' du nur die Geberden."
Da ihn der König erkannte, begann ihm leicht ums Herz zu werden.

„Nun hehl' du meine Listen, die sollst du Niemand sagen,
So mag die kühne Jungfrau gar wenig nur erjagen
Ruhm an dir und Ehre, darauf doch ihr Willen geht;
Nun sieh du, wie die Jungfrau zuversichtlich vor dir steht."

Da schoß mit großen Kräften die herrliche Maid
Auf einen Schild, einen neuen, gar mächtig und breit,
Den trug an seinem Arme das Sigelinden Kind;
Das Feuer sprang vom Stahle als weht' es vor sich her der Wind.

Des starken Speeres Schneide ganz den Schild durchdrang,
Daß man sah, wie das Feuer aus den Ringen sprang;
Vom Schusse taumelten beide, die kräftigen Mannen,
Ohne die Tarnkappe trug man sie wohl todt von dannen.

Sigfrid dem viel kühnen aus dem Munde brach das Blut;
Viel bald sprang auf er wieder; da nahm der Recke gut
Den Speer, den sie geschossen ihm durch den Schildrand;
Den schleuderte zurücke ihr des starken Sigfrides Hand.

Er dachte: ich will nicht schießen das schöne Mägdelein;
Er kehrte des Speeres Schneide hinter den Rücken sein;
Mit der Speerstange schoß er auf ihr Gewand,
Daß es erklang und schallte von seiner heldenhaften Hand.

Das Feuer stob aus den Ringen als ob es triebe der Wind;
Den Schuß den schoß gewaltig das Sigemundes Kind;
Sie mochte mit ihren Kräften dem Schusse nicht halten Stand,
So Großes hätte nimmer gethan König Gunthers Hand.

Brunhilde, die schöne, bald wieder aufsprang;
„Gunther, edler Ritter, für deinen Schuß hab' Dank!"
Sie wähnte, daß er's hätte mit seiner Kraft gethan;
Nein! sie hatte gefället ein viel kräftigerer Mann!

Da ging sie hin viel balde, viel zornig war ihr Mut,
Gar hoch hob sie den Stein auf, die edle Jungfrau gut,
Sie schleuderte ihn kräftig weit hin aus ihrer Hand;
Dann sprang sie nach dem Wurfe; da erklang laut ihr Kriegsgewand.

Der Stein der war gefallen wohl zwölf Klafter weit;
Den Wurf übertraf im Sprunge die wohlgethane Maid;
Hin ging der Herre Sigfrid, wo der Stein lag;
Ihn wägte der König Gunther, der andre Held des Wurfes pflag.

Sigfrid der war kühne,
Viel kräftig und viel lang;
Den Stein den warf er ferner,
Dazu er auch weiter sprang;
Durch seine treffliche Listen
Er hatte Kraft genug,
Daß er bei seinem Sprunge
Den König Gunther mit sich trug.

Der Sprung der war ergangen,
Der Stein der war gelegen;
Da sah man andern Keinen
Als Gunther den Degen.
Brunhild, die Schöne,
Die ward im Zorne roth:
Sigfrid hatte gewehret
Von König Gunther ab den Tod.

Zu ihrem Hofgesinde halb laut sprach sie da,
Als an des Ringes Ende den Helden gesund sie sah:
„Ihr meine Magen und Mannen, alsbald kommt heran,
Ihr sollt Alle werden dem König Gunther unterthan.“

Da legten die viel Kühnen die Waffen von der Hand,
Gunther dem reichen, aus Burgunden Land
Sie sich zu Füßen erboten, viel mancher kühne Mann;
Sie wähnten daß er hätte die Spiele mit seiner Kraft gethan.

Er grüßte sie viel freundlich; wohl war er tugendreich;
Da nahm bei der Hand ihn die edle Magd sogleich;
Sie erlaubte ihm, daß er sollte da der Herrschaft pflegen;
Deß freute sich da Hagen, der auserwählte, kühne Degen.

Sie bat den edeln Ritter von dannen mit ihr gehn
In den Palast den weiten. Als das war geschehn,
Da erbot man den Recken Dienste desto baß;
Dankwart und Hagen mußten es lassen ohne Haß.

Sigfrid der schnelle, weise war er genug;
Die Tarnkappe wieder zu verwahren fort er trug;
Dann kehrte er zurücke wo manche Frau saß,
Er sprach zu dem König, — mit frohem Herzen that er das: —

„Was erharret Ihr, mein Herr, noch, wann beginnet Ihr der Spiele,
Deren Euch die Königin setzet also viele;
Und lasset bald uns schauen wie die sind gethan.“
Als ob Nichts er wüßte gebahrte sich der listige Mann.

Da sprach so die Königin: „Wie ist das geschehen,
Daß Ihr habt, Herr Sigfrid, von den Spielen Nichts gesehen,
Die hier hat errungen des Königes Gunthers Hand?“
Da antwortet' ihr Hagen, der Held aus Burgunden Land:

Er sprach: „Frau, dieweilen Ihr uns betrübet den Mut,
Da war bei dem Schiffe Sigfrid der Held gut,
Wie der Vogt vom Rheine die Spiele Euch abgewann;
Daher ist's ihm noch fremde,“ sprach des Königes Gunthers Mann.

„Willkommen diese Märe,“ sprach Sigfrid der Degen,
„Daß Eure Hoffahrt endlich ist also unterlegen,
Daß Jemand lebet, der Euer Meister mag seyn;
Nun sollt Ihr, edle Jungfrau, von hinnen folgen uns an Rhein.“

Da sprach die Wohlgethane: „so kann es nicht ergehn;
Meine Magen und Mannen müssen's zuvor verstehn;
Ich kann nicht so leichtlich räumen und lassen mein Land,
Meine besten Freunde müssen zuvor werden besandt.“

Da hieß sie Boten reiten allenthalben von dannen;
Sie besandte ihre Freunde, Magen und Mannen,
Nach Isenstein sie bat sie zu kommen unverweilt.
Gewande reich und herrlich wurden da Allen ausgetheilt.

Tag für Tag sie ritten spat so wie fruh
Der Burg Brunhildens schaarenhaft zu:
„Jara ja!“ sprach Hagen, „was wir da begannen!
Wir thun übel abzuwarten der schönen Brunhilde Mannen!

So sie nun mit ihren Kräften kommen in dieß Land,
Der Königin Wille ist uns unbekannt,
Ob sie vielleicht so zürnet daß wir sind verloren;
So ist die Magd, die edle, uns zu großen Sorgen geboren.“

Da sprach der starke Sigfrid: „Davor will ich stehn.
Deß Ihr da habet Sorge, das lass' ich nicht geschehn.
Ich will Euch Hülfe bringen her in dieß Land,
Von auserwählten Recken die Euch noch nie wurden bekannt.

Ihr sollt nach mir nicht fragen, ich will von hinnen fahren;
Gott woll' Eure Ehre die Zeit wohl bewahren;
Ich komme bald wieder und bring' Euch tausend Mann
Der allerbesten Degen, von denen ich je Kunde gewann."

„Wo es nicht ansteht zu lange," König Gunther der sprach so,
„Sind wir Eurer Hülfe billigermaßen froh."
Er sprach: „Ich komm' wieder in viel kurzen Tagen;
Daß Ihr mich habt entsendet, das sollt Ihr Brunhilden sagen."

Achte Aventure.

Wie Sigfrid nach den Nibelungen fuhr.

Von dannen ging da Sigfrid zum Port auf den Sand,
In seiner Tarnkappe, wo er ein Schifflein fand;
Darein trat ganz heimlich das Sigemundes Kind;
Er führt' es bald von dannen, als wehte es dahin der Wind.

Den Schiffmeister sah Niemand, das Schifflein lustig floß
Durch Sigfrides Kräfte, die waren also groß;
Sie wähnten, daß es führte ein sonderlicher Wind;
Nein! Sigfrid es führte, der schönen Sigelinde Kind.

Nach des Tages Stunden und in der einen Nacht
Kam er zu einem Lande mit stattlicher Macht
Wohl hundert Rasten lange oder noch über das;
Das Land hieß Nibelungen, wo er den großen Schatz besaß.

Der Held der fuhr alleine auf einen Wert viel breit;
Das Schiff hat angebunden der Recke in kleiner Zeit;
Zu einem Berge ging er, drauf eine Burg gelegen,
Und suchte sich Herberge, wie es die Wegemüden pflegen.

Da kam er vor die Pforte, verschlossen er die fand;
Wohl hüteten sie ihre Ehre, wie die Leute noch thun im Land.
Ans Thor begonnte pochen der landesfremde Mann;
Das war wohl behütet; und innen fand er stehn daran

Einen Ungefügen, der der Burg Wache pflag,
Bei dem zu allen Zeiten sein Gewaffen lag;
Der sprach: „Wer ist der pochet so gewaltig an das Thor?"
Da wandelte seine Stimme der Degen Sigfrid davor.

Er sprach: „Ich bin ein Recke; nun schließ' auf das Thor;
Ich erzürne wohl Manchen noch heute davor,
Der gerne sanft läge, ruhig und gemach;"
Das verdroß den Pförtner, daß also Herr Sigfrid sprach.

Nun hatte der kühne Riese sein Gewaffen angethan,
Den Helm hatt' auf dem Haupt er; der viel starke Mann
Den Schild viel bald zuckte, auf riß er das Thor,
Gegen Sigfriden lief er gar grimmiglich hervor;

Wie er durfte wecken so manchen kühnen Mann?
Da wurden harte Schläge von seiner Hand gethan;
Da begann sich zu schirmen der herrliche Gast;
Da traf ihn der Pförtner, daß ihm das Schildgespäng zerbrast,

Mit einer Eisenstange; das schuf dem Helden Noth;
Halb begonnte fürchten Sigfrid den grimmen Tod,
Da der Pforte Hüter so kräftiglich zuschlug,
Darum war dem Pförtner sein Herre Sigfrid hold genug.

Also hart sie stritten, daß die Burg füllte der Schall;
Da hörte man das Tosen im Nibelungen Saal;
Er bezwang den Pförtner, also daß er ihn band;
Kund wurden diese Mären im ganzen Nibelungen Land.

Da hörte das grimme Streiten
Fernhin durch den Berg
Alberich der viel kühne,
Ein wildes Gezwerg;
Er waffnete sich in Eile,
Und lief bis er fand
Diesen Gast, den viel edeln,
Wie er gar fest den Riesen band.

Alberich war viel grimmig,
Stark war er genug,
Helm und Ringe
Er an seinem Leibe trug,
Und eine schwere Geißel
Von Gold in seiner Hand;
So lief er viel schnelle
Hin wo er Sigfriden fand.

Sieben schwere Knoten
Die hingen vorn daran,
Womit er vor dem Arme
Den Schild dem kühnen Mann
Zerschlug so gewaltig,
Daß ihm deß viel zerbrast;
In Sorgen seines Lebens
Kam da der viel waidliche Gast.

Den Schild er aus den Händen gar zerbrochen warf;
Dann stieß er in die Scheide ein Waffen, lang und scharf;
Seinen treuen Kämmrer wollt' er nicht schlagen todt;
Er schonte seiner Züchte, wie ihm seine Tugend das gebot.

Mit seinen starken Händen lief er Albrichen an,
Da fing er bei dem Barte den altgreisen Mann,
Ungefüge er ihn zuckte, daß viel laut er schrie;
Die Zucht des jungen Helden Albrichen zu großem Weh gedieh.

Laut rief der Kühne: „Laßt frei mich der Gefährden;
Und möcht' ich Jemands eigen, außer Einem Recken werden,
(Dem gelobt' ich darob Eide, ich wäre ihm unterthan,)
Ich dient' Euch, bis ich stürbe," so sprach der viel listige Mann.

Er band auch Alberichen, wie er den Riesen band;
Die Sigfrides Kräfte mit Schmerzen er empfand;
Das Gezwerg begonnte fragen: „Wie seyd Ihr genannt?"
Er sprach: „Ich heiße Sigfrid, ich wähnt', ich wär' Euch wohl bekannt."

„Willkommen diese Märe," sprach Alberich, das Gezwerg,
„Nun hab' ich wohl erfunden die ritterlichen Werk',
Daß Ihr mit gutem Rechte möget Herr des Landes seyn;
Ich thu' was Ihr gebietet, wollt Ihr der Bande mich befrein."

Da sprach der Herre Sigfrid: „Ihr sollt balde gahn,
Und bringen her der Recken, der besten die wir ha'n,
Tausend Nibelunge, daß die hier mich sehen:
So will ich hie nimmer lassen Euch ein Leid geschehen."

Alberich und dem Riesen löset' er die Band';
Da lief alsbald Alberich wo er die Recken fand;
Viel sorgsam er weckte die Nibelungen all';
Er sprach: „Wohlauf Ihr Helden, Ihr sollt hin zu Sigfriden zumal."

Sie sprangen von den Betten und waren viel bereit;
Tausend schnelle Ritter wurden wohl gekleid't.
Sie gingen da sie fanden den auserwählten Mann;
Daselbst ein schönes Grüßen mit Worten und mit Werk begann.

Viele Kerzen man anzünd'te, man schenkte ihm lautern Trank;
Daß sie so schnell gekommen, er sagt's ihnen Allen Dank.
Er sprach: „Ihr sollt von hinnen mit mir über die Flut;"
Deß fand er viel willig die Helden alle kühn und gut.

Wohl dreißig hundert Recken die waren schnell gekommen;
Aus denen wurden der Besten Tausend da genommen;
Denen brachte man ihre Helme und ihr ander Gewand,
Denn er sie wollte führen hin in das Brunhilden Land. —

Er sprach: „Ihr guten Ritter, das will ich Euch sagen,
Ihr sollt viel reiche Kleider da zu Hofe tragen,
Weil uns dort muß sehen manch minnigliches Weib;
Darum sollt Ihr zieren mit schönen Gewändern Euern Leib."

Nun spricht leicht ein Dummer: „es ist wohl lauter Lug;
Wie mochten so viel Ritter bei einander seyn mit Fug?
Wo nahmen sie die Speise, wo nahmen sie Gewand?
Sie brachtens nicht zu wege, diente ihnen dreißiger Herren Land."

Daß Sigfrid so reich war Ihr habt gehört das Wort,
Ihm diente das Königreich und der Nibelungen Hort;
Deß gab er seinen Degen völliglich genug;
Kleiner ward der Schatz nicht, wie viel man von ihm weg auch trug.

An einem frühen Morgen erhuben sie sich dann;
Was schneller Gefährten Sigfrid da gewann!
Sie führten gute Rosse und herrliche Gewand;
Gar ritterlich sie kamen hin in das Brunhilden Land.

Da stund auf den Zinnen manch minnigliches Kind;
Die Königin begann fragen: „Weiß Jemand Wer die sind,
Die ich dort sehe schwimmen so ferne auf der See?
Sie führen weiße Segel, die sind noch weißer als der Schnee."

Da sprach der König vom Rheine: „Es sind meine Mannen,
Die ich auf der Fahrt verlassen, nicht weit von dannen;
Die hab' ich nun beschicket, die sind jetzt, Jungfrau, kommen."
Der herrlichen Gäste ward mit Fleiße wahrgenommen.

Da sah man Sigfriden stehen im Schiffe voran,
In herrlicher Rüstung, und manchen andern Mann;
So sprach jetzt die Königin: „Herr König, Ihr sollt mir sagen
Soll ich die Gäste empfangen, oder zu grüßen sie vertagen?"

Er sprach: „Ihr sollt entgegen vor den Palast ihnen gehn,
Ob wir sie sehen gerne, daß sie das wohl verstehn."
Da that die schöne Jungfrau, wie ihr der König rieth;
Sigfriden mit ihrem Gruße sie von den andern Fremden schied.

Herberge gab man ihnen und bewahrt' ihnen ihr Gewand.
Da waren so viel Gäste kommen in das Land,
Daß sich hub allenthalben ein Drängen von den Schaaren.
Da wollten die viel Kühnen heim zu den Burgunden fahren.

Da sprach also die Königin: „Dem wollt' ich werden hold
Der zu theilen wüßte mein Silber und mein Gold
Meinen und des Königs Gästen; ich bin so reich daran."
Darauf antwortete Dankwart, Giselhers, des kühnen, Mann:

„Königin, viel Edle, laßt mich der Schlüssel pflegen,
Ich trau' mir so zu theilen," sprach der kühne Degen,
„So viel ich ernte Schande, die soll mein seyn allein."
Seine große Milde ward offenbar mit hellem Schein.

Da sich Hagens Bruder der Schlüssel unterwand,
So manche reiche Gabe gab des Helden Hand:
Wer einer Mark begehrte, dem ward so viel gegeben,
Daß die Armen alle in Lust und Freude konnten leben.

Wohl bei hundert Pfunden gab er, ohne Zahl;
Viele in reichen Gewanden gingen vor dem Saal,
Die nie zuvor je trugen also herrliches Kleid.
Das verdroß die Königin, beschwerlich ward es ihr und leid.

Da sprach die Frau: „Herr König, mich dünkt's nicht allzufein,
Daß Nichts mir Eurer Kämmrer von den Gewändern mein
Will lassen übrig bleiben; er verschwendet gar mein Gold;
Wer jetzt noch das schiede, dem wollt' ich immer bleiben hold.

Er gibt so reiche Gaben; es wähnet wohl der Degen,
Ich warte meines Todes; doch will ich's länger noch pflegen;
Getrau' mir auch zu verschwenden, was mir mein Vater ließ."
Fürwahr! nie ein Mildrer Schatzmeister einer Königin hieß!

Da sprach von Tronege Hagen: „Frau, nehmt an den Bescheid,
Es hat der König vom Rheine Gold und auch Kleid'
Also viel zu geben, daß es uns nicht gebricht,
Ob auch Brunhildens Schätze wir von dannen führen nicht."

„Nein," sprach die Königin, „seyd mir darin zu Willen,
Und laßt mich auf die Reise zwanzig Schreine füllen
Mit Gold und mit Seiden, das verschenke meine Hand,
So wir kommen hinüber in des Königes Gunthers Land."

Mit edlem Gesteine man füllte Schrein um Schrein;
Ihre eignen Schatzmeister dabei mußten seyn;
Sie wollt' es nicht vertrauen dem Giselheres Mann;
Gunther und auch Hagen huben darum zu lachen an.

Darauf sprach die Königin: „Wem lass' ich all mein Land?
Das soll noch hie bestiften meine und Eure Hand."
Da sprach der König edel: „Nun rufet Den herbei,
Der Euch gefällt zum Amte, daß er statt unser Vogt hier sey."

Ihrer höchsten Magen Einen die Jungfrau bei sich sah,
Er war ihrer Mutter Bruder. Zu dem sprach sie da:
„Nun laßt Euch seyn befohlen meine Burgen und auch die Land',
Bis daß hier richte und walte des König Gunthers eigne Hand."

Da wählte sie ihres Gesindes wohl zwanzig hundert Mannen,
Die mit ihr sollten fahren nach Burgunden von dannen,
Zu jenen tausend Recken aus Nibelungen Land;
Sie rüsteten zur Fahrt sich, man sah sie reiten auf den Sand.

Sechsundachtzig Frauen nahm mit sich das schöne Weib;
Dazu wohl hundert Mägde, viel schön von Art und Leib;
Sie säumten sich nicht länger; sie wollten ziehn von dannen;
Die sie zu Hause ließen, hei, wie zu weinen die begannen!

In tugendlichen Züchten die Frau räumte ihr Land;
Sie küßt' ihre nächsten Freunde, die da waren zur Hand.
Mit gutem Urlaube sie kamen auf das Meer,
Zu ihrem Vaterlande kam die Fraue nimmermehr.

Auf ihrer Fahrt man hörte gar mannigfaltes Spiel;
Aller Kurzweile hatten sie da gar viel.
Da kam ihnen zur Reise ein rechter Wasserwind;
Sie fuhren von dem Lande; das beweinte mancher Mutter Kind.

Doch wollte sie den Herren nicht minnen auf der Fahrt;
Es ward ihre Kurzweile für ihr Haus aufgespart,
Für die Burg zu Wormes zu einer Hochgezeit,
Wo sie viel reich an Freuden ankamen mit ihren Helden seit.

Neunte Aventure.

Wie Sigfrid nach Worms gesandt ward.

Da sie gefahren waren volle neun Tage,
Da sprach von Tronege Hagen: „nun höret was ich sage,
Wir säumen mit den Mähren nach Wormes an den Rhein;
Eure Boten sollten vor uns zu Burgunden seyn."

Da sprach der König Gunther: „Wahr ist der Bescheid,
Und wäre zu der Fahrt uns Niemand so bereit
Als Ihr, Freund Hagen; so reitet in mein Land;
Die meine Hofereise macht ihnen Niemand baß bekannt."

Da antwortet' ihm Hagen: „ich bin kein Bote gut;
Laßt mich der Kammern pflegen und bleiben auf der Flut;
Ich will hier bei den Frauen behüten ihr Gewand,
Bis wir sie bringen hin in der Burgunden Land.

Nun bittet Sigfriden daß er führe die Botschaft,
Der kann sie wohl ausrichten mit heldenhafter Kraft;
Versagt er Euch die Reise, so sollt mit guten Sitten
Um Eurer Schwester willen Ihr um die Fahrt ihn freundlich bitten."

Er sandte nach dem Recken; der kam, als man ihn fand.
Der König sprach: „Weil nahe wir jetzt sind meinem Land,
Sollt' ich wohl Boten senden der lieben Schwester mein,
Und auch meiner Mutter, daß wir jetzt nahen an den Rhein.

Das begehr' ich von Euch, Sigfrid; so meinen Willen Ihr thut,
Gedenk' ich es Euch immer;" sprach der Degen gut;
Da widerredete Sigfrid, der viel kühne Mann,
Bis daß ihn Gunther gar ernstlich zu flehen begann.

Er sprach: „Ihr sollt reiten nicht meinethalb allein,
Auch um Kriemhilden, das schöne Mägdelein;
Daß es mit mir vergelte die herrliche Maid."
Da das hörte Sigfrid, da war der Recke viel bereit.

„Nun gebietet was Ihr wollet, es sey Euch Nichts versagt,
Ich will es gern ausrichten, zulieb der viel schönen Magd;
Wie sollt' ich ihr entrathen, die ich im Herzen han?
Was ihrethalb Ihr gebietet, das ist, so wie Ihr sprecht, gethan."

„So saget der Königin, Uten, der Mutter mein:
Ob dieser Fahrt wir mögen gar hohen Mutes seyn,
Laßt wissen meine Brüder wie unsre Werbung ergangen;
Ihr sollt auch unsre Freunde lassen diese Kund' empfangen.

Zu meiner schönen Schwester sollt bald Ihr Botschaft tragen;
Mein' und Brunhildens Grüße sollt Ihr der Jungfrau sagen,
Und auch dem Gesinde und allen meinen Mannen:
Wornach je rang mein Herze, daß wir das mit Ehre gewannen.

Und Ortweinen saget, dem lieben Neffen mein,
Daß er heiße Gestühle schlagen an dem Rhein;
Und andern meinen Magen soll man das zeigen an,
Daß ich mit Brunhilden will große Hochgezeite ha'n.

Und sage meiner Schwester, so sie das vernommen,
Daß ich mit meinen Gästen sey in das Land gekommen,
Daß sie mit Fleiß empfange die liebe Vertraute mein;
Dafür will ich Kriemhilden immer hold und dienstlich seyn."

Sigfrid der Recke bald Urlaub nahm
Von Frauen Brunhilde, mit Sitten er vor sie kam,
Und von all ihrem Gesinde; dann ritt er an den Rhein;
In aller Welt konnte nimmer ein bessrer Bote seyn.

Mit vierundzwanzig Recken ritt nach Worms er hin;
Ohne den König kam er; da man das hörte drin,
Ward alles Gesinde erfüllt von Jammers Noth;
Sie furchten daß ihr Herre dort geblieben wäre todt.

Da sprangen sie von den Rossen, gar hoch stand ihr Mut;
Viel schnell nahte Giselher, der junge König gut,
Und Gernot sein Bruder; wie bald sprach er da,
Als er den König Gunther nicht mit Sigfrid kommen sah:

„Seyd willkommen Sigfrid; Ihr sollt mich wissen la'n,
Wo Ihr meinen Bruder, den König, habt hingethan.
Ihn hat Brunhildens Stärke, sorg' ich, uns genommen;
So wär' ihre hohe Minne uns zu großem Schaden gekommen."

„Die Angst lasset bleiben; Euch und den Magen sein
Entbietet seine Grüße der Heergeselle mein;
Den hab' ich gesund gelassen; er hat mich Euch gesandt,
Daß ich sein Bote würde mit Mären her in Euer Land.

Ihr sollt dafür sorgen, wie das schnell geschehe,
Daß ich Uten die Königin und Eure Schwester sehe,
Die soll ich lassen hören was ihnen entboten hat
Gunther und auch Brunhild; ihr Ding gar hoch ihnen Beiden staht."

Da sprach der junge Giselher: „So sollt Ihr zu ihnen gahn,
So habt Ihr meiner Schwester viel Liebe angethan;
Sie trägt viel große Sorge um den Bruder mein;
Das Mägdlein sieht Euch gerne, deß will ich Euer Bürge seyn."

Da sprach der Herre Sigfrid: „Was ich ihr dienen kann,
Das soll mit allem Willen in Treuen seyn gethan.
Wer sagt nun den Frauen, daß ich will kommen dar?"
Der Botschaft da Giselher, der waidliche Mann, viel willig war.

Giselher der junge zu seiner Mutter sprach
Und auch zu seiner Schwester, als er kam in ihr Gemach:
„Uns ist gekommen Sigfrid, der Held aus Niederland;
Ihn hat mein Bruder Gunther her zum Land am Rheine gesandt.

Er bringet uns die Märe, wie es um den König steh';
Nun sollt Ihr ihm erlauben, daß er zu Hofe geh',
Er sagt die rechte Kunde was geschehen in Island."
Noch ward den edeln Frauen großer Sorgen viel bekannt.

Sie sprangen nach ihren Gewanden, die legten sie sich an;
Sie baten daß zu Hofe käme der kühne Mann;
Das that Sigfrid willig; sein Herz begehrte darnach.
Kriemhild, die edle, zu ihm viel gütlich also sprach:

„Seyd willkom Herr Sigfrid, Ritter auserkoren,
Wo ist mein Bruder Gunther, der König hochgeboren?
Von Brunhildens Kräften, sorg' ich, liegt er todt;
O weh mir armen Mägdlein, daß ich erlebe solche Noth!"

Da sprach der kühne Ritter:
„Nun gebet mir Botenbrot!
Ihr viel schönen Frauen,
Ihr weinet ohne Noth;
Gesund hab' ich ihn verlassen,
Das thu' ich Euch bekannt;
Er hat zu Euch Beiden
Mich mit den Mären hergesandt.

Euch entbietet holde Grüße
Aus freundlichem Sinn
Er, und seine Braut auch,
Viel edle Königin;
Nun lasset Euer Weinen;
Sie wollen alsbald kommen."
Sie hatte in langen Zeiten
So liebe Märe nicht vernommen.

Mit schneeweißen Falten ihre Augen wohlgethan
Wischte sie nach den Thränen; danken sie begann
Dem Boten für die Mären, die ihr waren kommen.
Da war ihr großes Trauern und auch das Weinen ihr benommen.

Sie bat den Boten sitzen; deß war er viel bereit;
Da sprach die Minnigliche: „Mir wär' es nimmer leid,
Wenn ich zur Botenmiethe Euch sollte geben mein Gold;
Doch seyd dafür zu reich Ihr; ich will Euch immer bleiben hold."

„Und ob ich Einer hätte," sprach er, „dreißig Land:
So empfieng' ich doch gerne eine Gab' aus Eurer Hand."
Da sprach die Tugendreiche: „So soll es auch geschehn."
Sie hieß ihren Kämmerer nach der Botenmiethe gehn.

Vierundzwanzig Spangen mit Gesteinen gut
Die gab sie ihm zur Miethe. Dem Helden stand so der Mut:
Er wollt' es nicht behalten; er gab's gleich aus der Hand
Ihren viel schönen Mägden, die er in dem Gemache fand.

Ihre Dienste bot Frau Ute ihm viel gütlich an.
„Ich soll Euch bringen Botschaft," sprach der kühne Mann,
„Was von Euch bittet Gunther, so er kommt an den Rhein;
So Ihr, Frau, das leistet, woll' er Euch immer gewogen seyn.

Seine edeln Gäste, das hört' ich ihn begehren,
Daß Ihr die wohl empfahet, und sollt ihm das gewähren,
Daß Ihr entgegen ihm reitet vor Wormes auf den Sand;
Darum seyd von dem König mit rechten Treuen Ihr gemahnt."

Da sprach die Minnigliche: „deß bin ich viel bereit,
Was ich ihm kann dienen, das leist' ich ihm allezeit
Mit freundlichen Treuen; so soll es seyn gethan."
Da mehrte sich ihre Farbe, so vor Liebe sie gewann.

Keines Fürsten Bote ward nie empfangen baß;
Dürfte sie ihn küssen: das thäte sie ohne Haß!
Wie mit minniglichen Arten er von den Frauen schied!
Da thaten die Burgunden, so wie Sigfrid ihnen rieth.

Sindold und Hunold und Rumold der Degen,
Viel lästiger Arbeit mußten sie da pflegen,
Zu errichten das Gestühle zu Wormes auf dem Sand;
Die Schaffner des Königs man unter den Arbeitern fand.

Ortwein und Gere die wollten nicht Ruhe pflegen;
Sie sandten nach den Freunden hinaus auf allen Wegen,
Sie kündeten die Hochzeit die da sollte seyn;
Darauf sich schmückten mit Fleiße die viel schönen Mägdelein.

Der Palast und die Wände Alles ward überall
Gezieret für die Gäste; König Gunthers Saal
Der ward viel wohl bezimmert durch manchen fremden Mann;
Diese viel starke Hochzeit hob sich mit großen Freuden an.

Da ritten allenthalben hin und her durch das Land
Der dreien Könige Magen, die man hatte besandt,
Daß sie warteten derer, die da sollten kommen.
Da ward aus den Truhen viel der reichen Gewande genommen.

Da sagte man die Märe, daß man reiten sah
Die Brunhilden Freunde; Gedräng erhob sich da
Von des Volks Getümmel im Burgunden Land;
Hei, was man kühner Degen da zu beiden Seiten fand!

Da sprach die schöne Kriemhild: „Ihr meine Mägde fein,
Die bei dem Empfange mit mir wollen seyn:
Die suchen aus den Kisten Kleider die allerbesten,
So wird Lob und Ehre viel zu Theil uns von den Gästen.“

Da kamen auch die Recken, die hießen tragen dar
Die herrlichen Sättel von rothem Golde gar,
Darauf die Frauen sollten reiten an den Rhein;
Besser Pferdgeräthe mußte nirgends zu finden seyn.

Hei! was da von den Rossen lichtes Gold gab Schein!
Ihnen leuchtete von den Zäumen viel mancher edle Stein;
Die goldenen Sitze, ob lichten Decken gut,
Die brachte man den Frauen; sie waren froh und wohlgemut.

Auf dem Hofe standen die Frauenpferde bereit
Den edeln Jungfrauen, als es war an der Zeit;
Die schmalen Vorbuge sah man die Rosse tragen
Von der besten Seide, davon nur Jemand konnte sagen.

Sechsundachtzig Frauen sah man schreiten heran,
Die Gebände trugen; zu Kriemhilden dann
Kamen die viel Schönen und trugen lichte Kleid';
Da kam auch wohl gezieret viel manche stattliche Maid,

Fünfzig und vier darüber von Burgunden Land;
Es waren auch die Höchsten, die man da irgend fand;
Die sah man da gelbhaarig unter lichten Borten gehn;
Was zuvor begehrt der König, das sah man da mit Fleiß geschehn.

Sie trugen reiche Stoffe, die besten die man fand,
Vor den fremden Recken, so manch trefflich Gewand,
Das ihrer schönen Farbe wohl zu statten kam;
Der wäre schwachen Mutes der ihrer Einer wäre gram.

Von Hermelin und Zobel viel Kleider man da fand;
Da ward viel wohl gezieret mancher Arm und Hand
Mit Spangen über der Seiden, die sie da sollten tragen.
Die köstliche Arbeit könnte Niemand gar zu Ende sagen.

Viel manchen Gürtel künstlich, reich und lang,
Ueber lichte Kleider viel manche Hand da schlang
Um edle Ferrans-Röcke von Stoff aus Arabia;
Den edeln Jungfrauen war da viel hohe Freude nah.

Es ward genäht Geschmeide von mancher schönen Maid
Vor Hals und Brust viel zierlich; es müßte der seyn leid,
Deren viel lichte Farbe nicht stäche mit Schmuck und Gewand.
So schönes Ingesinde find't man jetzt in keines Königs Land.

Als die viel Minniglichen nun trugen ihr Gewand,
Die sie da führen sollten, die waren jetzt zur Hand,
Der hochgemuten Recken eine viel starke Kraft;
Man trug auch mit den Schilden herbei manchen eschenen Schaft.

Zehnte Aventure.

Wie Brunhild zu Worms empfangen ward.

Drüben auf dem Rheine sah man mit manchen Schaaren
Den König mit seinen Gästen zu dem Gestade fahren;
Auch sah man da beim Zaume geleiten manche Maid.
Die sie empfangen sollten, die waren Alle wohl bereit.

Da die von Islande zu Schiffe kamen heran,
Und auch von Nibelungen Sigfrid und mancher Mann,
Da eilten sie zum Lande, (nicht müßig war ihre Hand,)
Wo man des Königes Freunde drüben am Gestade fand.

Nun höret auch diese Märe von der Königin,
Uten der viel reichen, wie von der Burg dorthin
Sie brachte die Mägdlein, dahin sie selber ritte;
Ritter viel und Frauen sich freundeten da mit guter Sitte.

Gere, der Herzog, führte Kriemhildens Zaum dann,
Doch nur bis vor's Burgthor; Sigfrid, der kühne Mann,
Der mußt' ihr fürder dienen; sie war ein schönes Kind.
Von der Jungfrauen edel die Dienste ihm wohl gelohnet sind.

Bei Uten ritt, der Königin, der kühne Ortwein,
Geselliglich geschaaret viel Ritter und Mägdelein;
Zu so großem Empfange, — wohl mag die Rede bestehen, —
Ward so viel schöner Frauen bei einander nie gesehen.

Viel Ritterspiel gar stattlich wurde da getrieben
Von löblichen Helden; das wär' übel unterblieben,
Vor Kriemhilden, der schönen, bis am Strand sie kamen an.
Da hub man von den Rossen manche Frauen wohlgethan.

Der König war gekommen und mancher werthe Gast;
Hei! was starker Schäfte vor den Frauen zerbrast!
Man hörte gewaltig von den Schilden manchen Stoß.
Hei! wie von reichen Buckeln lautes Gedränge war so groß!

All um den Hafen die Minniglichen stunden;
Gunther stieg aus den Schiffen mit Fremden und mit Kunden;
Er führte Brunhilden selber an seiner Hand;
Da leuchtete wider einander viel licht Gestein und schön Gewand.

Mit viel großen Züchten Frau Kriemhild da ging,
Da sie Frau Brunhilden und ihr Gesinde empfing.
Mit weißen Händen rücken sah man das Kopfband da,
Als sie sich küßten Beide; aus rechter Liebe das geschah.

Da sprach in allen Züchten
Kriemhild das Mägdelein:
„Ihr sollt in diesen Landen
Uns willkommen seyn,
Mir und meiner Mutter
Und allen die wir ha'n,
Von Freunden getreuen."
Der Frauen Neigen darauf begann.

Einander mit den Armen
Fest umfingen sie;
So minniglich Empfangen
Erhörte man noch nie,

Als die Frauen beide thaten der Braut zur Stund';
Frau Ute und ihre Tochter küßten oft ihren süßen Mund.

Da Brunhildens Frauen gekommen auf den Sand,
Da ward in freundlichen Züchten genommen bei der Hand
Von waidlichen Recken manch Weib viel wohlgethan;
Man sah die schönen Mägdlein vor Frauen Brunhilde stahn.

Eh daß das Grüßen ergangen, das war eine lange Stund';
Ja ward da geküsset manch rosenfarbner Mund.
Noch bei einander stunden die Königstöchter da;
Viel mancher edle Recke das mit großer Liebe sah.

Da spähten mit den Blicken, die gehört die Rede gehen:
Daß sie also Schönes nimmer hätten gesehen,
Als die Frauen beide; das war auch ohne Lug;
An ihrem Leib erschaute man keinen Fehler oder Trug.

Die sich auf Frauen verstanden und minniglichen Leib,
Die lobten um ihre Schöne König Gunthers Weib;
Da sprachen aber die Weisen, die es besser besehen:
Man müsse Kriemhilden wohl vor Brunhilden lassen gehen.

Wider einander gingen Jungfrau und Weib;
Man sah da wohl gezieret viel manchen schönen Leib.
Da stunden seidne Hütten und manch gut Gezelt,
Davon war gar erfüllet vor Wormes weithin alles Feld.

Von des Königs Magen großes Drängen geschah;
Brunhild und Kriemhild hieß man gehen da
Und mit ihnen alle Frauen, wo man Schatten fand;
Dahin brachten die Degen sie aus der Burgunden Land.

Nun waren auch die Gäste zu Rosse alle kommen;
Manch starker Stoß der Lanzen durch Schilde ward genommen;
Das Feld begann zu stäuben, als ob all das Land
Mit Feuer wäre verbrennet; da wurden Helden wohl bekannt.

Deß da die Recken pflogen, das schaute manche Maid.
Mit seinen Degen Sigfrid ritt da Kampfes bereit
In manchen Wiederkehren vor den Zelten ab und an.
Er führte der Nibelungen, der waidlichsten, wohl tausend Mann.

Da kam von Tronege Hagen, wie der Wirth ihm rieth;
Den Buhurt freundlich da der Held schied,
Daß sie unbestäubet die schönen Frauen ließen;
Die Gäste folgten gütlich, wie ihnen des Helden Worte hießen.

Da sprach der Herre Gernot: „die Rosse lasset stehn,
Bis es beginnet kühlen, daß wir dann dienen gehn
Schönen Frauen und sie führen hin zum Palaste weit;
Wenn der König will fortreiten, daß Ihr dann wohl bereitet seyd.“

Da der Buhurt zergangen war über alles Feld,
Da gingen zu kurzweilen unter manch Gezelt
Die Ritter zu den Frauen, auf hohe Freude sie sannen;
Da vertrieben sie die Stunde, bis sie reiten wollten von dannen.

Vor Abendes Nahen, bei der Sonne Niedergehn,
Da es begann zu kühlen, da ließ man's nicht anstehn;
Gegen der Burg erhuben sich mancher Mann und Weib;
Mit Blicken ward geminnet viel mancher schönen Frauen Leib.

Da wurden von guten Knechten Gewänder viel erritten,
Von den Hochgemuten, nach des Landes Sitten,
Bis vor dem Palaste der König vom Pferd absaß;
Da ward gedienet Frauen, wie gute Ritter pflegen das.

Da wurden auch geschieden die reichen Königinnen;
Frau Ute und ihre Tochter die gingen beide von hinnen
Mit ihrem Ingesinde, zur Kammer weit und groß.
Da hörte man allenthalben von Freuden schallendes Getos.

Das Gestühle war errichtet; der König wollte gehn
Zu Tische mit den Gästen; da sah man bei ihm stehn
Die schöne Brunhilde, Krone sie da trug
In des Königes Lande; ja war sie reich und herrlich genug!

Viel mannig Heergestühle mit guten Tafeln breit
Voll Speise ward gesetzet, zu der Hochgezeit;
Deß sie da haben sollten, deß fehlte Wenig fast!
Da sah man bei dem König viel manchen herrlichen Gast.

Die Kämmrer des Wirthes in Becken von Golde roth
Herbei das Wasser trugen; deß wäre wenig Noth,
Ob Euch das Jemand sagte, daß man diente baß
Je bei Fürsten Hochgezeiten; — ich wollte nimmer glauben das.

Eh der Vogt vom Rheine da des Wassers nahm,
That der Herre Sigfrid, wie ihm von Recht zukam:
Seiner Treue er ihn mahnte, was er gelobt' ihm da,
Eh daß er Brunhilden in Island, ihrer Heimat, sah.

Er sprach: „Ihr sollt gedenken, was mir schwur Eure Hand,
Daß, wofern Frau Brunhild käme in dieß Land,
Ihr mir gäbet Eure Schwester; wohin sind die Eide kommen?
Ich hab' an Eurer Reise großer Arbeit genug genommen."

Da sprach der König zum Gaste: „Ihr habt mich recht ermahnt;
Ja nicht soll meineidig deß werden meine Hand;
Ich will's Euch helfen fügen, als ich aufs Beste kann."
Daß sie zu Hofe käme freundlich er bat Kriemhilden dann.

Mit ihren viel schönen Mägden kam sie vor den Saal;
Da sprang von einer Stiegen Giselher zuthal;
„Nun heißet nur umkehren diese Mägdelein;
Nur meine Schwester alleine soll hier bei dem Könige seyn.“

Da brachte man Kriemhilden, wo man den König fand;
Da stunden edle Ritter von manches Fürsten Land
In dem weiten Saale; man hieß sie stille stehn;
Da hatte man Frau Brunhild eben gebeten zu Tische gehn.

Sie wußte keine Kunde, was man da wollte thun.
Zu seinen nächsten Magen sprach König Gunther nun:
„Helft mir, daß meine Schwester Sigfriden nehme zum Mann.“
Da sprachen sie einmüthig: „Sie mag ihn wohl mit Ehren ha'n.“

Da sprach der König Gunther: „Schwester, viel edle Maid,
Um deiner Tugend willen löse meinen Eid.
Ich schwur dich zu einem Recken; und wird der dein Mann,
So hast Du meinen Willen mit viel großen Treuen gethan.“

Da sprach die Magd, die edle: „Viel lieber Bruder mein,
Ihr sollt mich nicht bitten, Euch zu Willen zu seyn;
Was Ihr mir gebietet, das soll seyn gethan;
Dem verlob' ich mich gerne, den Ihr mir, Herre, gebet zum Mann.“

Von Blicken lieber Augen ward Sigfrids Farbe roth;
Zu Diensten sich der Recke Frau'n Kriemhilde bot.
Man hieß sie mit einander zum Ring treten heran;
Man fragte, ob sie gerne wolle den viel waidlichen Mann.

In magdlichen Züchten schämte sie sich ein Theil,
Doch war es zum Glücke und Sigfriden zum Heil,
Daß sie ihn nicht verschmähte allsogleich zur Hand;
Auch verlobte sie sich zum Weibe der edle König von Niederland.

Da er sie gelobte und auch ihn die Maid,
Freundlich zu umfahen war da viel bereit
Sigfrid mit den Armen die Jungfrau wohlgethan.
Geküßt von vielen Helden ward die schöne Kriemhild dann.

Sich theilte das Gesinde, als das so geschah;
Sigfriden man dem König am Tisch genüber sah
Mit Kriemhilden sitzen; da dienete mancher Mann;
Die Nibelungen sah man alle mit Sigfriden gahn.

Der König war gesessen und Brunhild die Maid,
Da sah sie Kriemhilden, — nicht ward ihr je so leid! —
Bei Sigfriden sitzen; weinen sie begann;
Manche heiße Thräne ihr über die lichte Wange rann.

Da sprach der Wirth des Landes: „Was ist Euch, Fraue mein,
Daß Ihr so lasset sich trüben viel lichter Augen Schein?
Ihr sollet hoch Euch freuen, Euch ist unterthan
Mein Land und meine Burgen, und mancher waidliche Mann.“

„Ich darf wohl bitter weinen,“ sprach die schöne Maid;
„Um deine Schwester ist mir von Herzen leid,
Die seh' ich sitzen nahe dem Eigenholden dein;
Das muß ich immer weinen, soll sie so verderbet seyn.“

Da sprach der König Gunther: „Ihr sollt darob nicht klagen;
Ich will zu andern Zeiten Euch diese Märe sagen,
Warum ich meine Schwester Sigfriden hab' gegeben;
Wohl mag sie mit dem Recken immerdar in Freuden leben.“

Sie sprach: „Mich dauert immer ihre Schönheit und ihre Zucht;
Wüßt' ich wohin ich könnte, ich nähme gern die Flucht,
Daß ich Euch nimmer wollte liegen nahe bei,
Ihr sagt mir denn, warum doch Kriemhild Sigfrids Verlobte sey.“

Da sprach der edle König: „Ich thu' es Euch wohl bekannt:
Er hat so gut Burgen wie ich, und weites Land;
Das wisset zuverlässig: er ist ein König hehr;
Darum die Magd, die schöne, zu minnen ich ihm nicht verwehr'."

Was auch der König ihr sagte, sie hatte trüben Mut;
Da eilte von den Tischen viel mancher Ritter gut;
Ihr harter Buhurt füllte die Burg mit Getos;
Den Wirth bei seinen Gästen so lang zu sitzen hart verdroß.

Er dachte, er läge sanfter der schönen Frauen bei;
Da ward er auch des Hoffens nie gar im Herzen frei:
Ihm müsse von ihren Schulden Liebes viel geschehen;
Er begann freundlich Frau Brunhilden anzusehen.

Von dem Ritterwerk die Gäste bat man abzustehn;
Der König mit seinem Weibe zu Bette wollte gehn.
Vor des Saales Stiegen begegneten sie sich dann,
Kriemhild und Brunhild; des Neids noch Keine sich versann.

Dann kam ihr Ingesinde, die säumten sich auch nicht;
Die Kämmerer, die reichen, brachten ihnen Licht;
Sich theilten da die Recken, der zweien Könige Mannen;
Da sah man viel der Degen gehen mit Sigfrid von dannen.

Die Herren beide gingen hin wo sie sollten liegen;
Jeglicher da gedachte mit Minnen obzusiegen
Den minniglichen Frauen; das sänftete ihren Mut;
Sigfrids Kurzweile war aus der Maßen süß und gut.

Da der Herre Sigfrid bei Kriemhilden lag
Und er der Jungfrauen so minniglich pflag
Mit seiner edeln Minne: sie wurden Ein Seel' und Leib;
Er nähme tausend Andre nimmermehr für das Eine Weib.

Ich sag' Euch nicht weiter wie er der Frauen pflag;
Nun höret auch die Märe wie König Gunther lag
Bei Frauen Brunhilde; der zierliche Degen
Er hätte vielmal sanfter bei andern Weibern wohl gelegen.

Das Volk war ihm gewichen, beide Weib und Mann;
Da ward die Kemenate viel bald zugethan;
Er wähnte, er sollte minnen ihren viel holden Leib;
Doch war es nicht so nahe, daß sie werden sollte sein Weib.

Im weißen Linnenhemde an das Bett ging sie;
Da dachte der edle Ritter: Nun hab' ich es Alles hie,
Dessen ich je begehrte in allen meinen Tagen.
Sie mußte mit ihrer Schöne von Schulden ihm viel wohl behagen.

Die Lichter begonnte bergen des edeln Königes Hand;
Drauf ging der kühne Degen, wo er die Frau fand;
Er legte sich ihr nahe, seine Freude die war groß,
Die viel Minnigliche der Held mit Armen fest umschloß.

Minniglich zu kosen — er ließ' es nicht anstehn,
Wo die Frau, die edle, es hätt' lassen geschehn;
Da zürnte sie so grimmig, daß ihm wohl leid ward das;
Freude wähnt' er zu finden, da fand er feindlichen Haß.

Sie prach: „Ritter edel, Ihr sollt das lassen seyn,
Deß Ihr da tragt Gelüsten; es geräth Euch nimmer fein!
Ich will Magd noch bleiben, Ihr sollt wohl merken das,
Bis ich die Mär' entdecke." Da faßte gegen sie Gunther Haß.

Da rang er nach ihrer Minne und zerriß ihr das Kleid;
Da griff nach einem Gürtel die herrliche Maid,
Einer viel starken Borte die sie um die Seiten trug,
Damit sie dem Könige that großen Leides genug.

Die Füße und auch die Hände sie ihm zusammen band,
Sie trug ihn zu einem Nagel und hing ihn an die Wand,
Weil er im Schlaf sie irrte, Minne sie ihm verbot;
Von ihren großen Kräften hätt' er beinah gewonnen den Tod.

Flehen da begonnte, der Meister sollte seyn:
„Nun laßt mich, edle Königin, der Bande ledig seyn;
Ich trau' Euch, schöne Fraue, doch nimmer obzusiegen,
Und werd' auch viel selten wieder Euch so nahe liegen.“

Sie sorgte nicht wie ihm wäre, weil sie viel sanfte lag;
Dort mußt' er bleiben hangen die Nacht bis an den Tag,
Bis kam durch die Fenster des lichten Morgens Schein.
Wenn er je Kraft gewonnen, an seinem Leib war die jetzt klein.

„Nun sagt mir, Herre Gunther, wär' Euch das wohl leid,
Wenn Euch am Morgen fänden,“ sprach die schöne Maid,
„Eure Kämmrer gebunden von einer Frauen Hand?“
Da sprach der Ritter edel: „da hättet Ihr einen übeln Stand.

Auch hätt' ich wenig Ehre,“ sprach der edle Mann;
„Um willen Eurer Tugend löst mich aus meinem Bann;
Dieweil Euch meine Minne also stark ist leid,
Will ich mit meinen Händen anrühren nimmer Euer Kleid.“

Alsbald sie ihn da löste; und da sie ihn ließ frei,
Wieder in das Bette legt' er der Frau sich bei,
Doch legt' er sich so ferne, daß er ihr schön Gewand
Viel selten mehr anrührte; das hätte gewehrt ihm ihre Hand.

Da kam auch ihr Gesinde, die brachten ihr neue Kleid';
Deren war für den Morgen herrlich viel bereit.
Wie froh man auch gebahrte: traurig war genug
Der Herre des Landes, wiewohl des Tags die Kron' er trug.

Nach den Sitten, der sie pflagen und Recht war zu begehn,
Gunther und Brunhild ließen es nicht anstehn,
Sie gingen zu dem Münster, wo man die Messe sang;
Dahin kam auch Herr Sigfrid; da hub sich ein gewaltig Gedrang.

Nach königlichen Ehren war ihnen da bereit,
Was sie da haben sollten, ihre Krone und auch ihr Kleid;
Da wurden sie geweihet; als das war geschehn,
Da sah man sie alle Viere unter Kronen gar fröhlich stehn.

Viel Degen das Schwert dà nahmen, sechshundert oder mehr,
Das sollt Ihr wohl wissen, den Königen zur Ehr';
Viel große Freude hub sich in der Burgunden Land,
Man hörte da Schäfte klingen an der jungen Ritter Hand.

Da saßen in den Fenstern die schönen Mägdelein,
Sie sahen vor sich leuchten viel manchen Schildes Schein;
Da hatte sich geschieden der König von seinen Mannen;
Man sah ihn stehen traurig, was sie da Fröhliches begannen.

Ihm und Sigfriden gar ungleich stand der Mut;
Gern wüßte, was ihm wäre, der edle Ritter gut.
Da ging er zu dem Könige, ihn fragen er begann:
„Wie ist's Euch heut gelungen? das sollet Ihr mich wissen la'n.“

Da sprach der Wirth zum Gaste: „Ich hab' Spott und Schaden;
Ich hab' den übeln Teufel heim in mein Haus geladen;
Da ich sie begehrt zu minnen, viel hart sie mich da band,
Sie trug mich zu einem Nagel und hing mich hoch an eine Wand.

Da hing ich in großen Aengsten die Nacht bis an den Tag,
Eh daß sie mich löste, wie sanfte sie da lag!
Das sey dir von mir freundlich geklagt in Heimlichkeit.“
Da sprach der starke Sigfrid: „das ist mir wahrlich bitter leid.

Das sollst du inne werden; und läßst du's ohn' Argwohn,
Schaff' ich, daß so nahe heut Nacht sie dir liegt schon,
Daß sie dir ihre Minne nicht verweigert mehr."
Der Rede war da Gunther getrost nach seinen Leiden sehr.

„Nun schaue meine Hände, wie die geschwollen sind,
Die zwängte sie mir so harte, als ob ich wäre ein Kind,
Daß mir das Blut zu den Nägeln allenthalben drang.
Mir war in den Nöthen bitter um mein Leben bang."

Da sprach der Herre Sigfrid: „Du magst wohl genesen;
Ich wähn', ungleich uns Beiden sey heute Nacht gewesen.
Mir ist deine Schwester Kriemhild lieber als Leben und Leib.
Es muß die Frau Brunhild heute noch werden dein Weib."

Er sprach: „Ich komm' noch heute zum Schlafgemache dein,
Also verborgen heimlich in der Tarnkappen mein,
Daß sich meiner Listen wohl Niemand mag versehn;
Dann laß du deine Kämmrer weg zu ihrer Herberg gehn.

So lösche ich den Knaben die Lichter in ihrer Hand,
Daß ich sey darinnen, werde daraus dir bekannt,
Und daß ich gerne dir diene; so zwinge ich dir dein Weib,
Daß du sie heute minnest, ob ich darob verlöre den Leib."

„Nur daß du sie nicht minnest," sprach der König da,
„Die meine liebe Fraue, so sag' ich gerne ja,
Was sonst du willst, das thu' ihr; und nähmst du ihr den Leib,
Das würd' ich wohl verschmerzen; sie ist ein furchtbarliches Weib."

„Das nehm' ich," so sprach Sigfrid, „auf die Treue mein,
Daß ich sie nicht minne; die schöne Schwester dein
Die ist mir vor ihnen Allen, die ich noch je sah."
Viel wohl glaubte Gunther, was ihm Sigfrid gelobte da.

Da ward von Kurzweile Freude und Noth;
Buhurt und Gelärme Alles man verbot,
Da die Frauen sollten hin nach dem Saale gehn.
Da hießen die Kämmrer die Leute aus dem Wege stehn.

Von Rossen und von Leuten geräumet ward der Hof;
Jegliche der Frauen die führte ein Bischof,
Da zu Tisch sie sollten gehen den Königen voran;
Ihnen folgte zum Gestühle viel mancher waidliche Mann.

Der König im guten Wahne viel fröhlich da saß;
Was ihm gelobet Sigfrid, wohl dacht' er viel an das.
Ihn däuchte wohl dreißig Tage lang der Eine Tag,
Seiner Frauen Minne immerdar im Sinn' ihm lag.

Er konnt' es kaum erwarten, daß man die Tische verließ.
Die schöne Brunhilde man da kommen hieß,
Und auch Frau Kriemhilden, daß sie giengen zur Ruh;
Hei, was schneller Degen drängten sich da den Frauen zu!

Sigfrid der Degen gar minniglich saß
Bei seinem schönen Weibe, mit Freuden, ohne Haß,
Sie koste seine Hände mit ihrer viel weißen Hand,
Bis er vor ihren Augen, sie wußte nicht wohin, verschwand.

Da sie mit ihm spielte und ihn plötzlich nicht mehr sah,
Zu seinem Gesinde sprach die Königin da:
„Mich nimmt das groß Wunder, wohin der König gekommen?
Wer hat die feinen Hände aus den meinen weggenommen?“

Bald ließ sie die Reden. Er aber ging, ungesehn,
Dorthin, wo er die Kämmrer fand mit Lichtern stehn;
Die begann er löschen den Knaben in der Hand.
Daß es wäre Sigfrid, das ward da Gunthern bekannt.

Wohl wußte er, was er wollte; da hieß er von dannen gehn
Mägde und Frauen; da das war geschehn,
Der edle König selber viel wohl die Thüre verschloß;
Er warf davor in Eile zween Riegel viel stark und groß.

Die Lichter barg er schnelle unter dem Bettgewand;
Eines Spiels begonnte, — nicht war andrer Rath zur Hand —
Sigfrid der viel starke und auch die viel schöne Maid;
Das war dem König Gunther lieb ein Theil und auch leid.

Sigfrid der legte sich nahe der Jungfrauen bei.
Sie sprach: „Nun laßt es, Gunther; nicht wähn' ich, daß lieb Euch sey,
Wo Euch Leid, das gleiche wie vor Kleinem, geschäh';
Oder Euch geschiehet hart von meinen Händen weh."

Daß sie ihn nicht verriethe, seine Stimme hielt er da;
Gunther wohl hörte, wie wenig er auch sah,
Daß von Heimlichkeiten unter ihnen Nichts erging;
Ruh und Gemach im Bette die waren ihnen gar gering.

Er gebahrte, als ob er wäre Gunther, der König groß;
Die herrliche Jungfrau mit Armen er umschloß;
Sie warf ihn aus dem Bette daneben auf eine Bank,
Daß ihm sein Haupt im Falle laut an einem Schemel erklang.

Wieder auf mit Kräften sprang der kühne Mann;
Er wollt' es baß versuchen; da er deß begann,
Daß er sie wollte zwingen, darum litt er viel Weh;
Ich wähne daß von Frauen nimmer solche Wehr' gescheh'.

Da er nicht wollt' ablassen, die Magd auf da sprang:
„Ihr sollt mir nicht zerreißen mein Hemde so blank;
Ihr seyd viel ungefüge, das soll Euch werden leid,
Und sollt es inne werden;" so sprach die viel waidliche Maid.

Sie umschloß mit Armen den mannhaften Degen,
Sie wollt' ihn gebunden, gleichwie den König, legen,
Daß sie in dem Bette Ruh' hätte und Gemach;
Daß er ihr Gewand zerrissen, drob war die Frau zum Zorne jach.

Was half seine große Stärke und auch seine große Kraft?
Sie erzeigete dem Degen ihres Leibes Meisterschaft;
Sie hob ihn auf gewaltig, das mußte wohl also seyn,
Und drückte ihn ungefüge bei dem Bette an einen Schrein.

„O weh!" gedachte der Recke, „soll ich nun Leben und Leib
Durch eine Magd verlieren, so mag ein jedes Weib
Hinfort zu allen Zeiten tragen Uebermut
Gegen ihrem Manne, die sonst doch nimmermehr es thut."

Der König es wohl hörte, Angst litt er um den Mann;
Sigfrid hart sich schämte, zürnen er begann;

Mit ungestümen Kräften wider sie er stand;
Gegen Frau Brunhild ängstlich versucht' er seine starke Hand.

Wie fest sie ihn erpackte, sein Zorn ihn da zwang
Und seiner Mannskraft Stärke, daß er empor sich rang
Wieder, ihr zum Verdruße; seine Angst die war groß;
Sie thaten in dem Gaden hin und her viel manchen Stoß.

Auch war der König Gunther nicht ohne Sorgen gar;
Er mußte oft sich flüchten vor ihnen her und dar;
Also stark sie rangen, daß es groß Wunder gewesen,
Daß doch der Beiden Jedes vor des Andern Kräften genesen.

Den König ängstete bitter auf beiden Seiten die Noth,
Doch fürchtete um Vieles mehr er Sigfrids Tod;
Er wähnte, sie habe dem Degen schier das Leben benommen.
Nur daß er sich's nicht traute, er wär' ihm gern zu Hülfe kommen.

Ja währete hart und lange unter ihnen der Streit,
Sigfrid doch die Jungfraue bracht' an das Bette seit;
Wie mächtig sie sich wehrte, doch zuerst die Kraft ihr schwand:
Der König in seinen Sorgen hatte Gedanken mancherhand.

Den König es däuchte lange bis er sie bezwang;
Sie drückte ihm seine Hände, daß aus den Nägeln sprang
Das Blut von ihren Kräften; das war dem Helden leid,
Seither zu andrem Sinne zwang er die viel herrliche Maid,

Daß die Ungefüge
Ließ ihren Willen nach;
Der König es Alles hörte,
Wie wenig ein Wort er sprach;
Er drückte sie an das Bette,
Daß sie viel laut schrie;
Von seinen großen Kräften
Empfand harte Schmerzen sie.

Da griff sie nach ihrer Seite,
Wo sie die Borte fand,
Und wollt' ihn ha'n gebunden;
Da wehrt' es so seine Hand,
Daß ihr die Glieder erkrachten
Und auch der ganze Leib.
Da ward der Krieg geschieden,
Da ward sie König Gunthers Weib.

Sie sprach: „König edel,
Du sollst mich leben la'n;
Es wird wohl versühnet,
Was ich dir hab' gethan;
Ich erwehre mich nicht länger
Der edeln Minne dein;
Ich hab' das wohl erfunden,
Daß du kannst Frauen Meister seyn."

Sigfrid der stund daneben,
Liegen ließ er die Maid,
Als ob er von sich ziehen
Wollte seine Kleid'.
Er zog ihr von den Händen
Ein golden Fingerlein,
Also daß die Königin
Dessen nicht mocht' inne seyn.

Dazu nahm er ihren Gürtel,
Der war eine Borte gut; —
Ich weiß nicht, ob er Solches
Gethan aus Uebermut.
Er gab ihn seinem Weibe,
Das ward ihm noch zum Leid.
Da lagen bei einander
Der König und die schöne Maid.

Er pflag ihrer minniglich,
Wie ihm das zukam;
Da mußte sie verschmerzen
Ihren Zorn und ihre Schaam.
Von seinem trauten Gebahren
Ein Weniges sie verblich.
Hei! was von seiner Minne
Ihr ihre große Kraft entwich.

Da war auch sie nicht stärker denn ein ander Weib;
Er minnte gar mannlich ihren viel schönen Leib;
Ob sie's versuchte fürder — Nichts gewänne sie fortan;
Das hatt' ihr Alles Gunther mit seiner Minne Kraft gethan.

Wie in minniglichen Arten er bei der Frauen lag,
Mit freundlicher Liebe, bis an den lichten Tag!
Nun war der Herre Sigfrid wieder hingegangen,
Wo von einer schönen Frauen er viel wohl ward empfangen.

Vor kam er ihrer Frage, darauf sie hatte gedacht.
Er verhehlte ihr noch lange, was er für sie gebracht,
Bis sie unter der Krone in seinem Lande ging.
Was er ihr wollte geben — viel besser sie es nie empfing.

Der Wirth war an dem Morgen viel baß wohlgemut,
Denn gestern er gewesen; darob war die Freude gut
In allem seinem Lande von manchem edlen Mann:
Die er in sein Haus geladen, denen ward große Gunst gethan.

Die Hochzeit die währte bis zum vierzehnten Tag;
Und all die Weil' der Jubel nie zu Boden lag
Von allerhand Freuden, deren Jemand mochte pflegen.
Da ward hoch gepriesen der König von seiner Milde wegen.

Des edeln Königs Magen, wie es der König gebot,
Die gaben, ihm zu Ehren, Kleider und Gold viel roth,
Roff' und dazu Silber viel manchen fremden Mannen;
Die Herren, die gekommen, schieden fröhlich da von dannen.

Und Sigfrid der Degen, gekommen aus Niederland,
Mit tausend seinen Mannen — alles ihr Gewand,
Das sie zum Rheine brachten, ward alles hingegeben,
Und auch die Rosse mit Sätteln; man konnte da in Herrlichkeit leben.

Bis man die reichen Gaben verschenkte und verschlang —
Die wieder nach Hause wollten, die däuchte das zu lang;
Man konnte nimmer Gäste stattlicher verpflegen;
So endete sich die Hochzeit; es schied von dannen mancher Degen.

Elfte Aventure.

Wie Sigfrid mit seinem Weibe in sein Land kam.

Da die Gäste waren alle gefahren davon,
Da sprach zu seinem Gesinde Sigemundes Sohn:
„Wir wollen auch uns rüsten heim wieder in mein Land."
Lieb war es seinem Weibe, da sie es so beschlossen fand.

Sie sprach zu ihrem Manne: „Wann sollen wir fahren?
Daß wir so schnell giengen, deß sollten wir uns bewahren.
Zuvor soll'n meine Brüder theilen mit mir die Land'."
Leid war es Sigfriden, da so Kriemhildens Willen er fand.

Die Fürsten zu ihm gingen und sprachen alle drei:
„Nun wisset das, Herr Sigfrid, daß Euch immer sey
Unser Dienst mit Treuen bereit bis an den Tod."
Da neigt' er sich vor den Degen, da man so gütlichen Gruß ihm bot.

„Wir müssen auch mit Euch theilen," sprach Giselher das Kind,
„Das Land und die Burgen, die unser eigen sind,
Und was der weiten Reiche uns ist unterthan,
Davon sollt mit Kriemhilden einen viel guten Theil Ihr ha'n."

Als er der Herren Willen hörte und sah,
Der Sohn Sigemundes sprach zu den Fürsten da:
„Gott laß' Euch Euer Erbe immer selig seyn,
Und auch die Leute darinnen; es kann die liebe Fraue mein

Des Theiles wohl entrathen, den Ihr wolltet ihr geben,
Da sie soll Krone tragen, so ich das soll erleben,
Muß sie werden reicher als Jemand lebt zur Zeit.
Was Ihr sonst gebietet, deß bin ich dienstlich Euch bereit."

Da sprach die Frau Kriemhild: „Begehrt Ihr des Erbes nicht,
So sind Burgundische Degen so leicht nicht im Gewicht,
Daß sie ein König gerne mag führen in sein Land,
Ja soll sie mit mir theilen meiner viel lieben Brüder Hand."

Da sprach der Herre Gernot: „Welche du willst, nimm dir;
Die gerne mit dir reiten, deren findest Viel du hier;
Von dreißig hundert Recken wir geben dir tausend Mann,
Die seyen Dein Heimgesinde." Kriemhild da zu senden begann

Nach Hagen von Tronege und auch nach Ortwein,
Ob die und ihre Magen wollten Kriemhildens seyn?
Darob entbrann in Hagen ein zorngliches Leben;
Er sprach: „Ja! mag uns Gunther Niemanden doch zu eigen geben.

Euer ander Gesinde mag Euch folgen beim Ritte.
Aber müßt Ihr wohl kennen der Troneger Degen Sitte;
Wir müssen bei den Königen hier zu Hofe bestahn,
Wir dienen ihnen fürder, denen wir seither gefolget ha'n."

So ließen sie das bleiben; den Zug sie rüsteten dann;
Ihr edel Ingesinde Frau Kriemhild zu sich gewann:
Zwei und dreißig Mägde, und fünf hundert Mann;
Eckewart der Grave, der folgte auch Kriemhilden dann.

Urlaub sie Alle nahmen, beide Ritter und Knecht,
Mägde und Frauen, so war es Sitt' und Recht.
Geschieden unter Küssen wurden sie zur Hand.
Sie räumten in Freuden des reichen König Gunthers Land.

Da begleiteten ihre Sippen gar weit sie auf den Wegen;
Man hieß ihnen allenthalben ihre Nachtherberge legen,
Wo sie sie gerne nahmen, durch der Könige ganzes Land.
Da wurden bald Boten auch hin zu Sigemund gesandt,

Daß er das wissen sollte, und Frau Sigelind,
Daß sein Sohn sollte kommen und auch Frau Ute's Kind,
Kriemhild, die viel schöne, von Wormes überm Rhein;
Ihnen konnte nimmer lieber eine Märe seyn.

„So wohl mir!" sprach da Sigmund, „daß ich gelebt, zu seh'n,
Daß Kriemhild, die viel schöne, soll hier gekrönet geh'n!
Deß müssen glücklich gepriesen seyn alle Erben mein.
Mein Sohn, der edle Sigfrid, soll hier selber König seyn."

Da gab die Frau Sigelind viel manchen Sammet roth,
Silber und Gold, das schwere, das war ihr Botenbrot.
Sie freute sich der Märe, die sie da vernahm;
Sich kleidete ihr Gesinde mit Fleiß, wie ihnen von Recht zukam.

Man sagte, wer da käme mit ihm in das Land;
Da hießen sie Gestühle errichten allzurhand,
Dazu gekrönt vor Freunden sollte gehen der Degen;
König Sigmunds Mannen die ritten alle ihm entgegen.

Ward Jemand besser empfangen, das ist mir unbekannt,
Als die Helden wurden in Sigemundes Land.
Sigelind, die schöne, Kriemhilden entgegen ritt,
Mit mancher schönen Frauen; es zogen edle Ritter mit,

Eine Tagereise, da man die Gäste sah;
Die Heimischen und die Fremden Ungemach litten da,
Bis sie waren gekommen zu einer Burg viel weit,
Die war geheißen Santen, da sie die Krone trugen seit.

Mit lachendem Munde Sigelind und Sigmund
Küßten Kriemhilden vor Liebe manche Stund',
Und auch Sigfriden; ihnen war ihr Leid benommen.
Alles ihr Gesinde war ihnen freundlich willkommen.

Man bat die Gäste bringen vor Sigmundes Saal.
Die schönen Jungfrauen die hub man da zuthal
Nieder von den Rossen; da war viel mancher Mann,
Der den schönen Frauen zu dienen mit Fleiß begann.

Wie groß ihre Hochzeit am Rheine war bekannt:
Doch gab man den Helden hier viel besser Gewand
Als sie jemals trugen in allen ihren Tagen;
Man mochte viel Wunders von ihrem reichen Gute sagen.

Da sie in ihren hohen Ehren saßen und hatten genug,
Was goldfarbner Gewänder ihr Ingesinde trug,
Perlen und Edelgesteine viel gestickt darin!
So pflegte ihrer mit Fleiße Sigelind die edle Königin.

Da sprach vor seinen Freunden der Herre Sigemund:
„Den Sigfrides Magen thu ich allen kund:
Er soll vor diesen Recken meine Krone tragen."
Die Märe hörten gerne die von Niederlanden sagen.

Er befahl ihm seine Krone, Gerichte und auch das Land.
Seit war er deß Allen Meister; was er zu richten fand,
Und wo er mußte rechten, das ward also gethan,
Daß man sehr fürchtete der schönen Kriemhilde Mann.

In diesen großen Ehren
Lebte er, das ist wahr,
Und richtete unter der Krone
Bis an das zehnte Jahr,
Da die viel schöne Fraue
Einen Sohn gewann;
Das stand des Königs Magen
Nach ihrem Wohlgefallen an.

Den eilte man zu taufen;
Gegeben ihm ward ein Nam',
Gunther, nach seinem Oheim,
Den trug er ohne Schaam;
Gerieth er nach seinen Magen,
So wurd' er ein waidlicher Mann.
Da erzog man ihn mit Fleiße.
Das ward Alles nach Schulden gethan.

In denselben Zeiten
Starb Frau Sigelind;
Gewalt bekam über Alles
Der edeln Ute Kind,

Die so reicher Frauen ob dem Land von Recht zukam.
Das ward von Vielen beklaget, da sie der Tod von ihnen nahm.

Nun hatte auch dort beim Rheine, so wir hören sagen,
Bei Gunther, dem reichen, einen Sohn getragen
Brunhild die schöne in Burgunden Land.
Aus Liebe des Helden wurde Sigfrid der genannt.

Mit wie großem Fleiße man sein hüten hieß!
Gunther der edle König Zuchtmeister kommen ließ,
Die ihn wohl konnten ziehen zu einem biderben Mann.
Hei! wie großes Unglück seit der Freund ihm angethan!

Märe zu allen Zeiten viel geredet ward,
Wie recht in löblicher Weise die Recken hoher Art
Lebten zu allen Stunden in Sigemundes Land.
Also thät auch Gunther mit seinen Magen wohlbekannt.

Das Land der Nibelungen Sigfriden dienete hie, —
Reicher war seiner Magen Keiner gewesen nie, —
Und auch Schilbunges Recken und ihr Beider Gut.
Drob trug der viel Kühne desto höher seinen Mut.

Den Hort, den allergrößten, so je ein Held gewann,
Ausser die ihn eh' besaßen, hatte der kühne Mann,
Den er vor einem Berge mit seiner Hand erstritt,
Darum mancher Ritter von ihm den harten Tod erlitt.

Er hatte den Wunsch der Ehren; und wär' deß Nichts gescheh'n,
Doch mußte man von Schulden dem edlen Recken gesteh'n,
Daß er wäre der beste, der auf's Roß je saß.
Man fürchtete seine Stärke; von billigen Schulden that man das.

Zwölfte Aventure.

Wie Gunther Sigfriden zu der Hochzeit bat.

Nun gedachte all die Weile König Gunthers Weib:
Wie darf so hoch doch tragen Frau Kriemhild ihren Leib?
Und ist doch unser eigen Sigfrid ihr Mann?
Er hat uns nun gar lange wenig Dienste mehr gethan.

Das trug sie in ihrem Herzen und barg es allezeit.
Daß sie ihr fremde blieben, das war ihr bitter leid,
Daß man ihr diente so selten von Sigfrides Land;
Wie doch das geschehe? Das hätte sie viel gern erkannt.

Sie versucht' es an den König, ob es möchte geschehen:
Daß sie Kriemhilden auch sollte wieder sehen?
Sie brachte an ihn heimlich, was ihr schuf Unmut.
Da däuchte den Herren die Rede nicht allzu gut.

„Wie möchten wir sie bringen zu diesem Lande her?"
Sprach der König edel, „das wäre allzu schwer;
Sie sitzen uns zu ferne, ich darf sie nicht drum bitten."
Antwort gab ihm Frau Brunhild mit hoffährtigen Sitten:

„Wie hoch und reich auch wäre irgend eines Königs Mann,
Was ihm sein Herr geböte, darf er lassen nicht ungethan.“
Darob lächelte Gunther, als sie so sprach da;
Nie sprach er an seine Dienste, so oft er auch Sigfriden sah.

Sie sprach: „Viel lieber Herre, um willen der Liebe mein
So hilf mir, daß Sigfrid und auch die Schwester dein
Kommen zu diesem Lande, daß wir sie einmal sehen,
Es könnte mir wahrlich Lieberes nimmermehr geschehen.

Deiner Schwester Zucht und Sitte und wohlgezogener Mut —
Wenn ich daran gedenke, wie sanfte mir das thut!
Wie wir beisammen saßen, als erst ich ward dein Weib;
Sie mag mit Ehren minnen des kühnen Sigfrides Leib.“

Sie begehrt' es also lange, bis daß sprach der Degen:
„Nun wisset, daß lieberer Gäste ich nie könnte pflegen;
Ihr dürft nicht hart mich bitten; ich will die Boten mein
Nach ihnen Beiden senden, daß sie uns kommen an den Rhein.“

Drauf sprach Frau Brunhild: „So sollt Ihr mir sagen,
Wann Ihr sie wollt besenden, oder in welchen Tagen
Unsre lieben Freunde sollen kommen in das Land?
Die Ihr dahin wollt senden, die machet mir zuvor bekannt.“

„Das thu' ich,“ sprach der König: „dreißig meiner Mannen
Will ich hin lassen reiten.“ Eh die zogen von dannen,
Befahl er ihnen die Botschaft in Sigfrides Land;
Aus Freude gab ihnen Brunhild viel sehr herrliches Gewand.

Da sprach der König Gunther: „Ihr Recken sollt von mir sagen,
Die Worte, die ich entbiete, die sollt Ihr treulich tragen
Zu dem starken Sigfrid und auch der Schwester mein:
Daß ihnen holder Niemand möge auf der Erde seyn.

Und bittet, daß sie Beide zu uns kommen an den Rhein,
Deß woll' ich und meine Königin immer dienstlich seyn;
Vor dieser Sonnenwende soll er und seine Mannen
Sehen hier viel Manche, die immer Gunst und Lieb' ihm sannen.

Dem Könige Sigemund entbietet die Dienste mein,
Daß ich und meine Freunde ihm geneigt stets wollen seyn;
Und saget auch meiner Schwester, daß sie nicht unterlaß',
Zu reiten zu ihren Freunden — ihr zieme keine Hochgezeit baß."

Brunhild und Ute und was man da Frauen fand,
Die entboten All' ihre Grüße nach Sigfrides Land
Den minniglichen Frauen und manchem kühnen Mann;
Mit des Königs Rathe brachen auf die Boten dann.

Reisiglich sie fuhren; ihre Pferde und ihr Gewand
Das war ihnen Allen gekommen; da räumten sie das Land;
Wohl eilte ihnen die Reise, wohin sie sollten fahren.
Der König mit Geleite hieß die Boten wohl bewahren.

Sie kamen in drei Wochen geritten in das Land,
Zu Nibelunges Burgen, wohin sie waren gesandt.
Zu Norweg in der Marke da funden sie den Degen,
Die Rosse der Boten waren viel müde von den langen Wegen.

Sigfrid und Kriemhilden ward gesagt, den Beiden,
Daß Ritter gekommen wären, angethan mit solchen Kleiden,
Wie man zu Burgunden da der Sitte pflag.
Sie sprang von einem Bette, auf dem sie da ruhende lag.

Da hieß sie zu einem Fenster eine Magd geh'n; —
Die sah den kühnen Gere in dem Hofe steh'n,
Ihn und die Gesellen, die waren dargesandt;
Ihr Herzeleid zu sänften wie liebe Märe sie da befand!

Sie sprach zu dem Könige:
„Nun seht Ihr wo sie stehn,
Die mit dem starken Gere
Auf dem Hofe geh'n,
Die uns mein Bruder Gunther
Sendet her vom Rhein."
Da sprach der starke Sigfrid:
„Sie sollen uns willkommen seyn."

Alles das Gesinde
Lief hin zu ihnen darnach;
Ihrer Jegliches besonders
Freundlicher Weise sprach

Das Beste, das es wußte, zu den Boten allen.
Es hatt' an ihrem Kommen Sigmund ein herzlich Wohlgefallen.

Da ward geherberget Gere sammt seinen Mannen;
Die Rosse hieß man bewahren; die Boten gingen von dannen
Hin, wo der Herre Sigfrid bei Kriemhilden saß;
Der Hof war ihnen erlaubet, drum thaten sie mit Fuge das.

Der Wirth mit seinem Weibe stand auf da zur Hand;
Wohl ward empfangen Gere von Burgunden Land,
Mit seinen Heergesellen zu Boten ausersehn,
Gere, den viel hohen, hieß man zu einem Sitze gehn.

„Erlaubet uns die Botschaft, bevor wir sitzen gehn,
Uns wegemüde Gäste laßt uns dieweile stehn,
Wir sollen Euch sagen Märe, was Euch entboten hat
Gunther und auch Brunhild, ihr Ding viel hoch und herrlich staht.

Und auch was Frau Ute, Eure Mutter, hieher entbot,
Giselher der junge und auch Herr Gernot,
Und Eure besten Magen, die uns haben her gesandt,
Die entbieten ihre Dienste Euch aus König Gunthers Land."

„Nun lohn' ihnen Gott!" sprach Sigfrid, „ich verseh' mich von ihnen wohl
Aller Gunst und Treue, wie man von Freunden soll;
So thut auch ihre Schwester; Ihr sollt uns Märe sagen,
Ob unsre lieben Freunde daheim recht hohen Mut auch tragen?

Seit wir von ihnen schieden, hat Niemand ein Leid gethan
Meiner Frauen Magen? das sollt Ihr mir sagen an;
Das wollt' ich ihnen immer mit Treuen helfen tragen,
Bis daß ihre Feinde müßten ob meiner Hülfe klagen."

Da sprach der Markgrave Gere, ein Ritter gut:
„Sie sind in allen Tugenden so recht hochgemut;
Sie laden Euch zum Rheine zu einer Hochgezeit;
Sie sähen Euch viel gerne; daß Ihr deß ohne Zweifel seyd.

Und bittet meine Fraue, sie solle mit Euch dar kommen,
Sobald erst der Winter ein Ende habe genommen,
Vor nächster Sonnenwende da wollen sie Euch sehen."
Da sprach der starke Sigfrid: „das könnte schwerlich nur geschehen."

Da sprach aber Gere von Burgunden Land:
„Eure Mutter Ute die hat Euch gemahnt,
Gernot auch und Giselher, Ihr sollt's ihnen nicht versagen;
Daß Ihr ihnen seyd so ferne, das hör' ich täglich sie beklagen.

Brunhild meine Fürstin und all' ihre Mägdelein,
Die freuen sich der Märe, und so es möchte seyn,
Daß sie Euch wieder sähen, das gäb' ihnen hohen Mut."
Da däuchte diese Botschaft die schöne Kriemhilde gut.

Gere war ihr Sippe, der Wirth ihn sitzen hieß;
Wein zu schenken den Gästen man nicht mehr anstehn ließ.
Da war auch kommen Sigemund; als er die Boten sah,
Zu den Burgunden also sprach der König freundlich da:

„Ihr König Gunthers Mannen, seyd Recken uns willkommen,
Seit daß Kriemhilden zu seinem Weibe genommen
Mein lieber Sohn Sigfrid, sollt' man Euch öfter sehen
Hier in diesem Lande, bleibt fest die Freundschaft uns bestehen."

Sie sprachen: wenn immer er wollte, sie würden gerne kommen;
Ihnen ward die große Müde mit Freuden viel benommen;

Die Boten hieß man sitzen, Speise man ihnen trug,
Deren hieß da Herr Sigfrid seinen Gästen geben genug.

Sie mußten da bleiben volle neun Tage,
Da erhuben am Ende die schnellen Ritter Klage,
Daß sie nicht wieder sollten reiten in ihr Land.
Es hatte König Sigfrid derweil nach seinen Freunden gesandt.

Er fragte, was sie riethen, ob er sollte an den Rhein?
„Es hat nach mir gesendet Gunther der Freund mein,
Er und seine Magen, einer Hochgezeit wegen;
Nun käm' ich zu ihm gerne, wo seine Lande so fern nicht lägen.

Sie bitten auch Kriemhilden, daß sie mit mir fahr';
Nun rathet, lieben Freunde, wie soll sie kommen dar?
Und sollt' ich heerfahrten ihrethalb durch dreißig Land:
So müßt' ihnen dienen gerne dahin die Sigfrides Hand."

Da sprachen seine Recken: „Seyd Ihr zur Reise gemut
Hin zu der Hochgezeite, wir rathen, was Ihr thut:
Ihr sollt mit tausend Recken reiten an den Rhein,
So möget ihr wohl mit Ehren dort bei den Burgunden seyn."

Da sprach von Niederlanden der Herre Sigemund:
„Wollt Ihr zu einer Hochgezeit, ey! thut Ihr mir das kund,
So Ihr es nicht verschmähet, ich selber mit Euch fahr';
Ich führe hundert Degen; damit mehr' ich Eure Schaar."

„Und wollt Ihr mit uns reiten, viel lieber Vater mein,"
Sprach der kühne Sigfrid, „viel froh will ich deß seyn;
Inner zwölf Tagen räum' ich diese Land'."
Allen, die es begehrten, denen gab man Rosse und Gewand.

Da der König edel zur Reise war gemut,
Da hieß man heim reiten die schnellen Degen gut;
Seiner Frauen Magen entbot er an den Rhein:
Er wolle viel gerne dort bei der Hochgezeite seyn.

Sigfrid und Kriemhilde, alſo wir hören ſagen,
So Viel den Boten gaben, daß es nicht mochten tragen
Ihre Roſſe in ihre Heimat; er war ein reicher Mann;
Auf ſtarke Saumthiere lud man es viel fröhlich dann.

Ihr Volk kleideten Sigfrid und auch Sigemund.
Eckewart der Grave der hieß allzurſtund
Frauenkleider ſuchen, die beſten, die man fand,
Oder irgendwo konnte ſchaffen im ganzen Sigfrides Land.

Die Sättel ſammt den Schilden bereiten ſie begannen;
Rittern und Frauen, die mit ihnen ſollten von dannen,
Denen gab man was ſie wollten, daß ihnen Nichts gebrach;
Viel herrliche Gäſte brachte zu ſeinen Freunden er darnach.

Die Boten heim verlangte viel eilig auf den Wegen;
Da kam gen Burgunden Gere der Degen.
Er ward viel wohl empfangen. Da ſprangen ſie zuthal
Von Roſſen und von Mähren vor des Königes Gunthers Saal.

Die Dummen und die Weiſen gingen, wie man thut,
Zu fragen um Märe; da ſprach der Ritter gut:
„Wenn ich ſie ſage dem König, höret Ihr ſie allzurhand."
Er ging mit den Geſellen hin wo er den König fand.

Gunther vor großer Liebe von dem Seſſel ſprang;
Daß ſie ſo bald kämen, deß ſagte ihnen da Dank
Brunhild die ſchöne; zum Boten ſprach Gunther da:
„Wie gehabt ſich Sigfrid, von dem mir Liebe viel geſchah?"

Da sprach der kühne Gere, da ward er freudenroth:
„Er und Eure Schwester — nie Freunden baß entbot
So getreue Märe auf der Welt ein Mann,
Als Euch der Herre Sigfrid und auch sein Vater hat gethan.“

Da sprach zu dem Markgraven des reichen Königes Weib:
„Saget mir, kommt uns Kriemhild? hat noch ihr edler Leib
Behalten all die Schöne, der sie wohl konnte pflegen?“
„Sie kommt Euch ohne Zweifel,“ so sprach Gere da der Degen.

Ute bat die Boten bald vor sie zu kommen;
Da mochte man wohl verstehen was sie hätt' gern vernommen,
Ohne daß sie fragte: ob Kriemhild noch gesund?
Er sagte, wie er sie funden und daß sie komme in kurzer Stund'.

Auch ward von ihnen am Hofe die Gabe wohl bekannt,
Die ihnen gab Herr Sigfrid, das Gold und das Gewand;
Der drei Könige Mannen das Alles man sehen ließ.
Ihre große Milde mit vielem Danke man da pries.

„Er kann,“ sprach da Hagen, „leicht schenken und geben;
Er könnt' es nicht verschwenden und sollt' er ewig leben;
Den Hort der Nibelungen beschlossen hält seine Hand;
Hei! sollte der jemals kommen in der Burgunden Land!“

Alles das Gesinde freute sich dazu,
Daß sie wollten kommen; spat so wie fruh
Waren nimmer müßig der drei Könige Mannen;
Viel mannig Heergestühle aufzurichten sie begannen.

Hunold der kühne und Sindold der Degen
Die hatten wenig Ruhe, des Amts sie mußten pflegen
Als Truchsäße und Schenken, zu richten manche Bank;
Ihnen half auch Herr Ortwein; deß sagte ihnen Gunther Dank.

Rumold der Küchenmeister wie herrschte er zu der Zeit
Wohl ob seinen Unterthanen, viel manchem Kessel weit, —
Hafen und Pfannen, hei! was man deren da fand!
Da bereitete man Speise, denen so kamen in das Land.

Der Frauen Arbeiten war auch nicht klein,
Zu bereiten ihre Kleider; das edle Gestein
Mit Glanze glastete ferne, durchwirkt mit dem Gold,
Da sie die anlegten, daß ihnen die Leute würden hold.

Dreizehnte Aventure.

Wie sie zu der Hochzeit fuhren.

All ihr Schaffen und Mühen das lassen wir nun seyn,
Und sagen, wie Frau Kriemhild und auch ihre Mägdelein
Hin zum Rheine fuhren von Nibelungen Land.
Niemals trugen Rosse so vielerlei reich Gewand.

Viel der Saumschreine schickte man unterwegen;
Da ritt mit seinen Freunden Sigfrid der Degen,
Und auch Frau Kriemhild, wo sie sich der Freuden versah'n.
Seither ihnen Allen ward es zu großem Leide gethan.

Zu Hause sie da ließen Sigfrides Kindelein,
Den Sohn Kriemhildens; das mußte also seyn.
Von ihrer Hofereise erwuchs ihm Sorge schwer;
Seinen Vater und seine Mutter sah das Kindlein nimmermehr.

Da ritt auch von dannen mit ihnen Herr Sigemund;
Hätt' er können wissen wie es nach der Stund'
Bei der Hochgezeit ergienge: nicht begehrt' er sie zu sehen;
Ihm konnte bei lieben Freunden nimmer größer Leid geschehen.

Die Boten voran man sandte, so die Kunde brachten dar.
Da ritten auch ihnen entgegen mit wundergleicher Schaar
Viel von Utens Freunden und Gunthers Mannen, die besten.
Es begann sich zu befleißen der Wirth zur Ehre seinen Gästen.

Er ging zu Brunhilden, wo er die sitzen fand:
„Wie Euch empfing meine Schwester, als Ihr kamet in dieß Land,
Also sollt Ihr empfangen Sigfrides Weib.“
„Das thu' ich,“ sprach sie, „gerne, ich bin ihr hold mit Seel' und Leib.“

Da sprach der reiche König: „Sie kommen uns morgen fruh:
Wollt Ihr sie empfangen, so greifet balde zu,
Daß wir sie nicht erwarten in unsrer Burg hie;
So recht liebe Gäste kamen mir in allen Zeiten nie.“

Ihre Mägde und ihre Frauen hieß sie allzurhand
Suchen gute Kleider, die besten die man fand,
Die ihr Ingesinde vor den Gästen sollte tragen;
Daß sie das gerne thaten, das glaubt man leicht unserm Sagen.

Ihnen zu dienen eilten Gunthers Mannen fleißiglich;
Alle seine Recken rief der Wirth zu sich.
Da ritt Frau Brunhild ihnen viel herrlich entgegen;
Großen Grüßens that man mit den lieben Gästen pflegen.

Mit wie großen Freuden die Gäste empfingen sie!
Sie däuchte, daß Frau Kriemhild Frau Brunhilden nie
So wohl hatte empfangen in Burgunden Land;
Denen die das sahen, viel hoch der Mut Allen stand.

Nun war auch kommen Sigfrid mit den seinen Mannen;
Man sah die Helden wenden dar und dannen
Auf dem Felde allenthalben mit ungestümen Schaaren;
Vor Gedräng und Staube konnte da Niemand sich bewahren.

Als der Wirth des Landes Sigfriden sah,
Und auch Sigemunden: wie freundlich sprach er da:
„Nun seyd mir groß willkommen und all den Freunden mein;
Ob Eurer Hofereise müssen hochgemut wir seyn.“

„Nun lohn' Euch Gott!“ sprach Sigmund der ehrenhafte Mann,
„Seit daß mein Sohn Sigfrid Euch zum Freunde gewann,
Ist drauf mein Sinn gestanden, daß ich Euch sollte sehen.“
Da sprach der König Gunther: „Mir ist Liebe damit geschehen.“

Sigfrid ward empfangen, wie ihm von Schulden zukam,
Mit viel großen Ehren; ihm war da Niemand gram;
Dazu halfen mit Fleiße Giselher und Gernot;
Ich wähne, daß man Gästen nie so gütlichen Dienst entbot.

Da naheten zu einander Gunthers und Sigfrids Weib;
Da ward leer mancher Sattel, manch schöner Frauen Leib
Ward von Helden Händen gehoben auf das Gras.
Die gern Frauen dienten, die ließen da wohl schauen das!

Da gingen zu einander die minniglichen Frauen;
Das war viel manchem Ritter zu großen Freuden, zu schauen
Daß ihr Beider Grüßen so minniglich geschah;
Viel der Recken zu dienen den Frauen man unmüßig sah.

Das herrliche Gesinde das faßte sich bei der Hand.
In Sitten höflich Neigen, deß man da viel fand,
Und minnigliches Küssen von Frauen wohlgethan;
Gunthers und Sigfrids Mannen die sahen das mit Freuden an.

Sie säumten da nicht länger, sie ritten zu der Stadt;
Der Wirth seinen Gästen mit Fleiß erzeigen bat
Daß man sie gerne sehe in Burgunden Land;
Viel mannig stattlich Rennen man vor den Jungfrauen fand.

Aus Tronege Herr Hagen und auch Ortwein,
Daß sie gewaltig wären, das ließen kund sie seyn,
Was sie gebieten wollten, das durfte nicht stehn an;
Von ihnen wurden Dienste den lieben Gästen viel gethan.

Viel Schilde hörte man hallen da bei dem Burgthor
Von Stichen und von Stößen; lang weilte davor
Der Wirth mit seinen Gästen, eh' sie gingen hinein;
Bei solcher Kurzweile mocht' ihnen nicht lang die Stunde seyn.

Vor den Palast, den reichen, mit Freuden sie da ritten;
Manche köstliche Stoffe, gut und wohlgeschnitten
Sah man über die Sättel den Frauen wohlgethan
Allenthalben hangen; da kamen Gunthers Mannen heran;

Die Gäste hieß man führen bald zu Ruh und Rast;
Unterweilen sah man Brunhilden ihren Gast
Anblicken, Fraun Kriemhilde, die schön war genug;
Ihre Farbe dem Golde genüber den Glanz viel herrlich trug.

Allenthalben schallen zu Wormes in der Stadt
Hörte man das Gesinde — Gunther da bat
Dankwarten seinen Marschalk, daß er ihrer sollte pflegen;
Da begann er das Gesinde in trefflich gut Gemach zu legen.

Draußen und auch drinnen speisen ließ man sie;
Fürwahr fremder Gäste ward baß gepflogen nie;
Alles was sie begehrten, deß wurden sie gewährt;
Der König, der war so milde, daß Keinem etwas ward verwehrt.

Freundlich man ihnen diente und ohn' allen Haß.
Der Wirth da zu Tische mit seinen Gästen saß;
Man bat Sigfriden sitzen, so wie er sonst gethan.
Da ging mit ihm zu den Tischen viel mancher waidliche Mann.

Wohl zwölf hundert Recken im Ringe her um ihn
Da zu Tische saßen. Brunhild die Königin
Gedachte, daß ein Dienstmann nie mächtiger seyn könnte.
Noch war sie wohl so hold ihm, daß sie ihm Heil und Leben gönnte.

An jenem Abende da der König saß;
Viel der reichen Kleider wurden vom Weine naß,
Da die Schenken sollten um die Tische gehn;
Da sah man mit großem Fleiße viel freundlichen Dienst geschehn.

Wie man bei Hochgezeiten den Brauch hat allerwegen,
Frauen und Jungfrauen die hieß man schön pflegen;
Von woher sie gekommen, der Wirth Gunst ihnen trug,
Mit gütlichen Ehren gab man ihnen alles Gute genug.

Da die Nacht hatt' ein Ende und kam des Tages Schein,
Aus den Saumschreinen viel mancher Edelstein
Leuchtete in köstlichem Kleide, das anrührte Frauenhand.
Da ward hervor gesuchet viel manches herrliche Gewand.

Eh noch voll es tagte, da kamen vor den Saal
Viele Ritter und Knechte; da hub sich aber der Schall
Vor einer Frühmesse, die man dem Könige sang,
Da ritten junge Helden, daß ihnen's der König sagte Dank.

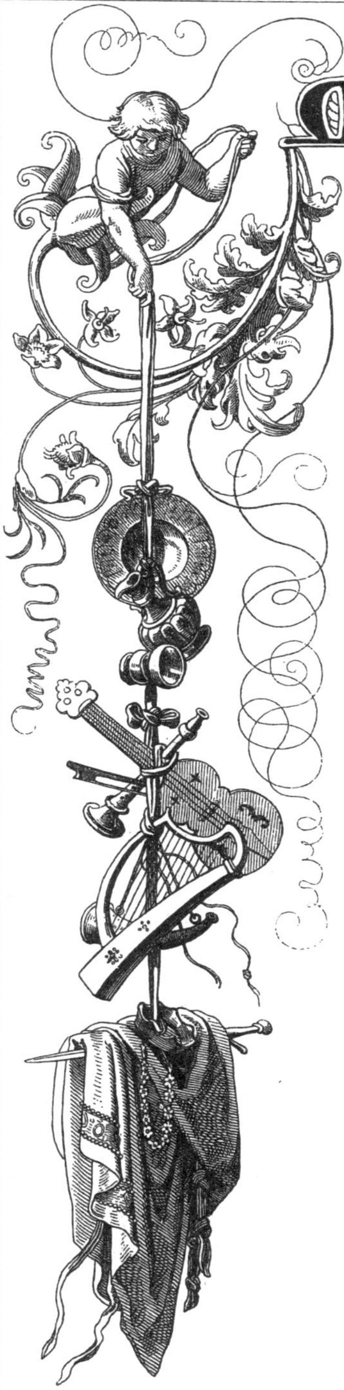

Mit kräftiglichen Lauten
Manche Posaune erscholl,
Von Trompeten und Flöten
Ward die Luft so voll,
Daß Wormes, die viel weite,
Laut erschallen begann.
Die hochgemuten Helden
Allwärts zu Rosse kamen heran.

Da hub sich in dem Lande
Gewaltiglich ein Spiel
Von manchem guten Recken;
Deren sah man da viel,
Die in ihren jungen Herzen
Nährten hohen Mut;
Da sah man unter dem Schilde
Viel manchen zieren Ritter gut.

In die Fenster saßen
Da manch herrliches Weib,
Und viel der schönen Mägde,
Gezieret war ihr Leib, —
Sie sahen Kurzweile
Von manchem kühnen Mann;
Der Wirth mit seinen Freunden
Selber reiten da begann.

So vertrieben sie die Weile,
Die däuchte sie nicht lang.
Man hörte da vom Dome
Mancher Glocken Klang;

Da kamen ihnen die Zelter, die Frauen ritten von dannen;
Den edeln Königinnen folgten manche kühne Mannen.

Sie stiegen vor dem Münster nieder auf das Gras.
Brunhild war ihren Gästen geneigt noch ohne Haß;
Sie gingen unter der Krone in das Münster weit.
Seit ward die Liebe geschieden; das war die Frucht von bösem Neid.

Als sie Messe gehöret, mit mancherhand Ehr'
Heim sie wieder zogen; man sah sie gehn nachher
Zu Tische in frohem Mute. Ihre Freude nimmer erlag
Bei lauter Hochgezeite, bis daß kam der eilfte Tag.

Da gedachte Frau Brunhild: „Ich mag's nicht mehr vertagen,
Wie ich das nun füge, Kriemhild muß mir sagen,
Warum uns also lange versäumt die Dienstmanns Pflicht
Ihr Mann, der doch unser eigen; die Frage will ich lassen nicht."

So wartete sie der Weile, als es der Teufel rieth,
Die Freude und die Hochzeit mit Jammer sie da schied.
Was ihr lag am Herzen, zu Tage mußte es kommen.
Deß ward in manchen Landen durch sie Jammers viel vernommen.

Vierzehnte Aventure.

Wie die Königinnen einander schalten.

Vor einer Vesperstunde hub sich viel Lärm und Spiel,
Versammelt auf dem Hofe waren der Ritter viel;
Ritterschaft sie pflagen, Kurzweil sie wollten ha'n;
Da lief herbei zu schauen viel Volkes, beide Weib und Mann.

Zusammen da auch saßen die Königinnen hehr,
Sie gedachten zweier Recken, die waren stattlich sehr;
Da sprach die schöne Kriemhild: „Ich hab' einen Mann,
Daß alle diese Reiche ihm sollten stehen unterthan."

Da sprach die Frau Brunhild: „wie könnte das doch seyn?
So Niemand anders lebte als nur du und er allein,
So möchten ihm die Reiche wohl seyn unterthan;
Dieweil Gunther lebet, gienge nimmermehr das an."

Da sprach wieder Kriemhild: „Nun siehst du wie er steht,
Wie so recht herrlich er vor den Recken geht,
Wie der Mond, der lichte, vor den Sternen thut!
Deß darf ich von Schulden tragen viel fröhlichen Mut!"

Da sprach die Frau Brunhild: „Wie waidlich sey dein Mann,
Wie edel und wie schöne, mußt du doch ihm voran
Lassen Gunther gehn, den Recken, den edeln Bruder dein;
Der, das weißest du wahrlich, muß aller Könige Erster seyn.“

Da sprach die Frau Kriemhild: „So theuer ist wohl mein Mann,
Daß ohne gutes Recht ich ihn nicht gelobet han;
In viel manchen Dingen ist seine Ehre groß;
Glaubest du mir das, Brunhild, er ist wohl König Gunthers Genoß.“

„Du sollst es mir, Kriemhild, böslich nicht verstehn;
Denn nicht ohne Schulden mein Reden ist geschehn.
Bekennen hört ich Beide, als ich zuerst sie sah,
Und da des Königes Wille, zum Weibe mich zu ha'n, geschah,

Und da er meine Minne so ritterlich gewann,
Da bekannte Sigfrid selber: er wäre des Königes Mann;
Drum hielt ich ihn für eigen, wie ich ihn hörte gestehn.“
Da sprach die schöne Kriemhild: „So wäre übel mir geschehn.

Wie hätten so geworben die edeln Brüder mein,
Daß eines eignen Mannes Braut ich sollte seyn?
Deß will ich dich, Brunhild, aufs Freundlichste bitten,
Daß du die Rede lassest, mir zu lieb, in gütlichen Sitten.“

„Ich kann sie nimmer lassen;“ sprach des Königes Weib,
„Wie sollt' ich denn aufgeben so manches Ritters Leib,
Der uns mit dem Degen dienstlich ist unterthan?“
Kriemhild die viel schöne gar hart zu zürnen da begann.

„Du mußt ihn wohl verschmerzen, daß er Dienstmanns Pflicht
Jemals dir soll leisten; an Ehren gleich ihm nicht
Ist Gunther, mein Bruder, der viel edle Mann;
Du sollst mir das erlassen, was ich von dir vernommen han.

Und nimmt mich immer Wunder, wenn er dein eigen ist,
Und wenn über uns Beide du so gewaltig bist:
Daß er dir so lange versäumt des Dienstmanns Pflicht;
Von deinem Uebermute sollt' ich von Recht das dulden nicht."

„Zu hoch du dich erhebest;" sprach da des Königes Weib.
„Nun will ich gerne sehen, ob man deinen Leib
Halte in solchen Ehren gleich als man meinen thut."
Die Frauen wurden Beide viel sehr zornig gemut.

Da sprach die Frau Kriemhild: „Also nun soll es seyn,
Weil du deinen Dienstmann genannt den Trauten mein:
Bei beider Könige Mannen die Küre soll heute stehn,
Ob vor des Königes Weibe ich zum Münster dürfe gehn.

Das mußt du heute schauen, daß ich adelfrei,
Und daß mein Mann theurer denn der deine sey;
Damit will ich selber nicht bescholten seyn,
Du sollst noch heute greifen, daß, die du nennst die Eigne dein,

Zu Hofe geh vor Recken in Burgunden Land;
Ich will höher gelten, als je wurde erkannt
Von Jemand eine Königin, die hier Krone trug."
Da hub sich unter den Frauen großen Neids und Hasses genug.

Da sprach aber Brunhild: „Willst du nicht eigen seyn,
So mußt du dich scheiden mit den Frauen dein
Von meinem Ingesinde, so wir zum Münster gehn."
Da antwortete Kriemhild: „Wahrhaftig, das soll so geschehn."

„Nun kleidet Euch, meine Mägde," sprach Sigfrides Weib;
„Es müsse ohne Schande bleiben hier mein Leib.
Ihr sollt recht lassen schauen was Ihr habt von reichem Staat;
So widerrede Brunhild, deß sie sich hier vermessen hat."

Es war ihnen leicht zu rathen; sie suchten reiche Kleid';
Da ward viel wohl gezieret manche Frau und Maid.
Da ging mit ihrem Gesinde des edeln Königes Weib;
Da ward auch wohl gezieret der schönen Kriemhilde Leib;

Mit dreiundvierzig Jungfrauen, die mit ihr waren da,
Die trugen lichte Stoffe, gewirkt in Arabia;
So kamen zu dem Münster die Mägde wohlgethan,
Ihrer wartete vor dem Hause mancher tapfre Sigfrids Mann.

Die Leute nahm das Wunder, warum das geschah,
Daß man die Königinnen also geschieden sah;
Daß sie bei einander nicht gingen wie bisher.
Davon viel manchem Degen erwuchsen Weh und Sorgen schwer.

Nun stand vor dem Münster König Gunthers Weib;
Viel mancher Ritter pflegte fröhlichen Zeitvertreib
Mit den schönen Frauen, deren sie da nahmen wahr.
Da kam die Frau Kriemhild mit mancher herrlichen Schaar.

Was je von Kleidern trugen edler Ritter Kind',
Gegen ihrem Gesinde war das wie ein Wind.
Sie war so reich an Gute, daß dreißig Königesfrauen
Nicht erzeigen konnten, was Kriemhild ließ, die Eine, schauen.

So Jemand zaubern sollte, er könnte es nicht ersagen,
Daß man so reiche Kleider je wieder sähe tragen,
Als da zur Stunde trugen ihre Jungfrau'n wohlgethan.
Nur zu Leide Brunhilden Kriemhild also dieß ersann.

Zusammen sie da kamen vor dem Münster weit;
Da ward die Frau des Landes bewegt von großem Neid:
Sie hieß mit übeln Worten Kriemhilden stillestehn;
„Vor des Königes Weibe soll nimmer Eigenweib gehn.“

Da sprach die schöne Kriemhild, zornig war ihr Mut:
„Könntest du noch schweigen, das wäre dir wohl gut!
Du hast geschändet selber deinen schönen Leib!
Wie mocht' eines Mannes Kebsin je werden eines Königes Weib!“

„Wen hast du genannt Kebsin?“ sprach des Königes Weib.
„Das hab' ich dich!“ sprach Kriemhild; „deinen schönen Leib
Den minnte zuerst Sigfrid, mein viel lieber Mann.
Nicht war es mein Bruder, der dir dein Magdthum abgewann.

Wo blieben deine Sinne? es war eine arge List!
Wie ließest du ihn minnen, da er dein eigen ist?
Ich höre dich,“ sprach Kriemhild, „ohne Schulden klagen.“
„Wahrlich,“ sprach da Brunhild, „das will ich König Gunther sagen.“

„Was mag mir das schaden? dein Uebermut dich betrog,
Daß zu deiner Eigenen dein Mund mich log.
Das wisse du in Treuen, es ist mir immer leid.
Zu getreuer Freundschaft bin ich dir fürder nicht bereit.“

Brunhild da weinte; Kriemhild blieb nicht mehr stehn;
Sie eilte in das Münster vor des Königs Weibe zu gehn
Mit ihrem Ingesinde; da hub sich großer Haß;
Drob wurden lichter Augen viele seit trüb und naß.

Während man Gott diente oder drinnen sang,
Da däuchte Brunhilden die Weile gar zu lang;
Denn ihr war viel trübe das Antlitz und der Mut.
Deß mußte seit entgelten mancher Held kühn und gut.

Brunhild mit ihren Frauen blieb vor dem Münster stehn;
Sie gedachte: mich muß Kriemhild mehr lassen verstehn,
Deß so frech mich zeihet das wortkecke Weib;
Hat er sich deß gerühmet: geht es Sigfriden an den Leib.

Nun kam die edle Kriemhild mit manchem kühnen Mann;
Da sprach die Frau Brunhild: „Ihr sollt mir stille stahn;
Ihr schaltet mich Kebsin; das sollt Ihr mich lassen sehen.
Mir ist von Euern Worten, das wisset, großes Leid geschehen."

Da sprach die Frau Kriemhild: „Ihr sollt mich lassen gehn;
An dem Golde, das ich trage an der Hand, mögt Ihr's ersehn;
Das brachte mir Sigfrid, da zuerst er bei Euch lag."
Erlebt hatte Brunhild nimmer einen leidern Tag.

Sie sprach: „dieß Gold viel edel das ward mir gestohlen,
Und blieb mir gar lange viel übel verhohlen;
Ich bring' es jetzt zu Tage, Wer mir es hat genommen."
Die Frauen waren beide in großen Ungestüm gekommen.

Da sprach aber Kriemhild: „Ich will nicht heißen Dieb;
Du hättest mögen schweigen, wäre dir Ehre lieb;
Ich erzeig' es mit dem Gürtel, den ich hab' umgethan,
Daß ich nicht gelogen; ja, ward Sigfrid dein Mann!"

Von Ninive's Seiden sie die Borte trug,
Mit edlem Gesteine, wohl war sie reich genug;
Da den Gürtel sah Brunhild, Thränen zuthal ihr rannen:
Das mußte erfahren Gunther und alle Burgunden Mannen.

Da sprach so die Königin: „Heißet hieher gehn
Den Fürsten vom Rheine; er soll von mir verstehn
Wie mich hat gehöhnet seine Schwester frei;
Oeffentlich sie mich zeihet daß ich Sigfrids Kebsin sey.“

Der König kam mit Recken; weinen er da sah
Brunhild seine Königin; gütlich sprach er da:
„Sagt mir, liebe Fraue, wer hat Euch was gethan?“
Sie sprach zu dem Könige: „Es ficht viel großes Leid mich an;

Von allen meinen Ehren mich die Schwester dein
Gerne wollte scheiden. Das soll dir geklaget seyn.
Sie spricht, es habe gebuhlet mit mir Sigfrid ihr Mann.“
Da sprach der König Gunther: „Da hätte sie übel dran gethan.“

„Sie trägt hier meinen Gürtel, den ich hab' verloren,
Und mein Gold das rothe; daß ich je ward geboren,
Das reuet mich viel bitter; befreist du nicht, König, mich
Der viel großen Schande: nimmer fürder minn' ich dich.“

Da sprach der König Gunther: „Er soll gehn herfür,
Und hat er sich's gerühmet, so lass' er's hören hier,
Oder muß er's läugnen, der Held aus Niederland.“
Da ward der kühne Sigfrid zur Stelle viel bald besandt.

Als der Herre Sigfrid voll Unmuts sie sah,
Und wußte Nichts der Märe, wie bald sprach er da:
„Was weinen diese Frauen? das hätt' ich gern erkannt,
Oder wessen halben mich der König Gunther besandt?“

Da sprach der König Gunther: „Ein Leid ward mir geklagt,
Es hat meine Frau Brunhild eine Märe hier gesagt,
Du habest dich gerühmet, daß du ihren schönen Leib
Allererst habest geminnet; so sagt Kriemhild dein Weib.“

„Nein ich!“ sprach da Sigfrid: „Und hat sie das gesagt,
Bevor ich davon lasse, in Reue sie's noch klagt;
Und will dir das beschwören vor den Deinen, Mag' und Mann,
Mit meinen hohen Eiden, daß ich das nicht gesaget han.“

Da sprach der König vom Rheine: „das sollst du lassen sehen,
Der Eid den du da bietest, mag der hier geschehen,
Aller falschen Dinge sollst du mir ledig gehn.“
Da sah man zu dem Ringe die stolzen Burgunden stehn.

Sigfrid der viel kühne zum Eide bot die Hand.
Da sprach der König edel: „Mir ist so wohl bekannt
Eure große Unschuld; ich seh Euch deß ledig an,
Deß Euch zeiht meine Schwester, daß Ihr habt dessen Nichts gethan.“

Da sprach aber Sigfrid: „Es entgilt ihr Leib,
Daß sie hat betrübet dein viel schönes Weib,
Das ist mir wahrhaftig zu größtem Leid gethan.“
Die edeln Ritter kühne sahen da einander an.

„Man soll so Frauen ziehen,“ sprach Sigfrid der Degen,
„Daß üppigliche Reden sie lassen unterwegen;
Verbiet es deinem Weibe, so thu' auch dem meinen ich;
Ihres argen Unfuges schäm' ich in Treuen bitter mich.“

Geschieden mit Worten wurden die schönen Fraun.
Da war also traurig Brunhild anzuschaun,
Daß es erbarmen mußte jeden Gunthers Mann.
Da trat von Tronege Hagen zu seiner Königin heran.

Er fragte, was ihr wäre? Weinend er sie fand;
Da sagte sie ihm die Märe, er gelobte ihr allzurhand,
Daß es entgelten sollte Kriemhildens Mann,
Oder er wolle nimmer Fröhlichkeit auf Erden ha'n.

Zu der Rede kam auch Ortwein und Gernot,
Da die Helden beriethen den Sigfrides Tod;
Dazu kam auch Giselher, der edeln Ute Kind;
Da er ihre Reden hörte, da sprach er so, treu gesinnt:

„Ihr viel guten Recken, warum thut Ihr das?
Verdienete doch Sigfrid niemals solchen Haß,
Daß er darum sollte verlieren Leben und Leib;
Und ist's eine leichte Sache, drob zürnen sein und Gunthers Weib.“

„Sollen wir Gäuche ziehen?“ sprach Hagen in grimmigem Mut;
„Deß hätten gar wenig Ehre Degen also gut;
Daß er sich hat gerühmet der lieben Herrin mein,
Darum will ich sterben, geht's ihm nicht an das Leben sein.“

Da sprach der König selber: „Er hat uns Nichts gethan
Als nur Gutes und Ehre; man thu' ihm kein Leides an;
Was frommt' es, so dem Recken ich nun trüge Haß?
Er ist uns treu gewesen; mit gutem Willen that er das.“

Da sprach von Metzen der Degen Ortwein:
„Es soll ihm doch nichts helfen die große Stärke sein;
Erlaubet mir's mein Herre, thu' ich ihm alles Leid.“
Da gelobten ihm die Helden ohne seine Schuld Feindseligkeit.

Dem folgete doch Niemand, nur daß Hagen der Degen
Dem Könige Gunther mit Fleiß rieth allerwegen:
So Sigfrid nicht mehr lebte, so würden ihm unterthan
Vieler Könige Lande; der Held darob zu trauern begann.

Das ließen sie nun ruhen. Spielen sah man darnach.
Hei! was man starker Schäfte vor dem Münster brach
Vor Sigfrides Weibe, bis hin zu dem Saal;
Da waren voll Unmutes König Gunthers Mannen allzumal.

Der König sprach: „Laßt bleiben den mordlichen Zorn!
Er ist uns zum Heile und zur Ehre gebor'n;
Er ist auch so starkgrimmig, der wunderkühne Mann;
So er deß inne würde, Niemand ihn bestehen kann."

„Nein er!" sprach da Hagen, „Euch soll es kümmern nicht,
Doch getrau' ich mir, daß heimlich es so wird angericht't,
Daß Brunhildens Weinen ihm soll werden leid.
Ja gelobet Hagen immer ihm Feindseligkeit."

Da sprach der König Gunther: „Wie mag das geschehn?"
Da antwortete Hagen: „Ihr sollt's von mir verstehn:
Heißet Ihr Boten reiten zu uns in dieß Land,
Offen uns abzusagen, die hier Niemand seyen bekannt.

So bekennt Ihr vor den Gästen, daß Ihr mit manchem Mann
Wollet Heerfahrt pflegen; wenn das ist gethan,
So gelobt er Euch Dienste; das kostet ihn den Leib.
So erfahr' ich uns die Märe von des kühnen Recken Weib."

Der König übel folgte Hagen seinem Mann;
Die starken Untreuen fingen zu brüten an,
Eh Jemand es merkte, die Ritter auserkoren.
Durch zweier Frauen Hader ward viel mancher Held verloren.

Fünfzehnte Aventure.

Wie Sigfrid verrathen ward.

An dem vierten Morgen zwei und dreißig Mann
Sah man zu Hofe reiten. Das ward kund gethan
Gunther dem viel reichen: ihm sey angesagt Streit.
Von Lügen erwuchs den Frauen großer Jammer und Herzeleid.

Vor den König sie kamen, als Urlaub sie gewannen,
Und bekannten, daß sie wären König Liudegers Mannen,
Den ehevor hatte bezwungen die Sigfrides Hand,
Und ihn gebracht als Geisel her in König Gunthers Land.

Die Boten er da grüßte und hieß sie sitzen gehn;
Ihrer Einer sprach darunter: „Herre, laßt uns stehn,
Bis wir gesagt die Mären, die Euch entboten sind.
Ja, habt Ihr zu Feinden, das wisset, mancher Mutter Kind.

Euch sagt ab Liudegast und auch Herr Liudeger,
Denen Ihr zuvor thatet Leid und Ungemach schwer,
Die wollen gegen Euch reiten anher in dieses Land."
Der König begonnte zürnen, als ihm die Märe ward bekannt.

Da hieß man die Lügenboten zur Herberge fahren.
Wie mochte sich Herr Sigfrid davor wohl bewahren,
Er oder sonst ein Andrer, was sie da richteten an?
Doch war's ihnen selber seit zu großem Leide gethan.

Der König mit seinen Freunden heimlich saß zu Rath;
Von Tronege Hagen der trieb ihn fruh und spat.
Noch hätten des Königs Mannen wohl es mögen scheiden,
Da wollte aber Hagen andern Rath nimmer leiden.

Eines Tages Sigfrid sie Rathes pflegen fand,
Da begann zu fragen der Held aus Niederland:
„Was geberdet sich so traurig König und Königes Mann?
Das helf' ich immer rächen, hat Jemand ihnen ein Leid gethan."

Da sprach König Gunther: „Ja, sey Dir's geklagt:
Liudegast und Liudeger die haben mir abgesagt,
Offentlich reiten wollen sie in mein Land."
Da sprach der kühne Degen: „Dem soll die Sigfrides Hand

Nach allen Euern Ehren mit Fleiße widerstehn;
Ich thu' den Degen wieder wie ihnen eh' geschehn;
Ich lege ihnen wüste ihre Burgen und auch ihr Land,
Eh will ich nicht ablassen; deß setz' ich Euch mein Haupt zum Pfand.

Ihr sollt zu Hause bleiben, Ihr und Eure Degen;
Mit denen, die ich habe, reit' ich ihnen entgegen.
Daß ich Euch gerne diene, das lass' ich Euch sehn.
Von mir soll Euern Feinden, das wisset, viel Leid geschehn."

„Willkommen diese Märe!" Der König sprach es so,
Als ob er in gutem Ernste der Hülfe wäre froh;
In Falschheit tief sich ihm neigte der ungetreue Mann.
Da sprach der Herre Sigfrid: „Ihr sollt viel kleine Sorge ha'n."

Da schickten sie zur Heerfahrt sich mit den Knechten an;
Daß Sigfrid und die Seinen es sähen, ward es gethan.
Da hieß er auch sich rüsten die von Niederland;
Die Sigfrides Recken suchten streitbarlich Gewand.

Da sprach der starke Sigfrid: „Mein Vater Sigemund,
Ihr sollt hier verbleiben; wir kommen in kurzer Stund',
So Gott uns Glück läßt haben, wieder her an den Rhein;
Ihr sollt bei dem Könige hier in allen Freuden seyn."

Die Zeichen sie aufbanden, als wollten sie von dannen.
Da waren zugegen viele Gunthers Mannen,
Die Nichts der Märe wußten, wie das Alles geschehn.
Man mochte groß Gesinde da bei Sigfrid stehen sehn.

Die Helme und die Rüstung man auf die Rosse band;
Sich rüstete mancher Ritter zu ziehen aus dem Land.
Da ging von Tronege Hagen zu Kriemhilden hin,
Und bat ihm geben Urlaub, weil sie wollten von dannen ziehn.

„Nun wohl mir!" sprach da Kriemhild, „daß ich je gewann den Mann,
Der meinen lieben Freunden so wohl vorstehen kann,
Als mein Herre Sigfrid thut den Freunden mein!
Deß will ich hohen Mutes," also sprach die Königin, „seyn.

Viel lieber Freund Herr Hagen, gedenket mir an das,
Daß ich Euch gerne diene und noch nie trug Haß;
Das lasset mich genießen an meinem lieben Mann;
Er soll es nicht entgelten, hab' ich Brunhilden ein Leid gethan.

Das hat mich seit gereuet," sprach das edle Weib,
„Auch hat er so zerbläuet darum meinen Leib,
Daß ich je geredet, was ihr schuf trüben Mut;
Das hat viel wohl gerochen der starke Held, kühn und gut."

Er sprach: „Ihr werdet versöhnet noch wohl nach diesen Tagen;
Kriemhild, liebe Fraue, das sollt Ihr mir ansagen,
Wie ich Euch Dienst mag leisten an Sigfrid Eurem Mann;
Ich thu' es gerne, Königin; besser ich's Niemand gönnen kann."

„Ich wäre ohn' alle Sorge," sprach das edle Weib,
„Daß ihm Jemand nähme im Sturme seinen Leib,
So er nicht wollte folgen seinem übergroßen Mut;
So wäre immer sicher der edle Degen kühn und gut."

„Fraue," sprach da Hagen, „und banget Eurem Sinne,
Daß man ihn möge versehren, so laßt mich werden inne,
Mit welcherlei Listen ich dem kann widerstehn;
Ich will zur Hut immer ihm zur Seite reiten und gehn."

Sie sprach: „Du bist mein Mage und so bin ich der dein';
Ich befehle Dir auf Treue den lieben Trauten mein,
Daß Du mir wohl behütest den meinen holden Mann."
Sie that ihm kund eine Märe, — sie ließ' es besser ungethan!

Sie sprach: „Mein Mann ist kühne und dazu stark genug;
Da er den Linddrachen an dem Berg erschlug,
Da badete sich in dem Blute der Recke wohlbewährt,
Davon ihn im Sturme keine Waffe nie versehrt.

Jedoch bin ich in Sorgen, so oft er im Streite steht
Und viel der Speerschüsse aus der Helden Händen geht,
Daß ich da verliere den meinen lieben Mann.
Hei! was ich großer Sorgen viel oft um Sigfriden han!

Ich meld' es in Vertrauen, viel lieber Freund, dir,
Da du deine Treue bewährest gegen mir:
Wo man doch mag verwunden den meinen lieben Mann,
Das lass' ich dich hören; auf Treu' und Gnade ist's gethan.

Als von des Drachen Wunden
Floß das heiße Blut,
Und sich darin badete
Der kühne Ritter gut,
Da fiel ihm zwischen die Schultern
Ein viel breites Lindenblatt,
Da mag man ihn verwunden;
Darob mein Herz viel Sorgen hat."

Da sprach von Tronege Hagen:
„Hin auf sein Gewand
Nähet ihm ein kleines Zeichen;
Dadurch wird mir bekannt,
Wo ich ihn möge behüten,
So wir im Sturme stahn."
Sie wähnte den Held zu schützen, —
Es war auf seinen Tod gethan.

Sie sprach: „Mit feiner Seiden
Näh' ich auf sein Gewand
Ein Kreuz gar heimlich;
Da soll, Held, deine Hand
Den meinen Mann behüten,
So es hart gefährlich geht,
Wenn er in den Stürmen
Gegen seinen Feinden steht."

„Das thu' ich," sprach da Hagen,
„Viel liebe Fraue mein."
Da wähnt' auch die Königin,
Es sollt' ihm zum Frommen seyn.

Damit ward verrathen der Kriemhilde Mann.
Urlaub nahm da Hagen, hinweg ging er fröhlich dann.

Was er erfahren hätte, bat ihn sein Herr ihm sagen.
„Möget Ihr die Heerfahrt wenden, so sollen wir reiten jagen;
Ich weiß nun gar die Märe, wie ich ihn bezwingen soll;
Möget Ihr nun das fügen.“ — „Das thu' ich,“ sprach der König, „wohl.“

Des Königes Ingesinde war alles wohl gemut;
Ich wähne, nimmer ein Recke jemals wieder thut
Verrath also argen, als da von ihm geschah,
Von dem sich der Treue die schöne Königin versah.

Des andern Morgens frühe mit tausend seiner Mannen
Ritt der Herre Sigfrid viel fröhlich von dannen;
Er wähnte, er solle rächen seiner Freunde Leid;
Hagen ihm ritt so nahe, daß er wohl schaute seine Kleid'.

Als er das Bild gesehen, da schickte er heimlich von dannen,
Zu sagen andre Botschaft, zween seiner Mannen;
Mit Frieden sollte bleiben König Gunthers Land,
Und sie hätte Liudeger zu dem Könige her gesandt.

Wie ungerne Sigfrid zurücke wieder ritt,
Bevor er gerochen, was sein Freund Leides litt!
Daß er ließ die Heerfahrt, kaum man von ihm gewann;
Da ritt er zu dem Könige; danken ihm der Wirth begann:

„So lohn' Euch Gott den Willen, Freund Sigfrid, immer und nun,
Daß Ihr seyd so willig, was ich Euch bitte, zu thun;
Das will ich Euch stets vergelten, wie ich von Schulden soll;
Vor allen meinen Freunden vertraue ich Euch herzlich wohl.

Nun wir dieser Heerfahrt müssig dürfen seyn
So will ich jagen reiten Bären und Schwein'
Hin zum Wasgenwalde, wie ich das oft gethan."
Das hatte gerathen Hagen, der viel ungetreue Mann.

„Allen meinen Gästen soll man das nun sagen,
Daß wir viel früh reiten, — die mit mir wollen jagen,
Daß sie sich bereiten; die aber bleiben hier,
Kurzweilen mit den Frauen; so geschieht nach Wunsche mir."

Da sprach der starke Sigfrid mit herrlichen Sitten:
„Wenn Ihr jagen reitet, reit' ich in Eurer Mitten,
So sollt Ihr mir leihen einen kundigen Spürmann
Und auch etliche Bracken, so will ich reiten in den Tann."

„Wollt Ihr nicht nehmen Einen," sprach der König allzurhand,
„Ich leih' Euch, wollt Ihr, viere, denen wohl ist bekannt
Der Wald und auch die Steige, dahin die Thiere gehn,
Daß Ihr in der Herberge nicht müßt mit leeren Händen stehn."

Da ritt zu seinem Weibe der Degen auserwählt.
Bald hatte Hagen dem König es erzählt,
Wie er bezwingen wollte den theuerlichen Degen.
So falscher Untreue sollte ein Mann nimmer pflegen!

Sechszehnte Aventure.

Wie Sigfrid erschlagen ward.

Gunther und Hagen, die Recken hochgestalt,
Anstellten mit Untreuen ein Pirschen in den Wald;
Mit ihren scharfen Speeren wollten sie jagen Schwein',
Bären und Büffel; was mochte Kühneres da seyn?

In herrlichen Sitten mit ihnen Sigfrid ritt;
Mancherhand Speise führte man ihnen mit;
Bei einem kalten Bronnen verlor er seit den Leib,
Das hatte gerathen Brunhild, des Königes Gunthers Weib.

Da ging der kühne Degen, wo er Kriemhilden fand;
Da war nun aufgesäumet sein edel Pirschgewand,
Seines und seiner Gesellen; sie wollten über'n Rhein,
Wohl durfte Kriemhilden leider zu keinen Zeiten seyn.

Die seine Vertraute küßt' er an den Mund
„Gott lasse mich dich, Fraue, sehen wieder gesund,
Und mich die deinen Augen; mit holden Magen dein
Sollst du kurzweilen; ich mag nicht so zu Hause seyn."

Da gedachte sie an die Märe, doch getraute sie's nicht zu sagen,
Die sie gesagt Hagenen; da begann zu klagen
Die Königin edel, leid war ihr Leben und Leib.
Da weinete ohnmaßen das viel wunderschöne Weib.

Sie sprach zu dem Recken: „Laßt Euer Jagen seyn;
Mir träumte die Nacht von Leide, wie Euch zwei wilde Schwein'
Jagten über die Heide; da wurden Blumen roth.
Daß ich so sehr weine, dazu zwingt wahrlich mich die Noth.

Ich fürchte mit Sorgen Anschlag und Verrath,
Ob man Etlichen oder Einem übel gedienet hat,
Die uns zufügen können gar feindlichen Haß.
Bleibet, lieber Herre, mit Treuen rathe ich Euch das."

Er sprach: „Meine Traute, ich komm' in kurzen Tagen;
Ich weiß hier keine Leute, die irgend Haß mir tragen.
Alle deine Magen sind insgesammt mir hold.
Auch ist die Gunst der Degen von Schulden meiner Dienste Sold."

„Ach nein, Herre Sigfrid, ja fürchte ich deinen Fall;
Mir träumte heut von Leide, wie über dir zu Thal
Stürzten zwei Berge, daß ich dich nimmer säh';
Willst du von mir scheiden, das thut mir an dem Herzen weh."

Er umfing mit Armen das tugendreiche Weib;
Mit minniglichem Kusse kost' er ihren schönen Leib.

Mit Urlaub von dannen
Schied er in kurzer Stund'.
Sie sah ihn leider darnach
Nimmer lebend und gesund.

Da ritten sie von dannen
In einen tiefen Wald,
Kurzweil zu haben;
Viel Ritter wohlgestalt
Folgten König Gunther
Und den seinen Mannen.
Gernot und Giselher,
Die zogen nicht mit ihnen von dannen.

Beladen viel Rosse zogen
Vor ihnen über'n Rhein,
Die den Jagdgesellen
Trugen Brot und Wein,

Das Fleisch sammt den Fischen, und mancherhand Vorrath,
Den ein so reicher König billiglich von Nöthen hat.

Sie hießen Herberg machen vor dem Walde grün,
Gegen des Wildes Ablauf, die stolzen Jäger kühn,
Daß sie da jagen sollten auf einem Wert viel breit.
Da war auch kommen Sigfrid; das ward dem Könige gesait.

Von den Jagdgesellen wurden da um und an
Besetzt die Warten alle. Da sprach der kühne Mann,
Sigfrid der viel starke: „In dem Walde grün
Wer weist uns nach dem Wilde die Spur, Ihr Helden gut und kühn?“

„Wollen wir uns scheiden,“ sprach da Hagen,
„Eh daß wir beginnen hier zu jagen,
Damit wir mögen bezeugen, ich und die Herren mein,
Wer die besten Jäger bei diesem Waldzuge sey'n?

Leute und auch Hunde wollen wir theilen gar;
Ein Jeglicher dann wähle, wohin er gerne fahr',
Wer dann erjaget das Beste, der soll deß haben Dank.“
Da weilten bei einander die Jäger nicht mehr allzulang.

Da sprach der Herre Sigfrid: „Der Hunde ich nicht bedarf,
Außer einem Bracken, deß Witterung also scharf,
Daß er die Fährte erkenne der Thiere durch den Tann;
Zur Jagd wohl wir kommen.“ Also sprach der Kriemhilde Mann.

Da nahm ein alter Jäger einen guten Spürhund,
Er brachte dahin den Herren in einer kurzen Stund'

Wo sie viel Thiere fanden; was gescheucht vom Lager ward,
Das erjagten die Gesellen, wie es der guten Jäger Art.

So viel der Bracke aufjagte, die erschlug mit seiner Hand
Sigfrid der viel kühne, der Held aus Niederland;
Sein Roß lief so schnelle, daß ihm ihrer keins entrann;
Das Lob vor allen Andern er bei dieser Jagd gewann.

Er war in allen Dingen biderb und stark genug;
Sein Thier war, das erste, das er zu Tode schlug,
Ein viel starkes Eberschwein, mit seiner Hand;
Darnach er viel balde einen ungefügen Löwen fand.

Da den der Bracke aufjagte, schoß er ihn mit dem Bogen;
Einen Pfeil, einen starken, hatt' er darauf angezogen;
Der Leu lief nach dem Schusse nur dreier Sprünge lang.
Die seinen Jagdgesellen die sagten deß Sigfriden Dank.

Darnach schlug er behende einen Büffel und einen Elk,*
Starker Ure viere und einen grimmigen Schelk;**
Sein Roß trug ihn so schnelle, daß ihm ihrer keins entrann.
Hirsche oder Hinden eine große Menge er gewann.

Einen großen Eber den fand der Spürhund;
Als er begonnte fliehen da kam herbei zur Stund'
Dieser Jagd Meister; auf der Bahn er ihn bestand;
Von dem Schweine zornig ward der Held da angerannt.

* Elenn.
** Eine Art von Hirschen.

Da schlug es mit dem Schwerte der Kriemhilde Mann;
Es hätt' ein andrer Jäger so leicht es nicht gethan.
Als er ihn hatte gefället, fing man den Spürhund;
Da ward seine Jagd, die reiche, wohl den Burgunden allen kund.

Da sprachen seine Jäger: „So es Euch nicht verdrießt,
Wir möchten, daß der Thiere ein Theil Ihr leben ließ't;
Ihr thut uns heute leeren den Berg und auch den Wald."
Da begonnte lächeln der Degen kühn und hochgestalt.

Da hörten sie allenthalben Gelärm und Getos;
Von Leuten und auch von Hunden war der Schall so groß,
Daß davon wiederhallte der Berg und auch der Tann.
Vier und zwanzig Koppeln brachten die Jäger mit heran.

Da mußten viel der Thiere verlieren das Leben;
Da wollten sie es fügen, daß man ihnen sollte geben
Den Preis des Jagdtages; das konnte nicht geschehen,
Da der starke Sigfrid ward an der Feuerstatt gesehen.

Die Jagd war ergangen und doch noch nicht gar.
Die zur Feuerstatt wollten, die brachten mit ihnen dar
Viel mancher Thiere Häute und Wildes genug;
Hei! was man deß zur Küche des Königes Gesinde trug!

Da hieß der König künden den Jägern auserkor'n,
Daß er imbissen wollte; da ward viel laut ein Horn
Zu einem Male geblasen, damit Allen ward bekannt,
Daß sich der Fürst edel jetzt in der Herberge fand.

Da sprach ein Sigfrides Jäger: „Herre, ich hab' vernommen
Durch eines Hornes Tosen, daß wir nun sollen kommen
Zu den Herbergen; antworten darauf ich will."
Da ward nach den Gesellen gefragt mit lautem Blasen viel.

Da sprach der Herre Sigfrid: „Nun räumen auch wir den Tann;"
Sein Roß trug ihn geschwinde; sie folgten dem kühnen Mann;
Auf jagten mit ihrem Lärmen sie ein Thier gar furchtbarlich.
Das war ein Bär, ein wilder; da sprach der Degen hinter sich:

„Ich will uns Heergesellen gute Kurzweil gewähren,
Ihr sollt den Bracken lösen, ich sehe da einen Bären,
Der soll mit uns hinnen zu der Herberge fahren;
So er nicht flieht viel schnelle, so kann er nimmer sich bewahren."

Der Bracke ward losgelassen, fort sprang der Bär dann;
Da wollte ihn erreiten der Kriemhilde Mann;
Er kam an ein Gefälle, da er nicht konnt' reiten hinein.
Das starke Thier da wähnte sicher vor den Jägern zu seyn.

Da sprang von seinem Rosse der stolze Ritter gut,
Er begann ihm nachzulaufen; dem Thier ward schlimm zu Mut,
Es konnt' ihm nicht entrinnen; da fing er es mit der Hand
Ohne alle Wunden; der Held mit großer Kraft es band.

Kratzen und beißen konnte es nicht den Mann;
Er band es an den Sattel; auf saß der Degen dann,
Zur Feuerstatt er es brachte mit seinem hohen Mut,
Zu einer Kurzweile, der edle Recke, kühn und gut.

Wie er zur Herberge
Ritt in Herrlichkeit!
Sein Speer war viel mächtig,
Stark und breit;
Ihm hing ein zieres Waffen
Nieder bis an den Sporn,
Von viel rothem Golde
Führte der Herr ein schönes Horn.

Von bessrem Pirschgewande
Hörte ich niemals sagen.
Einen Rock von schwarzen Zeugen
Den sah man ihn tragen,
Und eine Haut von Zobeln
Die war reich genug.
Hei, was er reicher Borten
Viel an seinem Köcher trug!

Von einem Panther
War darüber gezogen
Eine Haut, Wohlruches wegen;
Auch führt' er einen Bogen,

Den man mit Zangen mußte ziehen und Werkrath,
Wer ihn wollte spannen, ohne wenn er es selber that.

Von eines Ludems* Felle war alles sein Gewand,
Vom Haupt bis an das Ende durchwirket mancherhand;
Aus dem lichten Rauchwerk viel Spangen von Golde fein
Gaben, zu beiden Seiten dem kühnen Jäger, hellen Schein.

Dazu Balmung er führte, ein zieres Waffen breit,
Von also großer Schärfe, daß es nie versagt' im Streit,
Wenn man damit schlug auf Helme; seine Schneiden waren gut;
Der herrliche Jäger trug einen viel hohen Mut.

Wenn ich Euch die Märe ganz ansagen soll:
Ihm war sein edler Köcher viel guter Pfeile voll
Von goldenen Beschlägen, die Schärfe wohl Hand breit;
Was er damit getroffen, das mußte sterben in kurzer Zeit.

Da ritt der Ritter edel gar waidlich von dannen;
Ihn sahen daher kommen König Gunthers Mannen,
Sie liefen ihm entgegen und nahmen ihm ab das Roß;
Da führt' er an dem Sattel einen Bären stark und groß.

Als er entsessen vom Pferde, da löste er ihm die Band',
Von den Füßen und vom Maule; bellen begann zur Hand
Viel laut alles Gehünde, als es den Bären ersah;
Das Thier wollte zum Walde; viel Noth und Schreck erhub sich da.

* Vielleicht: Luchs.

Der Bär vor dem Lärmen lief zu der Küche hin;
Hei, was er Küchenknechte trieb vom Feuer darin!
Viel der Kessel wurden gerühret, zerrissen mancher Brand;
Hei, was man guter Speise in der Asche liegen fand!

Da sprangen von den Tischen die Herrn und ihre Mannen.
Der Bär begann zürnen; der König hieß los spannen
Alles das Gehünde das an den Seilen lag;
Und ging es gut zu Ende: fröhlich gewesen wär' der Tag.

Mit Bogen und mit Spießen, — nicht ließ man es anstehn —
Liefen die viel Kühnen wo man sah den Bären gehn;
Doch waren da so viel Hunde, daß da Niemand schoß;
Weitum alles Gebirge hallte von Lärmen und Getos.

Der Bär da zu fliehen vor den Hunden begann;
Ihm konnte folgen Niemand als nur der Kriemhilde Mann;
Der erlief ihn mit dem Schwerte, zu Tod er ihn da schlug.
Hinwieder zu dem Feuer darnach man den Bären trug.

Da sprachen, die das sahen, er wäre ein kräftiger Mann.
Zu Tische hieß man gehen die Jagdgesellen dann;
Auf einem schönen Anger saßen ihrer genug;
Hei, was man reicher Speise herbei den edeln Jägern trug!

Zu kommen säumten die Schenken, die tragen sollten Wein.
Es konnte baß gedienet den Helden nimmer seyn;

Hätten sie darunter nicht so falschen Mut:
So wären wohl die Recken vor aller Schand' in sichrer Hut.

Deß hatte der Mann des Todes keinen Gedanken da,
Daß er ihrer Untreue irgend sich versah.
Er war in ganzer Tugend aller Falschheit bloß;
Seines Sterbens seit entgelten mußte, Wer sein doch nie genoß!

Da sprach der Herre Sigfrid: „Eins nimmt mich Wunder gar,
Da doch man aus der Küche uns bringt viel Gutes dar,
Warum uns die Schenken dazu nicht bringen Wein?
Pflegt man nicht baß der Jäger: mag ich nicht Jagdgeselle seyn.

Ich hätte wohl verdienet, daß man mein baß nähme wahr."
Der König von seinem Tische entbot ihm mit Falschheit dar:
„Man soll's Euch gerne büßen, so an Etwas ist Noth;
Daran ist schuldig Hagen; der will durch Durst uns haben todt."

Da sprach von Tronege Hagen: „Viel lieber Herre mein,
Ich wähnte, daß das Pirschen heute sollte seyn
Drüben im Spechtsharte; den Wein sandt' ich dahin;
Bleiben heut wir ungetrunken; ich will mich hüten fürderhin."

Da sprach der Herre Sigfrid: „Ich weiß ihnen schlimmen Dank.
Man sollte mir sieben Lasten Meth und Lautertrank
Haben hieher geführt; so das nicht sollte seyn,
Sollte man uns haben gelagert näher an den Rhein."

Da sprach von Tronege Hagen: „Ihr edlen Ritter gut,
Ich weiß hier in der Nähe einen Bronn mit kalter Flut,
Daß Ihr nicht mehr zürnet, wollen dahin wir gehn."
Der Rath war manchem Degen zu viel großen Sorgen geschehn.

Sigfrid den Recken zwang des Durstes Noth,
Den Tisch ohne Weilen zu rucken er gebot,
Er wollte durch die Berge zu dem Bronnen gehn.
Der Rath war mit Tücken von den Recken so geschehn.

Die Thiere hieß man auf Wägen führen in das Land,
Die da hatte erleget die Sigfrides Hand.
Wer das immer schaute, hoch zu seinen Ehren sprach;
Hagen seine Treue gar übel an Sigfriden brach.

Da sie wollten von dannen zu der Linde breit,
Da sprach von Tronege Hagen: „Mir ward oft gesait:
Daß Niemand könne folgen dem Kriemhilden Mann,
Wenn er viel eilend laufe; wollt' er uns das doch sehen la'n!"

Da sprach von Niederlande der kühne Sigfrid schier:
„Das möget Ihr wohl versuchen, wollt Ihr laufen mit mir
Zur Wette nach dem Bronnen; so das ist geschehn,
Den man sieht gewinnen, dem soll den Preis man zugestehn."

„Nun wollen wir's auch versuchen," sprach Hagen der Degen.
Da sprach der starke Sigfrid: „So will ich mich legen
Zu Euren Füßen nieder auf das Gras."
Als er solches hörte, wie lieb war dem König Gunther das!

Da sprach der kühne Degen: „Noch mehr will ich Euch sagen:
Alle meine Rüstung will ich mit mir tragen,
Den Speer sammt dem Schilde und all mein Pirschgewand.“
Den Köcher sammt dem Schwerte alsobald er um sich band.

Von dem Leibe zogen ab sie dann die Kleide,
In zwei weißen Hemden sah man sie stehen Beide;
Wie zwei wilde Panther sie liefen durch den Klee;
Ankommen bei dem Bronnen sah man den kühnen Sigfrid eh.

Den Preis in allen Dingen trug er vor manchem Mann;
Das Schwert löst' er balde, den Köcher ablegt' er dann.
Den starken Speer er lehnte an der Linde Ast;
Bei des Bronnens Fluten stand so da der herrliche Gast.

Die Sigfrides Tugenden waren viel groß.
Den Schild er legte nieder, wo der Bronnen floß,
Wie heiß er auch dürstete, der Held doch nicht trank,
Bevor der König getrunken; deß sagt' ihm der viel bösen Dank.

Der Bronnen der war kühle, lauter und gut;
Gunther sich da neigete nieder zu der Flut;
Als er hatte getrunken, auf richtet' er sich dann.
Also hätt' auch gerne jetzt der kühne Sigfrid gethan.

Da entgalt er seiner Tugend; weit weg hatte Hagen
Das Schwert sammt dem Bogen gar heimlich getragen;
Hin sprang er dann wieder wo den Speer er fand;
Er spähte nach einem Zeichen an des kühnen Helden Gewand.

Wie der Herre Sigfrid ob dem Brunnen trank,
Er schoß durch das Kreuz ihn, daß aus der Wunde sprang
Das Blut ihm von dem Herzen auf gegen Hagens Gewand.
Missethat, so arge, thut nimmer eines Helden Hand.

Stecken in seinem Herzen ließ er ihm den Speer,
Nie lief, sich zu flüchten, in seinem Leben so sehr
Hagen in grimmen Aengsten je vor einem Mann,
Als da der Herre Sigfrid der großen Wunde sich versann.

Der Held in argem Toben von dem Bronnen sprang;
Ihm ragete zwischen den Schultern eine Speerstange lang;
Der Fürst wähnte zu finden Bogen oder Schwert,
Damit er gäbe Hagen, was sein Dienst, sein übler, werth.

Da der Todwunde das Schwert nirgends fand,
Da hatte er nichts zu Handen als seinen Schildrand,
Den zuckte er auf vom Bronnen und lief Hagen an;
Da konnte nicht entrinnen ihm des Königes Gunthers Mann.

War er schon wund zum Tode: so kräftig er doch schlug,
Daß aus dem Schilde weg flog genug
Des edlen Gesteines; es brach der Schild fast.
Es hätte sich gerochen gerne der viel herrliche Gast.

Da ward gestürzt Hagen vor seiner Hand darnieder;
Von des Schlages Kräften scholl der Wert wieder;
Hätt' er sein Schwert in Handen, so wär' es Hagens Tod;
So sehr zürnte der Wunde; wohl schwebt' er in viel grimmiger Noth.

Erblichen war seine Farbe, er mochte nicht mehr stehn,
Seines Leibes Stärke mußte gar zergehn,
Denn er des Todes Zeichen in lichter Farbe trug;
Seit ward beweinet er von schönen Frauen genug.

Der Mann Kriemhildens in die Blumen fiel;
Des Bluts aus seiner Wunde sah man fließen viel.
Da begann er schelten in seiner großen Noth
Auf die, so gerathen in Untreuen auf seinen Tod.

Da sprach der Todwunde: „Ja, Ihr viel bösen Zagen,
Was helfen meine Dienste, nun Ihr mich habt erschlagen?
Ich bin Euch je treu gewesen; dafür den Lohn ich han.
Ihr habt an Euren Freunden leider groß Uebel gethan.

Bescholten davon sind Alle, so Viele werden gebor'n
In den künft'gen Zeiten. Ihr habt Euern Zorn
Gerochen also bitter an dem Leibe mein;
Mit Laster sollt geschieden Ihr von guten Recken seyn."

Die Ritter alle liefen wo er erschlagen lag.
Es war ihrer Vielen ein freudeloser Tag;
Die treuen Herzens waren, von denen ward er geklagt.
Das hatte wohl verdienet um Alle der Held unverzagt.

Der König von Burgunden klagte auch seinen Tod;
Da sprach der Markwunde: „Es ist keine Noth
Daß der nach dem Schaden weinet, der ihn hat gethan;
Groß Schelten das verdienet; er ließ' es besser stehen an."

Da sprach der grimme Hagen: „Ja nicht weiß ich, was Ihr klagt;
All unser Leid und Sorgen das ist jetzt gar vertagt.
Wir finden derer Wenig, die uns noch dürfen bestehn;
Wohl mir, daß ich den Helden von mir gefället han gesehn."

„Ihr möget leicht Euch rühmen," sprach der Held von Niederland,
„Hätt' ich an Euch früher die mordliche Art erkannt:
Ich hätte wohl behalten vor Euch Leben und Leib;
Mich bekümmert so sehr nichts als Frau Kriemhilde mein Weib.

Nun müss' es Gott erbarmen, daß ich je gewann den Sohn,
Dem man hernach vorrücken wird mit Spott und Hohn,
Daß seine Magen Jemand mordlich haben erschlagen;
Könnt' ich," so sprach Sigfrid, „ich müßte billig das beklagen."

„In der Welt Niemand je größeren Mord ersann,"
Sprach er zu dem Könige, „als ward an mir gethan;
Ich errettet' Euch Leib und Ehre in ängstlicher Noth;
Ich hab' es schlimm entgolten, daß ich so guten Dienst Euch bot."

Da sprach also mit Jammer der markwunde Degen:
„Wollt Ihr, König edel, irgend noch Treue pflegen
Auf der Welt an Jemand: laßt Euch befohlen seyn
Auf Eure Gunst und Gnade die liebe Vertraute mein.

Und laßt sie deß genießen, daß sie Eure Schwester ist;
Um Fürsten Tugend willen pflegt ihrer zu jeder Frist;
Auf mich warten lange mein Vater und meine Mannen;
Frauen von liebem Manne niemals größeres Leid gewannen."

Bitterlich er sich krampfte in seines Sterbens Noth,
Und sprach da voll Jammers: „Der mordliche Tod
Mag Euch wohl gereuen dereinst nach diesen Tagen;
Glaubet das wahrlich, daß Ihr Euch selber habt erschlagen."

Die Blumen allenthalben vom Blute wurden naß;
Da rang er mit dem Tode; nicht lange that er das,
Weil des Todes Waffen ihn getroffen zu sehr.
Der Recke kühn und edel mochte bald nicht reden mehr.

Da die Herren sahen, daß der Held war todt:
Sie legten ihn auf einen Schild, der war von Golde roth,
Und wurden des Rathes einig, was sie sollten sagen,
Daß man es verhehle, wie das sey gethan von Hagen.

Da sprachen ihrer Viele: „Uns ist übel geschehen;
Ihr sollt es hehlen Alle und sollt Gleiches gestehen:
Da er jagen ritt alleine, der Kriemhilde Mann,
Da erschlugen ihn Schächer, wie er hinfuhr durch den Tann.“

Da sprach von Tronege Hagen: „Ich bring' ihn in das Land;
Mir ist es leid nur wenig, wird es ihr auch bekannt,
Die so hat betrübet der Frau Brunhilde Mut;
Ich acht' es gar geringe, was sie Klagens und Weinens thut.“

Siebenzehnte Aventure.

Wie Sigfrid beklaget und begraben ward.

Jetzt harreten der Nacht sie und fuhren über den Rhein.
Von Helden konnte nimmer schlimmer gejaget seyn;
Ein Thier, das sie da schlugen, das beweinten edle Weib'.
Viel waidliche Degen kostete es seit den Leib.

Von großem Uebermute möget Ihr hören sagen
Und von furchtbarlicher Rache. Da hieß Hagen tragen
Sigfrid, den also todten, von Nibelungen Land
Hin vor eine Kammer, darin man Kriemhilden fand.

Er hieß ihn gar heimlich legen vor die Thür,
Daß sie ihn da sollte finden, so sie ginge herfür
In den Dom zur Mette, eh' es wurde Tag;
Frau Kriemhild viel selten die Mettezeit schlafend verlag.

Man läutete zu dem Münster, nach Gewohnheit;
Frau Kriemhild die schöne weckte manche Maid,
Ein Licht bat sie ihr bringen und auch ihr Gewand.
Da kam der Kämmrer einer hin wo er Sigfriden fand.

Er sah ihn roth von Blute, sein Gewand war alles naß;
Daß es sein Herr wäre, nicht wußte noch er das:
Hin zu der Kemenaten das Licht trug er in der Hand,
Bei dessen Schein Frau Kriemhild viel der leid'gen Märe fand.

Wie sie mit ihren Frauen zum Münster wollte gehn,
Da sprach zu ihr der Kämmerer: „Ihr sollt stille stehn;
Es liegt vor diesem Gaden ein Ritter todt erschlagen."
Da begann Frau Kriemhild viel unmäßig hart zu klagen.

Eh' sie es recht erfunden, daß es wäre ihr Mann,
Schon an Hagens Frage zu denken sie begann:
Wie er ihn könnte schützen? Da ward erst recht ihr leid:
Von ihr mit seinem Tode ward abgesagt jedweder Freud'.

Zur Erde sank sie nieder, nichts sprach sie da;
Die schöne Freudenlose man so liegen sah.
Frau Kriemhild Jammers ward ohnmaßen voll;
Dann schrie sie nach der Ohnmacht, daß Gaden und Haus erscholl.

„Vielleicht ist es ein Fremder?" das Gesinde sprach.
Das Blut ihr aus dem Munde vor Herzensjammer brach;
Da sprach sie: „Es ist Sigfrid mein viel lieber Mann;
Es hat gerathen Brunhild daß Hagen dieses hat gethan."

Die Frau ließ sich hinweisen wo sie den Helden fand;
Sie hub sein schönes Haupt auf mit ihrer viel weißen Hand.
Wie roth es auch war von Blute, sie hat ihn schnell erkannt:
Da lag viel kläglich erschlagen der edle Held von Niederland.

Da rief viel traurig
Die Königin mild:
„O weh mir meines Leides!
Nun ist dir dein Schild
Mit Schwertern nicht zerhauen;
Du bist vom Morde roth!
Wüßte ich, wer es hat gethan,
Ich sänn' ihm immer auf den Tod."

Alles ihr Gesinde
Klagete auch und schrie
Mit ihrer lieben Frauen;
In Sorgen trauerten sie
Um ihren viel edlen Herren,
Den sie da hatten verlor'n.
Da hatte gerochen Hagen
Gar hart der Frau Brunhilde Zorn.

Da sprach die Jammerhafte: „Ihr Kämmerer, eilt von dannen
Und wecket viel balde die Sigfrides Mannen;
Ihr sollt auch Sigemunden meinen Jammer sagen,
Ob er mir wolle helfen den kühnen Sigfrid beklagen."

Da lief bald ein Bote, wo er sie liegen fand
Die Sigfrides Helden von Nibelungen Land;
Mit den viel leiden Mären ihre Freud' er ihnen benahm;
Sie wollten es nicht glauben, bis daß man das Weinen vernahm.

Hin kam auch bald der Bote, wo der König lag;
Der Herre Sigemund nicht des Schlafes pflag.
Ich wähne sein Herz ihm sagte, was ihm war geschehen:
Daß er Sigfriden sollte lebend nimmermehr sehen.

„Wachet auf, Herr Sigemund, mich bat nach Euch gehn
Kriemhild, meine Herrin; der ist ein Leid geschehn,
Das ihr vor allen Leiden an ihr Herze geht;
Das sollt Ihr helfen klagen, denn Euch das Leid auch nahe steht."

Aufrichtetete sich da Sigmund; er sprach: „Was ist das Leid
Der schönen Kriemhilde, davon du mir gesait?"
Der Bote sprach mit Weinen: „Mein Mund muß es Euch sagen:
Es ist von Niederlanden der kühne Sigfrid erschlagen."

Da sprach der Herr Sigemund: „Laßt Eure Kurzweil seyn,
Und also böse Märe, um willen der Liebe mein,
Daß Ihr es saget Jemand, daß er sey erschlagen;
Ich käm' vor meinem Tode nicht mehr zu End' ihn zu beklagen."

„Wollt Ihr mir nicht glauben, was Ihr mich höret sagen,
So möget Ihr hören selber Kriemhilden klagen

Und alles ihr Gesinde um Sigfrides Tod."
Viel sehr erschrak da Sigemund, deß er wahrlich hatte Noth.

Mit hundert seiner Mannen er von dem Bette sprang:
Sie griffen mit den Händen nach den Waffen scharf und lang.
Jammernd nach dem Wehgeschrei liefen sie von dannen;
Da kamen tausend Recken, des kühnen Sigfrides Mannen.

Da sie die Frauen hörten so jämmerlich klagen,
Da meinten Etliche: sie sollten Kleider tragen;
Da konnten deß vor Leide sie keinen Gedanken haben;
Ihnen war des Kummers so viel in ihren Herzen begraben.

Da kam der König Sigemund wo er Kriemhilden fand;
Er sprach: „O weh der Reise her in dieses Land!
Wer hat mich von meinem Kinde, und von deinem Manne dich,
Bei so guten Freunden, geschieden also mörderlich?"

„Hei! sollt ich ihn erkunden," sprach das viel edle Weib,
„Hold würd' ich ihm nimmer, so lang' ich hab' den Leib;
Auf solches Leid ich ihm sänne, daß die Freunde sein
Von den meinen Schulden müßten alle Weinende seyn."

Sigemund der Herre den Fürsten umschloß;
Da ward von seinen Freunden der Jammer also groß,
Daß von dem starken Klagen Saal und Palast ward voll,
Und auch die Stadt Wormes zu allen Seiten laut erscholl.

Da konnte Niemand trösten das Sigfrides Weib.
Man zog aus den Kleidern seinen schönen Leib,
Und wusch ihm seine Wunde und legte ihn auf die Bahr';
Weh vor starkem Jammer das Herz seinen Leuten war.

Da sprachen seine Recken von Nibelungen Land:
„Ihn soll zu rächen immer willig seyn unsre Hand;
Er ist in diesem Hause der ihm gerathen zu Falle!"
Da eilten nach den Waffen die Sigfrides Mannen alle.

Die auserwählten Degen mit Schilden kamen dar
Elf hundert Recken, die hatte in seiner Schaar
Sigemund der reiche. Seines Sohnes Tod
Den wollt' er gerne rächen, als ihm seine Treue das gebot.

Sie wußten nicht, Wen sie sollten anlaufen im Streite,
Es wäre denn den König Gunther und seine Leute,
Mit denen Herr Sigfrid in den Tann zur Jagd ritt.
Kriemhild sah sie gewaffnet; ihr Herz neue Sorge litt.

Wie groß auch war ihr Jammer und wie stark ihre Noth:
Viel sehr sie doch fürchtete der Nibelungen Tod
Von ihrer Brüder Mannen, daß sie nicht konnte ruhn;
Sie warnte sie gütlich, wie Freunde lieben Freunden thun.

Da sprach die Jammersreiche: „Mein Herr Sigemund,
Was wollet Ihr beginnen? Euch ist nicht Alles kund;
Hat doch der König Gunther so manchen kühnen Mann!
Ihr verderbet Alle, so Ihr die Recken wolltet bestahn."

Mit umgebundnen Schilden war ihnen zu streiten Noth.
Die Königin die edle bat und auch gebot,
Daß sie es meiden sollten, die Recken kampfbereit;
Da sie's nicht lassen wollten, das war ihr wahrlich bitter leid.

Sie sprach: „Herr Sigemund, lasset es stehen an,
Bis es sich besser füge; so will ich meinen Mann
Immer mit Euch rächen; der mir ihn hat genommen —
So mir das wird beweiset, ihm soll's zu großem Schaden kommen.

Es sind der Uebermütigen hier am Rheine viel,
Darum ich Euch zum Streite nimmer rathen will;
Sie haben wider Einen wohl je dreißig Mann;
Wie sie um uns verdienet, mög' es ihnen Gott gerathen la'n!

Ihr sollt hier bleiben und dulden mit mir das Leid;
Sobald es beginnt zu tagen, Ihr Helden allbereit,
So helfet mir einsargen den meinen lieben Mann."
Da sprachen die Degen: „Das sey, liebe Fraue, gethan."

Kein Mensch könnte das Wunder gar aussagen
Von Rittern und von Frauen, wie man die hörte klagen,
So daß man des Wehruf's in der Stadt nahm wahr.
Die edelen Bürger die kamen viel eilend dar.

Sie klageten mit den Gästen; denn es war ihnen bitter leid.
Ihnen hatte Niemand von Sigfrids Schuld gesait,
Warum der edle Recke verloren Leben und Leib.
Da weinte mit den Frauen manches guten Bürgers Weib.

Schmiede hieß man eilends fertigen einen Sarg,
Von Silber und von Golde, viel groß und viel stark;
Man hieß ihn fest beschlagen mit Stahl, blank und gut;
Da ward allen Leuten traurig und trübe der Mut.

Die Nacht war zergangen; man sagte es wollte tagen,
Da hieß die edle Fraue zu dem Münster tragen
Sigfriden den Herren, ihren viel lieben Mann.
Was er da Freunde hatte, sah man weinend folgen hinan.

Da sie ihn zum Münster brachten, manche Glocke klang,
Da hörte man allenthalben viel manches Pfaffen Sang.
Da kam der König Gunther mit den Mannen sein
Und auch der grimme Hagen zu den Wehklagenden hinein.

Er sprach: „Viel liebe Schwester, o weh des Jammers dein!
Daß wir nicht mochten ledig so großen Schadens seyn!
Wir müssen immer klagen, daß Sigfrid verlor den Leib.“
„Das thut Ihr ohne Ursach,“ sprach das jammerhafte Weib.

„Wär' Euch leid darüber, so wär' es nicht geschehen;
Ihr hattet mein vergessen, das laßt Ihr wohl mich sehen,
Da ich ward so geschieden von meinem lieben Mann.
Ja wollte Gott der Wahre, daß es mir selber wäre gethan!“

Sie boten auf ihr Lügen. So sprach Kriemhild nun:
„Wer sich rühmt unschuldig, der soll also thun,
Der soll zu der Bahre vor den Leuten gehn;
Daraus mag man die Wahrheit alsobald sicher verstehn.“

Das ist ein großes Wunder, gar oft es noch geschieht,
Wo man den Mordschuld'gen bei dem Todten sieht:
Da bluten ihm die Wunden; also auch da geschah,
Daraus man an Hagen da die Schuld bleiben sah.

Stark die Wunden flossen, wie sie thaten vorher;
Die zuvor bitter klagten, die jammerten jetzt noch mehr.

Da sprach der König Gunther:
„Ich will's Euch zeigen an,
Ihn erschlugen Schächer,
Hagen hat es nicht gethan.“ —

„Mir sind die Schächer,“
Sprach sie, „wohl bekannt;
Nun lasse Gott es rächen
Noch seiner Freunde Hand!
Gunther und Hagen,
Ja! habt Ihr das gethan!“
Da kam die Sigfrids Degen
Starke Lust zu streiten an.

Kriemhild trug großen Jammer. Zu derselben Noth
Kamen da die beiden Andern; da sie ihn fanden todt,
Gernot ihr Bruder und Giselher das Kind:
Mit Treuen sie ihn klageten; ihre Augen wurden thränenblind.

Sie beweinten von Herzen den Kriemhilden Mann.
Man sollte Messe singen; zu dem Münster dann
Gingen allenthalben Viele, Mann und Weib;
Die sein doch leicht entbehrten, die weineten um Sigfrids Leib.

Gernot und Giselher die sprachen: „Schwester mein,
Nun tröste dich über dem Tode, denn es doch muß seyn;
Wir wollen dir's vergüten, so lange wir nur leben."
Doch konnte Trost keinen Niemand auf der Welt ihr geben.

Sein Sarg der war bereitet wohl um Mittag,
Man hub ihn von der Bahre darauf er lag;
Ihn wollte noch die Fraue lassen nicht begraben,
Deß mußten all die Leute viel Noth und Beschwerung haben.

In köstliche Zeuge man den Todten band.
Ich wähne, daß man Niemand da ohne Weinen fand.
Da klagte von Herzen Ute das edle Weib
Und alles ihr Gesinde um Sigfrides waidlichen Leib.

Da man das hörte, daß man im Münster sang,
Und daß man ihn eingesarget, da hub sich groß Gedrang;
Um seiner Seele willen was Opfers man da trug!
Er hatte bei den Feinden doch der guten Freunde genug.

Kriemhild die arme zu ihren Kämmerern sprach:
„Ihr sollt um meinetwillen leiden Ungemach,
Die ihm Gutes gönnen und mir bleiben hold, —
Sigfrids Seele willen soll man ihnen theilen sein Gold."

Kein Kind war so klein da, mocht' irgend Verstand es haben,
Das mußte gehn zum Opfer, eh' daß er wurde begraben.
Mehr denn hundert Messen man da des Tages sang;
Von Sigfrides Freunden war da viel großer Drang.

Da man da hatte gesungen, das Volk lief auf die Gassen.
Da sprach die Frau Kriemhild: „Ihr sollt nicht alleine lassen
Mich heute, zu bewachen den auserwählten Degen:
Es ist an seinem Leibe alle meine Freude gelegen.

Drei Tage und drei Nächte will ich hier ihn lassen seyn,
Bis ich mich ersättige des viel lieben Mannes mein;
Ob vielleicht Gott gebietet, daß mich auch nimmt der Tod;
So hätte wohl ein Ende der armen Kriemhilde Noth!"

Zu den Herbergen gingen die Leute von der Stadt.
Pfaffen und Mönche sie da bleiben bat,
Und alles sein Gesinde, das des Helden Leiche pflag;
Nacht hatten sie eine arge und einen sorgenvollen Tag.

Ohne Essen und Trinken blieb da mancher Mann;
Die da nehmen wollten, denen ward kund gethan,
Daß man's ihnen reichlich gebe; das schuf Herr Sigemund.
Da ward den Nibelungen viel Beschwer und Sorge kund.

Die drei Tageszeiten, so hören wir sagen,
Die da konnten singen, daß sie mußten tragen
Viel der Beschwerden. Was man ihnen Opfers trug!
Die viel arm zuvor waren, die wurden jetzt reich genug.

Was man fand von Armen, die es nicht mochten haben,
Die hieß man gehn zum Opfer mit Goldes Gaben
Aus seinem eignen Schatze; weil er nicht sollte leben,
Ward für seine Seele manch tausend Mark gegeben.

Urbaren Boden vertheilte sie im Land,
Wo man die Klöster und gute Leute fand;
Silbers und guter Kleider gab man den Armen genug;
Sie ließ es wohl schauen, daß sie ihm holden Willen trug.

An dem dritten Morgen zu der rechten Messezeit,
Da war bei dem Münster der Kirchhof also weit
Von des Landes Leuten Weinens also voll;
Sie dienten ihm nach dem Tode, wie man lieben Freunden soll.

In den vier Tagen, gesagt ist die Mär',
An dreißig tausend Marken, oder gar noch mehr
Ward um seiner Seele willen den Armen da gegeben;
Da lag gar darnieder seine große Schöne und sein Leben.

Als Gott da ward gedienet, daß man zu Ende sang,
Mit ungefügem Leide viel des Volkes rang;
Man hieß ihn aus dem Münster zu dem Grabe tragen.
Die sein ungern entbehrten, die sah man weinen da und klagen.

Viel laut schreiend das Volk ging mit ihm dann;
Froh war da Niemand, weder Weib noch Mann,
Eh' er ward begraben, ward gesungen und gelesen.
Hei was guter Pfaffen bei seiner Bestattung gewesen!

Eh' daß kam zum Grabe das Sigfrides Weib,
Da rang mit solchem Jammer ihr getreuer Leib,
Daß man mit dem Wasser vielmal sie begoß;
Es war ihrer Seele Kummer ohne Maßen hart und groß.

Es war ein großes Wunder daß sie genaß je;
Viele Frauen ihr halfen klagen in ihrem Weh;
Da sprach die Frau Kriemhild: „Ihr Sigfrides Degen,
Ihr sollt Eure Treue gütlich an den Tag mir legen:

Laßt mir nach meinem Leide die kleine Liebe geschehen,
Daß ich sein Haupt, das schöne, noch einmal darf sehen."
Da bat sie also lange mit Jammers Bitten stark,
Daß man erbrechen mußte wieder da den herrlichen Sarg.

Die Frau dahin man brachte, wo sie ihn liegen fand;
Sie hob sein schönes Haupt auf mit ihrer viel weißen Hand,
Da küßte sie so im Tode den edeln Ritter gut.
Ihre viel lichten Augen weineten da vor Leide Blut.

Ein jämmerliches Scheiden mußte da geschehn;
Da trug man sie von dannen, sie konnte nicht gehn;
Sinnenlos da sah man das herrliche Weib;
Vor Leid wollte ersterben ihr viel wonniglicher Leib.

Da man den edeln Herren hatte nun begraben,
Leid ohne Maßen sah man die Alle haben,
Die mit ihm kommen waren von Nibelungen Land;
Viel selten fröhlich man da Sigemunden fand.

Da war auch ein Mancher, der dreier Tage lang
Vor dem großen Leide nicht aß und nicht trank;
Da mochten doch länger den Leib sie schwächen nicht;
Sie labten sich nach dem Kummer, als dieß noch bei Vielen geschicht.

Kriemhild ledig der Sinnen in Ohnmacht lag
Den Tag und den Abend, bis an den andern Tag;
Sie konnte Nichts vernehmen was sprach Jemands Mund.
In denselben Nöthen lag auch der König Sigemund.

Schwer ward der Fürst wieder zu Sinnen gebracht;
Von dem starken Leide krank war gar seine Macht.
Das war auch nicht Wunder. Da sprachen seine Mannen:
„Wir mögen hier nicht bleiben; Ihr sollt, Herr, mit uns heim von dannen."

Achtzehnte Aventure.

Wie Sigmund wieder in sein Land fuhr.

Der Schwäher Kriemhildens ging hin wo er sie fand,
Er sprach zu der Königin: „Wir wollen in unser Land;
Ich wähn', unliebe Gäste sind wir bei dem Rhein;
Kriemhild, viel liebe Fraue, nun fahrt Ihr zu den Landen mein;

Sintemal durch Untreue wir verloren ha'n
Hier in diesen Landen Euren viel edeln Mann.
Deß sollt Ihr nicht entgelten; ich will Eurer pflegen fein
Um meines Sohnes willen, und auch des edeln Kindes sein.

Ihr sollet, Frau, auch haben alle Gewalt und Macht
Die Sigfrid der Degen zuvor Euch zugebracht;
Das Land und auch die Krone die seyen Euch untergeben.
Alle Sigfrids Mannen sollen gern zu Eurem Dienste leben."

Da sagte man den Knechten, man wolle nicht länger weilen;
Da geschah nach den Rossen viel Gehen und Eilen;
Bei ihren starken Feinden war ihnen das Leben leid.
Den Frauen und den Mägden hieß man suchen Gewand und Kleid.

Da der König Sigmund gern wäre weg geritten,
Da begann ihre Mutter Kriemhilden zu bitten,
Daß sie bei ihren Magen sollte bleiben fortan.
Da sprach die Frau edel: „Gar schwerlich das geschehen kann!

Wie möchte ich den immer mit Augen ansehen,
Von dem mir armem Weibe solches Leid ist geschehen?“
Da sprach der junge Giselher: „Viel liebe Schwester mein,
Du sollst um deiner Treue hier bei deiner Mutter seyn.

Die dir da haben beschweret und betrübet den Mut,
Der bedarfst du nicht zu Dienste; verzehre du all' mein Gut.“
Sie sprach zu den Recken: „Doch nicht mag es geschehen;
Vor Leid ich müßte sterben, so oft ich Hagen sollte sehen.“

„Dem will ich dich entheben, viel liebe Schwester mein,
Du sollst bei deinem Bruder Giselheren seyn;
Ich will mit Fleiß dich trösten um deines Mannes Tod.“
Da sprach die Gottes Arme: „Deß wäre Kriemhilden Noth.“

Da es der junge Giselher ihr so gütlich erbot,
Da begannen auch flehen Ute und Gernot
Und ihre getreuen Magen, daß sie nicht zöge von dannen;
Sie hätte wenig Sippen unter den Sigfrides Mannen.

„Sie sind Euch Alle Fremde,“ so sprach Gernot.
„Es lebet kein so Starker, der nicht müßte liegen todt,
Das bedenket, liebe Schwester, und tröstet Euren Mut;
Bleibet bei den Freunden; das geräth Euch wahrlich gut.“

Sie gelobte Giselheren, daß sie nicht ziehe von dannen.
Die Rosse gerüstet standen den Sigemundes Mannen,
Weil sie wollten reiten zum Nibelungen Land.
Da war auch aufgesäumet den Recken alles ihr Gewand.

Hin zu Kriemhilden
Ging Herr Sigemund darnach;
„Die Sigfrides Mannen,“
So zu der Frau er sprach,
„Warten Euer bei den Rossen,
Wir wollen jetzt reiten hin,
Weil ich viel ungerne
Hie bei den Burgunden bin.“

Da sprach die Frau Kriemhild:
„Mir rathen Freunde mein,
So viel Getreuer ich habe,
Ich soll hier bei ihnen seyn;
Ich habe keine Magen
In der Nibelungen Land.“
Leid war es Sigemunden
Als er das von Kriemhilden verstand.

Da sprach der König Sigemund:
„Laßt Euch nicht solches sagen!
Vor allen meinen Magen
Sollt Ihr Krone tragen,
Mit gleichen Gewalten
Wie Ihr zuvor gethan;
Ihr sollt es nicht entgelten,
Daß wir den Held verloren ha'n.

Und fahrt auch mit uns zurücke
Zu Lieb' Eurem Kindelein;
Das, Fraue, sollt Ihr
Nicht Waise lassen seyn;

Wenn Euer Sohn wird wachsen, der tröstet Euch den Mut;
Die Weile soll Euch dienen mancher Held kühn und gut."

Sie sprach: „Herre Sigemund, doch mag ich reiten nicht;
Ich muß hier bleiben, was immer mir geschicht,
Bei den meinen Magen die mir helfen klagen."
Da hörten diese Märe die Degen gut mit Mißbehagen.

Sie sprachen Alle in Gleichem: „So möcht' es uns ansehen,
Als wäre jetzt das größte Leid uns erst geschehen,
Wolltet Ihr bleiben bei unsern Feinden hie;
So wären zu Hofe geritten Helden zu ärgrer Sorge nie."

„Ihr sollt ohne Sorge, Gott befohlen, fahren,
Man giebt Euch gut Geleite; ich heiße Euch schützen und wahren
Zu Sigemundes Lande; mein liebes Kindelein
Das soll auf Gunst und Treue Euch Recken wohl befohlen-seyn."

Da sie wohl vernahmen, daß sie nicht wollte von dannen,
Da weinten alle zusammen die Sigfrides Mannen.
Wie in so großem Jammer Sigmund da Abschied nahm
Von Frau Kriemhilden! da ward ihm kund viel Leid und Gram.

„O weh der Hochgezeite!" sprach da der König hehr,
„Es geschieht von Kurzweile hinfortan nimmermehr
Einem Könige und seinen Magen, was uns ist geschehen.
Man soll uns fortan nimmer hie bei den Burgunden sehen."

Da sprachen unverhohlen die Sigfrides Degen:
„Vielleicht daß wir noch Heerfahrt in dieß Land pflegen:
So wir den recht fänden, der uns den Herrn erschlug;
Sie haben starker Feinde unter seinen Magen genug."

Er küßte Kriemhilden; wie jammervoll sprach er da,
Da sie bleiben wollte und er das recht ersah:
„Nun reiten ohne Freuden wir heim in unser Land;
Alle meine Sorgen sind mir nun erst recht bekannt.“

Sie ritten ohne Geleite von Wormes über Rhein.
Sie mochten ihres Mutes wohl viel sicher seyn,
So sie feindselig würden angerannt,
Daß sich wehren wollte der kühnen Nibelungen Hand.

Urlaubes begehrten sie von keinem Mann;
Da traten Gernot und auch Giselher heran
Zu ihm freundlichen Sinnes; ihnen war sein Unglück leid;
Deß ihn zu versichern mit Fleiß die Helden waren bereit.

Da sprach in guten Züchten der Fürst Gernot:
„Gott weiß das wohl im Himmel, an Sigfrides Tod
Gewann ich keine Schuld nie, ich hörte auch nie sagen,
Daß Wer ihm feind hier wäre; ich darf billig ihn beklagen.“

Da gab ihnen gut Geleite Giselher das Kind;
Er brachte aus dem Lande mit Sorgen treugesinnt
Den König mit seinen Recken heim nach Niederland;
Wie Wenig man der Magen darin fröhlichen Mutes fand!

Wie sie nun fuhren, das kann ich nicht sagen. —
Man hörte zu allen Zeiten hier Kriemhilde klagen
Daß ihr Niemand tröstete das Herz und auch den Mut,
Allein that es Giselher, der war ihr getreu und gut.

Brunhild die schöne im Uebermute saß:
Warob Kriemhild weinte, sie kümmerte wenig das;
Sie ward zu guten Treuen ihr nimmer bereit;
Seit that Frau Kriemhild auch ihr das arge Herzeleid.

Neunzehnte Aventure.

Wie der Nibelungen Hort nach Worms kam.

Da die edle Kriemhild also verwittwet ward,
Bei ihr in dem Lande der Grav Eckewart
Blieb mit seinen Mannen, ihr dienend zu allen Tagen;
Der half auch seiner Fürstin seinen Herrn reichlich klagen.

Zu Wormes bei dem Münster Gezimmer man baute ihr,
Gar reich und herrlich, geräumig, mit großer Zier,
Da sie mit ihrem Gesinde seit ohne Freude saß;
Sie war in der Kirche gerne und that mit gutem Willen das.

Wo man ihren Trauten begraben, wie selten fehlte sie dort!
Mit traurigem Mute ging allzeit sie zu dem Ort;
Und bat Gott den Guten seiner Seele zu pflegen.
Viel emsig ward beweinet mit großen Treuen der Degen.

Ute und ihr Gesinde trösteten sie allstund;
Da war aber das Herze ihr so jämmerlich wund,
Daß konnte nicht verfangen was man ihr Trostes bot;
Nach dem lieben Freunde hatte sie die allergrößeste Noth,

Die nach liebem Manne je ein Weib empfand;
Daß man ihre große Tugend daran sichtbarlich fand.
Sie klagte bis an ihr Ende so lang sie hatte den Leib;
Seit rächte sich wohl mit Trotze des kühnen Sigfrides Weib.

So saß sie nach ihrem Leide, das ist allwahr,
Nach ihres Mannes Tode wohl viertehalb Jahr.
Nie kein Wort zu Gunther sprach sie allda,
Und auch ihren Feind Hagen in der Zeit sie niemals sah.

Da sprach der Held von Tronege: „Brächtet Ihr das zuwegen,
Daß Eure Schwester wollte Freundschaft mit Euch pflegen:
So käme zu diesen Landen das Nibelungen Gold;
Deß möchtet Ihr Viel gewinnen, so uns die Königin würde hold.“

Er sprach: „Wir wollen's versuchen; meine Brüder stehn ihr bei;
Durch die wollen wir werben, daß sie wieder freund uns sey,
Und so wir den Hort gewinnen, daß sie das gerne sehe.“
„Ich vertraue nicht,“ sprach Hagen, „daß das jemals so geschehe.“

Da hieß er Ortweinen hin zu Hofe gehn
Und den Markgraven Geren; da das war geschehn,
Holte man auch Gernoten und Giselher das Kind;
Die dann an Frau Kriemhilden es versuchten mildgesinnt.

Da sprach von Burgunden der kühne Gernot:
„Fraue, Ihr klaget zu lange den Sigfrides Tod;
Euch will der König berichten, daß er ihn nicht erschlagen,
Man höret zu allen Zeiten Euch in so argem Jammer klagen.“

Sie sprach: „Deß zeihet ihn Niemand; ihn schlug Hagens Hand;
Wo man ihn verwunden könnte, da ich ihm das gestand,
Wie konnt' ich mich deß versehen, daß er ihm trüge Haß?
Ich hätte wohl gemieden,“ sprach die Königin Kriemhild, „das,

Daß ich nicht hätte verrathen seinen schönen Leib;
So müßt' ich jetzt nicht weinen, ich viel armes Weib;
Hold werd' ich ihnen nimmer, die das haben gethan."
Da begann flehen Giselher, der viel waidliche Mann.

Sie sprach: „Ich muß ihn grüßen, wenn Ihr so mir lieget an;
Deß habt Ihr große Sünde; der König hat mir gethan
So viel Herzeleides gar ohne meine Schuld;
Giebt mein Mund ihm Sühne, giebt doch mein Herz ihm nimmer Huld."

„Darnach wird es besser;" ihre Brüder sprachen so;
„Vielleicht er's um sie verdienet, daß sie noch wird froh." —
„Er mag's noch wohl vergüten;" sprach Gernot der Held.
Da sprach die Jammersreiche: „Seht, ich will thun, was Euch gefällt;

Ich will den König grüßen." Als dazu sie sprach: Ja,
Mit seinen besten Freunden man ihn zu ihr kommen sah;
Doch durfte nicht Hagen vor sie treten heran.
Wohl wußte seine Schuld er, daß er ihr Herzeleid gethan.

Da sie vergessen wollte auf Gunther ihren Haß,
Die Königin zu küssen hätt' ihm geziemet baß;
Wär' ihr von seinem Rathe nicht großes Leid geschehn,
Hätt' er mögen kecklich hin zu Frau Kriemhilden gehn.

Es ward keine Sühne nimmer mit Thränen mehr
Begangen unter Freunden; ihr war ihr Schaden schwer;
Des Hasses vergaß sie auf Alle, bis auf den Einen Mann;
Ihn hätt' erschlagen Niemand, so es nicht Hagen hätte gethan.

Darnach nicht gar lange richteten sie das an,
Daß die Frau Kriemhild den großen Hort gewann
Von Nibelungen Lande und führen ließ an den Rhein.
Es war ihre Morgengabe; ihr eigen sollt' er billig seyn.

Nach dem fuhren Giselher und auch Gernot.
Achtzig hundert Mannen Kriemhild da gebot
Daß sie ihn holen sollten, da er verborgen lag,
Und sein der Degen Albrich mit seinen besten Freunden pflag.

Da man die vom Rheine nach dem Schatze kommen sah,
Alberich der viel kühne sprach zu seinen Freunden da:
„Der Hort darf wahrlich ihr nicht werden gewehrt,
Da sein als Morgengabe die edle Königin begehrt.

Doch sollt' es wohl nimmer," sprach Alberich, „geschehn,
So wir nicht übler Weise verlustig müßten stehn
Mit sammt Sigfriden der guten Tarnhaut;
Die mit sich trug immer Kriemhildens edler König traut.

Nun ist leider übel Sigfriden bekommen,
Daß uns die Tarnkappe hat der Held genommen
Und daß ihm mußte dienen alles dieses Land."
Da ging der Schatzmeister, wo er des Hortes Schlüssel fand.

Es stunden vor dem Berge die Kriemhildens Mannen
Und auch ein Theil ihrer Magen; den Schatz hieß man von dannen
Tragen zu dem Meere zu den guten Schifflein,
Den führte auf den Wellen man zu Berge auf dem Rhein.

Nun möget Ihr von dem Horte Wunder hören sagen:
So Viel zwölf ganze Wagen zum höchsten mochten tragen
In vier Tagen und Nächten von dem Berge zuthal, —
Und ihrer jeglicher mußte fahren an jedem Tag dreimal.

Es war darin nichts Andres als Gesteine und Gold;
Und ob die Welt man hätte damit genommen in Sold:
Er wäre nicht vermindert um einer Mark Werth,
Es hatte seiner Hagen traun nicht ohne Schulden begehrt!

Und da lag unter Allem von Gold ein Wunschrüthlein;
Wer das hatte erkundet, der mochte Meister seyn
In der Welt, der ganzen, wohl über jeglichen Mann.
Von Albrichs Magen viele der Herr Gernot mit sich gewann.

Da der Herre Gernot und Giselher das Kind
Des Horts sich unterwunden, unterthan ihnen worden sind
Das Land und auch die Burgen und Recken, die viel kühnen;
Durch Furcht und Gewalten mußten die ihnen fürder dienen.

Da sie den Hort geborgen brachten in Gunthers Land,
Und sich nun erst die Königin seiner Meister fand:
Kammern und Thürme wurden sein voll getragen.
Man hörte solche Wunder von guten Schätzen nimmer sagen.

Und wäre tausendmale größer der Hort gewesen,
Und wär' vom Grabe Sigfrid wieder gesund genesen:
Bei ihm wäre Kriemhild gestanden hemdebloß;
Von Weibe gewann nimmer ein Held Liebe so treu und groß.

Da sie den Hort nun hatte, da kamen in das Land
Viele fremde Recken. Ihnen gab der Fürstin Hand,
Daß man so große Milde nimmermehr gesehen;
Sie pflag viel großer Tugend; das mußte man der Frau gestehen.

Den Armen und den Reichen begann sie nun geben,
Daß da Hagen sorgte: ob man sie sollte leben
Lassen noch eine Weile, da sie so manchen Mann
In ihre Dienste gewänne, daß ihnen dräute ein Leid fortan:

Da sprach König Gunther: „Ihr gehört Leib und Gut;
Wie soll ich das wenden, was sie damit thut?
Hab' ich ja kaum erlanget, daß sie mir ward hold.
Nun lassen wir ruhig sie theilen ihre Steine und ihr rothes Gold.“

Hagen sprach zu dem König: „Es sollte ein weiser Mann
So große Schätze nimmer einem Weibe la'n;
Sie bringet es mit Gaben sicher noch zu dem Tag,
Daß es wohl gereuen die kühnen Burgunden mag."

Da sprach König Gunther: „Ich schwur ihr einen Eid,
Daß ich ihr nimmer wollte thun ein Leid,
Und will es fortan halten; sie ist die Schwester mein."
Da sprach aber Hagen: „So laßt mich den Schuldigen seyn."

Nicht schufen all ihre Eide der Frauen sichre Hut;
Da nahmen sie der Wittwe das viel kräftige Gut.
Hagen sich der Schlüssel aller unterwand;
Da zürnte ihr Bruder Gernot, als er das geschehen fand.

Da sprach der Herr Giselher: „Von Hagen ist geschehn
Viel Leides meiner Schwester. Dem muß ich widerstehn.
Wär' er nicht mein Mage, es gieng' ihm an den Leib."
Von neuem zu weinen begann da König Sigfrids Weib.

Da sprach der Herre Gernot: „Eh' wir immer Müh' und Pein
Haben mit dem Golde, sollten wir's in den Rhein
Alles heißen senken, daß sein Niemand hat Gewinn."
Sie trat mit großen Klagen vor Giselher ihren Bruder hin.

Sie sprach: „Lieber Bruder, du sollst gedenken mein;
Leibes und Gutes sollst du Vogt mir seyn."
Da sprach er zu der Frauen: „Das soll seyn gethan,
Wenn wir wiederkehren; zu reiten jetzo liegt uns an."

Der König und seine Magen die zogen aus dem Land,
Darunter die Allerbesten die man darinnen fand.
Nur Hagen alleine blieb durch seinen Haß,
Den er trug Kriemhilden; zu bittrem Leid ihr that er das.

Dieweile hatte Hagen
Den Schatz viel gar genommen,
Eh' der reiche König
Wieder war gekommen;
Er senkte ihn zu Loche
Allen in den Rhein.
Er wähnte sein zu genießen;
Das sollt' ihm nicht beschieden seyn.

Die Fürsten kamen wieder,
Mit ihnen viele Mannen;
Kriemhild mit Frauen und Mägden
Zu klagen da begannen
Ihren großen Schaden;
Ihnen war bitter leid.
Gerne wär' Giselher
Zu allen Treuen ihr bereit.

Da sprachen sie in Gleichem:
„Er hat viel übel gethan.“
Er entwich der Fürsten Zorne,
Bis wieder er gewann

Ihre Huld und Gnade. Sie ließen ihn genesen.
Da ward ihm feind Kriemhild wie sie es nie zuvor gewesen.

Eh daß von Tronege Hagen den Schatz also verbarg,
Hatten sie sich gelobet mit Eiden also stark:
Daß er verhohlen bliebe, so lang ihrer Einer möcht' leben.
So konnten sie sich selber und keinem Anderen ihn geben.

Mit aber neuen Leiden beschweret war ihr Mut,
Um ihres Mannes Ende, und daß sie ihr das Gut
Also gar wegnahmen. Da ruhete ihre Klage
So lang sie lebte, nimmer, bis zu ihrem letzten Tage.

Nach Sigfrides Tode, das ist all wahr,
Blieb sie in vielem Jammer wohl dreizehen Jahr,
Da sie des Helden Todes zu keiner Zeit vergaß.
Sie bewahrt' ihm Treue; ihr zeugen müssen Alle das.

Eine reiche Fürstenabtei stiftete Frau Ute
Nach Dankrates Tode von ihrem Gute
Mit starken reichen Zinsen, als es noch heute hat,
Das Kloster da zu Lorse, deß Ding viel hoch in Ehren staht.

Dazu gab auch Kriemhild seit ein groß Theil,
Um Sigfrides Seele und aller Seelen Heil,
Gold und edel Gesteine mit williger Hand;
Ein Weib als sie treuer, ist uns selten worden bekannt.

Seit daß die Frau Kriemhild den Haß auf Gunther verschwor,
Und doch von seinen Schulden den großen Hort verlor:
Ward ihr Herzeleide tausendfältig mehr;
Da wäre gern von dannen gewesen die Frau reich und hehr.

Da war der Frau Uten ein Siedelhof bereit,
Zu Lorse bei ihrem Kloster mit großer Reichheit;
Weg zog von ihren Kindern die Wittwe nach dem Ort.
Die hehre Frau begraben liegt noch in einem Sarge dort.

Da sprach also die Königin: „Viel liebe Tochter mein,
Weil du nicht hier magst bleiben, so sollst du bei mir seyn
Zu Lorse in meinem Hause und sollst nicht weinen fortan.“
Da antwortete Kriemhild: „Wem ließe ich dann meinen Mann?“

„Den laß du hier bleiben,“ sprach Frau Ute,
„Das wolle nicht Gott im Himmel!“ sprach aber die Gute,
„Meine viel liebe Mutter, davor will ich mich wahren!
Vielmehr muß wahrlich er mit mir von hinnen fahren.“

Da gebot die Jammersreiche, daß er ward auf erhaben;
Sein edles Gebeine ward zum andernmal begraben,
Zu Lorse bei dem Münster mit allen Ehren seit,
Wo der Held, der kühne, in einem langen Sarge leit. *

In denselben Zeiten da Kriemhilde sollte
Ziehen mit ihrer Mutter, wohin sie gerne wollte,
Da mußte sie doch bleiben, als es sollte seyn.
Das ursachten Mären, von ferne kommen übern Rhein.

* liegt. In schwäbischer Mundart noch üblich wie sait.

Zwanzigste Aventure.

Wie König Etzel nach Burgunden um Kriemhilden sandte.

Das war zu jenen Zeiten, als Frau Helke verstarb
Und der König Etzel um andre Frauen warb,
Da riethen seine Freunde, in Burgundenland
Zu einer stolzen Wittwe, die war Frau Kriemhild genannt.

Seit daß war begraben der schönen Helke Leib,
Sprachen sie: „Wollt Ihr immer gewinnen ein edel Weib,
Der Höchsten und Besten Eine, die je ein König gewann:
So nehmt dieselbe Frauen; der starke Sigfrid war ihr Mann."

Da sprach der reiche König: „Wie möchte das ergahn?
Bin ich doch ein Heide, der keine Tauf' empfahn!
So ist die Frau eine Christin; drum verlobt sie mir sich nicht.
Es müßte seyn ein Wunder, wenn es immer so geschicht."

Da sprachen die Degen: „Vielleicht daß sie's doch thut
Um Euern hohen Namen und Euer großes Gut.
Man soll es doch versuchen an das viel edle Weib.
Ihr möget viel gerne minnen ihren viel waidlichen Leib."

Da sprach der König edel: „Wem sind nun bekannt
Unter Euch, beim Rheine die Leute und das Land?“
Da sprach von Bechlaren der gute Rüdeger:
„Ich hab' gekannt von Kindheit die viel edeln Könige hehr.

Gunther und Gernot, die edeln Ritter gut,
Der dritte heißet Giselher; ihrer Jeglicher thut
Was ihnen steht am höchsten von Ehren und Tugenden an;
Auch haben dasselbe immer ihre alten Magen gethan.“

Da sprach wieder Etzel: „Freund, du sollst mir sagen,
Ob sie in meinem Lande sollte Krone tragen?
Und ist ihr Leib so schöne, wie mir ist gesait?
Meinen besten Freunden soll es nimmer werden leid.“

„Sie vergleichet sich an Schöne wohl der Frauen mein,
Helken der viel reichen; ja nimmer konnte seyn
In dieser Welt schöner irgend Königes Weib.
Wem sie sich verlobt als Trauten, der mag wohl trösten seinen Leib.“

Er sprach: „So wirb sie Rüdeger, wie du mir wünschest wohl,
Und so ich bei Kriemhilden jemals liegen soll,
Dafür will ich dich lohnen aufs beste als ich kann,
Und hast auch meinen Willen so recht allermaßen gethan.

Aus meinem Schatze so heiß' ich dir geben,
Daß du und deine Gesellen fröhlich mögen leben,
Von Rossen und von Kleidern alles was du begehrst:
Das heiße ich dir bereiten so du zu der Botschaft fährst.“

Da antwortete Rüdeger der Markgrave reich:
„Begehrte ich deines Gutes, das wär' keiner Tugend gleich;
Ich will dein Bote gerne werden an den Rhein,
Mit meinem eignen Gute das ich hab' von den Händen dein.“

Da sprach der reiche König: „Nun, wann wollt Ihr fahren
Nach der Minniglichen? Gott soll Euch bewahren
Auf der Reise an allen Ehren und auch die Fraue mein.
Deß möge das Glück mir helfen, daß sie uns gnädig müsse seyn."

Da sprach aber Rüdeger: „Eh wir räumen das Land,
Müssen wir erst bereiten Waffen und Gewand,
Also daß wir Ehre vor Fürsten mögen ha'n.
Ich will führen zum Rheine fünfhundert waidlicher Mann;

Daß, wo man zu Burgunden mich und die Meinen sehe,
Daß da ihrer Jeglicher frei zur Stunde gestehe,
Daß nimmermehr ein König also manchen Mann
So ferne stattlicher sandte, denn du zum Rheine habest gethan.

Und ob du, König edel, es darum nicht willst la'n:
Sie war dem besten Manne, Sigfriden, unterthan,
Dem Sigmundes Kinde, den hast du hier gesehen.
Man mochte große Ehren mit Wahrheit ihm zugestehen."

Da sprach König Etzel: „War sie des Recken Weib,
So war wohl also theuer des edeln Fürsten Leib,
Daß ich nicht verschmähen die Königin soll.
Durch ihre viel große Schöne so gefället sie mir wohl."

Da sprach der Markgrave: „So will ich Euch das sagen,
Daß wir uns heben von hinnen in vier und zwanzig Tagen.
Ich entbiet' es Gotelinden, der lieben Frauen mein,
Daß ich nach Kriemhilden selber Bote wolle seyn."

Hin zu Bechlaren sandte da Rüdeger.
Da ward die Markgravin traurig viel sehr.
Er entbot ihr, daß er wollte dem König werben ein Weib;
Minniglich da gedachte sie an der schönen Helke Leib.

Rüdegeres Vertraute
Die Botschaft vernahm;
Ein Theil war's ihr zum Leide;
Weinen sie ankam,
Ob sie gewinnen sollte
Eine Fürstin so wie eh';
So sie an Helken dachte,
Das that ihr an dem Herzen weh.

Rüdeger von Ungern
Ritt weg in sieben Tagen.
Das war dem König Etzel
Zu Freude und Behagen.
In der Stadt zu Wien bereitet
Wurde ihnen Gewand;
Da mocht' er nicht länger
Tragen der Reise Stillestand.

Da zu Bechlaren
Wartete sein Gotelind,
Und die junge Markgravin,
Rüdegeres Kind,
Ihren lieben Vater gerne
Und seine Mannen sah.
Ein viel sehnlich Harren
Da von schönen Frauen geschah.

Eh der edle Rüdeger
Ritt nach Bechlaren,
Aus Wien der Stadt alle
Die Gewande schon waren

Recht völlig und stattlich auf Saumthieren kommen;
Die fuhren in der Maßen, daß sie wenig Schaden genommen.

Da sie zu Bechlaren kamen in die Stadt,
Seine Reisegesellen wohl herbergen bat
Der Wirth mild und freundlich, sie hatten's gemächlich da.
Gotelind, die reiche, den Wirth viel gerne kommen sah.

So auch die junge Markgravin, sein liebes Töchterlein;
Der konnte nimmer sein Kommen lieber seyn.
Die Helden aus Heunenlande schaute sie viel froh,
Mit lachendem Mute sprach die edle Jungfrau so:

„Seyd uns groß willkommen, mein Vater und seine Mannen!"
Aufs schönste zu danken mit Fleiße da begannen
Der jungen Markgravin die edeln Ritter gut.
Wohl wußte Frau Gotelind des edeln Rüdegeres Mut.

Da sie des Nachtes bei Rüdegeren lag,
Wie freundlichen Fragens die Markgravin pflag:
Wohin ihn hätte gesendet der König von Heunenland.
Er sprach: „Meine Frau Gotelind, das thu' ich gerne Euch bekannt.

Ich soll da meinem Herren werben ein ander Weib,
Nachdem ist verstorben der schönen Helke Leib.
Ich will um Kriemhilden reiten an den Rhein;
Die soll hie bei den Heunen viel gewaltige Fürstin seyn."

„Ja wollte Gott," sprach Gotelind, „daß das möchte geschehen;
Wir hören sie bei Manchen in hohen Ehren stehen.
Sie tröstete um meine Herrin mich wohl noch in alten Tagen;
Wir könnten sie bei den Heunen gerne sehen Krone tragen."

Da sprach der Markgrav Rüdeger: „Traute Fraue mein,
Die mit mir sollen reiten von hinnen an den Rhein,
Denen sollt Ihr mildiglich bieten Euer Gut.
So reicher fahren Helden, so sind sie desto höher gemut.“

Sie sprach: „Ist irgend Einer, der's gerne von mir nimmt,
Ich gebe einem Jeden, was ihm nur geziemt,
Eh Ihr von hinnen scheidet und die mit Euch gehn.“
Da sprach der Herr Rüdeger: „Das wäre mir zu Liebe geschehn.“

Hei! was man reicher Zeuge aus ihren Kammern trug!
Davon den edeln Recken ward getheilet genug,
Sie fleißiglich zu schmücken vom Hals bis zu den Sporen.
Die ihm dazu gefielen, die hatte Rüdeger sich erkoren.

An dem siebenten Morgen von Bechlaren ritt
Der Wirth mit seinen Gästen. In Fülle führten sie mit
Waffen und auch Kleider durch der Baiern Land.
Sie wurden auf der Straße von Räubern selten angerannt.

Inner zwölf Tagen ritten sie an den Rhein.
Da konnten diese Mären nicht lang verhohlen seyn.
Man sagte es dem Könige und seinen Mannen an,
Daß fremde Gäste kämen; zu fragen da der Wirth begann:

Ob Jemand sie kenne, daß man's ihm sollte sagen.
Man sah ihre Saumthiere viel schwer tragen;
Daß sie viel reich wären, das ward da wohl bekannt.
Man schuf ihnen Herberge in der weiten Stadt zurhand.

Da die viel Fremden waren hereingekommen,
Ward auch derselben Herren bald wahr genommen.
Sie wunderte, woher führen die Recken an den Rhein;
Der Wirth fragte Hagen: Wer die Herren möchten seyn?

Da sprach der Held von Tronege: „Ich hab' sie noch nicht gesehn,
So wir sie nun schauen, sollt Ihr durch mich verstehn,
Von wannen sie reiten her in dieses Land.
Sie müßten seyn viel fremde, hätt' ich sie nicht bald erkannt."

Es hatten jetzt die Gäste Herberge genommen.
In viel reichen Kleidern war der Bote kommen
Und seine Heergesellen. Zu Hofe sie da ritten;
Sie führten gute Kleider, die waren viel künstlich geschnitten.

Da sprach der schnelle Hagen: „So ich mich drauf verstehe,
Denn ich den Herren seit lange zuerst wieder sehe:
Ihr Fahren mich gemahnet, als sey es Rüdeger
Von heunischen Landen, der Degen viel kühn und hehr."

„Wie soll ich das glauben," sprach der König zuhand,
„Daß der von Bechlaren käme in diese Land'?"
Es redete König Gunther solcher Worte da,
Als der kühne Hagen den guten Rüdegeren sah.

Er und seine Freunde sie liefen alle herbei.
Da sah man von Rittern fünfhundert Sättel frei.
Da wurden wohl empfangen die von Heunenland.
Niemals trugen Boten also herrliches Gewand.

Da ließ von Tronege Hagen laut die Stimme schallen:
„Nun sey Gottwillkommen geboten den Degen allen,
Dem Vogt von Bechlaren und den Mannen sein!"
Sie luden mit Grüßen beim Empfang die schnellen Heunen ein.

Des Königes nächste Magen gingen, wo man sie sah;
Ortewein von Metze zu Rüdeger sprach da:
„Wir haben zu allen Zeiten nimmermehr gesehen
Gäste hier so gerne; das sollt Ihr in Treu'n von mir verstehen."

Des Grußes sie da dankten den Recken allzumal;
Mit dem Heergesinde gingen sie in den Saal,
Wo sie den König fanden mit manchem herrlichen Mann;
Der Fürst stand auf vom Sitze; das war mit großer Zucht gethan.

Wie recht mit hohen Sitten er zu den Boten ging!
Gunther, und auch Gernot, gar fleißiglich empfing
Den Gast mit seinen Mannen, als ihm wohl zukam;
Den guten Rüdegeren bei der Hand der König nahm.

Er führte ihn zu dem Sitze da er selber saß;
Den Gästen hieß man schenken, viel gerne that man das,
Meth, den viel guten, und den besten Wein,
Den man konnte finden in dem ganzen Land am Rhein.

Giselher und Gere die waren beide kommen,
Dankwart und Volker die hatten auch vernommen
Märe von diesen Gästen, sie waren frohgemut;
Sie empfingen vor dem Könige die Ritter edel und gut.

Da sprach zu seinem Herren von Tronege Hagen:
„Man soll es den Degen immer wohl im Gedächtniß tragen,
Was uns der Markgrave zu Liebe hat gethan;
Deß sollte Lohn empfahen der schönen Gotelinde Mann.“

Da sprach der König Gunther: „Ich kann das nicht vertagen;
Wie sie sich gehaben beide das sollt Ihr mir sagen,
Etzel und auch Helke aus der Heunen Land.“
Da sprach der Markgrave: „Das thu' ich gerne Euch bekannt.“

Da stund er auf vom Stuhle mit seinen Mannen allen.
Er sprach zu dem Könige: „Ist es Eu'r Wohlgefallen,
Daß Ihr mir's, Fürst, erlaubet, so will ich's nicht vertagen;
Die Märe die ich bringe, die will ich jetzt Euch gerne sagen.“

Er sprach: „Was man für Märe Euch an uns entboten hat,
Die erlaub' ich Euch zu sagen, ohn' meiner Freunde Rath.
Ihr sollt sie lassen hören mich und die Mannen mein;
Denn Euch hier alle Ehren sollen gern gegönnet seyn."

Da sprach der Bote biderbe: „Euch entbietet an den Rhein
Getreuliche Dienste der große Vogt mein,
Darzu all den Freunden, die Ihr möget ha'n;
Auch ist diese Botschaft mit viel großen Treuen gethan.

Euch hieß mich der König edel klagen seine Noth;
Sein Volk ist ohne Freude, meine Fraue die ist todt,
Helke die viel reiche, meines Herren Weib,
Dadurch nun ist verwaiset mancher schönen Jungfrauen Leib;

Der edlen Fürsten Kinder, die sie gezogen hat,
Davon es im Lande viel jämmerlich jetzt staht;
Die haben nun leider Niemand ihrer mit Treuen zu pflegen,
Drob auch, ich wähne, nimmer des Königs Sorge sich will legen."

„Nun lohn' ihm Gott," sprach Gunther, „daß er die Dienste sein
So williglich entbietet mir und den Freunden mein;
Den seinen Gruß ich gerne hier vernommen han;
Es sollen ihm gern zu Diensten seyn beide, Mage und Mann."

Da sprach von Burgunden der Herre Gernot:
„Die Welt mag immer klagen der schönen Helke Tod
Um ihre vielen Tugenden, deren sie konnte pflegen."
Bei stimmte der Rede Hagen und viel mancher andre Degen.

Da sprach aber Rüdeger der edle Bote hehr:
„Weil Ihr mir, König, erlaubet, ich soll Euch sagen mehr,
Was Euch mein lieber Herre hieher entboten hat,
Da es nach Helkens Tode so recht kummerlich bei ihm staht:

Man sagete meinem Herren: Kriemhild sey ohne Mann;
(Herr Sigfrid ist gestorben,) und ist das so gethan,
Wollt Ihr ihr das gönnen, so soll sie Krone tragen
Vor Etzels Recken; das läßt ihr mein Herre sagen."

Da sprach der reiche König, wohlgezogen war sein Mut:
„Sie höret meinen Willen, ob sie es gerne thut.
Den will ich Euch künden in diesen dreien Tagen.
Eh ich's von ihr erfahren, wie sollt' ich Etzeln es versagen?"

Dieweile man den Gästen Gemach schuf allerhand.
Ihnen ward so gedienet, daß Rüdeger da gestand
Daß er wohl hätte zum Freunde manchen Gunthers Mann.
Hagen ihm diente gerne; er hatt' ihm so zuvor gethan.

Also blieb da Rüdeger bis an den dritten Tag.
Der König Rath besandte, viel weislich er pflag,
Und ob es seine Magen dünkte wohl gethan,
Daß Kriemhild sollte nehmen den edeln König zu ihrem Mann.

Sie riethen es einmütig, ohne allein Hagen.
Den hörte man zu Gunther, dem kühnen Degen, sagen:
„Seyd Ihr wohl bei Sinnen, so seyd davor auf der Hut;
Und so sie willigen wollte: nimmer ihr den Willen thut!"

„Warum," sprach da Gunther, „sollt' ich da willigen nicht?
Was hinfort der Königin Liebes noch geschicht,
Das soll ich ihr wohl gönnen; sie ist die Schwester mein.
Wir sollten selbst drum werben, so es ihr zur Ehre möchte seyn."

Da sprach aber Hagen: „Nun laßt die Rede stahn!
Hättet Ihr von Etzel Kunde, als ich sein Kunde han,
Und soll sie ihn minnen, wie ich Euch höre sagen,
So müßt von eignen Schulden Ihr fürder große Sorgen tragen."

„Warum?" sprach da Gunther, „leicht vermeid' ich das,
Daß ich ihm komm' so nahe, daß ich keinen Haß
Von ihm müßte dulden, ob auch sein Weib sie wär'."
Da sprach aber Hagen: „Dazu rath' ich nimmermehr."

Man hieß nach Gernoten und Giselheren gehen,
Ob die Herren däuchte, es könnte mit Fug geschehen,
Daß Kriemhild sollte nehmen den reichen König hehr.
Noch widerrieth es immer Hagen, und kein Andrer mehr.

Da sprach von Burgunden Giselher der Degen:
„Nun möget Ihr, Freund Hagen, noch der Treue pflegen;
Vergütet ihr die Leide, die Ihr ihr habt gethan.
Was ihr mag Gutes gelingen, da solltet Ihr nicht wehren dran.

Ja habt Ihr meiner Schwester so viel betrübt den Mut,"
So sprach aber Giselher, der Recke kühn und gut:
„Daß sie Fug wohl hätte, daß sie Euch wäre gram.
Nimmer einer Frauen größre Freude man benahm."

„Daß ich das wohl bekenne, das thu' ich Euch kund.
Soll sie aber nehmen Etzel und erlebet Zeit und Stund',
Sie thut uns viel Leides, so sie's darauf richtet an;
Denn da wird ihr dienend viel mancher waidliche Mann."

Da antwortete Hagen der kühne Gernot:
„Es mag also bleiben bis an ihrer Beider Tod,
Daß wir niemals kommen hin in Etzels Land.
Wir wollen ihr Treue halten, so wird es uns zur Ehre gewandt."

Da sprach aber Hagen: „Mir mag das Niemand sagen!
Soll die edle Kriemhild Helkens Krone tragen,
So thut sie uns Leides, wie sie nun füge das.
Ihr sollt es lassen bleiben; das ziemet Euch, Ihr Recken, baß."

Mit Zorne sprach da Giselher der schönen Ute Sohn:
„Wir sollen doch nicht Alle so verrätherlich thun;
Was Ehren ihr geschähe: froh sollten wir deß seyn.
Was Ihr auch redet, Hagen, ich bewahre ihr die Treue mein.“

Da das hörete Hagen, da ward er ungemut.
Gernot und Giselher, die stolzen Ritter gut
Und Gunther der reiche am Ende riethen das:
So einwilligte Kriemhild, sie wollten's lassen ohne Haß.

Da sprach der Fürst Gere: „Ich will's der Frauen sagen,
Daß sie ihr den König Etzel lasse wohl behagen.
Dem ist so mancher Recke mit Furchten unterthan;
Er mag sie noch trösten, so viel sie Leides je gewann.“

Da ging der schnelle Recke wo er Kriemhilden sah;
Sie empfing ihn gütlich; alsbald sprach er da:
„Ihr möget mich gerne grüßen und geben Botenbrot;
Es will das Glück Euch scheiden von aller Eurer großen Noth.

Es hat um Eure Minne, Fraue, hieher gesandt
Einer der Allerbesten, der je Königes Land
Gewann mit vollen Ehren oder Krone durfte tragen;
Es werben edle Ritter; das hieß Euch Euer Bruder sagen.“

Da sprach die Jammersreiche: „Euch soll verbieten Gott
Und allen meinen Freunden, daß sie doch keinen Spott
An mir Armer üben. Was sollt' ich einem Mann,
Der je Herzeliebe von einem guten Weib gewann?“

Ernstlich sie's widerred'te. Da kamen geschwind
Gernot ihr Bruder und Giselher das Kind.
Sie baten gar freundlich und trösteten ihr den Mut;
So sie den König nähme, das käme wahrlich ihr zu gut.

Ueberwinden konnte Niemand da das edle Weib,
Daß sie minnen sollte eines Mannes Leib.
Da baten sie die Degen: „Nun lasset doch eins geschehen,
So Ihr Andres nicht thuet: den Boten williget zu sehen.“

„Das will ich nicht versagen,“ sprach sie dagegen,
„Ich sehe viel gerne Rüdeger, den Degen,
Um seine vielen Tugenden. Wär' er nicht hergesandt,
Wer sonst der Bote wäre, dem blieb' ich immer unbekannt.“

Sie sprach: „Ihr sollt ihn morgen bringen her zu mir
Zu meiner Kemenaten; verstehen soll er hier
Viel gar den meinen Willen; ich will's ihm selber sagen.“
Ihr ward da erneuet im Herzen ihr viel großes Klagen.

Da begehrte auch nichts Andres der edle Rüdeger,
Als daß er möchte sehen die Königin hehr;
Er wußte sich so weise, wo es immer konnte geschehen,
Daß seinem Ueberreden sie nicht durfte widerstehen.

Des andern Morgens frühe, da man die Messe sang,
Die edlen Boten kamen. Da ward ein groß Gedrang.
Die mit Rüdegeren zu Hofe wollten gehn,
Deren sah man schön gekleidet viel manchen herrlichen Degen stehn.

Kriemhild die schöne, viel reich und hochgemut,
Sie wartete Rüdegeres, des edlen Boten gut.
Er fand sie in dem Gewande das sie alle Tage trug;
Dabei trug ihr Gesinde der allerreichsten Kleider genug.

Sie ging ihm entgegen zur Thüre hinan,
Und empfing viel gütlich den Etzels Mann;
Mit sich nur zwölf Andre hatte er genommen.
Man bot ihm Gruß und Ehre; nie waren höhere Boten kommen.

Den Herren und seine Mannen sitzen hieß man da;
Die zwei Markgraven man vor ihr stehen sah,
Eckewart und Geren, die edeln Ritter gut.
Um der Hausfrau willen sie sahen Niemand wohlgemut.

Sie sahen vor ihr sitzen viel manche schöne Maid.
Die Frau auserkoren wußte nur von Leid.
Ihr Gewand war vor den Brüsten von heißen Thränen naß;
Der edle Markgrave sah wohl an Kriemhilden das.

Da sprach der hehre Bote: „Viel edles Königes Kind,
Mir und meinen Gesellen, die mit mir kommen sind,
Sollt Ihr das erlauben, daß wir vor Euch stahn
Und Euch sagen die Botschaft um die wir her geritten ha'n.“

„Nun sey es Euch erlaubet,“ sprach die Königin,
„Was Ihr reden wollet! Also steht mein Sinn,
Daß ich es gerne höre; Ihr seyd ein Bote gut.“
Die Andern da wohl hörten ihren unwilligen Mut.

Da sprach von Bechlaren der Fürst Rüdeger:
„Mit Treuen große Liebe Etzel, ein König hehr,
Hat Euch, Fraue, entboten her in diese Land'.
Er hat um Eure Minne viel gute Recken hergesandt.

Er entbeut Euch mit Gunsten Lieb' ohne Leid;
Zu steter Freundschaft sey er Euch bereit,
Wie er that Frau Helken, die ihm zu Herzen lag.
Um ihre Tugenden trauert unfröhlich er schon manchen Tag.“

Da sprach Frau Kriemhild: „Markgrave Rüdeger,
So Jemand recht wüßte meinen Jammer schwer,
Der bäte mich nicht minnen einen andern Mann;
Ich verlor der Besten Einen, den jemals eine Fraue gewann.“

„Was mag nach Leide trösten,“ sprach der viel kühne Mann,
„Als freundliche Liebe, Wer die gewähren kann,
Und so man Einen kieset, der Einem zu Herzen kommt?
Nach herzinnigem Leide kein andrer Trost so gütlich frommt.

Und geruhet Ihr zu minnen den edlen Herren mein:
Zwölf viel reicher Kronen sollt Ihr gewaltig seyn,
Dazu gibt Euch mein Herre wohl dreißig Fürsten Land,
Die alle hat bezwungen seine viel ungestüme Hand.

Ihr sollt auch werden Herrin über manchen werthen Mann,
Die meiner Frauen Helken waren unterthan,
Und über viele Frauen, hoher Fürsten Kind’,
Deren Gewalt sie hatte,“ sprach der Degen freundlich gesinnt.

„Dazu gibt Euch mein Herre, das heißet er Euch sagen,
So Ihr geruhet Krone bei dem König zu tragen,
Gewalt den allerhöchsten, den Helke je gewann.
Den sollt Ihr gewaltig üben vor jedem Etzels Mann.“

Da sprach Frau Kriemhild: „Wie möchte mich traurig Weib
Gelüsten je wieder nach eines Helden Leib?
Mir hat der Tod an Einem so recht leid gethan,
Davon bis an mein Ende ich muß ohne Freuden stahn.“

Da sprachen aber die Heunen: „Königin hochgemut,
Euer Leben wird bei Etzel so köstlich und gut,
Daß es Euch immer wonnet, so es kommt in Stand.
Auch hat der reiche König viel manchen zieren Degen zur Hand.

Helkens Jungfrauen und Eure Mägdelein
Werden die bei einander Ein Gesinde seyn:
So möchten dabei Recken werden wohlgemut.
Laßt es Euch, Fraue, rathen; es geräth Euch wahrlich gut."

Sie sprach in ihren Züchten: „Nun laßt die Rede anstehn,
Bis morgen frühe. Da sollt Ihr wieder her gehn,
Da will ich Antwort geben, wornach Euch steht der Mut."
Dem mußten da folgen die Etzels Recken kühn und gut.

Da sie von dannen Alle zur Herberge gingen,
Da bat die edle Fraue Giselheren bringen
Und auch ihre Mutter. Den Beiden sagte sie das:
Ihr gezieme nur Weinen, und Anderes nimmer baß.

Da sprach ihr Bruder Giselher: „Schwester, mir ist gesait,
Und will es auch wohl glauben, daß alles dein Leid
Der König Etzel wende, nähmest du ihn zum Mann;
Was Jemand anders rathe, mich dünket das gut gethan.

Er mag dich wohl trösten," sprach aber Giselher,
„Vom Roden bis zum Rheine, von der Elbe bis ans Meer
Ist der Könige keiner so gewaltig geehrt;
Du magst dich bald freuen, so er dich zum Gemahl begehrt."

Sie sprach: „Lieber Bruder, wie rathest du mir das?
Klagen und weinen mir immer ziemte baß.
Wie sollt' ich vor Recken da zu Hofe gehn?
War mein Leib je schöne, so ist es jetzt darum geschehn."

Da sprach die Frau Ute ihrer lieben Tochter zu:
„Was deine Brüder rathen, liebes Kind, das thu;
Folge deinen Freunden, so mag dir wohl geschehen;
Ich hab' dich doch so lange in großem Jammer nur gesehen."

Da bat sie Gott viel ernstlich: ihr zu geben den Verstand;
Daß sie zu geben hätte Gold, Silber und Gewand',
Wie ehmals bei ihrem Manne als er war gesund;
Sie erlebte doch nimmer mehr also fröhliche Stund'.

Sie gedachte in ihrem Sinne: und soll ich meinen Leib
Geben einem Heiden, ich bin ein Christenweib,
Deß auf der Welt müßt' ich immer Schande ha'n.
Gibt er mir alle Reiche, es bleibt von mir doch ungethan.

Damit ließ sie es bleiben. Die Nacht bis an den Tag
Die Frau in ihrem Bette mit viel Gedanken lag;
Ihre viel lichten Augen getrocknet ihr nicht,
Bis daß sie aber zur Mette ging bei des frühen Morgens Licht.

Zu rechter Zeit der Messe die Könige waren kommen;
Sie hatten ihre Schwester wieder zu Handen genommen.
Sie riethen ihr stark zu minnen den König aus Heunenland.
Unter ihnen Keiner die Frau ein Weniges fröhlicher fand.

Da hieß man heran kommen die Etzels Mannen,
Die gern wären gewesen mit Urlaub nun von dannen,
Geworben oder geschieden, wie es möchte seyn.
Zu Hofe kam da Rüdeger, die Helden ritten wieder ein,

Daß man recht erführe des edeln Fürsten Mut,
Und thäten das bei Zeiten; das däuchte sie Alle gut;
Ihre Wege wären ferne wieder in ihr Land;
Man brachte Rüdegeren hin da man Kriemhilden fand.

Viel minniglich sie bitten der Recke da begann,
Die edle Frau Kriemhild, daß sie ihm zeigte an
Was sie entbieten wollte lassen in Etzels Land;
An ihr traun er nichts Andres als ein stark Betheuern fand:

Daß sie nimmer wollte minnen einen Mann.
Da sprach der Markgrave: „Das wäre übel gethan!
Was wolltet Ihr verderben einen also schönen Leib?
Ihr möget noch mit Ehren werden guten Mannes Weib."

Nicht half daß sie baten, bis daß Rüdeger
Hielt Zwiesprache heimlich mit der Königin hehr:
Er wolle ihr vergüten was ihr je geschah;
Sanfter zu werden begann ihr großer Unmut da.

So sprach er zur Königin: „Laßt Euer Weinen seyn!
Ob Ihr bei den Heunen hättet meine Hülfe allein
Und meiner treuen Magen und der Mannen die ich han:
Der müßt' es hart entgelten, der Euch hätte ein Leid gethan."

Davon ward gemindert wohl der Frauen Unmut.
Sie sprach: „So schwört mir Eide, was mir Jemand thut,
Daß Ihr seyn wollt der Nächste der räche mein Leid."
Da sprach der Markgrave: „Deß bin ich, Fraue, viel bereit."

Mit allen seinen Mannen
Schwur ihr da Rüdeger
Mit Treuen immer zu dienen,
Und daß die Recken hehr
Ihr nimmer nicht versageten
Aus Etzels Land
Deß sie Ehre haben sollte.
Das sicherte ihr die Rüdegers Hand.

Da gedachte die Getreue:
„Dieweil ich Freunde kann
Gewinnen also viele,
So lass' ich reden fortan
Die Leute, was sie wollen,
Ich jammerhaftes Weib;
Vielleicht wird noch gerochen
Meines lieben Mannes Leib!“

Sie gedachte: Weil nun Etzel der Recken hat so viel:
Kann ich denen gebieten, so thu' ich was ich will.
Er hat auch wohl Schätze, daß ich hab' zu geben Macht,
Mich hat der leidige Hagen um meinen guten Hort gebracht.

Sie sprach zu Rüdegeren: „Hätte ich das vernommen,
Daß er nicht wäre ein Heide, so wäre ich gerne kommen
Wohin er mich will haben und nähme ihn zum Mann."
Da sprach der Markgrave: „Darob komm' Euch nicht Sorge an!

Er hat so viele Recken die da Christen sind,
Daß bei dem Könige nimmer Euer Herz Leid gewinnt;
Vielleicht daß Ihr's erlanget daß er taufet seinen Leib?
Drum möget Ihr nur gerne werden König Etzels Weib."

Da sprach aber ihr Bruder: „Nun williget, Schwester mein!
Euren Unmut sollet Ihr endlich lassen seyn."
Sie baten sie so lange, daß mit traurigen Geberden
Sie gelobte vor den Helden, Etzels Weib sie wolle werden.

Sie sprach: „Ich will Euch folgen, ich viel arme Königin,
Daß ich fahre zu den Heunen, wie ich verhänget bin;
Wenn ich habe die Freunde, die mich führen in sein Land."
Drauf bot da vor den Helden die schöne Kriemhild die Hand.

Da sprach der Markgrave: „Habet Ihr zween Mann,
Dazu hab' ich ihrer mehre; es wird viel wohl gethan:
Daß wir Euch wohl nach Ehren bringen über'n Rhein.
Ihr sollt nicht länger, Fraue, hier bei den Burgunden seyn.

Ich hab' fünfhundert Mannen und auch der Magen mein;
Die sollen Euch hier dienen und daheime seyn
Eurem Gebote folgsam. Desgleichen thu' auch ich;
So Ihr mich mahnt des Wortes: seiner will ich nie schämen mich.

Nun heißet Euch bereiten Euer Pferdkleid
(Die Rüdegeres Räthe sollen Euch nie werden leid,)
Und saget es Euren Mägden die Ihr mit zu führen wählt;
Uns kommt wohl auf der Straßen mancher auserwählte Held."

Sie hatte noch Geschmeide, darum man zu Sigfrids Zeit
Wohl war geritten, daß sie viel manche Maid
Mit Ehren mochte führen, wenn sie wollte von dannen.
Hei! was sie schöner Sättel für die schönen Frauen gewannen.

So sie je trugen zuvor reiche Kleid',
Deren waren zu ihrer Reise viel manche nun bereit,
Weil ihnen von dem Könige so viel gesaget ward.
Sie schlossen auf die Kisten die zuvor standen wohl gespart.

Sie waren viel geschäftig wohl fünftehalb Tag';
Sie suchten aus den Truhen was Alles darinne lag.
Kriemhild ihre Kammern aufzuschließen begann;
Reich wollte sie machen jeden Rüdegeres Mann.

Sie hatte noch des Goldes von Nibelungenland.
Sie gedachte bei den Heunen sollt' es theilen ihre Hand;
Es konnten hundert Mäuler es nicht von dannen tragen.
Die Märe hörte Hagen da von Kriemhilden sagen.

Er sprach: „Weil mir Frau Kriemhild nimmer wird hold,
So muß auch hier bleiben das Sigfrides Gold.
Wie sollt' ich meinen Feinden lassen so vieles Gut?
Ich weiß viel wohl was Kriemhild noch mit diesem Schatze thut.

So sie ihn brächte von hinnen, ich will glauben das,
Er würde nur vertheilet mir zum schädlichen Haß.
Sie haben auch nicht Rosse die ihn sollten tragen;
Ihn will behalten Hagen; das soll man Kriemhilden sagen."

Da sie gehört die Märe, das war ihr grimmig leid;
Es ward auch den Königen allen dreien gesait;
Sie wollten's gerne wenden; da das nicht geschah,
Rüdeger der edle sprach mit fröhlichem Munde da:

„O Königin, reiche, was klaget Ihr um das Gold?
Euch ist der König Etzel so ohnmaßen hold;
Ersehen Euch seine Augen: gibt er Euch also viel,
Daß Ihr's verschwendet nimmer; das ich Euch, Fraue, schwören will."

Da sprach die edle Königin: „Viel edeler Rüdeger,
Es gewann nie Königes Tochter Reichthümer mehr
Denn die, deren Hagen mich beraubt mit Schmach."
Da kam ihr Bruder Gernot gegangen nach dem Schatzgemach.

Mit Königes Gewalt den Schlüssel stieß er an die Thür;
Das Gold Kriemhildens holte man herfür,
Dreißig tausend Marken oder annoch mehr.
Er hieß es nehmen die Gäste; das geschah nach Gunthers Begehr.

Da sprach von Bechlaren der Gotelinde Mann:
„So es meine Herrin Kriemhild alles möchte ha'n,
Was sein je ward geführet von Nibelungenland:
Wenig sollt' es anrühren meine oder der Königin Hand.

Nun heißet es behalten, denn ich Nichts davon will.
Führt' ich ja aus dem Lande des Meinen also viel,
Daß wir's auf der Reise können entrathen wohl,
Und zur Fahrt von hinnen uns nirgend Nichts gebrechen soll."

Zuvor in aller Eile gefüllet zwölf Schrein'
Des allerbesten Goldes, das drinnen mochte seyn,
Hatten ihre Mägde; das führten sie von dannen,
Und Gezierde viel der Frauen, das sie zu der Fahrt gewannen.

Die Gewalt des grimmen Hagen däuchte sie zu stark;
Sie hatt' ihres Opfergoldes noch wohl tausend Mark;
Sie theilt' es für seine Seele, für ihren viel lieben Mann;
Das däuchte Rüdegeren mit viel großen Treuen gethan.

Da sprach die klagende Königin: „Wo sind die Freunde mein?
Die da mir zu Liebe wollen Heimathlose seyn?
Die mit mir wollen reiten in der Heunen Land:
Die nehmen von meinem Schatze zu kaufen Roß und auch Gewand.“

Da sprach zur Königin der Markgrave Eckewart:
„Seit daß allererst ich Euer Gesinde ward,
So hab' ich Euch mit Treuen gedienet,“ sprach der Degen,
„Und will bis an mein Ende desselben immer bei Euch pflegen.

Ich will auch mit mir führen meine fünfhundert Mann,
Deren Dienst, den treuen, ich Euch wohl bürgen kann;
Wir bleiben ungeschieden, es thu' es denn der Tod.“
Der Rede dankt' ihm Kriemhild; sie hatte so treuer Freunde Noth.

Da zog man herbei die Rosse; es sollte die Reise ergahn;
Da ward viel großes Weinen von Freunden gethan;
Ute die viel reiche und manche schöne Maid
Die zeigten, daß ihnen wäre nach Frauen Kriemhilden leid.

Hundert reicher Mägde mit sich fort sie nahm;
Die wurden so gekleidet als ihnen wohl zukam.
Da fielen ihnen die Thränen von lichten Augen zuthal;
Seit erlebte auch viel der Freude sie als König Etzels Gemahl.

Da kam der Herre Giselher und auch Gernot,
Mit ihrem Gesinde, als ihnen ihre Zucht gebot;
Sie wollten Geleite geben ihrer lieben Schwester von dannen;
Da führten sie ihre Recken, wohl tausend waidlicher Mannen.

Da kam der tapfre Gere und auch Ortwein,
Rumold der Küchenmeister dabei auch mußte seyn.
Sie schufen die Nachtherberge bis an der Donauen Gestad';
Weiter ritt nicht Gunther, als nur ein wenig vor die Stadt.

Eh' sie vom Rheine fuhren, hatten sie vorausgesandt
Ihre viel schnellen Boten in der Heunen Land,
Die dem Könige sagten, daß ihm Rüdeger
Zum Weibe hätte erworben Kriemhild die Königin hehr.

Die Boten fuhren schnelle, ihnen war Eilen Noth,
Um die große Ehre und das reiche Botenbrot.
Als nun heim sie waren mit den Mären kommen:
Da hatte der König Etzel so Liebes nimmermehr vernommen.

Für diese liebe Kunde hieß der König geben
Den Boten solche Gabe, daß sie wohl mochten leben
Mit Freuden alle Tage hinfort bis an ihren Tod;
In Liebe war verschwunden des Königes Kummer und Noth.

Einundzwanzigste Aventure.

Wie Kriemhild hin fuhr.

Die Boten lassen wir reiten: wir wollen Euch thun bekannt
Wie die edle Königin fuhr durch die Land';
Oder wo von ihr schieden Giselher und Gernot.
Sie hatten ihr gedienet, wie ihnen das ihre Treue gebot.

Bis an die Donaue zu Bergen sie da ritten;
Sie begonnten Urlaubes die Königin zu bitten,
Denn sie nun wieder wollten reiten an den Rhein;
Das mochte ohne Weinen nicht von guten Freunden seyn.

Giselher der schnelle sprach zur Schwester sein:
„Wenn immer du, Fraue, bedürfen solltest mein,
Daß dich Etwas gefährde: das thu' du mir bekannt,
So reit' ich dir zu Diensten hin in König Etzels Land."

Die ihre Magen waren, küßte sie auf den Mund;
Viel freundliches Scheiden sah man zu der Stund'
Von Rüdegeres Freunden, des Markgraven Mannen;
Da führte die Königin manch wohlgethane Maid von dannen.

Hundert und viere, die trugen reiche Kleid',
Von gemalet reichen Zeugen; viel der Schilde breit
Führte man der Frauen nach auf den Wegen;
Da kehrte von ihr von dannen viel mancher herrliche Degen.

Sie zogen schnell von dannen nieder durch Baierland.
Da sagte man die Märe: es hätten sich hergewandt
Viel unbekannter Gäste. Da noch ein Kloster steht
Und da der Inn mit Strömen ein in die Donaue geht,

In der Stadt zu Passauen saß ein Bischof.
Herbergen wurden leere und auch des Fürsten Hof;
Sie eilten viel balde auf in Baierland,
Wo der Bischof Pilgerin die schöne Kriemhilde fand.

Den Recken von dem Lande war da nicht leid,
Da sie ihr folgen sahen so manche schöne Maid;
Da minnte man mit Augen der edlen Ritter Kind'.
Gute Herberge gab man allen Gästen geschwind.

Zu Pledelingen schuf man ihnen Gewand und Ruh;
Da sah man allenthalben das Volk reiten herzu;
Man gab ihnen mit Willen weß sie hatten Noth,
Sie nahmen es mit Ehren; gütlich man's ihnen sonst auch bot.

Der Bischof mit seiner Nichte ein zu Passauen ritt;
Da nun diese Märe, daß Kriemhilde käme mit,
Des Fürsten Schwester Tochter, von den Bürgern ward vernommen,
Sind die Kaufleute freundlich sie zu empfangen gekommen.

Daß sie sollten bleiben, lud sie der Bischof ein;
Da sprach der Herr Eckewart: „Das kann nimmer seyn,
Wir müssen fahren nieder in Rüdegers Land;
Unser warten viele Degen, ihnen allen ist es wohl bekannt."

Die Märe nun wohl wußte die schöne Gotelind;
Sie bereitete sich mit Fleiße und ihr viel edles Kind.
Ihr hatte entboten Rüdeger, daß ihn das däuchte gut,
Daß sie der Königin damit tröstete ihren Mut,

Daß sie ihr ritte entgegen mit den seinen Mannen
Auf zu der Ense. Da sie das begannen,
Da sah man allenthalben die Wege wimmelnd stehn;
Sie eilten entgegen den Gästen zu reiten und zu gehn.

Nun war aber die Königin nach Everdingen kommen.
Gnug aus dem Baierlande hätten gerne genommen
Den Raub auf der Straßen nach ihrer Gewohnheit;
So hatten sie den Fremden diesmal gethan wenig Leid.

Das war wohl verhütet von dem Markgraven hehr;
Er führte tausend Ritter oder noch mehr.
Da war auch kommen Gotelind, Rüdegeres Weib;
Mit ihr schien herrlich manches guten Recken Leib.

Als über die Traune sie kamen bei Ense auf das Feld,
Da sah man aufgespannet Hütten und Gezelt,
Wo die Gäste sollten Nachtherberge ha'n.
Da ward der Dienst des Wirthes von Rüdeger den Gästen gethan.

Gotelind die schöne aus der Herberg' entgegen
Zog sie noch weiter. Da ging auf den Wegen
Mit klingenden Zäumen manch Pferd wohlgethan;
Der Empfang war viel schöne; lieb war es Rüdegern gethan.

Die ihnen zu beiden Seiten kamen auf den Wegen,
Die ritten gar stattlich; das war viel mancher Degen,
Ritterschaft sie pflagen; das sah viel manche Maid.
Es war der Frau Kriemhild der Ritter Dienst nimmer leid.

Als zu den Gästen kamen die Rüdegeres Mannen:
Viel der Lanzensplitter sah man stäuben von dannen
Von der Recken Händen mit ritterlichen Sitten.
Da ward wohl zu Preise vor den schönen Frauen geritten.

Dann ließen sie das bleiben. Da grüßten viele Mannen
Viel gütlich einander. Drauf führten sie von dannen
Die schöne Gotelinde, wo sie Kriemhilden sah;
Die Frauen dienen konnten, hatten wenig Ruhe da.

Der Vogt von Bechlaren ritt zu seinem Weibe hin;
Der edlen Markgravin war da froh zu Sinn,
Der er so wohlbehalten vom Rheine war kommen;
Ihr war ein Theil ihrer Sorgen mit großen Freuden da benommen.

Da sie ihn hatte empfangen, hieß er sie sitzen auf's Gras;
Sammt den Frauen, die gekommen mit ihr, that sie das.
Da ward viel unmüßig mancher edle Mann;
Dienst ward den Frauen da mit großem Fleiße gethan.

Da sah die Frau Kriemhild die Markgravin stehn
Mit ihrem Gesinde; sie ließ sie nicht näher gehn;
Das Pferd mit dem Zaume zucken sie begann,
Mit Schnelle aus dem Sattel sie zu heben bat sie dann.

Den Bischof sah man weisen seiner Schwester Kind,
Ihn und Eckewarten, hin zu Frau Gotelind.
Da war viel Ausweichen zu derselben Stund';
Da küßte die Heimatferne Gotelinden auf den Mund.

Da sprach viel freundlich das Rüdegeres Weib:
„Nun wohl mir, liebe Fraue, daß ich Euern schönen Leib
Hab' in diesem Lande mit den Augen mein gesehen;
Mir konnte zu diesen Zeiten Lieberes nimmermehr geschehen."

„Nun lohn' Euch Gott," sprach Kriemhild, „viel edle Gotelind;
So ich gesund bleibe und Botelunges Kind,
So mag's Euch kommen zu Liebe, daß Ihr mich habt gesehen."
Ihnen Beiden war verborgen was hernach mußte geschehen.

Mit Züchten zu einander ging viel manche Maid;
Da waren ihnen die Recken mit Diensten viel bereit.
Sie saßen nach dem Gruße nieder auf den Klee;
Sie gewannen manche Kunde davon sie nicht gehöret je.

Man hieß den Frauen schenken. Es war wohl Mittag;
Das edle Ingesinde nicht länger müssig lag,
Sie ritten, wo sie fanden manche Hütten breit,
Da war den edlen Gästen viel reichlicher Dienst bereit.

Die Nacht bis an den Morgen pflagen sie der Ruh;
Die von Bechlaren bereiteten sich dazu,
Wie sie herbergen wollten viel manchen werthen Gast;
Wohl hatte gesorgt Rüdeger daß ihnen gebrach Wenig fast.

Die Fenster an den Mauern sah man offen stahn;
Die Burg zu Bechlaren die war aufgethan;
Da ritten ein die Gäste die man viel gerne sah,
Es hieß der Wirth, der edle, gutes Gemach ihnen schaffen da.

Die Rüdegeres Tochter mit ihrem Gesinde ging,
Daß sie die edle Königin viel minniglich empfing.
Da war auch ihre Mutter, des Markgraven Weib,
Mit Liebe ward gegrüßet mancher Jungfrauen schöner Leib.

Sie faßten sich bei den Händen und gingen sodann
In einen Palast, einen großen, der war viel wohl gethan,

Da die Donaue darunter hin floß,
Sie saßen an den Lüften und hatten Kurzweile groß.

Weß sie da mehr pflagen, das kann ich nicht sagen;
Daß sie so mußten eilen, das hörte man dort klagen
Der Kriemhilde Recken, denn es ihnen war leid.
Hei! was da guter Recken von Bechlaren ihnen gab Geleit!

Viel minnigliche Dienste Rüdeger ihnen bot.
Da gab Frau Kriemhild zwölf Armspangen roth
Gotelindens Tochter, und also gut Gewand,
Daß sie nichts Bess're's brachte hin in König Etzels Land.

War ihr gleich genommen der Nibelungen Gold:
Alle, die sie sahen, die machte sie sich hold
Noch mit dem kleinen Gute das ihr gelassen war;
Des Wirthes Gesinde dem bot sie große Gaben dar.

Dawider bot auch Ehre die Frau Gotelind
Den Gästen von dem Rheine so gütlich gesinnt,
Daß man unter den Fremden gar Wenige fand,
Die nicht ihr Gesteine trugen oder herrlich Gewand.

Da sie gespeiset waren und die Fahrt begann,
Von der Hausfrauen wurden geboten an
Getreuliche Dienste König Etzels Weib.
Da ward viel gekoset der schönen Jungfraue Leib.

Sie sprach zu der Königin: „Wenn es Euch nun dünket gut,
Ich weiß wohl daß es gerne mein lieber Vater thut,
Daß er mich zu Euch sendet in der Heunen Land."
Daß sie getreu ihr wäre, wie wohl das Kriemhild erfand!

Die Rosse bereitet waren
Und vor Bechlaren kommen.
Da hatte die edle Königin
Urlaub nun genommen
Von Rüdegeres Weibe
Und der Tochter sein;
Da schied sich auch mit Gruße
Viel manches schöne Mägdelein.

Einander sie viel selten
Sahen nach den Tagen;
Her von Medelike
In Händen ward getragen
Goldgefäß manch reiches,
Darin man brachte Wein
Den Gästen auf die Straße;
Sie mußten viel willkommen seyn.

Ein Wirth war da gesessen, Astold genannt,
Der weisete sie die Straße in das Oesterland
Gegen Mutaren die Donaue nieder.
Da ward viel wohl gedienet der schönen Kriemhilde wieder.

Der Bischof sich freundlich von seiner Nichte schied.
Daß sie sich wohl gehabete, wie von Herzen er das rieth,
Und daß sie sich Ehr' erwürbe wie Helke hatte gethan.
Hei! was sie großer Ehren seit bei den Heunen gewann!

Zu der Treisem brachte man die Gäste dann.
Ihrer pflagen fleißig Rüdeger und mancher Mann,
Bis daß die Heunen ritten von ihrem Land daher.
Da ward der Königin erwiesen viel manche Ehr'.

Bei der Treisem hatte der König von Heunenland
Eine Burg, eine weite, die war wohl bekannt,
Geheißen Zeissenmaure; Frau Helke zuvor saß da,
Und pflag so großer Tugend, daß man wahrlich nie größre sah,

Es thäte es denn Kriemhild, die also konnte geben,
Sie mochte nach ihrem Leide die Liebe wohl erleben,
Daß ihr auch gönnten Ehren die so Etzeln unterthan,
Deren sie große Fülle seit bei den Helden gewann.

König Etzels Herrschaft war weithin erkannt,
Daß man zu allen Zeiten an seinem Hofe fand
Die kühnesten Recken von denen je ward vernommen
Unter Christen und Heiden; die waren mit ihm Alle kommen.

Bei ihm war zu allen Zeiten, wie es nimmer wohl ward,
Christliche Ordnung und auch der Heiden Art.
In welcherlei Leben ein Jeglicher auch sich trug:
Es schuf des Königes Milde, daß man ihnen Allen gab genug.

Zweiundzwanzigste Aventure.

Wie Kriemhild bei den Heunen empfangen ward.

In Zeissenmaure blieb sie bis an den vierten Tag;
Der Staub auf der Straße dieweilen niemals lag;
Es staubte als ob es bränne von dorten und von dannen,
Da durch Oesterreich ritten des Königes Etzels Mannen.

Da ward dem Könige viel recht nun gesait,
Davon ihm aus dem Sinne schwand alles Leid:
Wie herrlich ihm Kriemhild komme durch die Land';
Der König begann eilen hin wo er die Minnigliche fand.

Von viel mancher Sprache sah man auf den Wegen
Vor Etzel reiten manchen kühnen Degen,
Von Christen und von Heiden manche große Schaar;
Da sie die Frauen funden, sie kamen gar herrlich dar.

Von Reussen und von Griechen ritt da mancher Mann,
Den Polen und den Walachen sah man eilen heran;
Rosse, die viel guten, viel kräftiglich sie ritten;
Wenig sie säumten, daß sie sehen ließen ihre Sitten.

Von dem Lande zu Kiewen ritt da mancher Degen,
Und die wilden Peschenäre; die thaten viel pflegen
Mit Bogen zu schießen nach Vögeln wie sie flogen.
Die Pfeile gewaltig auf der Sehne mit Kraft sie zogen.

Eine Stadt bei der Donaue liegt in Oesterland,
Die ist geheißen Tulna. Da ward ihr bekannt
Viel manche fremde Sitte, die sie zuvor nie sah.
Sie empfingen da Viele, denen seit viel Leid von ihr geschah.

Vor Etzel dem König ritt ein Ingesind,
Viel reich und fröhlich, hübsch und geschwind,
Wohl vierundzwanzig Fürsten reich und hehr;
Da die ihre Fraue sahen, da begehrten sie Nichts weiter mehr.

Der Herzog Ramung aus Walachenland
Mit siebenhundert Mannen kam er vor sie gerannt;
Gleich fliegenden Vögeln sah man sie alle fahren.
Dann kam der Fürst Gibeke mit viel herrlichen Schaaren.

Hornboge der schnelle wohl mit tausend Mann
Kehrte von dem Könige gegen seine Fraue dann.
Viel laute ward geschallet nach des Landes Sitten;
Von der Heunen Magen ward auch da stattlich geritten.

Da kam von Dänemarken der kühne Hawart
Und Iring der viel schnelle, vor Tücken wohl bewahrt,
Irnfrid von Thüringen, ein waidlicher Mann;
Sie empfingen Kriemhilden, daß sie Ehre hatten daran,

Mit zwölfhundert Mannen, die sie führten in ihrer Schaar.
Da kam der Herre Blödel mit drei Tausenden dar,
König Etzels Bruder aus der Heunen Land;
Der zog viel herrlich hin wo er die Königin fand.

Da kam der König Etzel und auch Herr Dieterich
Mit allen seinen Gesellen. Da war viel tugendlich
Mancher Ritter edel, biderb und gut;
Dadurch Frau'n Kriemhild viel wohl erhöhet ward ihr Mut.

Da sprach zu der Königin der Herre Rüdeger:
„Fraue, ich will empfangen hier den König hehr;
Wen ich Euch heiße küssen, das soll geschehen von Euch,
Doch dürft Ihr Etzels Mannen nicht grüßen Alle eben gleich.“

Da hub man von dem Rosse die Königin hehr;
Etzel der viel reiche wartete da nicht mehr,
Er stieg von seinem Rosse mit manchem Mann,
Man sah ihn viel fröhlich gen Kriemhilden kommen heran.

Zwei reiche Fürsten, als uns das ist gesait,
Bei der Frauen gehende, trugen ihre Kleid',
Da ihr der König Etzel so entgegen ging,
Da sie den Fürsten edel mit Kusse gütlich empfing.

Auf hob sie ihr Gebände; ihre Farbe wohlgethan
Die leuchtete aus dem Golde. Da war viel mancher Mann,
Der zeugte, daß Frau Helke nicht schöner konnte seyn.
Dabei stund viel nahe des Königes Bruder Blödelein.

Den hieß sie küssen Rüdeger der Markgrave tugendlich,
Und den König Gibeken. Da stund auch Herr Dietrich;
Der Recken küßte zwölf Könige Etzels Weib;
Da empfing sie so mit Gruße manchen Ritter herrlich an Leib.

All die Weile daß Etzel bei Kriemhilden stund,
Da thaten die Jungen, wie die Leute thun zur Stund';
Viel mancher Kampf stattlich wurde da geritten;
Das thaten Christenhelden und Heiden auch nach ihren Sitten.

Wie recht nach Rittersitte die Dietriches Mannen
Die Schäfte ließen fliegen mit Splittern von dannen
Hoch weg über Schilde aus guter Ritter Hand.
Von den deutschen Gästen ward löchricht mancher Schildrand.

Da ward vom Schäfte-Brechen viel groß Getös' vernommen.
Da waren von dem Lande die Recken alle kommen,
Und auch des Königes Gäste; viel manche edle Mannen.
Da ging der reiche König mit Frau'n Kriemhilde von dannen.

Sie sahen bei ihnen stehen ein viel herrlich Gezelt;
Von Hütten war erfüllet rings umher das Feld,
Da sie sollten ruhen nach des Tages Arbeit.
Von Helden ward gewiesen darunter manche schöne Maid.

Mit der Königin Kriemhild, da sie seit saß
Auf reichen Stuhlpolstern. Der Markgrave das
Hatte wohl geschaffet, daß man fand viel gut
Das Kriemhildens Gestühle. Deß hatte Etzel frohen Mut.

Was da redete Etzel, das ist mir unbekannt;
In der seinen Rechten lag ihre weiße Hand.
Minniglich sie saßen, denn Rüdeger der Degen
Den König nicht wollte lassen Kriemhilden heimlich pflegen.

Da hieß man lassen ruhen den Buhurt überall.
Mit Ehren ward verendet da der große Schall.
Da gingen zu den Hütten König Etzels Mannen,
Herberge, viel gute, allenthalben sie gewannen.

Der Tag nun hatte ein Ende; Gemach sie hatten da,
Bis man den lichten Morgen wieder scheinen sah.
Da war zu den Rossen gekommen mancher Mann;
Hei! was man Kurzweile dem Könige zu Ehren begann!

Der König es nach den Ehren die Heunen richten bat.
Da ritten sie von Tulne hin nach Wien der Stadt.
Da fanden sie gezieret viel mancher Frauen Leib;
Sie empfingen wohl mit Ehren ihres Königs Etzels Weib.

Mit übergroßer Fülle war ihnen so bereit
Was sie haben sollten. Dem Schall ritt erfreut
Mancher Held entgegen. Herbergen man begann.
Des Königes Hochgezeite hub sich mit großen Freuden an.

Nicht konnten Herberg haben Alle in der Stadt;
Die nicht Gäste waren, Rüdeger die bat
Daß sie Herberge nähmen auf dem Land.
Ich wähn', zu allen Zeiten man bei Frau Kriemhilden fand

Den Herren Dietrichen und andre manche Degen.
Sie konnten vor Arbeit nicht der Ruhe pflegen,
Damit sie ihren Gästen trösteten wohl den Mut;
Rüdeger und seine Freunde hatten da Kurzweile gut.

Die Hochzeit war gefallen auf einen Pfingsttag,
Da der König Etzel bei Kriemhilden lag
In der Stadt zu Wiene. Ich wähne so manchen Mann
Bei ihrem ersten Manne niemals sie zu Dienste gewann.

Sie machte sich kund mit Gaben dem der sie niemals sah.
Viel Mancher darunter sprach zu den Gästen da:
„Wir wähnten daß Frau Kriemhild kein Gut möchte ha'n;
Nun ist mit ihren Gaben hier viel manches Wunder gethan."

Die Hochzeit die währete siebenzehn Tage.
Ich wähne, daß von keinem Könige man mehr sage,
Deß Hochzeit größer wäre, als sie war zu der Zeit.
Alle die da waren, trugen ihre neuen Kleid'.

Ich wähn', in Niederlanden zuvor nie sie saß
Mit so manchen Recken. Dabei glaub' ich das:
War Sigfrid reich an Gute, daß er doch nie gewann
So manchen Recken edel, als sie sah vor Etzeln stahn.

Auch gab nimmer ein König zur eigenen Hochzeit
So manchen reichen Mantel, tief und weit,
Noch so viel guter Kleider, der sie mochten viel haben,
Die um Kriemhildens willen wurden ausgethan als Gaben.

Ihre Freunde und auch die Gäste hatten solchen Mut,
Daß sie nimmer sparten an all' ihrem Gut;
Was Jemand von ihnen begehrte, deß waren sie bereit.
Da standen viele der Degen durch ihre Milde entblößt von Kleid'.

Kriemhild gedachte wie einst am Rheine sie saß
Bei ihrem edeln Manne; ihre Augen wurden naß;
Das verhehlte sie viel schnelle, daß es Niemand sollte sehen.
Ihr war nach manchem Leide der Ehren jetzt so viel geschehen.

Was Jemand that mit Milde, das war nur wie Wind
Gegen Herrn Dietrichen; was Botelunges Kind
Ihm hatte gegeben, das ward gar aufgewandt.
Auch übte da viele Wunder des milden Rüdegeres Hand.

Aus dem Ungarlande der Fürst Blödelein
Der hieß da leer machen viel manchen Schrein
Von Silber und von Golde, das ward hingegeben.
Man sah des Königs Helden so recht in Fröhlichkeit da leben.

Werbel und Swemmelein, des Königs Spielmannen,
Ich wähne, sie beide bei der Hochzeit gewannen
Wohl tausend Mark Jeder, oder mehr denn das,
Als die schöne Kriemhild bei Etzel unter Krone saß.

Am achtzehnten Morgen von Wien sie ritten fort;
Es wurden in Ritterspielen viel Schilde zerbrochen dort
Von Speeren, die da führten die Helden an der Hand.
So kam der König Etzel bis an das Heunische Land.

In Heimburg der alten waren sie über Nacht.
Da konnte Niemand nehmen des Volkes wohl in Acht,
Mit wie großer Stärke sie ritten über Land.
Hei! was man schöner Frauen dort in seiner Heimat fand!

In Misenburg, der reichen, Schiffe sie gewannen.
Das Wasser ward verdecket von Rossen und von Mannen,
Als ob es Erde wäre, was man da fließen sah.
Den wegemüden Frauen sanft und gemächlich da geschah.

Zusammen ward gefüget mannig Schiff viel gut,
Daß ihnen nicht schadete die Welle und die Flut;
Darüber ward gespannet manch gut Gezelt,
Als ob sie noch hätten unter sich Land und Feld.

Da kamen diese Mären zu Etzelnburg an;
Da freuten sich darinnen Weib und Mann.
Etzels Ingesinde, deß sonst die Fürstin pflag,
Erlebte seit bei Kriemhild viel manchen fröhlichen Tag.

Da stund ihrer wartend viel manche edle Maid,
Die nach Helkens Tode trugen bittres Leid.
Sieben Königes Töchter Kriemhild noch da fand,
Von denen ward gezieret wohl das ganze Etzels Land.

Die Jungfraue Herrat noch des Gesindes pflag,
Helkens Schwester Tochter, an der viele Tugend lag,
Die Gemahle Dietriches, eines edeln Königes Kind,
Die Tochter Nentweines; viel der Ehren angethan ihr sind.

Auf der Gäste Kommen freute sich ihr Mut;
Auch war dazu bereitet viel kräftiges Gut.
Wer könnte Euch das bescheiden, wie seit der König saß?
Sie lebten da bei den Heunen nimmer mit der Königin baß.

Da der König und Kriemhild von dem Gestade ritten:
Das ist wohl gemeldet, Wer Jegliche führte mit Sitten;
Die edle Kriemhilde grüßten sie desto baß.
Hei! wie gewaltiglich sie seit an Helkens Statt saß!

Getreulichen Dienstes ward ihr viel bekannt.
Da theilte die Königin Gold und auch Gewand,
Silber und Gesteine; was sie dessen übern Rhein
Mit zu den Heunen brachte, das mußte gar vergeben seyn.

Auch wurden ihr mit Dienste seither unterthan
All des Königes Magen und jeder sein Mann,
Daß nie die Frau Helke so gewaltiglich gebot.
So mußten sie nun dienen bis an der Kriemhilde Tod.

Da stand mit solchen Ehren der Hof und auch das Land,
Daß man zu allen Zeiten da die Kurzweile fand,
Darnach einem Jeden das Herz stand und der Mut,
Durch des Königes Liebe und der Königin großes Gut.

Dreiundzwanzigste Aventure.

Wie Kriemhild ihr Leid zu rächen gedachte.

Mit viel großen Ehren, das ist allwahr,
Wohnten sie miteinander bis in das siebente Jahr.
Der Zeit die Königin eines Sohnes war genesen,
Da war König Etzel fröhlicher nimmermehr gewesen.

Sie wollte nicht ablassen mit Bitten ernstgesinnt,
Daß getaufet würde König Etzels Kind
Nach christlichem Brauche; Ortlieb ward es genannt.
Deß war viel große Freude über Etzels ganzes Land.

Was je guter Tugenden an Frau Helken lag,
Der befliß sich nun Kriemhild darnach viel manchen Tag;
Die Sitte lehrte sie Herrat, die heimatlose Maid.
Die trug im Geheimen nach Helken groß Sehnen und Leid.

Den Fremden und den Heim'schen war sie viel wohl bekannt;
Sie bezeugten, daß eine Fürstin nie besaß Königes Land
Besser und milder; das däuchte sie wahr.
Das Lob trug sie bei den Heunen bis an das dreizehnte Jahr.

Nun hatte sie wohl erfahren, daß ihr Niemand widerstand,
Wie immer das Weib des Fürsten es bei Königs Recken fand,
Und daß sie zu allen Zeiten zwölf Könige vor sich sah,
Sie gedacht' auch manches Leides das ihr vor Zeiten daheim geschah.

Sie dachte auch mancher Ehren von Nibelungenland,
Deren sie war gewaltig und die ihr Hagens Hand
Mit Sigfrides Tode hatte gar benommen;
Ob das auch ihrem Feinde je zu Leide möchte kommen?

„Das geschähe, so ich ihn bringen könnte in dieß Land;“
Ihr träumte, daß ihr ginge viel fleißig an der Hand
Giselher ihr Bruder; sie küßt' ihn zu aller Stund'
Gar oft in sanftem Schlafe. Seit war ihnen viel Sorge kund.

Ich wähne, der üble Teufel Kriemhilden das rieth,
Daß sie mit ihrer Freundschaft von Giselher sich schied,
Den sie zur Sühne küßte in Burgundenland.
Da begann ihr aber triefen von heißen Thränen ihr Gewand.

Es lag ihr an dem Herzen spat und fruh,
Wie man sie gegen Willen hatte gebracht dazu
Daß sie mußte minnen einen heidnischen Mann;
Die Noth die hatt' ihr Hagen und König Gunther angethan.

Der Gedanken in ihrem Herzen kam sie viel selten ab.
Sie gedachte: so reich bin ich und han so große Hab'
Daß ich meinen Feinden zufüge noch ein Leid;
Dazu wär' ich Hagen von Tronege gar viel bereit.

Nach den Getreuen jammert fleißig das Herze mein,
Die mir da Leides thaten, möchte ich bei denen seyn,

So würde wohl gerochen meines Freundes Leib;
Das kann ich kaum erwarten, sprach des Königs Etzels Weib.

Lieb und hold da waren jeder des Königes Mann
Den Recken Kriemhildens; das war viel wohl gethan.
Der Kammern pflag Eckewart, dadurch er Freunde gewann;
Kriemhildens Willen konnte Niemand widerstahn.

Sie dachte zu allen Zeiten: sie wollte den König bitten,
Daß er ihr das gönnte mit gütlichen Sitten,
Daß man ihre Freunde brächte in der Heunen Land.
Den argen Willen Niemand an der Königin erfand.

Da sie eines Nachtes bei dem Könige lag,
Mit den Armen umfangen hatt' er sie, wie er pflag
Die edle Frau zu minnen; sie waren so Ein Leib,
Da gedachte ihrer Feinde das viel waidliche Weib.

Sie sprach zu dem Könige: „Viel lieber Herre mein,
Ich wollt' Euch bitten gerne, möcht' es mit Hulden seyn,
Daß Ihr mich sehen ließet, ob ich Euch worden so werth,
Daß Ihr meinen Freunden von Herzen Eure Gunst gewährt.“

Da sprach der König edel, getreu war sein Mut:
„Deß sollt Ihr mir werden inne, was immer lieb und gut
Den Recken widerführe, deß müßte ich Freude ha'n,
Weil ich von Weibes Minne bessere Freunde nie gewann.“

Da sprach aber die Königin: „Euch ist wohl gesait,
Ich hab' viel hohe Magen; darum ist mir so leid,
Daß mich die so selten hier mögen sehen,
Ich muß hier vor den Leuten als die Heimatlose stehen.“

Da sprach der König Etzel: „Viel liebe Fraue mein,
Däucht' es Euch nicht zu ferne, so lade ich über'n Rhein
Wen Ihr da gerne sähet, daher in meine Land'."
Deß freute sich die Fürstin da sie den Willen sein erfand.

Sie sprach: „Wollt Ihr mir Treue leisten, Herre mein,
So sollt Ihr Boten senden nach Wormes über'n Rhein,
So entbiete ich meinen Freunden, wie mir stehet der Mut;
So kommt uns her zum Lande viel manch edler Ritter gut."

Er sprach: „Wenn Ihr gebietet, so lasset es geschehen;
Ihr könnet Eure Freunde selbst so gerne nicht sehen
Als ich sie sehe, der edeln Ute Kind';
Mich dauert das viel bitter, daß sie so lang uns fremde sind.

So es dir wohl gefiele, viel liebe Fraue mein,
So wollt' ich gerne senden nach den Freunden dein
Meine Spielmänner in Burgundenland."
Die Fiedeler, die guten, hieß er holen allzurhand.

Sie eilten viel balde hin wo der König saß
Bei Frau Kriemhilden. Er sagt' ihnen Beiden das:
Sie sollten Boten werden nach Burgundenland.
Da hieß er ihnen bereiten ein viel herrliches Gewand.

Vier und zwanzig Recken bereitete man die Kleid'.
Auch ward ihnen vom Könige die Botschaft gesait:
Wie sie laden sollten Gunther und die ihm unterthan.
Kriemhild die Fraue sonderlich mit ihnen sprechen begann.

Da sprach der reiche König:
„Ich sag' Euch, wie Ihr thut;
Ich entbiete meinen Freunden
Liebe und alles Gut,
Daß sie geruhen reiten
Her in meine Land'.
Es wurden so lieber Gäste
Gar Wenige mir noch je bekannt.

Und so sie meinen Willen
Nicht verachten wollen,
Die Kriemhildens Magen:
Daß sie's nicht lassen sollen
Zu kommen diesen Sommer,
Meiner Hochgezeit zu pflegen,
Denn mir viel meiner Wonne
An meiner Frauen Sippen gelegen."

So sprach da der Spielmann,
Der stolze Swemmelein:
„Wann soll Eure Hochzeit
In diesen Landen seyn,
Daß wir Euren Freunden
Das können dort ansagen?“
Da sprach der König Etzel:
„In nächster Sonnenwende Tagen.“

„Wir thun was Ihr gebietet,“
Sprach da Werbelein.
In ihre Kemenaten
Sie heimlich führen ein
Bat die Frau Kriemhild,
Wo sie zu den Boten sprach;
Davon viel manchem Degen
Geschah übles Ungemach.

Sie sprach zu den Boten beiden:
„Nun dienet viel gut,
Daß Ihr meinen Willen
Auf's gütlichste thut,
Und saget was ich entbiete
Heim in unser Land.
Ich mache Euch reich an Gute
Und geb' Euch herrliches Gewand.

Und was von meinen Freunden
Ihr immer möget sehen
Zu Wormes, bei dem Rheine,
Denen sollt Ihr nicht gestehen,
Daß Ihr noch je sahet
Betrübet meinen Mut;
Und entbietet meine Dienste
Den Helden tapfer und gut.

Bittet daß sie leisten, was ihnen der König entbot,
Und mich damit scheiden von aller meiner Noth;
Die Heunen beginnen wähnen: ich mög' ohne Freunde seyn
So ich ein Ritter wäre, käm ich zu ihnen wohl an den Rhein.

Und saget auch Gernoten dem edeln Bruder mein,
Daß ihm Niemand möge auf der Welt holder seyn;
Bittet daß er mir bringe her in diese Land'
Unsre besten Freunde, daß es uns zu Ehren sey gewandt.

So saget auch Giselheren, daß er wohl gedenke dran,
Daß durch seine Schuld ich nie ein Leid gewann,
Darum sähen ihn viel gerne hier die Augen mein;
Ich hätt' ihn hier viel gerne umwillen der großen Treue sein.

Die Ehre, die ich habe, sollt Ihr meiner Mutter sagen;
Und wenn zurück dort bleiben wollte von Tronege Hagen,
Wer sie dann weisen und führen sollte durch die Land'?
Dem sind von Kind an die Wege her zu den Heunen wohl bekannt."

Die Boten nicht wußten warum sie sprach das Wort,
Daß sie von Tronege Hagen nicht sollten lassen dort
Bleiben bei dem Rheine. Es ward ihnen seither leid;
Mit ihm war manchem Degen angesagt auf grimmen Tod der Streit.

Briefe und Botschaft ward ihnen nun gegeben;
An Gute reich sie fuhren und mochten fröhlich leben.
Urlaub gab ihnen Etzel und auch sein schönes Weib.
Ihnen ward von guten Gewanden viel herrlich gezieret der Leib.

Vierundzwanzigste Aventure.

Wie Werbel und Swemmel die Botschaft bestellten.

Da Etzel nach dem Rheine seine Boten gesandt,
Da flogen diese Mären weit von Land zu Land;
Mit Boten, viel schnellen, er bat und auch gebot
Zu seiner Hochgezeite; deß holte Mancher da den Tod.

Die Boten von dannen fuhren aus dem Heunenland
Zu den Burgunden; dahin sie waren gesandt
Nach dreien edeln Königen und die ihnen unterthan.
Sie sollten kommen zu Etzeln; deß man da zu eilen begann.

Hin zu Bechlaren kamen sie geritten;
Da diente man ihnen gerne. Mit gütlichen Sitten
Seinen Dienst Rüdeger entbot und Gotelind
Denen hin zum Rheine, und auch ihrer Beider Kind.

Sie ließen nicht ohne Gabe scheiden von dannen,
Daß desto baß sie führen, König Etzels Mannen;
Uten und ihren Kindern entbot da Rüdeger:
Sie hätten ihnen so freundlich gesinnt keinen Markgraven mehr.

Sie entboten auch Brunhilden Dienst und Gut,
Stetige Treue und viel willigen Mut.
Da sie die Rede vernahmen, die Boten wollten fahren;
Da bat die Markgravin Gott im Himmel sie bewahren.

Eh daß die Boten kamen wohl durch Baierland,
Werbel der viel schnelle den guten Bischof fand;
Was der da seinen Freunden hin zum Rheine entbot,
Das ist mir nicht kundig, nur daß sein Gold also roth

Er den Boten gab zum Lohne; reiten ließ er sie.
Da sprach der Bischof Pilgerin: „Und sollt' ich sie sehen hie,
Mir wäre wohl zu Mute, die Schwestersöhne mein,
Denn ich mag viel schwerlich zu ihnen kommen an den Rhein."

Welche Wege sie fuhren zum Rheine durch die Land',
Das kann ich nicht bescheiden. Ihr Silber und Gewand
Das nahm ihnen Niemand, man furcht' ihres Herren Zorn;
Denn es war viel gewaltig der edle König wohlgebor'n.

Inner zwölf Tage kamen sie an den Rhein,
Zu Wormes zu dem Lande, Werbel und Swemmlein.
Da sagte man die Märe den drei Königen an,
Daß fremde Boten kämen; Gunther da fragen begann.

So sprach der Vogt vom Rheine: „Wer thut uns das bekannt,
Von wannen diese Fremden reiten in das Land?"
Das wußte Niemand, bis daß sie sah
Von Tronege Hagen; zum König Gunther sprach er da:

„Uns kommen neue Mären, dafür will ich Euch stehen;
König Etzels Fiedeler die hab' ich hier gesehen;

Sie hat Eure Schwester
Gesendet an den Rhein,
Um willen ihres Herren
Soll'n sie uns groß willkommen seyn."

Allbereit ritten
Her zum Palaste sie;
Fürsten Spielleute
Fuhren herrlicher nie.
Des Königes Ingesinde
Empfing sie allzurhand;
Man gab ihnen Herberge
Und hieß bewahren ihr Gewand.

Ihre Reisekleider waren
Reich und so wohlgethan,
Daß sie mochten mit Ehren
Vor zum Könige gahn;
Doch wollten sie sie nimmer
Hin zu Hofe tragen;
Ob sie Jemand haben wolle,
Die Boten hießen das sagen.

In derselben Maße man auch Leute fand,
Die es viel gerne nahmen; denen ward es gesandt.
Da legten an die Gäste noch viel bessere Kleid',
Wie es Königes Boten tragen mit großer Herrlichkeit.

Da ging mit Urlaube hin, wo der König saß,
Etzels Gesinde; gerne sah man das.
Hagen mit Züchten zu den Boten sprang,
Und empfing sie gütlich; deß sagten ihm die Knappen Dank.

Um die kunden Mären fragen er begann:
Wie sich Etzel gehabte und die ihm unterthan.
Da sprach der Fiedeler: „Das Land stund nie baß,
Noch so froh die Leute; nun sollt Ihr gewiß wissen das.“

Sie gingen zu dem Wirthe. Der Palast der war voll;
Da empfing man die Gäste wie man von Rechten soll
Gütlich begrüßen in anderer Könige Land.
Werbel viel der Recken da bei König Gunther fand.

Der König mit feinen Züchten sie zu grüßen begann:
„Seyd willkommen Beide, Ihr Heunen Spielemann,
Und Eure Heergesellen. Wozu hat hergesandt
Etzel Euch, der reiche, zu uns in der Burgunden Land?“

Sie neigten sich dem Könige; dann sprach Werblein:
„Dir entbietet holde Dienste der liebe Herre mein
Und Kriemhild deine Schwester her in diese Land';
Sie haben uns Euch Recken auf gute Treue hergesandt.“

Da sprach der Fürst der reiche: „Der Märe bin ich froh!
Wie gehabet sich Etzel?“ Es fragte der Degen so,
„Und Kriemhild meine Schwester in der Heunen Land?“
Da sprach aber der Fiedler: „Die Märe thu' ich Euch bekannt:

Daß sich noch nie gehabten Leute irgend baß
Denn sie sich gehaben Beide, Ihr sollt wohl wissen das,
Sammt allen ihren Degen, den Magen und allen Mannen;
Sie freuten der Fahrt sich, als wir dort schieden von dannen."

„Viel Dank seiner Dienste, die er mir entboten hat,
Und meiner Schwester, wenn es also staht,
Daß Etzel lebt mit Freuden und die ihm unterthan,
Da ich doch der Kunde mit Sorgen nachgefraget han."

Die zween jungen Könige waren nun auch kommen;
Sie hatten diese Märe allererst da vernommen.
Um seiner Schwester willen die Boten gerne sah
Giselher der junge; zu ihnen sprach er freundlich da:

„Euch Boten wir heißen hier groß willkommen seyn.
So Ihr öfter herreiten wolltet an den Rhein,
Ihr fändet hier die Freunde, die Ihr gerne möchtet sehen;
Euch sollte hier zu Lande viel wenig Leides geschehen."

„Wir versehen uns aller Ehren von Euch," sprach da Swemmlein;
„Ich konnte Euch nicht bedeuten mit den Sinnen mein,
Wie recht minnigliche Grüße Euch Etzel entboten hat
Und Eure edle Schwester, deren Ding in hohen Ehren staht.

Der Gnade und Treue mahnt Euch des Königes Weib,
Und was ihr je hold gewesen Euer Herz und Euer Leib;
Und zuvorderst dem Könige sind wir hergesandt,
Daß Ihr geruhet reiten in des Königs Etzels Land.

Daß wir Euch deß bäten, viel ernstlich uns das gebot
Etzel der reiche; Euch Allen er das entbot:
So Ihr nicht wolltet kommen Eure Schwester zu sehen,
So wollt' er doch wissen gerne was Euch von ihm Leides geschehen,

Daß Ihr ihn also frembdet und auch seine Land'.
So Euch auch die Königin wäre nicht bekannt,
So möcht' er doch erlangen, daß Ihr ihn willigt zu sehn;
Wenn das ergienge, so wär' ihm große Liebe geschehn."

Da sprach der König Gunther: „Jetzt über sieben Nacht
Will ich Euch Kunde geben, weß ich mich han bedacht
Mit den meinen Freunden; dieweile sollt Ihr gehn
In Eure Herberge und sollt in guter Ruhe stehn."

Da sprach aber Werbel: „Und möchte das geschehen,
Daß wir meine Frauen zuvor könnten sehen,
Uten, die viel reiche, eh wir nähmen Ruh und Gemach?"
Giselher, der edle, mit viel großen Züchten sprach:

„Dran soll Euch Niemand hindern; und wollt Ihr vor sie gehn,
So ist meiner Mutter gar nach Willen geschehn,
Denn sie sieht Euch gerne um der Schwester mein,
Frauen Kriemhilde; Ihr sollt ihr willkommen seyn."

Giselher sie brachte hin wo man die Fraue fand;
Die Boten sah sie gerne aus der Heunen Land;
Sie grüßte sie freundlich mit tugendlichem Mut,
Da sagten ihr die Märe die Boten höfisch und gut.

„Es entbietet Euch meine Fraue," so sprach Swemmelein,
„Dienst und Treue. Könnte das seyn,
Daß sie Euch oft sähe, glauben sollt Ihr das,
Auf der Welt erfreuen könnte kein ander Ding sie baß."

Da sprach aber die Königin: „Das kann nun nicht seyn;
Wie gern ich oft sähe die liebe Tochter mein:
So ist leider mir zu ferne des edeln Königes Weib;
Nun sey immer selig ihr und Etzels Herz und Leib.

Ihr sollt mich lassen wissen, eh Ihr scheidet von hie,
Wann Ihr fort wieder wollet. Ich sah so gerne nie
Boten in langen Zeiten, als ich Euch hab' gesehen."
Die Knappen ihr da gelobten daß das sollte also geschehen.

Zu den Herbergen gingen die von Heunenland,
Da hatte der reiche König nach den Freunden sein gesandt,
Gunther der edle, der fragte seine Mannen,
Wie ihnen die Rede gefiele. Zu sprechen Manche da begannen.

Daß er wohl möchte reiten in König Etzels Land,
Das riethen ihm die Besten, die er darunter fand,
Ohne allein Hagen. Dem war es grimmig leid,
Er sprach zum König heimlich: „Daß Ihr so feind Euch selber seyd!

Nun ist doch wohl bewußt Euch, was wir haben gethan.
Wir mögen immer Sorge vor Kriemhilden ha'n,
Weil ich schlug zu Tode ihren Mann mit meiner Hand;
Wie getrauten wir uns zu reiten hin in König Etzels Land?"

Da sprach der König edel: „Meine Schwester ließ den Zorn;
Mit gütlichem Kusse hat sie den Haß verschwor'n,
Ob dem was wir ihr thaten, eh sie ritt von hinnen;
Daß sie nur Euch alleine, Hagen, mag auf Schaden sinnen."

„Nun laßt Euch nicht betrügen, was auch die Boten sagen
Von den Heunen; wollt Ihr sehen Kriemhilden," sprach Hagen,
„So möget Ihr wohl verlieren die Ehre und auch den Leib.
Denn viel rachezähe ist des Königes Etzels Weib."

Da sprach zu dem Rathe der Fürst Gernot:
„Weil Ihr wohl mit Schulden fürchtet dort den Tod
In der Heunen Reichen: sollten wir's stehn lassen an
Zu sehen unsre Schwester? viel übel wäre das gethan."

Giselher, der junge, sprach da zu dem Degen:
„Weil Ihr wißt, Freund Hagen, daß Schuld an Euch gelegen,
So sollt Ihr hier bleiben und Euch viel wohl bewahren;
Und lasset, die es gelüstet, zu meiner Schwester mit uns fahren.“

Da begonnte zürnen von Tronege der Degen:
„Ich will nicht, daß Ihr führet Jemand auf den Wegen,
Der sich getraute zu reiten mit Euch zu Hofe baß.
Wenn Ihr's nicht wollt lassen, will ich Euch wohl erzeigen das.“

Da sprach der Küchenmeister, Rumold der Degen:
„Der Fremden und der Heim'schen mögt Ihr wohl heißen pflegen
Nach Eurem eignen Willen, denn Ihr habt Gewalt und Rath;
Ich wähne nicht daß Hagen Euch je im Stich gelassen hat.

Wollt Ihr nicht folgen Hagen, Euch räth Rumold,
Der ich auch mit Treuen Euch dienstlich bin hold,
Daß Ihr hier sollt bleiben, zulieb dem Rathe mein,
Und laßt den König Etzel dort bei Kriemhilden seyn.

Wie könnte auf der Welt Euch sanfter je geschehn?
Ihr möget vor Euern Feinden viel wohl immer bestehn,
Ihr sollt mit guten Kleidern zieren wohl den Leib;
Trinket Wein, den besten, und minnet waidliche Weib'.

Dazu gibt man Euch Speisen, die besten die je gewann
Auf der Welt ein König. Und wär' es nicht so gethan,
Ihr solltet dennoch bleiben bei Haus und schönem Weib,
Eh Ihr so unerwogen solltet wagen Leben und Leib.

Drum rath' ich Euch zu bleiben; reich ist Euer Land;
Man mag Euch baß auslösen daheim hier Eure Pfand',
Denn dort bei den Heunen; Wer weiß wie es da staht?
Ihr sollt bleiben, Herre, das ist der Rumoldes Rath.“

„Wir wollen nicht bleiben," sprach da Gernot,
„Nachdem uns meine Schwester so freundlich entbot
Und Etzel, der reiche. Wie sollten wir nicht gehn?
Wer nicht hin will gerne, der mag hier zu Hause bestehn."

Da antwortete Hagen: „Laßt Euch verdrießen nicht
Darum meine Rede, wie Euch auch geschicht.
Ich rath' Euch in Treuen, wollt Ihr Euch bewahren,
So sollt Ihr zu den Heunen mit viel großer Wehre fahren.

So Ihr nicht wollt abstehen, so besendet Eure Mannen,
Die besten die Ihr findet dorten und dannen,
So wähl' ich Euch aus allen tausend Ritter gut;
So mag Euch nicht gefährden der argen Kriemhilde Mut."

„Dem will ich gerne folgen," sprach der König allzuhand.
Da hieß er Boten reiten weit in seine Land',
Da brachte man der Helden dreitausend oder mehr.
Sie wähnten nicht zu erwerben Ungemach so hart und schwer.

Sie ritten fröhlich in König Gunthers Land.
Man hieß ihnen allen geben Rosse und auch Gewand,
Die da fahren sollten aus Burgundenland.
Der König mit gutem Willen da viel manchen guten Ritter fand.

Da hieß von Tronege Hagen Dankwart, den Bruder sein,
Ihrer Beider Recken achtzig führen an den Rhein;
Ritterlich die kamen; Harnisch und Gewand
Führten die viel Tapfern in des Königes Gunthers Land.

Da kam der kühne Volker, der edle Spielmann
Zu der Hofereise mit seinen dreißig Mann;
Die hatten solche Gewande, ein König mochte sie tragen.
Daß er zu den Heunen wolle, ließ er König Gunthern sagen.

Wer der Volker wäre, das sag' ich Euch an:
Es war ein edler Herre; ihm waren auch unterthan
Viel der guten Recken in Burgundenland;
Weil er fiedelen konnte, darum war er der Spielmann genannt.

Hagen wählte tausend; die waren ihm wohl bekannt,
Was in starken Stürmen hatte gefrommt ihre Hand,
Oder was sie je begingen, deß hatt' er viel gesehen.
Denen mußte Jeder große Tugend zugestehen.

Die Boten Kriemhildens zu warten sehr verdroß;
Ihre Furcht vor ihrem Herren die war stark und groß.
Sie begehrten täglich ihren Urlaub zu ha'n,
Den wehrte ihnen Hagen; das war mit Listen so gethan.

Er sprach zu seinem Herren: „Wir sollten uns wohl wahren,
Daß wir sie reiten ließen, eh daß wir selber fahren
Darnach in sieben Nächten in König Etzels Land;
Trägt uns Jemand argen Willen, das wird uns desto baß bekannt.

So kann sich auch Frau Kriemhild bereiten nicht dazu,
Daß uns durch ihre Räthe Jemand Schaden thu'.
Hat aber sie den Willen, mag Leid ihr selbst ergahn;
Wir führen mit uns zu den Heunen so manchen auserwählten Mann."

Schild und Sättel und alles ihr Gewand,
Das sie führen wollten in König Etzels Land,
Das war nun gar bereitet viel manchem kühnen Mann;
Die Boten Kriemhildens hieß man zu Gunther kommen heran.

Da die Boten kamen, da sprach Gernot:
„Der König will dem folgen, das uns Etzel her entbot;
Wir wollen kommen gerne zu seiner Hochgezeit,
Und sehen unsre Schwester; daß Ihr deß ohne Zweifel seyd."

Da sprach der König Gunther: „Könnet Ihr uns ansagen,
Wann sey die Hochzeit, oder in welchen Tagen
Wir dahin kommen sollen?“ Da sprach Swemmlein:
„Zur nächsten Sonnenwende soll sie viel gewißlich seyn.“

Der König ihnen erlaubte, das war noch nicht geschehen,
So sie wollten gerne Frau Brunhilden sehen,
Daß sie vor sie sollten mit seinem Willen gahn.
Das hinderte da Volker; das war ihr zu Liebe gethan.

„Ist doch meine Frau Brunhild jetzt nicht so wohl gemut,
Daß Ihr sie möget schauen,“ sprach der Ritter gut.
„Wartet bis morgen, so läßt man sie Euch sehen.“
Da sie sie hofften zu schauen, konnte das doch nicht geschehen.

Da ließ der Fürst, der reiche, er war den Boten hold,
Wie ihn hieß seine Tugend, tragen dar sein Gold
Auf den breiten Schilden; deren mocht' er viele ha'n.
Auch ward ihnen reiche Gabe von vielen Freunden gethan.

Giselher und Gernot, Gere und Ortewein,
Daß sie auch milde wären, das zeigte der Augen Schein,
Also reiche Gabe boten sie den Boten an,
Daß sie's vor ihrem Herren nicht getrauten zu empfahn.

Da sprach zu dem Könige der Bote Swemmelein:
„Herr König, laßt Eure Gabe hier zu Lande seyn.
Wir können sie nicht mitführen; mein Herr es uns verbot,
Daß wir eine Gabe nähmen, auch ist es wahrlich wenig Noth.“

Da ward der Vogt vom Rheine darob viel ungemut,
Daß sie verschmähen sollten so reichen Königes Gut.
Da mußten sie annehmen sein Gold und sein Gewand,
Das sie mit ihnen führten seit in König Etzels Land.

Sie wollten sehen Uten vor ihrem Abscheide;
Giselher, der junge, brachte die Fiedeler beide
Vor seine Mutter Ute. Die Fürstin entbot dann:
Was ihr Ehre geschähe, das wäre ihr zu Liebe gethan.

Da hieß die Königin ihre Borten und ihr Gold
Um willen Kriemhildens, der sie war viel hold,
Und König Etzels, theilen an die Spielmann.
Sie mochten's gern empfahen; es war gar mit Treuen gethan.

Urlaub genommen hatten die Boten nun von dannen,
Fröhlich, als uns gesagt ist, von Weiben und von Mannen.
Sie fuhren bis Schwaben. Dahin hieß sie Gernot
Geleiten seine Helden, daß ihnen Niemand Uebels bot.

Da sich die von ihnen schieden, die ihrer sollten pflegen,
Da schuf Etzels Herrschaft ihnen Frieden auf allen Wegen.
Es nahm ihnen Niemand Ross' oder Gewand.
Sie eilten viel schnelle heim in König Etzels Land.

Wo sie Freunde wußten, denen thaten sie's kund,
Daß die von Burgunden in viel kurzer Stund'
Kämen her vom Rheine in der Heunen Land.
Pilgerin dem Bischof ward die Märe auch bekannt.

Da sie vor Bechlaren die Straße wieder ritten,
Man sagte es Rüdegeren mit gütlichen Sitten
Und Frau'n Gotelinde des Markgraven Weib,
Daß sie sie sollte sehen; deß freute sich ihr Herz im Leib.

Eilen mit den Mären sah man die Spielmann.
Etzeln sie fanden in seiner Stadt zu Gran.
Dienste über Dienste, deren man ihm viel entbot,
Sagten sie dem Könige; vor Liebe ward er Freuden roth.

Da die Frau Kriemhild die Märe recht erfand,
Daß ihre Brüder wollten kommen in das Land:
Da war ihr wohl zu Mute. Sie lohnte die Spielmann
Mit viel großer Gabe; das war ihr zur Ehre gethan.

Sie sprach: „Nun saget Beide, Werbel und Swemmlein,
Welche meiner Magen bei der Hochzeit wollen seyn,
Der Besten die wir luden her in diese Land?
Nun saget, was redte Hagen, da ihm die Märe ward bekannt?"

„Es kam zu der Sprache an einem Morgen fruh:
Wenig guter Sprüche redete er dazu.
Da sie die Reise gelobten her in Heunenland,
Das ward vom grimmen Hagen gar eine Fahrt zum Tode genannt.

Es kommen Eure Brüder, die Könige alle drei
In herrlichem Mute. Wer weiter dabei sey,
Die Märe ganz zu Ende ich Euch nicht kund thun kann.
Mit ihnen auch zu reiten gelobte Volker der Spielmann."

„Deß möcht' ich entbehren gar leicht," sprach sie,
„Daß ich den Spielmann Volker jemals sähe hie;
Hagen bin ich gewogen; der ist ein Held gut;
Daß wir den hier sollen sehen, deß steht hoch mir der Mut."

Da ging hin die Königin wo sie den König sah;
Wie recht minniglich sprach Frau Kriemhild da:
„Wie gefallen Euch die Mären, viel lieber Herre mein?
Was je mein Wille begehrte, nun soll es gar erfüllet seyn."

„Dein Wille ist meine Freude," Antwort gab Etzel so,
Ich würd' meiner eignen Magen nimmer so sehr froh,
Wenn sie wollten kommen her in meine Land'.
Es haben deine Freunde jetzt mir die Sorge abgewandt."

Des Königes Amtleute die hießen überall
Mit Gestühlen richten Palast und Saal
Für die lieben Gäste, die ihnen da sollten kommen.
Seit ward von ihnen dem König viel große Wonne benommen.

Fünfundzwanzigste Aventure.

Wie die Nibelungen zu den Heunen fuhren.

Nun lassen wir das ruhen, wie sie gebahrten hie.
Hochgemutere Recken die fuhren wohl nie
So recht herrlich in eines Königes Land.
Sie hatten was sie wollten, beides Waffen und Gewand.

Der Vogt von dem Rheine kleidete manchen Mann,
Sechzig und tausend, als ich vernommen han,
Und neuntausend Knechte für die Hochgezeit;
Die sie daheim ließen die beweineten es seit.

Da trug man das Reitgeräthe zu Wormes über den Hof.
Da sprach von Speier ein alter Bischof
Zu der schönen Ute: „Unsre Freunde wollen fahren
Zu der Hochgezeite, Gott möge sie daselbst bewahren."

Da sprach zu ihren Kindern die edele Ute:
„Ihr solltet hier bleiben o Ihr Helden gute!
Mir hat heut Nacht geträumet von ängstlicher Noth,
Wie alles das Gevögel in diesem Lande wäre todt."

„Wer sich an Träume wendet,“ sprach da Hagen,
„Der weiß die rechten Mären nimmer mehr zu sagen,
Daß immer recht völliglich es um seine Ehre steh’.
Ich will daß mein Herre zu Hofe nach dem Abschied geh’.

Wir sollen viel gerne reiten in König Etzels Land;
Da mag wohl dienen Königen guter Helden Hand,
Da wir schauen müssen Kriemhildens Hochzeit.“
Hagen rieth die Reise, doch gereuete ihn das seit.

Er hätt’ es widerrathen, wenn nicht Gernot
Mit ungefügen Reden ihm also Unglimpf bot;
Er mahnte ihn Sigfrides, der Frau’n Kriemhilde Mann;
Er sprach: „Darum will Hagen der Hofereise ledig stahn.“

Da sprach von Tronege Hagen: „Durch Furcht ich nicht es thu’;
Wenn Ihr gebietet Helden, so sollt Ihr greifen zu;
Ja reite ich mit Euch gerne in König Etzels Land.“
Seit ward von ihm zerhauen mancher Helm und Schildrand.

Die Schiffe bereitet waren; da war viel mancher Mann;
Was sie Kleider hatten, die trug man ihnen hinan.
Sie waren viel geschäftig vor Abendes Zeit.
Sie huben sich von Hause in viel großer Fröhlichkeit.

Die Gezelte und die Hütten spannte man auf dem Gras
Zu Seiten des Rheines; nachdem vollendet das,
Den König bat noch zu bleiben sein viel schönes Weib.
Sie umfing noch des Nachtes den seinen waidlichen Leib.

Flöten und Posaunen hub sich des Morgens fruh,
Daß sie fahren sollten; da griffen sie dazu.
Wer eine Lieb’ hatte im Arme, minnte trauten Leib.
Deß schied Viele mit Leide seit des Königs Etzels Weib.

Die Kinder der schönen Ute die hatten einen Mann,
Einen kühnen und getreuen; als sie wollten von dann,
Da sagte er dem Könige heimlich wie ihm zu Mut;
Er sprach: „Deß muß ich trauern, daß Ihr die Hofereise thut."

Er war geheißen Rumold und war ein Held zurhand.
Er sprach: „Wem wollt Ihr lassen die Leute und auch die Land'?
Daß Niemand doch kann wenden Euch Recken Euern Mut!
Kriemhildens Botschaft die däuchte nimmermehr mich gut."

„Das Land sey dir befohlen und auch mein Kindelein;
Und diene wohl den Frauen; das ist der Wille mein;
Wen du siehest weinen, dem tröste du den Mut;
Das Weib König Etzels nimmer uns ein Leid anthut."

Die Rosse bereit waren den Königen und ihren Mannen;
Mit minniglichem Kusse Mancher schied von dannen,
Dem in hohem Mute lebte Seel' und Leib.
Das mußte seit beweinen viel manch waidliches Weib.

Da man die schnellen Recken sah zu den Rossen gehn,
Viele da der Frauen schaute man traurig stehn.
Daß ihr viel langes Scheiden, sagte ihnen wohl ihr Mut,
Zu großem Schaden gerathe; das keinem Herzen sanfte thut.

Die schnellen Burgunden sich jetzt erhoben;
Da ward in dem Lande großen Jammers Toben;
Beiderseits der Berge weinten Weib und Mannen.
Wie dort ihr Volk gebahrte, sie fuhren fröhlich doch von dannen.

Die Nibelungen Helden zogen mit ihnen aus
In tausend Halsbergen; sie hatten gelassen zu Haus
Manche schöne Frauen die sie nimmer sahn je,
Sigfrides Wunden die thaten Kriemhilden weh.

Da schickten sie die Reise von dannen gegen den Main
Auf durch Osterfranken, Gunther und die Mannen sein.
Da leitete sie Hagen, dem war es wohl bekannt;
Ihr Marschalk war Dankwart, der Held von Burgundenland.

Da sie von Osterfranken gen Swanfelde ritten,
Da mochte man sie erfinden an herrlichen Sitten
Die Fürsten und ihre Magen, die Helden lobesam.
An dem zwölften Morgen der König zur Donaue kam.

Da ritt von Tronege Hagen der Vorderste der Schaar,
Der den Nibelungen Trost ein hülfreicher war.
Da sprang der kühne Degen nieder auf den Sand;
Sein Roß er viel balde an bei einem Baume band.

Das Wasser war ergossen und die Schiffe verborgen;
Es standen die Nibelungen in ängstlichen Sorgen,
Wie sie kämen hinüber; das Wasser war ihnen zu breit.
Da sprang nieder zur Erde mancher Ritter kühn im Streit.

„Leid,“ sprach da Hagen, „mag dir wohl hier geschehen,
Vogt von dem Rheine. Nun magst du selber sehen,
Das Wasser ist ergossen, viel stark ist seine Flut.
Ich sorge, wir verlieren noch heute hier manchen Recken gut.“

„Was wißt für Rath Ihr, Hagen?“ sprach der König hehr;
„Um Eurer Tugend willen, enttröstet uns nicht noch mehr!
Die Fuhrt sollt Ihr uns suchen hinüber an das Land,
Daß wir von hinnen bringen beide, Roß und auch Gewand.“

„Ist mir doch,“ sprach Hagen, „mein Leben nicht so leid,
Daß ich mich wollte ertränken in diesen Wellen breit;
Eh soll von meinen Händen ersterben mancher Mann
In König Etzels Landen, deß ich viel guten Willen han.

Bleibet bei dem Wasser Ihr stolzen Ritter gut;
Ich will die Fergen suchen selber bei der Flut,
Die uns bringen hinüber in Gelfrates Land."
Da nahm der starke Hagen seinen guten Schildrand.

Er war wohl gewaffnet, den Schild er mit sich trug,
Seinen Helm aufgebunden; licht war er genug.
Da trug er ob dem Panzer ein Waffen also breit,
Das schnitt viel gräßlich zur einen und zur andern Seit'.

Da sucht' er nach den Fergen und lief hin und dann;
Er hörte Wasser gießen, lauschen er begann;
In einem schönen Bronnen thaten das die weisen Weib';
Sie wollten sich kühlen und badeten da ihren Leib.

Hagen ward ihrer inne; er schlich ihnen heimlich nach;
Da sie sich deß versahen, davon eilten sie jach.
Daß sie ihm entrannen, deß waren froh sie sehr;
Er nahm ihnen ihre Gewande; ihnen schadete der Held nicht mehr.

Da sprach das eine Meerweib, Hadeburg war sie genannt:
„Edler Ritter Hagen, wir thun dir hier bekannt,
So Ihr uns gebet wieder unser Gewand,
Wie Euch Eure Hofereise geräth in der Heunen Land."

Sie schwebten wie die Vögel vor ihm auf der Flut;
Deß däuchten ihn ihre Sinne stark und gut;
Was sie ihm sagen wollten, er glaubt' ihnen desto baß.
Deß er von ihnen begehrte, wohl beschieden sie ihm das.

Sie sprach: „Ihr mögt wohl reiten hin in Etzels Land;
Deß setz' ich Euch wahrlich meine Treue zum Pfand,
Daß Helden nie fuhren in Königes Reiche baß
Zu also großen Ehren; glaubet mir gewißlich das."

281

Der Rede freute sich Hagen
In seinem Herzen sehr,
Da gab er ihnen die Kleider
Und säumte sich nicht mehr.
Da sie angeleget
Ihr wunderlich Gewand:
Recht da sie ihm weissagten
Von der Reise in Etzels Land.

Da sprach das andre Meerweib,
Die hieß Sigelind:
„Ich will dich warnen, Hagen,
Aldrianes Kind.
Um der Kleider willen
Hat dir meine Muhme gelogen;
Kommst du zu den Heunen,
So bist du arg sehr betrogen.

Darum sollst du umkehren, das ist an der Zeit,
Denn Ihr Helden kühne also geladen seyd,
Daß Ihr sterben müsset in König Etzels Land.
Welche dahin reiten, denen ist der Tod zur Hand."

Da sprach aber Hagen: „Ihr trüget ohne Noth;
Wie möchte das sich fügen, daß wir Alle todt
Sollten dort bleiben durch Jemandes Haß?"
Sie begonnten ihm die Märe aus Kunde anzusagen baß.

Da sprach aber die Eine: „Es muß also geschehen,
Daß Euer Keiner kann dort lebend bestehen,
Als der Kapellan des Königs; das ist uns wohl bekannt;
Der kommt gesund wieder heim in König Gunthers Land."

Da sprach in grimmem Mute der kühne Mann Hagen:
„Das wäre meinen Herren beschwerlich zu sagen,
Daß wir bei den Heunen sollten alle verlieren den Leib.
Nun weis' uns übers Wasser den Weg allerweisestes Weib."

Sie sprach: „Weil auf die Reise doch dein Sinnen geht,
Wo oben bei dem Wasser eine Herberge steht,
Darinnen ist ein Ferge und sonsten nirgends wo."
Der Kunde, die er begehrte, begnügte sich der Degen so.

Dem ungemuten Recken rief die Eine nach:
„Nun wartet noch Herr Hagen, Ihr seyd gar zu jach;
Vernehmt noch baß die Märe wie Ihr kommt über'n Sand;
Dieser Mark Herre der ist Herr Else genannt.

Sein Bruder der ist geheißen der Degen Gelfrat,
Ein Herr im Baierlande. Viel mühlich es Euch staht,
Wollt Ihr durch seine Marken; Ihr müßt Euch wohl bewahren,
Und sollt auch mit dem Fergen viel gütlich und bescheiden fahren.

Der ist so grimmen Mutes, und läßt Euch nicht am Leben,
So Ihr nicht dem Helden wollt gütliche Worte geben.
Wollt Ihr, daß er Euch führe, so gebet ihm den Sold.
Er hütet dieses Landes und ist Gelfraten hold.

Und kommt er nicht bei Zeiten, so rufet über die Flut,
Und saget: Ihr heißet Amelrich, der war ein Held gut,
Der um Feindschaft willen räumte diese Land;
So kommt Euch der Ferge, wenn ihm der Name wird genannt."

Der übermütige Hagen begann sich den Frauen neigen;
Nicht weiter er da red'te, und blieb in Schweigen;
Da ging er bei dem Wasser höher hinauf den Sand,
Wo er eine Herberge auf der andern Seite fand.

Er begonnte rufen laut über die Flut:
„Nun hole mich hier, Ferge," sprach der Degen gut,
„So geb' ich dir zur Miethe von Gold eine Spange viel roth,
Ja, ist mir, das wissest, um diese Fahrt wahrlich Noth."

So reich war der Ferge, dienen ihm nicht zukam;
Darum er Lohn viel selten von Jemand annahm;
Auch waren seine Knechte viel hoch gemut.
Noch stund immer Hagen dieser Seite von der Flut.

Da rief er aus allen Kräften, daß erschüttert der Strom floß
Vor des Helden Stärke, die war viel und groß:
„Nun hole mich Amelrichen, ich bin Else's Mann,
Der um starke Feindschaft hier aus diesem Land entrann."

Viel hoch an seinem Schwerte eine Spange er ihm da bot;
Licht und schöne war sie von Golde roth,
Daß man ihn überführte in Gelfrates Land.
Der übermütige Ferge nahm selbst das Ruder in die Hand.

Es hatte derselbe Schiffmann ein Weib seit kurzen Tagen;
Es bringt viel böses Ende nach großem Gute jagen;
Da wollte er verdienen Hagens Gold viel roth;
Deß litt er von dem Degen den schwertgrimmigen Tod.

Der Ferge fuhr mit Kräften hinüber auf den Sand.
Den er von dort gehöret, als er den nicht fand,
Da zürnte er ernstlich, als er Hagen sah;
Viel hart grimmigen Mutes sprach er zu dem Helden da:

„Ihr möget wohl seyn geheißen mit Namen Amelrich,
Dem seyd Ihr aber ungleich, deß ich versehen mich.
Von Vater und von Mutter war er der Bruder mein;
Dieweil Ihr mich betrogen, soll Euch mein Dienst versaget seyn."

„Nein, bei Gott, dem reichen!" sprach Hagen dagegen,
„Ich bin ein fremder Recke und trage Sorge um Degen;
Nun nehmet freundlich hin meinen Sold,
Daß Ihr mich überführet; ich bin Euch in Wahrheit hold."

Da sprach aber der Ferge: „Das kann nimmer seyn;
Es haben Feinde die lieben Herren mein;
Darum ich keinen Fremden führe in diese Land.
So lieb dir dein Leben, tritt du viel bald heraus an Strand."

„Thut doch das nicht," sprach Hagen, „traurig ist mein Mut.
Nehmt von mir zur Miethe dieses Gold viel gut,
Und führt uns über tausend Ross' und also viele Mann."
Da sprach der grimme Ferge: „Das wird nimmermehr gethan."

Er hub ein starkes Ruder groß und breit;
Er schlug damit auf Hagen, (es war ihm zum Leid!)
Daß er in dem Schiffe stürzte auf seine Knie.
So recht grimmigen Ferge sah der von Tronege noch nie.

Da wollt' er baß erzürnen
Den übermütigen Gast;
Er schlug mit einer Schalter,
Daß die gar zerbrast,
Ueber's Haupt Hagen;
Er war ein starker Mann.
Davon Else's Ferge
Den allergrößten Schaden gewann.

Mit grimmigem Mute
Griff Hagen allzuhand
Viel bald zu einer Scheide,
Darin er ein Waffen fand;
Er schlug ihm das Haupt ab
Und warf es auf den Grund.
Die Märe wurde balde
Den Burgunden allen kund.

In denselben Stunden, da er den Schiffmann schlug,
Schwamm das Schiff hinunter; das war ihm leid genug.
Eh er's richtete wieder zu ermüden er begann.
Da zog viel kräftig des Königes Gunthers Mann.

Mit Zügen viel gewaltig bracht' es zurück der Gast,
Bis ihm das starke Ruder an seiner Hand zerbrast,
Er wollte zu den Recken hinaus auf den Sand.
Da war übrig keines. Hei! wie schnell er es da band

Mit einer Schildfessel, das war eine Borte schmal.
Gegen einem Walde kehrte er hin zuthal.
Da fand er seinen Herren an dem Gestade stahn;
Da ging ihm entgegen mancher waidliche Mann.

Mit Gruße ihn wohl empfingen die edeln Ritter gut;
Da sahen sie in dem Schiffe rauchen das Blut
Von einer starken Wunde die er dem Fergen schlug;
Da ward von den Degen Hagen befraget genug.

Da der König Gunther das heiße Blut ersah
Schwimmen in dem Schiffe, wie bald sprach er da:
„Saget mir, Herr Hagen, wohin ist der Ferge kommen?
Eure starke Mannheit hat ihm, wähn' ich, den Leib benommen."

Da sprach er mit Lügen: „Da ich das Schiff fand,
Bei einer wilden Weiden, da löste es meine Hand.
Ich habe keinen Fergen heute hier gesehen;
Es ist auch Niemand durch meine Schuld ein Leid geschehen."

Da sprach von Burgunden der Herre Gernot:
„Heute muß ich besorgen lieber Freunde Tod,

Weil wir der Schiffleute nicht haben bereit,
Wie wir kommen hinüber; deß muß ich stehen in Traurigkeit."

Laut rief da Hagen: „Auf das Gras leget hin,
Ihr Knechte, das Geräthe; ich gedenke, daß ich bin
Der allerbeste Ferge den man am Rheine fand;
Ja getraue ich mir, zu bringen Euch hinüber in Gelfrates Land."

Daß sie desto bälder kämen über die Flut,
Die Rosse hinein sie trieben; deren Schwimmen das war gut,
Daß der Wellen Stärke ihnen keines doch nahm.
Etliche trieben hinunter weil sie Müde überkam.

Da trugen sie zu Schiffe ihr Gold und auch ihre Kleid',
Weil weiter zu fahren sie standen bereit.
Hagen der war Meister; der führte auf den Sand
Viel manchen zieren Recken über in das unkunde Land.

Zum ersten bracht' er hinüber tausend Ritter hehr,
Dazu seine Recken; dennoch war ihrer mehr;
Neuntausend Knechte führte er an das Land.
Des Tages war nicht müßig des kühnen Tronegers Hand.

Da er sie wohlbehalten gebracht über die Flut,
Da gedachte fremder Märe der schnelle Degen gut,
Die ihm zuvor sagten die wilden Meerweib';
Deß hätt' des Königs Kapellan nahezu verloren den Leib.

Bei seinem Geräthe er den Pfaffen fand,
Ob dem Heiligthume er lehnte auf seiner Hand;
Das mocht' ihm wenig frommen; da ihn Hagen sah,
Dem gottesarmen Priester großes Ungemach geschah.

Er schwang ihn aus dem Schiffe,
Mit Zornes Gewalt;
Da riefen gar Viele:
„Halt ein, Herre, halt!“
Giselher, der junge,
Zu zürnen begann;
Er wollt' es doch nicht lassen,
Eh er ihm ein Leid gethan.

Da sprach von Burgunden
Der Herre Gernot:
„Was hilfet Euch doch, Hagen,
Des Kapellanes Tod?
Thät' es sonst Jemand,
Es sollt' Euch seyn leid;
Um welcher Schuld willen
Dem Priester also feind Ihr seyd?“

Der Pfaffe schwamm mit Kräften,
Um seines Lebens Heil,
Ob ihm doch Jemand hülfe;
Das ward ihm nicht zu Theil;

Denn der starke Hagen, viel zornig war sein Mut,
Er stieß ihn zu dem Grunde; solches däuchte Niemand gut.

Da der arme Pfaffe keine Hülfe sah,
Da kehrt er wieder hinüber; in Nöthen war er da;
Doch, ob er nicht konnte schwimmen, ihm half die Gottes Hand,
Daß er gesund hinüber wieder kam an das Land.

Da stund der arme Priester und schüttelte seine Gewand';
Daraus sah wohl Hagen, daß das hätte Bestand,
Was ihm für Märe sagten die wilden Meerweib'.
Er dachte: Diese Degen müssen lassen Leben und Leib.

Da sie das Schiff entladen und getragen von dannen
Was darauf hatten der drei Könige Mannen:
Da schlug es Hagen in Stücken und warf es in die Flut.
Das nahm groß Wunder die Recken alle kühn und gut.

„Wozu thut Ihr das, Bruder?“ so sprach Dankwart;
„Wie soll'n wir kommen hinüber, so auf der Heimfahrt
Wir reiten von den Heunen zu Lande an den Rhein?“
Seit sagte ihm Hagen, daß das nimmer könne seyn.

„Ich thu' es des Sinnes,“ sprach von Tronege Hagen,
„So wir auf dieser Reise hätten einen Zagen,
Der uns entrinnen wollte aus zaghafter Noth,
Daß er in diesen Wellen finde schaamvollen Tod.“

Da des Königs Kapellan das Schiff zerhauen sah,
Hinwieder über's Wasser sprach er zu Hagen da:
„Ihr Mörder ohne Treue, was hab' ich Euch gethan,
Daß Ihr ohne Schuld mich wolltet heute ertränket ha'n?“

Deß antwortet' ihm Hagen: „Nun laßt die Rede seyn;
Mir ist leid, bei meiner Treue, daß vor den Händen mein
Ihr doch seyd genesen; das wisset ohne Spott."
Da sprach der arme Kapellan: „Deß will ich immer loben Gott.

Ich fürcht' Euch viel wenig, deß sollt Ihr sicher seyn;
Nun fahrt Ihr zu den Heunen, so will ich über'n Rhein.
Gott lass' Euch nimmer wieder zum Rheine mehr kommen.
Viel sehr ich Euch das wünsche; Ihr hättet mir schier den Leib genommen."

Sie führten mit sich Einen aus Burgundenland,
Zu seinen Handen einen Held, der war Volker genannt.
Der redete gar stattlich wie ihm war zu Mut;
Was je beging Hagen, das däuchte dem Fiedeler gut.

Ihre Rosse bereitet waren, ihre Säumer wohl geladen;
Sie hatten auf der Reise noch keinen Schaden
Genommen, der sie kränkte, als des Königs Kapellan,
Der mußte auf seinen Füßen wieder hin zum Rheine gahn.

Sechsundzwanzigste Aventure.

Wie Dankwart Gelfraten erschlug.

Da sie nun waren Alle kommen auf den Sand,
Der König begonnte fragen: „Wer soll uns durch das Land
Die rechten Wege weisen, daß wir nicht irre fahren?"
Da sprach der starke Volker: „Davor will ich Einer Euch bewahren."

„Nun merket auf," sprach Hagen, „Alle, Ritter und Knecht.
Man soll Freunden folgen; so dünket es mich recht.
Viel unwillkommne Märe die mach' ich Euch bekannt:
Wir kommen nimmer wieder heim in der Burgunden Land.

Das sagten mir zwei Meerweib' heute Morgen fruh,
Daß wir nicht wieder kehren. Nun rath' ich, was man thu':
Daß Ihr Euch waffnet, Helden. Ihr sollt Euch wohl bewahren;
Wir haben hier starke Feinde, daß wir in guter Wehre fahren.

Ich gedachte Lug zu finden in der Meerweiber Mund;
Sie weissagten, daß Niemand von uns Allen gesund
Jemals zur Heimath käme, als nur der Kapellan;
Darum ich ihn so gerne heute wollte ertränket ha'n."

Da flogen diese Mären von Schaar rasch zu Schaar;
Deß wurden schnelle Helden der rothen Farbe baar,
Da sie begonnten mit Sorgen ahnen den harten Tod
Von dieser Hofereise; deß hatten sie wahrlich große Noth.

Da zu Möringen sie waren hinüber kommen,
Wo dem Fergen Else's ward das Leben benommen,
Da sprach wieder Hagen: „Sintemal ich hab' gewonnen
Feinde auf der Straßen, wird uns von ihnen Fahr ersonnen.

Ich schlug denselben Fergen heute Morgen fruh.
Sie wissen wohl die Märe. Nun greifet rüstig zu,
Denn Gelfrat und Else heut hier werden bestehn
Unser Ingesinde, daß es ihnen schädlich mög' ergehn.

Ich kenne sie als so kühne, sie lassen es nicht bleiben.
Darum sollt Ihr die Rosse nicht so hart treiben,
Daß da Jemand wähne, wir fliehen auf den Wegen."
„Dem Rathe will ich folgen," so sprach Giselher der Degen.

„Wer soll das Gesinde weisen hin über das Land?"
Sie sprachen: „Das thu' Volker, dem sind hie wohl bekannt
Steige und Straßen, dem kühnen Spielmann."
Eh man es recht gesprochen, sah man, mit Waffen angethan,

Da stehn den schnellen Fiedeler. Den Helm er auf band.
Von herrlicher Farbe war sein Kriegsgewand;
An seinen Schaft auch band er ein Zeichen, das war roth.
Seit kam er mit den Königen in eine viel gräßliche Noth.

Da war vom Tod des Fergen an Gelfraten kommen
Die gewisse Märe. Das hatte auch vernommen
Else der viel starke; es war ihnen beiden leid.
Sie sandten nach ihren Helden; die waren ihnen schnell bereit.

In viel kurzen Zeiten, das sag' ich Euch an,
Sah man gegen die reiten, die Schaden hatten gethan,
In starken Schlachtzügen viel ungefüge Schaar;
Denn Gelfraten kamen wohl siebenhundert zur Hülfe dar.

Wie sie ihren grimmen Feinden begonnten zu reiten nach,
Da führten sie ihre Herren. Denen stand der Mut zu jach
Nach den kühnen Fremden; sie wollten büßen den Zorn.
Darob der Herren Freunde seit wurden Viele verlor'n.

Da hatte von Tronege Hagen wohl gefüget das,
(Wie mochte seiner Magen ein Held hüten baß?)
Der Nachhut er pflegte, und die ihm unterthan,
Und Dankwart auch, sein Bruder; das ward viel williglich gethan.

Ihnen war der Tag zerronnen; den hatten sie nicht mehr;
Er fürchtete Leid und Nöthen für seine Freunde viel sehr.
Sie ritten gedeckt mit Schilden durch der Baiern Land;
Darnach in kleiner Weile wurden die Helden angerannt.

Beiderseits der Straße und eilig hinten nach
Sie hörten Hufe klaffen; der Feind war also jach.
Da sprach der kühne Dankwart: „Man will uns hier bestahn;
Nun bindet auf die Helme, das ist nach bestem Rath gethan."

Inn' auf der Fahrt sie hielten, weil es so mußte seyn;
In der Finsterniß sie sahen der lichten Schilde Schein.
Da wollte Herr Hagen nicht mehr den Streit vertagen:
„Wer jagt uns auf der Straße?" das mußte ihm da Gelfrat sagen.

Da sprach der Markgrav also aus der Baiern Land:
„Wir suchen unsre Feinde, und sind ihnen nachgerannt;
Ich weiß nicht wer mir heute meinen Fergen schlug;
Der war ein Held zu Handen; darum ist mir leid genug."

Da sprach von Tronege Hagen: „War der Ferge dein?
Der wollte uns nicht führen; die Schuld die ist mein,
Daß ich da schlug den Recken; das that ich wahrlich aus Noth;
Ich gewann von seinen Handen beinah selbst den grimmigen Tod.

Ich bot ihm zum Lohne Gold und auch Gewand,
Daß er uns überführte, Held, in dein Land.
Da zürnte er so heftig, daß er nach mir schlug
Mit einem starken Ruder; darob ward ich grimmig genug.

Da griff ich nach dem Schwerte und wehrt' ihm seinen Zorn
Mit einer starken Wunde; da war der Held verlor'n.
Das bring' ich Euch zur Sühne, wie es Euch dünket gut."
Da ging es an ein Streiten; es stand ihnen feindlich der Mut.

„Ich wußte wohl," sprach Gelfrat, „als Gunther und sein Gesind
Hier durch sind geritten, daß Hagen, bösgesinnt,
Uns werd' ein Leid zufügen. Nun soll er nicht entkommen;
Für den Tod des Fergen werd' an dem Helden Rache genommen."

Sie neigten über die Schilde jetzt die Speere zum Stich,
Gelfrat und Hagen die bedrohten sich mörderlich.
Else und Dankwart auch viel herrlich ritten,
Sie versuchten ihre Mannheit; da ward viel grimmig gestritten.

Wie möchten sich versuchen jemals Helden baß?
Von einem starken Stoße hinter'm Rosse niedersaß
Hagen, der kühne, durch Gelfrates Hand;
Der Vorbug war gebrochen; da ward ihm Streites Hitze bekannt.

Von ihrem Ingesinde krachte der Schäfte Schall.
Da erholte sich auch dort Hagen, da er war zu Fall
Gekommen von dem Stiche nieder auf das Gras.
Daß er unsanften Mutes wider Gelfrat, ja glaub' ich das.

Wer ihnen bewachte die Rosse, das ist mir unbekannt.
Sie waren zu der Erde gekommen auf den Sand,
Hagen und Gelfrat, und liefen einander an.
Ihnen halfen ihre Gesellen, daß großes Streiten ward gethan.

Wie grimmig da Hagen ein auf Gelfraten drang:
Es schlug der edle Markgrav, daß vom Schild ihm sprang
Ein Stück, ein viel großes, davon die Funken sprühn.
Da wäre beinah erstorben Gunthers Mann, viel grimm und kühn.

Seinen Bruder Dankwart zu rufen er begann:
„Hilf mir, lieber Bruder! mich hat gefallen an
Ein Held mit starken Handen, dem ich nicht mag entrinnen!“
Da sprach der kühne Dankwart: „Zum Schiedsmann sollst du mich gewinnen.“

Da sprang der Held näher und schlug ihm einen Schlag
Mit einem scharfen Waffen, davon er todt erlag.
Else wollte gerne rächen da den Mann;
Er und sein Gesinde großen Schaden da gewann.

Ihm ward erschlagen sein Bruder, selber ward er wund;
Wohl achtzig seiner Degen blieben da zur Stund'
Umfangen vom grimmen Tode; der Herr mußte von dannen
Flüchtig sich wenden von des Königs Gunthers Mannen.

Da die von Baierlande wichen aus dem Wege,
Da hörte man nachhallen die furchtbarlichen Schläge;
Da jagten die von Tronege ihren Feinden nach;
Die es nicht wollten entgelten, die mußten fliehen ungemach.

Da sprach beim Nachjagen Dankwart der Degen:
„Wir sollten umkehren bald auf diesen Wegen,
Und lassen wir sie reiten! sie sind von Blute naß;
Eilen wir nach den Freunden; in Treuen will ich rathen das.“

Da sie wieder hinkamen wo der Schaden war geschehen,
Da sprach von Tronege Hagen: „Helden, Ihr sollt zusehen,
Was wir Schaden genommen und Wen wir haben verlor'n
Hier in diesem Streite durch des kühnen Gelfrates Zorn."

Sie hatten verloren viere; um die half mehr kein Klagen;
Doch waren sie wohl vergolten; dawider waren erschlagen
Derer von Baierlande hundert oder darüber;
Denen von Tronege waren vom Blut die Schilde worden trüber.

Einen Theil sah aus den Wolken des lichten Monds man brechen;
Da sprach aber Hagen: „Niemand soll davon sprechen
Vor meinen lieben Herren, was wir hier haben gethan,
Daß sie keine Sorge darum bis morgen fechte an."

Da sie nun ihnen nachkamen, die dort hatten gestritten,
Da hat all das Gesinde von Müdigkeit hart gelitten.
„Wie lange sollen wir reiten?" das fragte mancher Mann;
Da sprach der kühne Dankwart: „Wir können nicht Nachtherberge ha'n;

Ihr müsset Alle reiten, bis daß es werde Tag."
Volker, der schnelle, der des Gesindes pflag,
Hieß den Marschalk fragen: „Wo sollen wir heute seyn,
Daß rasten unsre Mähren und auch die lieben Herren mein?"

Da sprach der kühne Dankwart: „Ich kann es Euch nicht sagen.
Wir dürfen nicht ausruhen, bevor es beginnt zu tagen;
Wo wir es dann finden, da legen wir uns in's Gras;"
Als sie die Märe hörten: wie leid war ihnen Allen das!

Verschwiegnen Mund sie hielten, des heißen Blutes roth,
Bis daß die Sonne ihr lichtes Scheinen bot
Dem Morgen über die Berge, wo es der König sah,
Daß sie gestritten hatten. Viel zorniglich der Held sprach da:

„Wie denn, Freund Hagen? Ihr verschmähet, glaub' ich, das,
Daß ich bei Euch wäre, da Euch doch die Ringe naß
Also wurden vom Blute? Wer hat das gethan?"
Er sprach: „Das that Else, der fiel in dieser Nacht uns an.

Um willen seines Fergen wurden wir angerannt;
Da erschlug Gelfraten meines Bruders Hand;
Seit entrann uns Else; dazu zwang ihn große Noth.
Ihnen hundert und uns viere blieben da im Streite todt."

Wir können nicht bescheiden, wo sie ruhten gemach.
Alle des Landes Leute die erkundeten hernach
Daß zu Hofe fuhren die Kinder der edeln Ute.
Sie wurden zu Passauen empfangen mit gütlichem Mute.

Der edeln Könige Oheim, der Bischof Pilgerin —
Dem ward wohl zu Mute, als er seine Neffen ziehn
Mit also vielen Recken sahe in sein Land.
Daß er ihnen gewogen wäre, das ward ihnen bald bekannt.

Sie wurden wohl empfangen von Freunden auf den Wegen.
Drinnen in Passauen konnte man sie nicht pflegen;
Sie mußten über's Wasser, da sie fanden freies Feld.
Da wurden aufgespannet Hütten und viel reich Gezelt.

Sie mußten da bleiben einen ganzen Tag,
Und auch die Nacht völlig. Wie schön man ihrer pflag!
Darnach mußten sie reiten in Rüdegeres Land;
Dem waren auch die Mären viel bald worden bekannt.

Da die Wegemüden Rast und Ruhe nahmen,
Und sie dem Lande nun näher kamen,
Da fanden sie auf der Grenze schlafend einen Mann,
Dem von Tronege Hagen ein starkes Waffen abgewann.

Eckewart war geheißen derselbe Ritter gut;
Er gewann darüber viel traurigen Mut,
Daß er verlor das Waffen durch der Helden Fahrt.
Die Rüdegeres Marken fanden gar übel sie bewahrt.

„O weh mir ob der Schande!“ sprach da Eckewart,
„Wie kränket mich viel bitter der Burgunden Fahrt!
Seit ich verlor Sigfriden, ist's um meine Freude gethan.
O weh, mein Herr Rüdeger, daß ich dir solch ein Leid that an!“

Wohl hörete Hagen des edeln Recken Noth;
Er gab ihm wieder sein Waffen und sechs Spangen roth.
„Die habe, du Held, zum Pfande, daß fürder mein Freund du bist.
Du bist ein kühner Degen, wie einsam deine Wacht hier ist.“

„Gott lohne Euch Eure Spangen,“ sprach da Eckewart;
„Doch ist mir leid von Herzen zu den Heunen Eure Fahrt.
Ihr schluget Sigfriden; man träget Euch hier Haß;
Daß Ihr Euch wohl hütet, in Treuen ich Euch rathe das.“

„Nun wolle uns Gott behüten,“ sprach da Hagen;
„Derzeit nicht größre Sorge diese Degen tragen
Als um die Herberge, die Könige und ihre Mannen,
Wo wir in diesem Lande sollen lagern oder Zelte spannen.

Die Rosse sind uns verdorben auf den weiten Wegen,
Und die Speise zerronnen,“ sprach Hagen der Degen;
„Nichts Feiles wir finden; uns thäte ein Wirth noth,
Der uns heute gäbe aus gastlicher Großmut Brot.“

Da sprach aber Eckewart: „Ich zeig' Euch einen Wirth,
Daß Euch Dienst, so guter, selten erwiesen wird
In irgend einem Lande, wie Euch hier mag geschehen;
So Ihr tapfern Degen gewillt seyd Rüdegern zu sehen.

Der sitzet an der Straße und ist der beste Wirth,
Der je im Haus gewaltet. Tugenden sein Herz gebiert
Als wie der Mai, der süße, mit Gras und Blumen thut.
Wenn er darf Helden dienen, so ist sein Herz frohgemut."

Da sprach der kühne Gunther: „Wollt Ihr mein Bote seyn,
Ob uns wolle aufnehmen Rüdeger der Freund mein,
Meine Magen und Mannen, mir zu Liebe, als Gäste:
Das will ich immer vergelten, wie ich's kann auf's allerbeste."

„Der Bote bin ich gerne," sprach da Eckewart.
Mit viel gutem Willen erhub er sich zu der Fahrt,
Und sagte Rüdegeren was er hätte vernommen.
Ihm war in langen Zeiten nicht so liebe Märe kommen.

Man sah zu Bechlaren hereilen einen Degen.
Selber erkannt' ihn Rüdeger; er sprach: „Auf diesen Wegen
Dort her eilet Eckewart, ein Kriemhildens Mann."
Er wähnte, daß die Feinde ihm hätten ein Leid gethan.

Da ging er vor die Pforten, wo er den Boten fand.
Das Schwert er abgürtete und legte es von der Hand.
Um die Märe, die er brachte, ließ er nicht lange fragen
Den Wirth und seine Freunde; er eilte sie ihnen anzusagen.

Er sprach zum Markgraven: „Mich hat zu Euch gesandt
Gunther, mein Herre, von Burgundenland,
Und Giselher, sein Bruder, und auch Gernot.
Der Recken Jeglicher Euch Gruß und Dienst her entbot.

Desselben gleichen Volker und auch Hagen
Mit Treuen beflissen. Mehr noch will ich Euch sagen,
Das Euch des Königs Marschalk durch mich dar entbot:
Daß den guten Knechten Herberge bei Euch thäte noth."

Da antwortete Rüdeger mit lachendem Mut:
„Nun willkommen diese Märe, daß die Könige gut
Begehren meiner Dienste, die ihnen gegönnet sind.
So in mein Haus sie kommen, darob bin ich fröhlich gesinnt."

„Dankwart der Marschalk läßt Euch auch sagen an,
Wen Ihr in Eurem Hause mit ihnen sollet empfahn:
Sechzig schneller Recken und tausend Ritter gut
Und neuntausend Knechte." Da ward er viel fröhlich gemut.

„Nun willkommen diese Gäste," sprach da Rüdeger,
„Daß ins Haus mir kommen diese Gäste hehr,
Denen ich noch viel selten irgend konnte dienen.
Nun, meine Magen und Mannen, entgegen reiten sollt Ihr ihnen."

Da eilten zu den Rossen Ritter und Knecht.
Was ihnen gebot ihr Herre, das däuchte Allen recht;
Da eilten sie beflissen zum Grüßen desto baß.
Es wußte Nichts Frau Gotelind die in ihrem Gemache saß.

Siebenundzwanzigste Aventure.

Wie sie nach Bechlaren kamen.

Jetzt ging der Markgrave da er die Frauen fand,
Sein Weib mit seiner Tochter, und sagte ihnen zurhand
Die fröhliche Märe die er hatte vernommen,
Daß ihrer Fürstin Brüder zu ihnen ins Haus sollten kommen.

„Mein Gemahl, viel liebe,“ sprach da Rüdeger,
„Ihr sollt viel wohl empfangen die edeln Könige hehr,
So sie mit ihrem Gesinde ziehn an den Hof heran.
Ihr sollt auch schön grüßen Hagen, König Gunthers Mann.

Mit ihnen kommt auch Einer, der heißt Dankwart.
Der Andre heißet Volker, von hoher Zucht und Art;
Die Sechse sollt Ihr küssen und auch die Tochter mein,
Und sollt auch gegen die Recken in allen Züchten freundlich seyn.“

Das gelobeten da die Frauen und waren wohl bereit.
Sie suchten aus den Kisten die herrlichen Kleid’,
Darinne sie entgegen den Recken wollten gahn;
Da ward viel Fleiß und Arbeit von den schönen Frauen gethan.

Gefälschet an Frauen Farbe gar wenig man da fand;
Sie trugen auf ihren Häuptern von Golde lichte Band',
Das waren reiche Hauben, daß ihnen ihr schönes Haar
Verwirrten nicht die Winde. Sie waren hübsch und viel klar.

In solchen Unmüßen lassen wir die Frauen bestahn;
Da ward viel großes Eilen über Feld gethan
Von Rüdegers Freunden hin wo man die Fürsten fand.
Sie wurden wohl empfangen in des Markgraven Land.

Da sie der Markgrave gegen sich kommen sah,
Zu seinen lieben Gästen fröhlich sprach er da:
„Seyd willkommen, Ihr Herren, mit Euern Mannen allen,
Euch sehen in meinem Lande, das ist mir ein groß Wohlgefallen."

Da neigten sich ihm die Recken in Treuen ohne Haß.
Daß er ihnen gewogen wäre, wohl erzeigte er das.
Besonders grüßt' er Hagen; den hatt' er zuvor gekannt;
So that er auch Volkern der da kam aus Burgundenland.

Er empfing auch Dankwarten; da sprach der kühne Degen:
„Weil Ihr uns wollt bewirthen: Wer soll dann pflegen
Unsres Ingesindes, das wir mit uns gebracht?"
Da sprach der Markgrave: „Ihr sollt haben gute Nacht.

Spannet auf, Ihr Knechte, die Hütten auf dem Feld.
Was Ihr hier verlieret, deß leist' ich Euch Entgelt;
Ziehet ab die Zäume, die Rosse lasset gehn."
Das war ihnen viel selten zuvor von einem Wirthe geschehn.

Deß freuten sich die Gäste. Als nun gefüget das,
Die Herren ritten von dannen. Hin legten sich in das Gras
Ueberall die Knechte; gemächlich waren sie da.
Ich wähne, auf ihrer Reise ihnen nie so sanft geschah.

Die edle Markgravinne vor die Burg gegangen war
Mit ihrer schönen Tochter. Da traten zu ihr dar
Minnigliche Frauen und manche schöne Maid.
Die trugen viel der Spangen und viel herrliche Kleid'.

Das edle Gesteine leuchtete fern und weit
Aus ihren reichen Gewanden. Sie waren zierlich bereit.
Da kamen auch die Gäste und sprangen vom Roß zur Stund'.
Hei! was man großer Züchten an denen von Burgunden fund!

Sechs und dreißig Mägde und manch andres Weib
Denen wohl zu Wunsche war geschaffen der Leib,
Die gingen ihnen entgegen mit manchem kühnen Mann.
Da ward schönes Grüßen von den edeln Weibern gethan.

Die Markgravinne küßte die Könige alle drei;
Also that auch ihre Mutter. Da stund Hagen bei;
Ihr Vater hieß sie ihn küssen; da blickte sie ihn an;
Er däuchte sie so forchtlich, sie ließ' es gerne ungethan.

Doch mußte sie das leisten was ihr der Wirth gebot.
Gemischt ward ihre Farbe, sie ward bleich und roth.
Sie küßte auch Dankwarten, darnach den Spielmann;
Um seine große Stärke ward ihm solches Grüßen gethan.

Die junge Markgravinne nahm bei der Hand,
Giselheren den jungen von Burgundenland;
Also that ihre Mutter Gunther dem kühnen Mann.
Fürbaß mit den Helden gingen sie fröhlichen Mutes dann.

Der Wirth ging mit Gernoten in einen weiten Saal;
Ritter und Frauen setzten sich da zumal.
Da hieß man alsbald schenken den Gästen guten Wein;
Ich wähn', es mochten nimmer Gäste besser bewirthet seyn!

Mit lieben Augenblicken ward gesehen an
Rüdegeres Tochter; die war so wohlgethan;
Wohl minnte sie im Gemüthe viel mancher Ritter gut.
Das konnte sie auch verdienen; sie war eine Maid viel hochgemut.

Sie dachten was sie wollten, das doch nicht mochte geschehen.
Hin und herwieder ward da viel gesehen
Nach Mägdlein und Frauen; deren saßen da genug.
Volker, der edle Spielmann, dem Wirthe holden Willen trug.

Nach gewohntem Brauche schieden sie sich dann;
Aus einander gingen Frau und Rittersmann.
Da richtete man die Tische in dem Saale weit;
Den Gästen aus der Fremde ward gedienet herrlich seit.

Zu Tisch die lieben Gäste nicht alleine sitzen ließ
Die edle Markgravinne; ihre Tochter doch sie hieß
Bleiben bei den Kinden, wo sie mit Rechte saß;
Sie sahen nicht die Gäste; großes Leid war ihnen das.

Da sie getrunken hatten und gegessen überall,
Da wies man die Schönen wieder in den Saal.
Viel fröhlicher Sprüche ward da nicht gespart;
Der redete da viel Volker, ein Degen kühn und hoher Art.

Da sprach laut und offen derselbe Spielmann:
„Viel reicher Markgrave, Gott hat an Euch gethan
Ueberaus viel Gnaden, da er Euch hat gegeben
Ein Weib, ein so recht schönes, dazu ein wonnigliches Leben.

So ich ein Fürst wäre,“ sprach der kühne Mann,
„Und dürfte Krone tragen: zum Weibe wollte ich ha'n

Eure schöne Tochter; so stände mir mein Mut;
Die ist minniglich zu sehen, dazu edel und gut."

Da antwortete Gernot der wohl gezogene Mann:
„Und sollt' ich eine Trautin nach meinem Willen ha'n:
Eines solchen Weibes würd' ich immer werden froh."
Darauf mit hohen Züchten antwortete Hagen so:

„Nun soll mein Herr Giselher nehmen doch ein Weib.
Es ist so hoch entsprossen der Markgravinne Leib,
Daß wir ihr gerne dienten, ich und die Mannen sein,
So sie unter Krone zu den Burgunden zöge ein."

Die Rede Rüdegeren däuchte völlig gut,
Und auch Gotelinden; froh ward ihr darob der Mut.
Seit trugen an die Helden, daß sie zum Weibe nähme
Giselher, der edle, wie's einem Könige zukäme.

Was sich einmal soll fügen — Wer kann dem widerstehn?
Man bat die Jungfraue hin zu Hofe gehn.
Da schwur man ihm zum Gemahle das minnigliche Weib;
Da gelobt' auch er zu minnen ihren viel wonniglichen Leib.

Man beschied der Jungfrauen Burgen und Land.
Das sicherte da mit Eiden des edeln Königes Hand
Und der Herre Gernot. So wurde das gethan.
Da sprach der Markgrave: „Weil ich keine Burgen han:

So will ich Euch doch mit Treuen immer bleiben hold.
Ich gebe zu meiner Tochter Silber und Gold
So viel Saumthiere hundert immer mögen tragen,
Daß es den Helden nach Ehren möge wohl behagen."

Da hieß man sie beide
Treten in einen Ring,
Nach gewohnter Sitte.
Viel mancher Jüngling
In fröhlichem Mute
Ihr gegenüber stand.
Sie gedachten solcher Dinge
Als die Jungen thun im Unverstand.

Da man begonnte fragen
Die minnigliche Maid:
Ob sie den Recken wollte?
Ein Theil war es ihr leid;
Doch dachte sie zu nehmen
Den waidlichen Mann.
Sie schämte sich der Frage,
Wie manche Maid schon hat gethan.

Ihr rieth ihr Vater Rüdeger
Daß sie spräche Ja!
Und daß sie ihn gern nähme.
Viel schnelle war dann da
Mit seinen weißen Händen
Der sie umschloß,
Giselher, der junge, —
Dessen doch wenig sie genoß!

Da sprach der Markgrave: „Ihr edeln Könige reich,
Wenn Ihr nun wieder reitet, — das dünkt mich billig und gleich, —
Heim zu den Burgunden, so geb' ich Euch mein Kind,
Daß Ihr sie mit Euch führet.“ Das gelobeten sie treugesinnt.

So fröhlichen Schall man hörte, doch mußten sie abstehn.
Man hieß die Jungfrauen in ihre Kammern gehn,
Und auch die Gäste schlafen mit Ruhe bis an den Tag.
Da bereitete man die Speise; der Wirth ihrer viel gütlich pflag.

Da sie gesättigt waren, wollten von dannen sie fahren
Gen der Heunen Lande. „Die Eile heiß' ich sparen,“
Sprach der Wirth, der edle, „ihr sollt's stehn lassen an,
Weil ich so liebe Gäste selten noch gewonnen han.“

Da antwortete Dankwart: „Das mag nimmer seyn;
Wo nähmet Ihr die Speise, das Brot und auch den Wein,
Daß Ihr so manchen Recken noch heute müßtet hegen?“
Da das der Wirth hörte: „Die Rede laßt!“ sprach er dagegen.

„Meine viel lieben Herren, Ihr sollt mir's nicht versagen.
Ich geb' Euch noch die Speise bis zu vierzehn Tagen
Sammt alle dem Gesinde das mit Euch her ist kommen.
Mir hat der König Etzel noch gar Wenig abgenommen.“

Wie sehr sie sich da wehrten, sie mußten bleiben da
Bis an den vierten Morgen. Solches da geschah
Von des Wirthes Milde — man rühmt' es weit und breit.
Er gab seinen Gästen beiderlei, Rosse und Kleid'.

Es konnte nicht länger dauern, sie mußten von dannen fahren.
Rüdeger der konnte gar Wenig ersparen
In seiner großen Milde; was Einer begehrte zu nehmen,
Das versagt' er Niemand; es durfte sich nicht Einer grämen.

Ihr edel Ingesinde brachte vor das Thor
Gesattelt viel der Mähren. Da kamen zu ihnen vor
Viel fremder Recken; sie trugen Schild' in der Hand,
Weil sie wollten reiten hin in König Etzels Land.

Der Wirth da seine Gabe bot überall,
Eh die edeln Gäste traten aus dem Saal.
Er konnte gar minniglich in großen Ehren leben.
Seine schöne Tochter hatt' er Giselheren gegeben.

Da gab er Gernoten ein Waffen gut genug,
Das er seit in Stürmen viel herrlich trug;
Die Gabe ihm wohl gönnte des Markgraven Weib.
Doch verlor Rüdeger davon seit Leben und Leib.

Da gab er Gunthern, dem Helden ohne Gleich,
Das wohl trug mit Ehren der edle König reich,
Wie selten er annahm Gaben, ein waffenlich Gewand.
Darnach neigte sich Gunther vor des edeln Rüdegeres Hand.

Gotelind bot Hagen, wie ihr wohl zukam,
Ihre minnigliche Gabe, da auch der König sie nahm,
Daß er ohne ihre Steuer zu der Hochgezeit
Von ihr nicht fahren sollte; doch war er dessen nicht bereit.

„Alles das ich je gesehn," sprach da Hagen,
„Davon begehrt' ich von hinnen mehr nicht zu tragen
Ausser jenem Schilde dort an jener Wand;
Den wollte ich gerne führen hin in König Etzels Land."

Da die Markgravinne Hagens Rede vernahm,
An viel Leid ward sie gemahnet; Weinen sie ankam;
Da dachte sie viel innig an Rüdunges Tod;
Den hatte erschlagen Witege; davon hatte sie Jammers Noth.

Sie sprach zu dem Degen: „Den Schild will ich Euch geben.
Das wollte Gott im Himmel, daß er noch sollte leben,
Der ihn da trug in Händen. Der erlag im Sturme todt;
Den muß ich immer weinen, dazu mich Arme zwinget Noth.“

Die edle Markgravinne von dem Sitze ging,
Mit ihren viel weißen Armen sie den Schild umfing;
Die Frau trug ihn zu Hagen; der nahm ihn an die Hand.
Die Gabe war mit Ehren an den kühnen Recken gewandt.

Eine Decke lichten Stoffes ob seiner Farben lag.
Einen Schild, einen bessern, beleuchtete nie der Tag
Von edlem Gesteine. Wer sein hätte begehrt
Zu kaufen, nach den Kosten war er wohl tausend Marke werth.

Mit dem Schild hieß Hagen hinaus die Seinen gehn;
Darauf sah man Dankwart vor den Wirthen stehn.
Dem gab viel reiche Kleider des Markgraven Kind;
Die trug er zu den Heunen von da viel fröhlich gesinnt.

Alles was an Gaben von ihnen ward genommen,
In ihrer Keines Hände wäre Nichts davon gekommen
Ohne des Wirthes Güte, der es ihnen so schön bot.
Seit wurden sie so feind ihm, daß sie ihn schlagen mußten todt.

Volker, der viel schnelle, mit seiner Fiedel dann
Vor Gotelinden trat er züchtig, der Spielmann.
Er fiedelte süße Töne und sang ihr seine Lied';
Damit nahm er Urlaub, da er von Bechlaren schied.

Da ließ die Markgravinne sich her eine Lade tragen;
Von freundlicher Gabe möget Ihr hören sagen;
Daraus nahm sie zwölf Spangen und heftet's ihm an die Hand.
„Die sollt Ihr von hinnen führen in des Königs Etzels Land,

Und sollt um meinetwillen sie zu Hofe tragen;
Daß, wenn Ihr wieder kehret, man mir möge sagen,
Wie Ihr mir habt gedienet dort bei der Hochzeit."
Deß die Fraue begehrte, viel wohl leistete er das seit!

Da sprach der Wirth zu den Gästen: „Ihr sollt desto sanfter fahren;
Ich will Euch selbst geleiten und heißen wohl bewahren,
Daß Euch auf der Straße Niemand möge schaden."
Da wurden gar schnelle seine Saumthiere geladen.

Der Wirth war wohl bereitet mit fünfhundert Mannen,
Mit Rossen und mit Kleidern, die führt' er mit sich von dannen
In viel fröhlichem Mute zu der Hochgezeit,
Deren Keiner mit dem Leben kam nach Bechlaren seit.

Mit minniglichem Kusse der Wirth von dannen schied,
Also that auch Giselher, wie ihm seine Tugend rieth.
Mit den Armen umschlossen ward manch schönes Weib;
Seit verging um sie in Jammer viel mancher Jungfrauen Leib.

Da wurden allenthalben die Fenster aufgethan;
Der Wirth mit seinen Mannen zu den Rossen trat hinan.
Ich wähn' ihr Herz weissagte ihnen das mächtige Leid;
Da weinte manche Fraue und manche waidliche Maid.

Nach lieben Freunden sehnten sich Viele bitter sehr,
Die sie zu Bechlaren sahen nimmer mehr.
Doch eilten sie mit Freuden nieder über den Sand
Zuthal an der Donaue hin in das Heunische Land.

Da sprach zu den Burgunden der Ritter auserwählt,
Rüdeger der edle: „Nun soll nicht mehr verhehlt
Bleiben von uns die Märe, daß wir zu den Heunen kommen.
Wohl hat der König Etzel so Liebes nimmermehr vernommen."

Zuthal durch's Land Oesterreich ritt bald der Bote fort;
Da wurde das den Leuten gesagt an jedem Ort:
Daß die Helden kämen von Wormes über'm Rhein.
Des Königes Ingesinde konnte Nichts Lieberes seyn.

Die Boten vorwärts eilten mit den Mären,
Daß die Nibelungen genaht den Heunen wären.
„Du sollst sie wohl empfangen, Kriemhild, Fraue mein!
Dir kommen nach großen Ehren die viel lieben Brüder dein."

Kriemhild die Fraue sah man in ein Fenster stehn,
Sie harrte auf ihre Magen, als Freunde nach Freunden spähn.
Von ihrem Vaterlande sah sie manchen Mann,
Der König auch hörte die Märe, vor Liebe er lachen begann.

„Nun Glück mir und Freude!" so sprach Kriemhild;
„Hier bringen meine Magen viel manchen neuen Schild
Und weiße Halsberge; wer da will nehmen Gold,
Der denke meiner Leide, und ich will ihm immer bleiben hold."

Achtundzwanzigste Aventure.

Wie Kriemhild Hagen empfing.

Da nun die Burgunden kamen in das Land,
Da erforscht' es von Berne der alte Hildebrand.
Er sagte es seinem Herren; es war ihm hart leid;
Er bat ihn die kühnen Ritter empfangen wohl mit Gütigkeit.

Wolfhart der schnelle hieß bringen sein Pferd;
Da ritt mit Dietrichen viel mancher Degen werth,
Da er sie wollte grüßen, ihnen entgegen auf's Feld.
Da hatten sie aufgeschlagen viel manches herrliche Gezelt.

Da sie von Tronege Hagen gar fern noch reiten sah,
Zu den seinen Herren mit Züchten sprach er da:
„Nun sollt Ihr schnellen Recken auf von den Sitzen stehn;
Die Euch hier wollen empfangen, denen sollt Ihr entgegen gehn.

Dort kommt her ein Gesinde, das ist mir wohl bekannt.
Es sind viel schnelle Degen von Amelungenland.
Der von Berne sie führet; sie sind viel hochgemut,
Und sollt Ihr nicht verschmähen, was man Euch hier Dienste thut."

Da stiegen von den Rossen, (das war recht,)
Neben Dietrichen mancher Ritter und Knecht.
Sie gingen zu den Gästen, wo man die Helden fand;
Sie grüßten viel freundlich die Recken aus Burgundenland.

Da sie der Herre Dietrich gegen ihm kommen sah,
Ihr höret es wohl gerne, was sprach der Degen da
Zu den Utens Kindern. Ihre Reise war ihm leid;
Er wähnte, Rüdeger wüßt' es, und daß er's ihnen schon gesait.

„Seyd willkommen Ihr Herren, Gunther und Giselher,
Gernot und Hagen, und so auch Volker hehr,
Und Dankwart der schnelle. Ist Euch das nicht bekannt?
Kriemhild noch bitter beweinet den Held von Nibelungenland."

„Sie mag viel lange weinen," sprach da Hagen,
„Er liegt seit manchem Jahre zum Tode gar erschlagen.
Den König von den Heunen soll hold als Mann sie haben;
Sigfrid kommt nicht wieder; er ist nun lange her begraben."

„Die Sigfrides Wunden lassen wir nun stehn;
Bleibt leben Frau Kriemhild, so mag Unheil geschehn;"
So redete von Berne der Herre Dietrich;
„Trost der Nibelungen, davor behüte meist du dich!"

„Wie soll ich mich behüten?" sprach der König hehr;
„Etzel uns Boten sandte, (was sollt' ich fragen mehr?)
Daß wir zu ihm sollten reiten in das Land;
Auch hat uns manche Märe meine Schwester Kriemhild gesandt."

„Ich kann Euch wohl rathen," sprach aber Hagen.
„Bittet, Euch die Märe weiter anzusagen,
Den Herren Dietrichen und seine Helden gut,
Daß sie Euch lassen wissen der Frauen Kriemhilde Mut."

Da sprach der Vogt von Berne: „Was soll ich nun sagen?
Ich höre alle Morgen weinen und klagen
Mit jämmerlichen Sinnen König Etzels Weib
Dem reichen Gott im Himmel um des starken Sigfrids Leib.“

„So ist es nicht zu wenden,“ sprach der kühne Mann,
Volker der Fiedeler, „was wir vernommen ha'n.
Wir müssen zu Hofe reiten und müssen zusehn,
Was uns schnellen Degen möge bei den Heunen geschehn.“

Die kühnen Burgunden hin zu Hofe ritten.
Sie kamen viel herrlich nach ihres Landes Sitten.
Da wundert' es bei den Heunen viel manchen kühnen Mann
Um Hagen von Tronege, zu wissen, wie der wäre gethan.

Darum, weil ging die Märe, (deß war ihm genug,)
Daß er von Niederlanden Sigfriden erschlug,
Den Stärksten aller Recken, der Frauen Kriemhilde Mann.
Darum ward viel Fragens am Hofe nach Hagen gethan.

Der Held war wohl gewachsen, das ist allwahr;
Gar breite Brust er hatte; gemischt war sein Haar
Mit einer greisen Farbe; die Beine waren ihm lang;
Grauslich sein Gesichte; er hatte viel herrlichen Gang.

Da hieß man herbergen die burgundischen Mannen.
Gunthers Gesinde ward gesondert von dannen;
Das rieth Kriemhilde, die großen Haß ihm trug;
Daher man seit die Knechte in der Herberge erschlug.

Marschalk war Dankwart, der Bruder von Hagen.
Der König hieß ihn Sorge für sein Gesinde tragen,
Daß er ihrer wohl pflegte und ihnen gäbe genug.
Der Held von Burgunden ihnen Allen holden Willen trug.

Kriemhild, die schöne, mit ihrem Gesinde ging,
Da sie die Nibelungen mit falschem Mute empfing.
Sie küßte Giselheren und nahm ihn bei der Hand.
Das sah von Tronege Hagen; seinen Helm er fester band.

„Nach sogethanem Gruße," sprach Hagen ihr entgegen,
„Mögen sich wohl vorsehen auserwählte Degen;
Gar sonderlich man grüßet die Könige und ihre Mannen;
Bei dieser Hofereise wenig Glück wir uns gewannen."

Sie sprach: „Seyd willkommen, so Euch Jemand gerne sieht;
Um Eurer Freundschaft willen keinen Gruß ich Euch beschied;
Saget was Ihr mir bringet von Wormes über'm Rhein,
Darum Ihr so groß mir solltet hier willkommen seyn?"

Was sind das für Worte," sprach Hagen dagegen,
Daß Euch Gaben sollten bringen die Degen?
Wohl zu reich ich Euch wußte, hätt' ich mich deß bedacht,
Als daß ich Euch meine Gaben hätte in dieß Land gebracht."

„Nun sollt Ihr mir Kunde weiter sagen an:
Den Hort der Nibelungen — wo habt Ihr den hingethan?
Der war doch mein eigen, das ist Euch wohl bekannt;
Den sollt Ihr mir bringen her in König Etzels Land."

„In Treuen, meine Frau Kriemhild, das ist manchen Tag,
Seit ich des Nibelungen Hortes nicht mehr pflag.
Den hießen meine Herren versenken in den Rhein;
Da muß er wahrlich bis zum jüngsten Tage seyn."

Darauf sprach die Königin: „Ich hab' mir's wohl gedacht;
Ihr habt mir noch viel Wenig her in dieß Land gebracht,
Obwohl er war mein eigen und ich sein weiland pflag.
Drum hab' ich seit viel Sorge und manchen traurigen Tag."

„Ich bringe Euch den Teufel!" sprach da Hagen;
„Ich hab' an meinem Schilde so Viel zu tragen
Und an meiner Rüstung; mein Helm der ist licht,
Das Schwert an meinen Händen: darum bring' ich den Hort Euch nicht."

„Nicht hab' ich's so geredet, daß ich Goldes wollte begehren;
Ich hab' so viel zu geben, daß ich Eures mag entbehren;
Ein Mord und zwei Raube die sind mir genommen;
Dafür möcht' ich viel Arme noch zu liebem Entgelte kommen."

Da sprach so die Königin zu den Recken überall:
„Man soll keine Waffen mitnehmen in den Saal;
Ihr sollt mir, Helden, sie geben, ich will sie lassen bewahren."
„Wahrlich," sprach da Hagen, „man soll nicht so mit uns gebahren.

Ich begehr' gar nicht der Ehre, Fürstentochter mild,
Daß Ihr zu der Herberge traget meinen Schild
Und mein ander Gewaffen; Ihr seyd eine Königin.
So lehrte mich's mein Vater nicht; mein Kämmrer selbst ich lieber bin."

„O weh meiner Leide!" sprach da Kriemhild,
„Warum will mein Bruder und Hagen ihren Schild
Nicht lassen aufbewahren? Warnung man ihnen bot!
Und wüßt' ich, wer das gethan hat, ich sänne ihm immer auf den Tod!"

Da antwortet' ihr mit Zorne der Herre Dietrich:
„Der die edeln Fürsten gewarnet hat, der bin ich,
Und Hagen den kühnen, der Burgunden Mann!
Nur zu, Valantinne! du sollst mir Nichts drum haben an!“

Deß schämte sich viel bitter König Etzels Bettgenoß;
Vor Herren Dietrichen ihre Furcht war groß.
Sie ging von ihm balde, ohne daß sie sprach,
Nur daß unholde Blicke ihr Auge schoß den Feinden nach.

Bei den Händen sich da faßten tapfrer Degen ein Paar;
Der Eine Herr Dietrich, Hagen der Andre war.
Da sprach der tugendreiche Recke, kühn und gut:
„Euer Kommen zu den Heunen wahrlich bitter leid mir thut,

Darum daß die Königin also gesprochen hat.“
Da sprach von Tronege Hagen: „Deß wird wohl Alles Rath.“
So ritten miteinander die zwei kühnen Degen;
Das sah der König Etzel; fragen er begann darwegen:

„Die Märe ich wüßte gerne,“ der König sprach das Wort,
„Wer jener Recke wäre, den Herr Dietrich dort
So freundlich empfahet. Er trägt viel hohen Mut;
Wer da sey sein Vater: er mag wohl seyn ein Recke gut.“

Da antwortete dem König ein Kriemhildens Mann:
„Er ist geboren von Tronege, sein Vater hieß Aldrian.
Wie züchtig er hier gebahre, er ist ein grimmig Mann;
Ich lasse Euch das erschauen, daß ich darin nicht gelogen han.“

„Wie soll ich das erkennen, daß er so grimmig ist?“
Denn noch er Nichts wußte von so mancher argen List,
Die seit die Königin verübt an ihren Magen,
Daß sie ließ leben Keinen, Botschaft an den Rhein zu tragen.

„Wohl kannt' ich Aldrianen, denn er war mein Mann.
Lob und große Ehre er hier bei mir gewann.
Ich machte ihn zum Ritter und gab ihm mein Gold;
Darum daß er mir treu war, darum mußt' ich ihm bleiben hold.

Darum mein Aug' in Hagen keinen Fremden find't,
Es waren wohl meine Geiseln zwei waidliche Kind'
Er und von Spanien Walther; die wuchsen hier zu Mannen.
Hagen sandt' ich wieder heim; Walther und Hildegund entrannen."

Er gedachte lieber Mären die vor Zeiten geschehen.
Seinen Freund von Tronege hatte er recht ersehen,
Der ihm in seiner Jugend viel starke Dienste bot.
Seit schuf er ihm im Alter viel manchen lieben Freundes Tod.

Neunundzwanzigste Aventure.

Wie Hagen nicht vor ihr aufstund.

Da schieden sich die beiden lobesamen Herrn,
Hagen von Tronege und Dietrich von Bern.
Da blickte über die Achsel der Gunthers Mann
Nach einem Heergesellen, den er sich viel bald gewann.

Da sah er Volkern bei Giselheren stehn,
Den schmucken Fiedeler. Er bat ihn mit ihm gehn;
Denn er viel wohl erkannte seinen grimmigen Mut.
Er war in allen Dingen ein Ritter viel kühn und gut.

Noch ließen sie die Herren auf dem Hofe stehn;
Nur sie Zwei alleine sah man von dannen gehn
Ueber den Hof viel ferne vor einen Palast weit.
Die auserwählten Degen furchten Niemands Haß und Neid.

Sie setzten sich vor dem Hause genüber einem Saal,
(Der war Kriemhildens,) auf eine Bank zuthal.
Da leuchtete ihnen vom Leibe ihr herrlich Gewand;
Viele die sie sahen, hätten gerne sie gekannt.

Als wie Thiere, die wilden, also gaffte an
Die hochgemuten Helden mancher heunische Mann.
Sie erschaute durch ein Fenster König Etzels Weib;
Da kam wieder Jammer über der schönen Kriemhild Leib.

Ihres Leids es sie gemahnte; die Thränen ihr rannen;
Das nahm groß Wunder König Etzels Mannen,
Was ihr so recht bitter verstöret hätte den Mut.
Sie sprach: „Das that Hagen, Ihr Helden mein, kühn und gut."

Sie sprachen zu der Frauen: „Wie ist das geschehen?
Haben wir doch neulich Euch fröhlich gesehen.
Nie Niemand war so kühne, der Euch was hätt' gethan,
Heißet Ihr's uns rächen: es soll ihm an sein Leben gahn!"

„Das wollt' ich immer vergelten, wer da rächte mein Leid;
Alles was er begehrte, deß wär' ich ihm bereit.
Ich biete mich Euch zu Füßen," sprach des Königes Weib,
„Rächet mich an Hagen, daß er verliere Leben und Leib."

Da gürteten sich mit Grimme alsbald sechzig Mann;
Um Kriemhildens willen wollten sie rennen an
Und erschlagen den Recken, Hagen den kühnen Mann,
Dazu auch den Fiedeler. Das ward mit Bedacht gethan.

Da aber die Königin ihre Schaar so klein sah,
In einem grimmigen Mute zu den Helden sprach sie da:
„Deß Ihr da traget Gelüsten, das sollt Ihr lassen gehn;
An Zahl so geringe dürft Ihr Hagen nimmer bestehn.

Wie stark und wie kühne von Tronege Hagen sey:
Doch ist der viel stärker der ihm sitzt dort nahebei,
Volker der Fiedeler; der ist ein übler Mann.
Darum Ihr sollt die Helden nicht so leichtlich laufen an."

Da sie das hörten, da gürteten sich noch mehr
Vierhundert Recken. Die Königin hehr
War dessen sehr beflissen, daß sie ihnen thäte Leid.
Davon große Sorge den Degen kam nach dieser Zeit.

Da sie viel wohl gewaffnet ihr Gesinde sah,
Zu den schnellen Recken sprach die Königin da:
„Nun wartet eine Weile; stille noch sollt Ihr stehn;
Ich will unter Krone hin zu meinen Feinden gehn.

Und höret meine Klage, was mir hat gethan
Hagen von Tronege, König Gunthers Mann.
Ich kenn' ihn so übermüthig, daß er mir's leugnet nicht.
So ist auch mir keine Sorge was ihm noch darob geschicht."

Da sah Volker der Fiedeler, ein wunderkühner Mann,
Die edle Kriemhild herab eine Stiege gahn
Niederwärts vom Hause. Da er das sah,
Zu seinem Heergesellen sprach Volker der kühne da:

„Nun schauet, Freund Hagen, wie sie dort stattlich zieht,
Die uns ohne Treue in dieß Land beschied.
Ich sah mit Königes Weibe nie so manchen Mann,
Das Schwert tragend in Händen einher also streitbar gahn.

Wisset Ihr, Freund Hagen, daß sie Euch tragen Haß,
So will ich Euch das rathen: so hütet desto baß
Des Leibes und der Ehren; so dünket es mich gut;
Als ich mir vermute, sind sie gar zornig gemut.

Und allesammt auch sind sie um die Brust viel breit.
Wer sein selber will hüten, der thue das bei Zeit.
Ich wähne, daß lichte Ringe sie auch um sich tragen;
Auf Wen sie es meinen, davon hör' ich Niemand sagen."

Da sprach in Zornes Mute Hagen der kühne Mann:
„Ich weiß wohl, daß es Alles ist gegen mich gethan,
Daß sie die lichten Waffen tragen in der Hand.
Vor denen möcht' ich entreiten noch in der Burgunden Land.

Nun saget mir, Freund Volker, ob Ihr wollt bei mir stahn,
So mich rennen im Streite Kriemhildens Mannen an.
Das lasset mich hören, so lieb ich immer Euch sey;
Ich steh' dafür immer Euch mit Treuen dienstlich bei."

„Sicherlich will ich Euch helfen," so sprach der Spielmann,
„Ob ich gegen uns sähe den König kommen heran
Mit allen seinen Recken; dieweil ich leben muß,
Durch Furcht nimmer weiche ich von der Hülfe einen Fuß."

„Nun lohn' Euch Gott im Himmel, viel edeler Volker!
So sie mit mir streiten, Wessen dann bedarf ich mehr?
Wenn Ihr mir wollet helfen, wie ich hab' vernommen,
So sollen diese Recken leicht zu Gefahr und Schaden kommen."

„Nun stehn wir auf vom Sitze," sprach der Spielmann,
„Sie ist eine Königin, und so sie tritt heran,
Gönnen wir ihr die Ehre; sie ist ein edel Weib;
Damit wird auch gepriesen unser Beider Zucht und Leib."

„Nein, mir zu Liebe," sprach Hagen dagegen,
„Denn es alsdann bedünken wollte diese Degen
Daß ich aus Furcht es thäte. Und sollt' ich dahin gehn,
Ich will ihrer Keinem zu Liebe auf von meinem Sitze stehn.

Ja, wahrlich es lassen, ziemet uns Beiden baß!
Warum sollt' ich den ehren, der mir träget Haß?
Das thu' ich nimmer, weil ich hab' Leben und Leib,
Auch acht' ich nicht, was grollen mir mag König Etzels Weib."

Der übermütige Hagen
Legt' über seine Bein'
Ein viel blankes Waffen;
An deß Knaufe hellen Schein
Gab ein lichter Jaspis,
Grüner als das Gras.
Als Sigfrids Gewaffen
Erkannte wohl Frau Kriemhild das.

Da sie das Schwert erkannte,
Umfing sie Jammers Noth;
Das Gefäß das war golden,
Die Scheide eine Borte roth;
Ihres Leides es sie gemahnte;
Weinen sie begann;
Ich wähne daß es darum
Der kühne Hagen hatte gethan.

Volker der schnelle zog näher auf der Bank
Einen starken Fiedelbogen, viel groß und blank,
Gleich einem Schwerte scharf und breit;
Da saßen unangefochten die zween Recken kampfbereit.

Nun waren so stolz und trutzlich die zween kühnen Mannen,
Daß sie von dem Sitze nicht mochten rücken von dannen,
Niemand zu gefallen. Da trat dicht vor sie hin
Die edle Kriemhild; ihr Gruß sprach feindlichen Sinn.

Sie sprach: „Nun saget, Herr Hagen, Wer hat nach Euch gesandt,
Daß Ihr durftet reiten her in dieses Land,
Und Ihr doch wohl wußtet, was Ihr mir habt gethan?
Hättet Ihr gute Sinne, Ihr hättet es lassen stehen an.“

„Gesendet nach mir hat Niemand,“ sprach Hagen dagegen;
„Man ladete her zu Lande dreie der Degen,
Die heißen meine Herren, so bin ich ihr Mann;
Ihrer Hofreisen eine ward selten ohne mich gethan.“

Sie sprach: „Nun saget mir weiter, warum thatet Ihr das,
Damit Ihr habt verdienet, daß ich Euch trage Haß?
Ihr erschluget Sigfriden, meinen lieben Mann,
Darob ich bis an mein Ende zu weinen nimmer lassen kann.“

Er sprach: „Was soll die Märe? der Rede ist nun genug;
Ich bin es aber, Hagen, der Sigfriden erschlug,
Den Held mit meinen Händen. Wie sehr er deß entgalt,
Daß die Frau Kriemhild die schöne Brunhilde schalt!

Ja ist es so, ohne Läugnen, reiche Königin,
Daß ich des Schadens schädlich alles schuldig bin.
Nun räch' es, Wer es wolle, es sey Weib oder Mann.
Ich will Euch nicht lügen; ich hab' Euch Leides viel gethan.“

Sie sprach: „Das höret Ihr Recken, wie er mir läugnet nicht
Die Schuld all meiner Leide. Was ihm darob geschicht,
Das soll mich nicht kränken, Ihr König Etzels Mannen."
Die übermütigen Degen anzusehen sich begannen.

Hätt' Einer den Streit erhoben, gar leicht geschehen wäre,
Daß man den zwei Gesellen hätt' müssen lassen die Ehre,
Denn sie im Sturme hätten obgesieget, ich wähn';
Deß sich Jene vermaßen, aus Furcht sie mußten davon abstehn.

Da sprach Einer der Recken: „Warum seht Ihr mich an?
Das ich zuvor gelobte, will ich lassen ungethan,
Und für Niemandes Gaben verlieren Leben und Leib.
Wohl möcht' uns verleiten unsers Königes Etzels Weib."

Da sprach dabei ein Andrer: „So steht auch mir der Mut;
Wo Einer mir böte Thürme von rothem Golde gut:
Der da sitzt, den Fiedeler, möcht' ich nicht bestehen
Ob seinen zornigen Blicken die ich an ihm hab' gesehen.

Auch erkenne ich Hagen aus seinen jungen Tagen;
Leicht glaub' ich, was von dem Recken man mir mag sagen;
In zwei und zwanzig Stürmen hab' ich ihn gesehen,
Wo viel manchen Frauen ist Herzeleid von ihm geschehen.

Er und der von Spanien duldeten manchen Stich,
Da sie hier bei Etzel oft fochten gewaltiglich
Zu Ehren dem Könige. Deß ist viel geschehen,
Darum man muß Hagen billig Ehre zugestehen.

Und war doch da der Recke an seinen Jahren ein Kind,
Daß da noch Knaben waren, die Greise jetzo sind.
Nun ist er kommen zu Witzen und ist ein grimmig Mann;
Auch trägt er Balmungen, den er mit übler That gewann."

Damit ward geschieden, daß Niemand begann den Streit.
Das war der Königin ein bittres Herzeleid.
Die Helden kehrten von dannen; wohl furchten sie den Tod
Von des Fiedelers Handen; deß hatten sie auch wahrlich Noth.

Da sprach der Spielmann: „Wir haben das wohl erfahren,
Daß wir hier finden Feinde, wie wir berichtet waren.
Wir müssen zu den Königen hin zu Hofe gehn,
So getraut sich unsre Herren im Streite Niemand zu bestehn.

Wie oft ein Mann Furchts halben ein Ding fahren läßt,
Wo nur Freund bei Freunde steht in Treuen fest,
Und hat er gute Sinne, daß er Nichts derlei thut.
Verhütet wird mancher Schaden, wo die Klugheit pflegt der Hut."

„Nun will ich Euch folgen," sprach Hagen dagegen.
Sie gingen, wo sie fanden die zierlichen Degen
In großem Empfange an dem Hofe stahn.
Volker, der kühne, fing viel laut zu sprechen an

Zu den seinen Herren: „Wie lange wollt Ihr stehn
Daß Ihr Euch lasset drängen? Ihr sollt zu Hofe gehn,
Und horchet bei dem König, wie der sey gemut."
Da sah man sich gesellen die Helden alle kühn und gut.

Der Fürst von Berne der nahm bei der Hand
Gunthern den viel reichen von Burgundenland;
Irnfrid nahm Gernoten, den viel kühnen Mann;
Da sah man Rüdegeren zu Hof mit Giselheren gahn.

Alle sich da gesellten; zu Hofe so gingen sie;
Volker und Hagen die schieden doch sich nie,
Als nur in Einem Sturme, bis zu ihres Endes Zeit;
Das mußten edle Frauen bitterlich beweinen seit.

Da sah man mit den Königen zu Hofe gehn hinan
Ihres edeln Ingesindes tausend kühne Mann.
Darüber sechzig Recken, die waren mit ihnen kommen;
Die hatte aus seinem Lande der kühne Hagen mit genommen.

Hawart und Iring, zwei Mannen auserwählt
Gehen bei den Königen sah man sie gesellt.
Dankwart und Wolfhart, ein teuerlicher Degen,
Die sah man wohl ihre Tugend Angesichts der Andern pflegen.

Da der Vogt vom Rheine trat in den Palast:
Etzel der reiche eilte zu empfangen seinen Gast;
Er sprang von seinem Sitze da er ihn kommen sah.
Ein schöner Begrüßen von einem Könige nie geschah.

„Seyd willkommen, Herr Gunther, und auch Herr Gernot,
Und Euer Bruder Giselher. Meine Dienste ich Euch entbot
Williglich mit Treuen nach Wormes über'm Rhein,
Und alles das Gesinde das soll mir willkommen seyn.

Nun seyd uns groß willkommen, der Könige Mannen und Magen,
Volker, der viel kühne, und von Tronege Hagen,
Mir und meiner Frauen hier in diesem Land.
Sie hat Euch manche Boten zu dem Rheine hin gesandt."

Da sprach von Tronege Hagen: „Deß hab' ich viel vernommen.
Wär' ich meiner Herren willen nicht zu den Heunen kommen:
So wär' ich Euch zu Ehren geritten in das Land."
Da nahm der Wirth edel die lieben Gäste bei der Hand.

Er führte sie zu dem Sitze wo zuvor er selber saß.
Ein schenkte man da den Gästen, mit Fleiße that man das,

In weite Schaalen von Golde Meth, Moras und Wein,
Und hieß da die Ausländ'schen höchlich willkommen seyn.

Da sprach der König Etzel: „Das will ich gern gestehen,
Daß mir nie ist Lieberes in dieser Welt geschehen,
Als durch Euch Helden, daß Ihr mir seyd gekommen!
Dadurch ist der Königin viel großes Trauern abgenommen.

Mich nimmt das immer Wunder, was ich Euch hab' gethan,
Ihr viel edeln Gäste, die ich all' gewonnen han,
Daß Ihr nie geruhtet zu kommen in meine Land':
Daß ich Euch nun gesehen, hat mir zur Freude den Mut gewandt."

Da antwortete Rüdeger, ein Ritter hochgemut:
„Ihr möget wohl gern sie sehen; ihre Treue die ist gut.
Meiner Frauen Magen der Ehre können pflegen;
Sie bringen Euch zu Hofe viel manchen waidlichen Degen."

Am Abend der Sonnenwende die Herren waren kommen
An Etzels Hof, des reichen. Viel selten ward vernommen
Von also hohem Gruße, wie er die Gäste empfing.
Nun war auch Zeit zu essen; der König mit ihnen zu Tische ging.

Ein Wirth bei seinen Gästen schöner niemals saß;
Man gab ihnen Essen und Trinken ein völligliches Maß.
Alles, deß sie begehrten, war man zu geben bereit;
Man hatte von den Helden viel großes Wunder gesait.

Etzel der reiche hatte lassen machen bereit
Einen Bau viel köstlich mit großer Arbeit,
Palast und Thürme und Kammern ohne Zahl
In einer Burg, einer weiten, dazu einen herrlichen Saal.

Den hatt' er heißen bauen lang, hoch und weit,
Weil ihn der Recken so viele heimsuchten zu aller Zeit;
Und anderes sein Gesinde, zwölf reiche Könige hehr,
Und viel der werthen Degen, hatt' er zu allen Zeiten mehr,

Denn je ein König gewonnen, als ich gehöret sagen;
Er lebte in hoher Wonne von Mannen und Magen.
Jubeln und Gedränge hatte der Fürst gut
Von manchem tapfern Degen, davon stand ihm hoch der Mut.

Dreißigste Aventure.

Wie sie der Schildwacht pflagen.

Nun hatte der Tag ein Ende und nahte herein die Nacht.
Die wegemüden Recken die waren darum bedacht,
Daß sie sollten ruhen und zu Bette gahn.
Das bereitete Hagen. Es ward ihnen bald kund gethan.

Gunther sprach zu dem Wirthe: „Gott lasse Euch wohl leben,
Wir wollen gehen schlafen; Ihr sollt uns Urlaub geben.
Morgen früh wir kommen, wenn Ihr es gebietet so.“
Da schied von seinen Gästen der König hochgemut und froh.

Drängen allenthalben die Gäste man sah;
Volker der kühne sprach zu den Heunen da:
„Wie dürft Ihr doch den Recken so vor den Füßen gehn?
Und wollt Ihr das nicht meiden, so wird Euch ein Leid geschehn!

So schlag' ich Etwelchen mit so schwerem Geigenschlag,
Daß, hat er Jemand Getreuen, daß der es beweinen mag;
Was weicht Ihr nicht uns Recken? das däuchte mich gut.
Es heißen Alle Degen und sind ungleich doch an Mut.“

Da der Spielmann Volker sprach so zorniglich,
Hagen der kühne schaute da hinter sich,
Und sprach: „Euch rathet richtig der kühne Spielmann;
Ihr Kriemhildens Helden sollt jetzt zur Herberge gahn.

Deß Ihr da habt Gelüsten, ich wähn' daß Niemand es thu';
Wollt Ihr Etwas beginnen, so kommet morgen fruh,
Und gönnt uns Landfremden Gemach und Ruh die Nacht.
Nimmer ward von Helden, ich wähne, solche Gewalt erdacht."

Da brachte man die Gäste in einen weiten Saal;
Den fanden sie eingerichtet für die Recken überall
Mit viel reichen Betten, lang und breit.
Ihnen ersann Frau Kriemhild wohl die allergrößesten Leid'.

Von Arras ziere Teppiche sah man da mannigfach,
Und viele lichte Stoffe und manches Bettedach
Von arabischen Seiden, die die besten mochten seyn.
Darauf lagen Borten; die gaben viel herrlichen Schein.

Von Hermelin Bettlaken sah man viele dazu,
Und von schwarzem Zobel, darunter sie ihre Ruh
Des Nachts sollten schaffen bis an den lichten Tag;
Ein König mit seinem Gesinde nimmermehr so herrlich lag.

„O weh des Nachtlagers," sprach Giselher das Kind,
„Und o weh um meine Freunde, die mit uns kommen sind!
Wie sehr meine Schwester uns gütlich es entbot,
Ich fürchte, wir müssen Alle durch ihre Schuld erliegen todt."

„Nun lasset Euer Sorgen," sprach Hagen der Degen,
„Ich will noch heute selber der Schildwache pflegen.

Ich getrau' mir Euch zu behüten bis daß kommt der Tag;
Deß seyd ganz ohne Aengste; so wende es weiter Wer da mag."

Da neigten sich ihm Alle und sagten ihm deß Dank;
Sie gingen zu den Betten. Die Weile war nicht lang
Bis sich gelegt hatten die waidlichen Degen;
Hagen der kühne begann die Waffen anzulegen.

Da sprach der Fiedeler, Volker der Degen:
„Verschmähet Ihr nicht, Hagen, so wollt' ich mit Euch pflegen
Heute der Schildwache, bis der Tag bricht herfür."
Der Held viel freundlich sagte Volkern Dank dafür.

„Nun lohn' Euch Gott im Himmel, viel lieber Volker mein,
Bei allen meinen Sorgen Keinen als Euch allein
Begehrte ich immer zu haben, wo mir Hülfe wäre noth;
Ich will es wohl vergelten, hindert mich nicht dran der Tod."

Da rüsteten sie sich Beide in ihr lichtes Gewand;
Da nahm ihrer Jedweder den Schild an seine Hand,
Und gingen aus dem Hause, vor der Thüre zu stehn.
Da pflogen sie der Gäste; mit Treuen war all das geschehn.

Volker der schnelle an des Saales Wand
Seinen Schild den guten lehnt' er von der Hand;
Da ging er hinein wieder, seine Geige er da nahm;
Da diente er seinen Freunden, wie es dem Helden wohl zukam.

Unter die Thür des Hauses saß er auf den Stein;
Ein kühnerer Fiedeler mochte nimmer seyn.
Da ihm der Saiten Tönen so süße erklang:
Die stolzen Ausländ'schen die sagten dafür Volkern Dank.

Da klangen seine Saiten
Daß ertoste all das Haus;
Seine Kunst wie seine Mannheit,
Die war groß überaus;
Süßer und sanfter
Geigen er begann;
Da entschläferte in den Betten
Er viel manchen sorgenden Mann.

Da sie entschlafen waren
Und er das so erfand,
Da nahm der Degen wieder
Den Schild an die Hand
Und ging aus dem Gemache,
Vor dem Thurm zu stehn,
Daß von Kriemhildens Mannen
Den Gästen sollte kein Leid geschehn.

Wohl um der Nacht Mitte,
Oder früher noch es geschah,
Daß Volker, der kühne,
Helme scheinen sah

Fern aus einem Fenster. Die Kriemhilden hingen an,
Die hätten den Gästen gerne Schaden angethan.

Eh Kriemhild diese Recken hatte dahin gesandt,
Sprach sie: „So Ihr's so findet, um Gott seyd deß gemahnt,
Daß Ihr da erschlaget Niemand, als de'n Einen Mann,
Den ungetreuen Hagen; kein Leid thut den Andern an."

Da sprach der Fiedeler: „Freund, Herr Hagen,
Uns ziemet diese Sorgen miteinander zu tragen;
Ich sehe gewaffnete Leute vor dem Hause stehn;
Wie ich mich versehe, sie sind gemeint uns zu bestehn."

„So schweiget, und laßt sie näher kommen," sprach da Hagen,
„Eh sie unser inne werden, so wird hier zerschlagen
Mancher Helm mit Schwertern von unser Beider Hand.
Sie werden Kriemhilden übel wieder heim gesandt."

Einer der Heunen Recken viel schnell das sah,
Daß die Thüre war behütet. Wie bald sprach er da:
„Deß wir Willen trugen, das mag nun nicht geschehn;
Ich sehe den Fiedeler dort auf der Schildwache stehn.

Der trägt auf seinem Haupte einen Helm, deß Glanz
Hell scheinet, hart ist er, lauter, stark und ganz;
Auch lohen ihm die Ringe als wie das Feuer thut;
Bei ihm steht auch Hagen; so sind die Gäste in guter Hut."

Zurhand sie kehrten wieder. Da Volker das sah,
Gegen seinen Gesellen zorniglich sprach er da:
„Nun laßt mich zu den Recken weg vom Hause gehn;
Der Frau'n Kriemhilde Mannen sollen meiner Frage stehn."

„Nein, mir zu Liebe," sprach Hagen dagegen,
„Gehet Ihr weg vom Hause: die schnellen Degen
Bringen Euch mit Schwertern leicht in solche Noth,
Daß ich Euch müßte helfen, und wär's aller meiner Magen Tod.

So wir dann alle Beide kämen in den Streit:
Ihrer zween oder viere in einer kurzen Zeit
Sprängen zu dem Hause und thäten uns solch' Leid
An den Schlafenden, daß wir's klagen müßten unsers Lebens Zeit."

Da sprach aber Volker: „So laßt das geschehen,
Daß wir sie's lassen merken, daß wir sie haben gesehen,
Damit das nicht läugnen Kriemhildens Mannen,
Wie sie ungetreulich wider uns zu thun sannen."

Zurhand da rief ihnen Volker so entgegen:
„Warum geht Ihr so gewaffnet Ihr Kriemhildens Degen?
Wollt Ihr auf Raub ausreiten Ihr Recken, Ihr schnellen?
Dazu sollt Ihr zu Hülfe haben mich und meinen Heergesellen."

Da antwortete ihm Niemand; zornig ward sein Mut;
„Pfui Ihr zagen Wichte," sprach der Held gut,
„Wolltet Ihr schlafend uns ermordet ha'n?
Das ist so guten Helden viel selten worden angethan."

Da ward der Königin getreulich das gesait,
Daß es fehlschlug ihren Boten. Von Schulden war ihr leid;
Da ersann sie ein Andres; viel grimmig war ihr Mut.
Drob mußten-seit verderben Helden viel, kühn und gut.

Einunddreifsigste Aventure.

Wie sie zur Kirche gingen.

Mir werden so kühl die Ringe," sprach Volker der Spielmann;
„Ich wähne, daß die Nacht uns nicht lange mehr währen kann;
Ich merk' es aus dem Lufte, es ist viel bald nun Tag."
Da weckten sie Manchen der noch drinnen schlafend lag.

Da schien der Mond, der lichte, den Gästen in den Saal.
Hagen begann zu wecken die Ritter überall,
Ob sie zu dem Münster zur Messe wollten gahn.
Nach christlicher Sitte viel zu läuten man begann.

Ungleichen Tons sie sangen; das mochte leichtlich seyn:
Christen und Heiden die waren nicht überein.
Da wollten zu der Kirche Gunthers Mannen gehn;
Sie hatten von den Betten nicht gesäumt aufzustehn.

Da bargen sich die Recken in also gut Gewand,
Daß nimmermehr Helden in eines Königs Land
Bessere Kleider brachten. Das war Hagen leid;
Er sprach: „Ei, Ihr Helden, Ihr sollt hier tragen andre Kleid'.

Sind Euch doch genugsam die Mären hier bekannt!
So traget statt der Rosen die Waffen in der Hand,
Statt Baretten, wohl gesteinet, die lichten Helme gut;
Denn wir doch wohl erkennen der argen Kriemhilde Mut..

Wir müssen heute streiten, das will ich Euch sagen!
Ihr sollt statt seidner Röcke Halsbergen tragen
Und statt der reichen Mäntel gute Schilde breit,
So Jemand mit Euch zürnte, daß Ihr gerüstet und wehrhaft seyd.

Meine viel lieben Herren und Magen und Mannen auch,
Ihr sollt viel willig zur Kirche gehen nach Christen Brauch,
Und klaget Gott dem reichen Eure Sorgen und Noth;
Und wisset das für sicher, daß uns nahet bald der Tod.

Ihr sollt auch nicht vergessen, was Ihr habt gethan,
Und sollt Euch viel fleißig vor Gotte klagen an.
Deß will ich Euch warnen, Recken viel hehr!
Wendet es nicht Gott im Himmel, höret Ihr Messe nimmermehr!"

Die Fürsten und ihre Mannen sah man zum Münster gehn.
Auf des Herren Friedhof da hieß sie stille stehn
Hagen, der kühne, daß sie sich schieden nicht;
Er sprach: „Noch weiß Niemand was von den Heunen uns geschicht.

Setzet, meine Freunde, die Schilde vor den Fuß,
Und bezahlet's, so Euch Jemand bietet falschen Gruß,
Mit tiefen Markwunden, das ist Hagens Rath,
Daß Ihr so werdet gefunden, daß Ihr mit Ehr' und Lob bestaht."

Volker und Hagen die Zwei gingen dann
Vor das weite Münster. Das ward darum gethan,
Daß sie wollten fügen, daß des Königes Weib
Müßte sich durch sie drängen; viel grimmig war zu schau'n ihr Leib.

Da kam der Wirth des Landes und auch sein schönes Weib.
Mit reichem Gewande gezieret war der Leib
Der viel schnellen Recken die man sah mit ihm fahren.
Da sah man's hoch aufstäuben vor der Frau Kriemhilde Schaaren.

Da der König edel so gewaffnet sah
Die Könige und ihr Gesinde, wie bald sprach er da:
„Was sehe ich meine Freunde unter Helmen gehn?
Mir ist Leid, bei meiner Treue, so ihnen durch Jemand Leid geschehn.

Ich will's ihnen gerne büßen, wie sie's dünket gut,
Hat ihnen Jemand beschweret das Herz und auch den Mut.
Deß soll'n sie wohl inne werden, daß es mir ist viel leid,
Was sie mir gebieten, zu Allem bin ich ihnen bereit."

Da antwortete Hagen: „Uns ist kein Leid geschehen,
Es ist Sitte meiner Herren, daß sie gewaffnet gehen
Bei allen Hochgezeiten während vollen drei Tagen.
Was man uns thäte, wir würden's dem König Etzel sagen."

Viel wohl hörte Kriemhild was Hagen gesprochen da;
Wie recht feindlich sie ihm unter die Augen sah!
Doch wollte sie nicht melden die Sitte in ihrem Land,
Wie lange sie die auch hatte dort bei den Burgunden erkannt.

Wie stark und wie grimmig feind sie ihnen war:
Hätte Jemand Etzeln berichtet treu und wahr:
Er hätte wohl gewehret was doch darnach geschehen.
In ihrem starken Uebermut wollt' es Niemand ihm gestehen.

Viel große Menge sah man mit der Königin gehn;
Da wollten diese Beiden doch nicht zurücke stehn
Um zweier Hände Breite. Das war den Heunen leid;
Durch mußte sie sich drängen durch die Helden kampfbereit.

Den Kämmerern Etzels däuchte das nicht gut;
Wohl hätten sie erzürnet den Recken da den Mut,
Wenn sie sich's getrauten vor dem Könige hehr.
Da war viel großes Drängen, aber Andres noch nicht mehr.

Als man da Gott gedienet und sie wollten von dannen,
Viel bald stiegen zu Rosse viele Heunen Mannen.
Da war bei Kriemhilden viel manche schöne Maid;
Wohl siebentausend Degen ritten der Königin zum Geleit.

Kriemhild mit ihren Frauen in das Fenster saß
Zu Etzel dem reichen. Lieb war ihm das.
Sie wollten schauen reiten Helden von hohen Sitten;
Hei, was fremde Recken vor ihnen auf dem Hofe ritten!

Da war auch der Marschalk mit den Knechten kommen,
Dankwart, der viel kühne, hatte zu sich genommen
Seines Herren Ingesinde von Burgundenland.
Die Rosse man wohl gesattelt den kühnen Nibelungen fand.

Da zu Rosse kamen die Kön'ge und mancher Mann,
Volker, der viel starke, zu rathen das begann,
Sie sollten buhurtiren nach ihres Landes Sitten.
Da ward von den Helden viel herrlich und viel stark geritten.

Der Held hatt' ihnen gerathen was sie nicht verdroß;
Der Buhurt und das Schallen wurden beide groß.
Auf den Hof, den weiten, kam viel mancher Mann;
Etzel mit Kriemhild dasselbe anzuschauen begann.

Zu dem Buhurt kamen bei sechshundert Degen,
Dietriches Recken, den Gästen entgegen.
Sie wollten Kurzweile mit den Burgunden ha'n;
Hätt' er's ihnen vergönnet, wie gerne hätten sie's gethan!

Hei! was guter Recken ritt da hinter ihnen her!
Dem Herren Dietrichen ward gesagt die Mär';
Mit Gunthers Mannen das Spiel er ihnen verbot;
Er furchte für seine Mannen; dessen hatt' er wahrlich Noth.

Da diese von Berne geschieden waren von dannen,
Da kamen von Bechlaren Rüdegeres Mannen,
Fünfhundert unter Schilden, vor den Saal geritten;
Lieb wär's dem Markgraven, so sie blieben ungestritten.

Da ritt er weislich zu ihnen unter die Schaar,
Und sagte seinen Mannen: sie sollten deß nehmen wahr,
Daß ihnen Gunthers Mannen trügen unholden Mut;
So sie den Buhurt ließen, ihn dünkte das recht und gut.

Da von ihnen geschieden die auserwählten Helden,
Da kamen die von Thüringen, als wir hören melden,
Und derer von Dänemarken wohl tausend kühne Mannen;
Da sah man beim Stechen viele Splitter fliegen von dannen.

Irnfrid und Hawart in den Buhurt ritten;
Ihrer harrten die vom Rheine mit degenlichen Sitten.
Sie boten manche Stöße denen von Thüringenland;
Da ward von Stichen durchlöchert mancher herrliche Schildrand.

Da kam der Herre Blödel mit dreien Tausenden dar.
Etzel und Kriemhild nahmen sein wohl wahr,
Denn vor ihnen Beiden das Ritterspiel geschah.
Die Königin es gerne zum Leide den Burgunden sah.

Schrutan und Gibeke zu dem Buhurt ritten,
Ramung und Hornboge nach Heunischen Sitten.
Sie hielten genüber den Helden von Burgundenland.
Hoch die Schäfte fuhren über des Königes Saales Wand.

Da war ihre Kurzweile so reichlich und groß,
Daß durch die schönen Decken der weiße Schweiß da floß
Von den guten Rossen, die die Helden ritten.
Sie versuchten sich an den Heunen mit viel hoffährtigen Sitten.

Da sprach der kühne Volker, ein edel Spielmann:
„Ich wähne, daß uns die Recken nicht getrauen zu bestahn.
Hört' ich doch sagen Märe, daß sie uns Haß trügen;
Und konnt' es sich wahrlich nimmer ihnen besser fügen."

„Zur Herberge führen," sprach Volker dann wieder,
„Soll man uns die Rosse, wir reiten mehr hernieder
Wohl gegen den Abend, so dazu kommt die Zeit;
Ob etwa die Königin den Preis den Burgunden verleiht."

Da sahen sie Einen reiten so gar stattlich hie,
Als von allen Heunen Keiner es that noch nie;
Der mochte da wohl tragen im Mut eine Jungfrau traut;
Er fuhr so wohl gekleidet, wie eines edeln Ritters Braut.

Da sprach aber Volker: „Nicht lassen ich das kann!
Jener Fant der Frauen muß eine Buße ha'n.
Das soll Niemand verwehren; es geht ihm an den Leib!
Mich kümmert nicht ob zürnet darob König Etzels Weib."

„Nein, mir zu Liebe," der König da begann,
„Es schelten uns die Leute, so wir erst rennen an.
Laßt anheben die Heunen; das füget sich noch baß."
Annoch der König Etzel bei der Frauen Kriemhilde saß.

„Ich will den Buhurt mehren," sprach Hagen dagegen,
„Laßt die Frauen schauen und auch die Degen,
Wie wir können reiten; das ist gut gethan;
Preis gewinnt doch keinen hier ein König Gunthers Mann."

Volker, der viel schnelle,
Zum Buhurt wieder ritt,
Davon seit großen Jammer
Viel manche Frau erlitt.
Er stach dem reichen Heunen
Den Speer durch den Leib;
Das sah man seit beweinen
Beide Mägdelein und Weib.

In hurtiger Eile
Hagen und seine Mannen,
Seiner Degen sechzig,
Nachzureiten begannen
Volker dem Fiedeler,
Wo das Spiel geschah.
Etzel mit Kriemhild
Deutlich das aus dem Fenster sah.

Da wollten die drei Könige
Den kühnen Spielmann
Unter so viel Feinden
Nicht unbehütet la'n.
Da ward von tausend Helden
Viel meisterlich geritten.
Sie thaten, was sie wollten,
In viel hoffährtigen Sitten.

Da der reiche Heune zum Tod ward erschlagen,
Hörte man seine Magen rufen und klagen.
Da fragte das Gesinde: „Wer hat das gethan?“
„Das hat gethan der Fiedler, Volker der kühne Spielmann.“

Nach Schwertern und nach Schilden riefen da zurhand
Des Markgraven Magen von der Heunen Land.
Sie wollten Volkern todt erschlagen ha'n.
Der Wirth, aus einem Fenster, viel hart zu eilen begann.

Da hub sich von den Heunen allenthalben Schall;
Die Könige und ihr Gesinde stiegen ab vor dem Saal;
Die Rosse stießen zurücke die Burgunden dann.
Da kam König Etzel, der Herre sie zu scheiden begann.

Einem von den Heunen Magen, den er neben sich fand,
Ein viel scharfes Waffen riß er ihm aus der Hand;
Damit schlug zurück er Alle; denn groß war sein Zorn:
„Wie hätte ich meine Dienste an diesen Helden übel verlor'n,

So Ihr bei mir erschlüget diesen Spielmann,“
Sprach der König Etzel, „das wäre übel gethan.
Da er den Heunen erstochen, ich hab' sein Reiten gesehen,
Daß es ohne seinen Willen durch ein Straucheln ist geschehen.

Ihr müsset meine Gäste lassen Frieden ha'n.“
Da ward er ihr Geleite. Die Rosse zog man dann
Zu den Herbergen; sie hatten manchen Knecht,
Die ihnen mit Fleiße zu allem Dienste waren gerecht.

Der Wirth seine Freunde zum Palast ihm folgen hieß;
Keinen Zorn und Haber erwachsen er da ließ.
Da richtete man ihnen die Tische, das Wasser man ihnen trug.
Da hatten die vom Rheine der starken Feinde wohl genug.

Wie leid es war Etzeln, gewaffnet manche Schaar
Sah man hinter den Fürsten sich fleißig drängen dar,
Da sie zu den Tischen gingen, gegen die Gäste aus Haß.
Ihren Magen sie rächen wollten, so sich fügen wollte das.

„Wenn Ihr gewaffnet gerner esset als bloß,"
Sprach der Wirth des Landes, „die Unsitte ist zu groß;
Wer aber meinen Gästen hier thut irgend ein Leid:
Dem geht es an sein Leben; das sey Euch, Heunen, gesait!"

Eh die Herren saßen, das währte gar lang;
Kriemhilden ihre Sorge zu großer Arbeit zwang.
Sie sprach: „Fürst von Berne, ich suche deinen Rath,
Hülfe und günstigen Willen, weil mir meine Sache ängstlich staht."

Darauf antwortet' ihr Hildebrand, ein Recke tugendlich:
„Wer schlägt die Nibelungen, der thut es ohne mich,
Etwelchem Schatz zu Liebe. Es mag ihm werden leid.
Sie sind noch unbezwungen, die Ritter auserwählt im Streit."

„Ich mein' es nur auf Hagen, der mir hat Leid gethan;
Er mordete mir Sigfrid, meinen lieben Mann;
Der ihn aus den Andern schiede: dem wäre mein Gut bereit;
Entgält' es sonst Jemand: das wäre mir im Herzen leid."

Da sprach aber Hildebrand: „Wie könnte das geschehen,
Daß man ihn einzeln schlüge? Ihr werdet das wohl sehen:
So man den Held bestände, erhübe sich leicht eine Noth,
Daß Arme und Reiche darum müßten erliegen todt."

Da sprach in seinen Zuchten dazu Herr Dietrich:
„Laßt, Königin edel, die Rede nicht hören mich!
Mir haben Eure Magen kein Leid angethan,
Daß ich die kühnen Degen sollte mit Streite bestahn.

Die Bitte Euch wenig ehret, viel edles Fürstenweib,
Daß Ihr Euern Magen trachtet nach Leben und Leib.
Sie kamen auf Vertrauen her in dieses Land;
Sigfrid muß ungerochen bleiben von Dietriches Hand."

Da sie zur Untreue nicht Lust am Berner fand,
Da gelobete sie alsbald in Blödeleines Hand
Eine Mark, eine große, die Nüdung eh' besaß.
Seit erschlug ihn Dankwart, daß er der Gabe gar vergaß.

Sie sprach: „Du sollst mir helfen, Herre Blödelein,
Ja sind in diesem Hause hie die Feinde mein,
Die Sigfriden schlugen, den meinen lieben Mann.
Wer mir das hilft rächen, dem bin ich immer unterthan."

Da antwortete Blödelein: „Fürstin, wisset das,
Ich darf ihnen vor Etzel beweisen keinen Haß,
Denn er Eure Magen mit Freuden viel gerne sieht;
Thät' ich ihnen was zu Leide: vom König es übel mir gerieth'."

„Ei doch, Herr Blödelein, so bleib' ich immer dir hold,
Ich gebe dir zum Lohne Silber und Gold
Und eine Magd schöne, das Nüdunges Weib;
So magst du gerne umfangen den viel minniglichen Leib.

Das Land sammt den Burgen will ich dir alles geben;
So magst du Ritter edel mit Freuden immer leben,
Gewinnst du Mark und Lande darinne Nüdung saß.
Was ich dir gelobe heute, mit Treuen leiste ich dir das."

Da der Herre Blödelein von dem Lohne vernahm,
Und wie die Frau, die schöne, einem Helden wohl zukam:
Mit Streit wollt' er verdienen das minnigliche Weib.
Darum mußte der Recke noch verlieren Leben und Leib.

Er sprach zu der Königin: „Geht wieder in den Saal,
Eh es Jemand werd' inne, so hebe ich einen Schall;
Es muß büßen Hagen, was er Euch hat gethan;
Ich antwort' Euch gebunden diesen Königes Gunthers Mann."

„Nun waffnet Euch," sprach Blödelein, „Alle die ich han;
Gegen der Feinde Herberge sollen wir stürmen an,
Das will mir nicht erlassen König Etzels Weib.
Darum sollen wir Helden Alle wagen Leben und Leib."

Da Kriemhild Blödelein also willig sah
Für sie zu streiten: zu Tische ging sie da
Mit Etzel dem Könige und mit seinen Mannen.
Ihre Sinne für die Gäste bösliches Unheil ersannen.

Wie sie zu Tische gingen, das will ich Euch sagen:
Man sah da reiche Könige vor ihr Krone tragen,
Viel manchen hohen Fürsten und manchen werthen Degen,
Sah man großer Züchte vor der Königin da pflegen.

Da der Streit nicht anders einen Anfang mochte haben,
(Das alte Leid Kriemhildens war in ihrem Herzen begraben,)
Da hieß sie tragen zu Tische ihren und Etzels Sohn.
Wie konnte ein Weib aus Rache Furchtbarlicheres je thun?

Dar kamen zur Stunde Etzels vier Mann;
Sie trugen Ortlieben, den jungen König, heran
Zu der Fürsten Tische, da auch Hagen saß;
Da mußte das Kind sterben durch seinen mörderlichen Haß.

Da der König edel seinen Sohn ersah,
Zu seinen Weibessippen gütlich sprach er da:
„Nun sehet, meine Freunde, das ist mein einiger Sohn
Und auch Eurer Schwester; gerath' Euch Allen Frommen davon!

Erwächst er nach seinem Stamme, so wird er ein kühner Mann,
Reich und viel edel, stark und wohlgethan;
Leb' ich noch eine Weile, so geb' ich ihm zwölf Land',
So mag Euch wohl dienen des edeln Ortliebes Hand.

Darum bitt' ich gerne Euch lieben Freunde mein,
Wenn in Euer Land Ihr wieder reitet an den Rhein,
So sollt Ihr mit Euch führen Eurer Schwester Sohn,
Und sollt auch an dem Kinde gnädiglich und günstig thun.

Und ziehet ihn auf in Ehren, bis er werde ein Mann.
Hat Euch in den Landen Jemand Etwas gethan,
Das hilft er Euch rächen, wächst ihm heran sein Leib."
Die Rede hörte auch Kriemhild des Königes Etzels Weib.

„Ihm sollten wohl vertrauen alle diese Degen,
Erwüchse er zum Manne," sprach Hagen dagegen;
„Doch seh' ich dem jungen König Tod, viel frühen, an;
Man wird mich sehen selten zu Hofe, um Ortlieben, gahn."

Der König auf Hagen blickte; die Rede ihn verdroß.
Ob nichts dawider redete der Fürst edel und groß,
Doch betrübt' es ihm das Herze und beschwerte ihm den Mut.
Da war Hagens Wille auch nicht zur Kurzweile gut.

Es that den Fürsten allen mit dem Könige weh,
Was Hagen von dem Kinde hatte gesprochen eh';
Daß sie es ertragen sollten, ungemach ward ihnen da.
Sie ahnten nicht die Märe, was von dem Recken seit geschah.

Zweiunddreissigste Aventure.

Wie Blödelein erschlagen ward.

Blödeleines Recken — gerüstet stand die Schaar;
Mit tausend Halsbergen hoben sie sich dar,
Wo Dankwart mit den Knechten ob den Tischen saß.
Da erhub unter Helden sich der allergrößeste Haß.

Als da Herr Blödelein zu den Tischen ging,
Dankwart, der Marschalk, ihn mit Fleiß empfing;
„Willkommen in dem Hause mein Herre Blödelein;
Mich wundert wohl zu hören, was soll deine Rede seyn?“

„Du darfst mich nicht grüßen,“ so sprach Blödelein;
„Denn dieß mein Kommen muß dein Ende seyn,
Wegen Hagen, deines Bruders, der Sigfriden schlug.
Deß entgiltst du bei den Heunen, und andre gute Degen genug.“

„Ei doch! Herr Blödelein,“ sprach da Dankwart,
„So möchte bald uns reuen diese Hofefahrt;
Ich war ein junges Kind erst da Sigfrid verlor den Leib;
Ich weiß nicht was zu Schulden mir legt König Etzels Weib.“

„Auch weiß ich dir der Märe weitres nicht zu sagen;
Es thaten's Deine Magen Gunther und Hagen.
Nun wehrt Euch, Landfremde! Ihr könnet nicht entrinnen!
Es will mit Eurem Tode Kriemhild ihre Schuld gewinnen."

„So wollt Ihr nicht abstehen," sprach Dankwart.
„So reuen mich meine Züchte, die blieben baß gespart."
Der schnelle Degen kühne von dem Tische sprang,
Er zog ein scharfes Waffen, das war gewaltig, schwer und lang.

Da schlug er Blödeleinen mit hartem Schwertes Schlag,
Daß ihm das Haupt zur Stelle vor den Füßen lag;
„Das sey deine Morgengabe," sprach Dankwart der Degen,
„Zur Braut Nüdunges, der du mit Minne wolltest pflegen.

Man mag sie morgen vermählen einem andern Mann,
Will er die Brautmiethe, dem wird gleich also gethan."
Ein viel getreuer Heune hatte ihm das gesait,
Daß ihnen die Königin sinne auf so großes Leid.

Da sahen Blödeleins Mannen, daß ihr Herr lag erschlagen;
Da wollten sie von den Gästen Solches nicht mehr ertragen;
Mit aufgehobenen Schwertern in grimmigem Mut
Sprangen sie auf die Knechte; das gereute seit manch edles Blut.

Laut rief da Dankwart das Gesinde alles an:
„Ihr sehet wohl, edle Knechte, wie es uns will ergahn;
Nun wehrt Euch, Heimatlose, das thut uns wahrlich noth.
Wie uns die edle Kriemhild so recht gütlich zu sich entbot!"

Die keine Schwerter hatten, die griffen nach der Bank,
Und hoben auf vom Boden manchen Schemel lang;

Der Burgunden Knechte wollten nicht Unbild tragen,
Da ward von schweren Stühlen manche harte Beule geschlagen.

Viel grimmig sich da wehrte der Heimathlosen Schaar;
Sie trieben aus dem Hause die Bewaffneten gar;
Doch blieben ihrer fünfhundert oder mehr drin todt.
Da ward das Ingesinde von dem Blute naß und roth.

Diese harten Mären wurden dann gesait
König Etzels Recken, (es war ihnen bitter leid,)
Daß erschlagen wäre mit Vielen Blödelein;
Das habe Hagens Bruder gethan mit den Knechten sein.

Eh es der König erfahren, der Heunen eine Schaar
Zweitausend oder drüber, aus Haß gerüstet war;
Sie gingen zu den Knechten der Burgunden auserlesen,
Und ließen des Gesindes nicht einen Einigen genesen.

Die Ungetreuen brachten vor das Haus ein großes Heer;
Die fremden Knechte standen wohl bereit zur Wehr;
Was half ihre kühne Mannheit? Sie mußten liegen todt;
Darnach in wenig Stunden erhub sich gräßlichere Noth.

Hier möget Ihr hören Wunder viel grausliche sagen:
Neuntausend Knechte die lagen todt erschlagen,
Dazu noch Ritter zwölfe von Dankwarts Mannen;
Mutterseelenalleine wich er noch nicht dem Feind von dannen.

Der Schall der war geschwichtet, das Tosen begann sich legen;
Da blickte über die Achsel Dankwart der Degen;
Er sprach: „O weh der Freunde, die ich verloren han!
Nun muß ich leider alleine genüber meinen Feinden stahn."

Die Schwerter hart fielen auf seinen Eines Leib;
Das mußte seit beweinen viel manches Helden Weib.
Den Schild den rückte er höher, die Fessel hinunter baß;
Da färbte er viel der Ringe mit fließendem Blute naß.

„O weh mir dieser Leide!“ sprach Aldrianes Kind.
„Nun weichet, Ihr Heunen Recken, und laßt mich an den Wind,
Damit die Luft erkühle mich sturmmüden Mann.“
Da sah man den Recken gar herrlich aus dem Hause gahn.

Als da der Streitmüde aus dem Hause sprang:
Hei, was da neuer Schwerter auf seinem Helm erklang!
Die da nicht gesehen hatten, welche Wunder that seine Hand,
Die sprangen hin entgegen dem Recken aus Burgundenland.

„Nun wollte Gott,“ sprach Dankwart, „möcht' ich einen Boten ha'n,
Der meinem Bruder Hagen die Märe sagte an,
Daß ich vor diesen Recken steh' in solcher Noth'
Er hülfe mir von hinnen oder er bliebe mit mir todt.“

Da sprachen Heunen Recken: „Der Bote mußt Du seyn,
So wir dich todt tragen vor den Bruder dein;
So sieht seines Leides Anfang König Gunthers Mann.
Du hast dem König Etzel so großen Schaden hie gethan.“

Er sprach: „Nun laßt das Dräuen und gebt mir Raum noch baß,
Sonst mach' ich gar Manchem noch die Ringe naß.
Ich will die Märe selber hin zu Hofe sagen,
Und will auch meinen Herren meinen großen Kummer klagen.“

Es mußten Etzels Mannen
Ihn so mit Furcht ansehn,
Daß sie sich ihn mit Schwertern
Nicht trauten zu bestehn;
Da schossen sie der Speere
So viel in seinen Schildrand,
Daß er ob der Schwere
Ihn mußte lassen von der Hand.

Da wähnten sie ihn zu zwingen,
Weil keinen Schild er trug;
Hei, was er tiefer Wunden
Durch die Helme schlug!
Da mußte vor ihm erliegen
Mancher kühne Mann,
Dadurch Preis viel großen
Der starke Dankwart gewann.

Zu seinen beiden Seiten
Sprangen sie auf ihn zu;
Wohl kam da ihrer Mancher
In den Streit zu fruh!
Da ging er vor den Feinden
Als wie ein Eberschwein
Im Walde vor den Hunden.
Wie mocht' seine Kühnheit größer seyn?

Seine Spur die ward auf's neue
Von heißem Blute naß.
Wie konnte ein einiger Recke
Streiten jemals baß

Gegen seine Feinde, als er hatte gethan?
Man sah Hagens Bruder herrlich hin zu Hofe gahn.

Truchsäßen und Schenken die hörten Schwerter Klang;
Viel Mancher da das Trinken aus den Händen schwang
Und etwelche Speisen die man zu Hofe trug;
Da standen ihm vor der Stiege entgegen starker Feinde genug.

„Wie nun, Ihr Truchsäßen," sprach der müde Degen,
„Ihr solltet ja der Gäste viel gütlich pflegen,
Und solltet dar den Herren gute Speise tragen:
So laßt mich diese Märe meinen lieben Herren sagen."

Wer nun da mit Trotze die Stiege vertrat dem Degen,
Derer Etliche schlug er mit so harten Schlägen,
Daß sie aus Furcht mußten ihm aus dem Wege stehn.
Es war viel groß Wunder durch seine starke Mannheit geschehn.

Dreiunddreißigste Aventure.

Wie die Burgunden mit den Heunen stritten.

Als so der kühne Dankwart unter die Thüre trat,
König Etzels Gesinde er ihm ausweichen bat.
Mit Blute war beronnen alles sein Gewand;
Ein viel scharfes Waffen trug er bloß in seiner Hand.

Viel laut rief da Dankwart zu dem Degen hinein:
„Ihr sitzet allzu lange, Hagen, Bruder mein!
Euch und Gott im Himmel klage ich unsre Noth:
Ritter und Knechte liegen in der Herberge todt."

Er rief ihm entgegen: „Wer hat das gethan?"
„Das that der Herr Blödelein und die ihm unterthan;
Auch hat er's schwer entgolten, das will ich Euch sagen:
Ich hab' mit meinen Händen ihm sein Haupt abgeschlagen."

„Das ist ein kleiner Schaden," sprach Hagen dagegen;
„Da man pflegt zu sagen also von einem Degen:
So er von eines Recken Handen verliere Leben und Leib,
Daß ihn desto minder dürfen klagen waidliche Weib'.

Nun sagt aber, Bruder Dankwart, wie seyd Ihr so roth?
Ich wähne, daß von Wunden Ihr leidet große Noth;
Ist er in diesem Lande, der es Euch hat gethan:
Ihm helfe der üble Teufel, es soll ihm an sein Leben gahn."

„Ihr sehet mich wohl Gesunden; mein Gewand ist Blutes naß.
Von andrer Mannen Wunden ist mir geschehen das,
Deren ich also Manchen heute hab' erschlagen,
Ob ich's beschwören sollte, ich könnte nimmer es ansagen."

Er sprach: „Bruder Dankwart, so hütet uns die Thür,
Laßt der Heunen Keinen kommen jetzt herfür;
Ich will reden mit den Recken, als uns zwinget die Noth;
Es liegt unser Gesinde unverdienet durch sie todt."

„Soll ich seyn Kammermeister?" sprach der kühne Mann,
„Also reichen Königen ich wohl dienen kann;
So pflege ich der Stiege nach den Ehren mein."
Den Kriemhildens Degen konnte nimmer leider seyn.

„Mich nimmt das groß Wunder," sprach Hagen dagegen,
„Was doch hier innen raunen die Heunischen Degen;
Gern, wähn' ich, sie deß entbehrten, der an der Thür da staht,
Und diese Märe zu Hofe angesagt den Burgunden hat.

Ich hab' vernommen lange von Kriemhilden sagen:
Daß sie ihr Herzeleide nicht wollte ertragen.
Nun trinken wir die Freundschaft und vergelten des Königes Wein.
Der junge Vogt der Heunen der muß der allererste seyn."

Da schlug das Kind Ortlieben Hagen der Held gut,
Daß ihm an den Händen vom Schwerte floß das Blut,
Und daß der Königin das Haupt sprang in den Schooß;
Da hub sich unter den Degen ein Morden viel grimmig und groß.

REHLE. SC.

Er schlug dem Zuchtmeister einen harten Schwertes Schlag
Mit seinen beiden Händen, der des Kindes pflag,
Daß ihm das Haupt zur Stunde zu Boden gefället war;
Es war ein Lohn übel, den er wog dem Zuchtmeister dar.

Er sah vor Etzels Tische stehn einen Spielmann;
Hagen in seinem Zorne gegen ihn springen begann;
Er schlug ihm auf der Geigen ab die rechte Hand:
„Das nimm Dir für die Botschaft hin in der Burgunden Land!“

„O weh um meine Hand mir!“ sprach Werbel der Spielmann,
„Herr Hagen von Tronege, was hab' ich Euch gethan?
Ich kam mit allen Treuen in Eurer Herren Land;
Wie lass' ich jetzt klingen Töne, da ich verloren hab' die Hand?“

Hagen achtet' es ringe, fiedelt' er auch nimmermehr.
Da übte er in dem Hause seinen Grimm so schwer
An König Etzels Recken, deren er viele erschlug.
Da brachte er in dem Hause der Recken zum Tode genug.

Volker, der viel schnelle, von den Tischen sprang;
Laut ihm sein Fiedelbogen an seiner Hand erklang;
Da fiedelte unlieblich Gunthers Spielmann;
Hei, was er ihm zu Feinden von den kühnen Heunen gewann!

Auch sprangen von den Tischen die drei Könige hehr;
Sie wollten's gerne scheiden eh Schaden geschähe mehr;
Doch mochten sie nicht hindern, wie sie es ersannen,
Da Volker und Hagen zu wüthen also grimmig begannen.

Da sah der Vogt vom Rheine ungeschieden den Streit;
Da schlug der Fürst selber manche Wunde weit
Durch die lichten Ringe seinen Feinden dar;
Er war ein Held von Kräften, das ließ er werden offenbar.

Da kam auch zu dem Streite der starke Gernot;
Wohl streckt' er von Heunen so manchen Held todt
Mit einem scharfen Schwerte, das ihm Rüdeger gegeben.
König Etzels Recken mußten sich grämen um ihr Leben.

Der junge Sohn Frau Utens zu dem Streite sprang,
Sein herrlich Gewaffen durch die Helme drang
König Etzels Recken aus der Heunen Land;
Da that viel große Wunder des kühnen Giselheres Hand.

Die Könige und ihre Mannen, wie tüchtig sie waren,
Doch sah man vor Allen herrlich Giselheren gebaren
Gegenüber den Feinden; er war ein Held gut;
Er schuf, daß mit Wunden Manche fielen in das Blut.

Auch wehrten sich gewaltig König Etzels Degen;
Da sah man auch die Gäste stürmen mit Schlägen
Der viel lichten Schwerter durch des Königes Saal.
Man hörte allenthalben von Wehklagen großen Schall.

Da wollten, die draußen waren, zu ihren Freunden drinn;
Die nahmen an den Thürmen viel kleinen Gewinn.
Da wären die drinnen gerne gewesen aus dem Saal;
Dankwart ließ ihrer keinen hinauf die Stiegen noch zuthal.

Da erhub sich vor den Thürmen ein viel starker Drang,
Und auch von den Schwertern großer Helmklang.
Da kam der kühne Dankwart in eine große Noth;
Deß kam in Sorgen sein Bruder, wie ihm seine Treue das gebot.

Viel laut rief da Hagen Volker an, den Spielmann:
„Seht Ihr dort, Geselle, meinen Bruder stahn
Genüber heunischen Recken unter starken Schlägen?
Freund, rettet mir den Bruder, daß wir verlieren nicht den Degen.“

„Das thu' ich gewißlich," sprach der Spielmann;
Durch den Palast fiedelnd er zu schreiten begann;
Ein hartes Schwert ihm ofte an seiner Hand erklang.
Die Recken vom Rheine die sagten ihm trefflichen Dank.

Volker der kühne zu Dankwarten sprach:
„Ihr habt erlitten heute viel großes Ungemach;
Mich bat Euer Bruder zur Hülfe zu Euch gehn;
Wollt Ihr nun seyn draußen, so will ich innerhalben stehn."

Dankwart der schnelle stand außerhalb der Thür;
Er wehrte ihnen die Stiege, so Viele kamen herfür.
Davon hörte man Waffen hallen den Helden an der Hand;
So that auch innerhalben Volker von Burgunden Land.

Der Fiedeler, der kühne, rief über die Menge: „Wißt,
Freund, Herr Hagen, daß sicher der Saal beschlossen ist,
Es ist gar wohl versperret König Etzels Thür,
Von zweier Helden Händen gehen wohl tausend Riegel dafür."

Da von Tronege Hagen sah die Thür' in solcher Hut,
Den Schild warf da zurücke der kunde Held gut;
Allererst begann er rächen was ihm da war geschehen;
Da durften seine Feinde sich nicht des Lebens mehr versehen.

Da der Vogt von Berne das recht erkannt,
Daß Helme zerbrach so viele des starken Hagen Hand,
Der König von Amelungen sprang auf eine Bank;
Er sprach: „Hier schenket Hagen ein den allerböseſten Trank."

Der Wirth hatte große Sorge, als ihm wohl zukam,
Was man ihm lieber Freunde vor seinen Augen nahm,
Denn er vor seinen Feinden selbst kaum entkam der Fahr.
Er saß in großen Aengsten, was half ihm daß er König war?

Kriemhild die reiche rief an Diethmars Sohn:
„Hilf mir, Ritter edel, mit dem Leben davon,
Um aller Fürsten Tugend aus Amelungenland!
Wenn mich erreicht Hagen, so ist mir auch der Tod zur Hand.“

„Wie soll ich Euch helfen,“ sprach Herr Dietrich,
„Königin edle? Ja, hab' ich zu sorgen um mich!
König Gunthers Mannen sind erzürnet so sehr,
Daß ich zu dieser Stunde nicht kann Frieden schaffen mehr.“

„Ei doch, Herr Dietrich, edler Ritter gut,
Lasse heute scheinen deinen tugendlichen Mut,
Daß du mir helfest von hinnen, sonst muß ich bleiben todt;
Mich zwinget Jammers Sorge; es geht mir an den Leib die Noth.“

„Das will ich versuchen, ob ich Euch helfen kann,
Denn ich in langen Zeiten nie gesehen han
So bitterlich erzürnet manchen Ritter gut.
Seh' ich doch durch die Helme von den Schwertern springen das Blut.“

Mit Kraft begonnte rufen der Ritter auserkor'n,
Daß seine Stimme erdröhnte als wie ein Büffelhorn
Und daß die Burg die weite bebte, als von Windes Stoß;
Die Stärke Dietriches die war aus der Maßen groß.

Da so rufen hörte Gunther diesen Mann
In dem viel harten Sturme: zu lauschen er begann;
Er sprach: „Dietrichs Stimme ist in mein Ohr kommen;
Ich wähne daß unsre Degen ihm haben Etwelchen benommen.

Ich seh' ihn auf dem Tische winken mit der Hand.
Freunde und Magen von Burgunden Land
Haltet ein im Streite; laßt hören und sehen,
Was hier dem Degen von meinen Mannen sey geschehen.“

Da der König Gunther bat und auch gebot,
Hielten sie ein mit Schwertern in des Streites Noth.
Das brauchte Gewalt viel große, daß da Niemand schlug.
Er fragte den von Berne um seine Märe bald genug.

Er sprach: „Viel edler Dietrich, was ward Euch hier gethan
Von meinen Freunden? Allen Willen ich han,
Zu Buße und zu Sühne dazu bin ich Euch bereit.
Was Euch Jemand thäte, das wäre mir im Herzen leid."

Da sprach der Herre Dietrich: „Mir ist nicht Schaden geschehn.
Laßt mich aus dem Hause mit Eurem Frieden gehn
Von diesem harten Streite mit dem Gesinde mein;
Dafür will ich gewißlich Euch immer zu Diensten willig seyn."

„Wie flehet Ihr so fleißig?" sprach da Wolfhart,
„Ist doch nicht versperrt die Thüre von dem Spielmann so hart,
Wir erschließen weit genug sie, so wollen wir fort."
„Nun schweig!" sprach Dietrich, „der Teufel gab dir ein das Wort."

Da sprach der König Gunther: „Erlauben ich Euch will,
Führet aus dem Saale Wenig oder Viel,
Außer meinen Feinden, die sollen bleiben hier,
Sie haben bei den Heunen angethan so viel Leides mir."

Da er das hörete, mit dem Arm er umschloß
Kriemhild die Königin; ihre Sorge war viel groß.
Auf der andern Seite führt' er Etzel von dannen;
Auch gingen mit Dietrichen viel manche waidliche Mannen.

Da sprach der edele Markgrave Rüdeger:
„Soll aber aus dem Hause Jemand kommen mehr,
Derer die gern Euch dienen, das laßt uns vernehmen;
Es soll doch steter Frieden guten Freunden immer geziemen."

Da antwortete Giselher von Burgunden Land:
„Friede und Sühne habt Ihr von unsrer Hand,
Weil Ihr treu seyd immer, Ihr und Eure Mannen;
Ihr sollt unangefochten mit Euern Freunden gehn von dannen.“

Da der Herre Rüdeger räumete den Saal,
Fünfhundert oder drüber folgten ihm zumal.
Das war von den Herren durch Treue gethan,
Davon der König Gunther viel großen Schaden gewann.

Da sah ein Heunen Recke bei Dietrichen nah
Hinausgehen Etzeln; mitgenießen wollt' er's da.
Dem gab der Spielmann einen solchen Schlag,
Daß ihm das Haupt alsbald zu des Königes Füßen lag.

Da der Wirth des Landes den Ausgang gewann;
Da kehrte er sich hin wieder und sah Volkern an:
„O weh mir dieser Gäste! das ist eine grimme Noth,
Daß alle meine Recken vor ihnen sollen liegen todt!

Ach weh der Hochzeite,“ sprach der König hehr,
„Da ficht Einer drinnen, Volker geheißen ist der,
Als wie ein Eber wilde und ist ein Spielmann;
Ich dank' es meinem Heile, daß dem Teufel ich entrann.

Seine Noten lauten übel, seine Züge die sind roth;
Wohl fällen seine Töne manchen Helden todt.
Ich weiß nicht was uns weiset derselbe Spielmann, —
Denn ich noch nimmer einen leidigeren Gast gewann.“

Sie hatten, die sie wollten, gelassen aus dem Saal;
Da hub sich innerhalben ein viel großer Schall.
Was ihnen zuvor geschehen, nahmen die Gäste Rach';
Volker der viel kühne, hei was er Helme da zerbrach!

Sich kehrte gegen dem Schalle Gunther der König hehr:
„Hört Ihr die Töne, Hagen, die Volker laut so sehr
Dort fiedelt mit den Heunen, Wer den Thürmen naht?
Es ist ein rother Anstrich den er am Fiedelbogen hat.“

Mich reuet ohne Maßen,“ sprach Hagen dagegen,
„Daß ich je zu Hause gesessen über dem Degen;
Ich war sein Geselle und auch er der mein';
Kommen je heim wir wieder, so wollen wir's in Treuen seyn.

Nun schau, König edel, Volker ist dir hold;
Er verdienet mit Fleiße dein Silber und dein Gold;
Sein Fiedelbogen schneidet durch den harten Stahl;
Er haut auf den Helmen ab das lichtscheinende Maal.

Ich sah nimmer einen Fiedeler also herrlich stehn,
Als ich den Helden Volker heute thun gesehn.
Seine Weisen hallen durch Helm und Schildrand;
Wohl soll er reiten gute Ross' und tragen herrliches Gewand.“

Was von der Heunen Magen in dem Saale war gewesen,
Derer konnte nun keiner drinne mehr genesen;
Da war der Lärm beschwichtet, da Niemand stritt mehr.
Da legten ihre Schwerter von Handen die kühnen Recken hehr.

Vierunddreissigste Aventure.

Wie sie die Todten hinabwarfen.

Die Herren, von Arbeit müde, setzten sich allzumal;
Volker aber und Hagen die gingen vor den Saal.
Sich lehnten über die Schilde die Recken hochgemut,
Da ward von ihnen beiden gethan vielerhand Rede gut.

Da sprach von Burgunden Giselher der Degen:
„Noch dürfet Ihr, lieben Freunde, nicht der Ruhe pflegen;
Ihr sollt die todten Leute aus dem Hause tragen.
Wir werden wieder bestanden, das will ich Euch mit Wahrheit sagen.

Sie sollen uns unter den Füßen hier nicht länger liegen.
Eh daß uns die Heunen im Sturme obsiegen,
Hauen wir wohl noch Wunden, das mir viel sanfte thut.
Deß hab' ich," sprach da Giselher, „immer noch einen stetigen Mut."

„Wohl mir ob solchem Herren," sprach Hagen dagegen;
„Der Rath geziemte Niemand als solch' kühnem Degen.
Den uns mein junger Herre heute hat gethan;
Deß mögt Ihr Burgunden Alle viel erfreuet stahn."

Da folgten sie dem Rathe und trugen vor die Thür
Siebentausend Todte, die sie warfen herfür;
Vor des Saales Stiegen fielen sie zuthal.
Da hub sich von ihren Magen viel jämmerlicher Klagen Schall.

Es waren darunter Etliche so mit Maßen wund,
Daß sie von sanfter Pflege noch wären worden gesund;
Von dem hohen Falle mußten sie liegen todt.
Das klagten all' ihre Freunde; dazu zwang wahrlich sie die Noth.

Da sprach der Fiedeler, ein Held unverzagt;
„Nun erkenne ich deß Wahrheit, das mir ward gesagt,
Die Heunen sind feige, sie klagen als die Weib';
Und sollten doch pflegen der viel sehr Wunden Leib.“

Da wähnte ein Markgrave, er meinte das gut;
Er sah seiner Magen Einen gefallen in das Blut;
Er umschloß ihn mit den Armen, ihn weg zu tragen er sann;
Den schoß ob ihm zu Tode der viel kühne Spielmann.

Da die Andern das sahen, ihre Flucht bald begann;
Sie huben All' an zu fluchen demselben Spielmann.
Einen Speer er auf zuckte viel scharf und hart,
Der von einem Heunen zu ihm herauf geschossen ward.

Den schoß er mit Kräften aus der Burg von dannen
Ueber das Volk fernhin. König Etzels Mannen
Gebot er so zu weichen ferne von dem Saal.
Seine viel starke Mannheit die Leute furchten überall.

Da stunden vor dem Hause manche Tausend Mannen.
Volker und Hagen zu reden da begannen
Mit Etzeln dem Könige wie ihnen zu Mut.
Deß kamen seit in Sorge die Helden viel kühn und gut.

„Es wäre wohl," sprach Hagen,
„Zu des Volkes Trost gethan,
Da dieß Herren föchten
Als die Allerersten voran,
Als wie meiner Herren
Jeglicher hier thut,
Die hauen durch die Helme
Daß nach den Schwertern fließet Blut."

Etzel war so kühne,
Er faßte seinen Schild.
„Nun fahret doch vorsichtig,"
Sprach Frau Kriemhild,
„Bietet Ihr den Recken
Das Gold auf dem Schildesrand;
Wenn Euch erreicht Hagen,
So habt Ihr bald den Tod zur Hand."

Der König war so kühne, lassen wollt' er's nicht;
Solches von so reichen Fürsten selten nun geschicht;
Man mußte ihn bei der Fessel zurücke wieder ziehn.
Hagen der grimme begann aber zu höhnen ihn.

„Es war eine ferne Sippschaft," sprach Hagen der Degen,
„Die Etzel und Sigfrid zusammen thaten pflegen;
Er minnete Kriemhilden eh sie je gesehen dich;
König viel böse, warum trachtest du gegen mich?"

Als Frau Kriemhild diese Rede vernahm,
Da ward sie ihm bitter zornig und gram,
Daß er sie durfte schelten vor Etzels Mannen.
Gegen die fremden Gäste ihre Listen neu begannen.

Sie sprach: „Wer von Tronege den Hagen erschlüge,
Und das Haupt des Todten daher vor mich trüge:
Dem füllt' ich mit rothem Golde Etzels Schildrand;
Dazu gäb' ich zum Lohne ihm viel gute Burgen und Land."

„Nun weiß ich nicht, weß sie warten," sprach der Spielmann;
„Ich sah doch Helden noch nie so zaglich stahn,
Wo man hörte bieten also hohen Sold.
Wohl sollte ihnen Etzel darum nimmer werden hold;

Die hier also schimpflich essen des Königes Brod,
Und ihm nun entstehen in der größesten Noth,
Derer seh' ich hier Manchen in großer Zagheit stehn
Und wollen doch seyn kühne; sie müssen immer in Schande gehn!"

Etzel der viel reiche hatte Jammer und Noth;
Bitterlich er klagte der Magen und Mannen Tod.
Da stunden von manchen Landen Recken bewährt im Streit,
Die weinten mit dem König ob seinem gewaltigen Leid.

Darüber zu spotten der kühne Volker begann:
„Ich sehe hier weinend viel manchen Recken stahn,
Ihrem Herrn dienen die übel in seiner starken Noth;
Mit Schanden ja essen nun viel lange sie hier sein Brod."

Da gedachten darunter die Besten: Er hat wahr das gesait;
Doch war es ihrer Keinem so im Herzen leid,
Als wie Iringen, dem Helden aus Däneland;
Wie man in kurzen Zeiten in Wahrheit dieß wohl befand.

Fünfunddreißigste Aventure.

Wie Iring erschlagen ward.

Da rief von Dänemarken der Markgrav Iring:
„Ich hab' auf Ehre gestellet nun lange Zeit mein Ding,
Und hab' in Volkes Stürmen des besten viel gethan;
Bringet mir mein Gewaffen; denn ich jetzt Hagen will bestahn."

„Das will ich dir abrathen," rief Hagen dagegen;
„Doch heiß' du ferner weichen die heunischen Degen;
Wenn Euer Zween springen oder Drei in den Saal,
Die send' ich wunden Leibes die Stiegen wieder hinab zuthal."

„Darum will ich's nicht lassen," sprach aber Iring.
„Ich hab' auch zuvor versuchet manch ein sorglich Ding.
Ja will ich mit dem Schwerte einzeln dich bestahn,
Was hilft dir's, daß mit Reden du solchen Uebermut kund gethan?"

Da war bald gewaffnet der Degen Iring,
Und Irnfrid von Thüringen, ein kühner Jüngling,
Und Hawart der starke wohl mit tausend Mann;
Was Iring begänne, sie wollten Alle zu ihm stahn.

Da sah Volker der Fiedeler eine viel große Schaar,
Die mit Iringen gewaffnet kamen dar.
Sie trugen aufgebunden manchen Helm gut;
Da ward der kühne Volker gar hoch zornig gemut.

„Sehet Ihr, Freund Hagen, dort Iringen gehn,
Der Euch mit dem Schwerte, ein Einzelner, wollte bestehn?
Wie ziemet Helden lügen? das muß ich schelten schwer:
Es gehen mit ihm gewaffnet tausend Recken oder mehr.“

„Nun heißet mich nicht Lügner,“ sprach Hawartes Mann,
„Ich will gerne leisten was ich gelobet han;
Keiner Furcht halben will ich's lassen gehn;
Wie grauslich auch sey Hagen, ich will ihn allein bestehn.“

Zu Füßen bat Iring Mannen und Magen sein,
Daß sie ihn ließen den Recken bestehn allein.
Das thaten sie ungerne, denn ihnen wohl war bekannt
Der übermütige Hagen aus der Burgunden Land.

Doch bat er sie so lange, daß es noch geschah.
Da das Ingesinde seinen steten Willen sah,
Wie er warb nach Ehren, da ließen sie ihn gehn;
Darauf von den Beiden ein viel grimmes Streiten geschehn.

Iring von Dänemarken hoch trug den Speer;
Sich deckte mit dem Schilde der theure Degen hehr;
So lief er hinauf zu Hagen eilig für den Saal.
Da hub sich von den Degen ein viel großer Kampfesschall.

Da schossen sie die Speere kräftig aus der Hand
Durch die festen Schilde auf ihr lichtes Gewand,
Daß die Speerstangen hoch fuhren von dannen.
Dann griffen zu den Schwertern die zwei grimmig kühnen Mannen.

Des kühnen Hagen Stärke die war groß überaus;
Doch schlug auf ihn Iring, daß erdröhnte das ganze Haus,
Palast und Thürme hallten nach ihren Schlägen;
Doch konnte seines Willens nicht gewähret werden der Degen.

Iring ließ Hagen unverwundet stehn;
Jetzt begann den Fiedeler er im Streite anzugehn.
Den wähnt' er zu bezwingen mit seinen starken Schlägen,
Davor wohl zu schirmen wußte sich der stattliche Degen.

Da schlug ihn der Fiedeler, daß über des Schildes Rand
Absprang das Beschläge von Volkers starker Hand.
Da ließ er auch ab von diesem; es war ein übler Mann,
Und lief jetzt Gunthern, den König der Burgunden an.

Da war ihrer Jedweder zum Streite stark genug.
Was Gunther und Iring Einer auf den Andern schlug,
Das brachte nicht aus Wunden fließendes Blut;
Das verhütete ihr Gewaffen, das war viel schön und gut.

Gunthern er ließ stehen und lief Gernoten an;
Das Feuer aus den Ringen er ihm zu hauen begann.
Da hätte von Burgunden der König Gernot
Iring den kühnen nahezu erschlagen todt.

Da sprang er weg von dem Fürsten; schnell war er genug.
Der Burgunden viere der Held viel bald schlug,
Des edlen Ingesindes von Worms über dem Rhein.
Da konnte Giselher zorniger nimmermehr seyn.

„Gott weiß, Herr Iring," sprach Giselher das Kind,
„Ihr müsset mir die entgelten die durch Euch todt sind

Erlegen zur Stunde.“ Da lief er ihn an;
Er schlug den Dänenländer, daß er ihm nicht mehr entrann.

Er schoß vor seinen Händen nieder in das Blut,
Daß sie Alle wähnten, daß der Held gut
Im Streite nimmer wieder werde führen einen Schlag.
Iring doch ohne Wunden dort vor Giselheren lag.

Von des Helmes Schüttern und von des Schwertes Klang
Waren seine Sinne krank worden und bang,
Daß sich der Degen kühne des Lebens nicht mehr versah;
Solches durch die Kräfte des starken Giselhers geschah.

Da sich begann erholen sein Haupt von dem Schlag,
Dem großen, davon er nieder als ein Schlafender lag,
Da dacht' er: „Ich bin noch lebend und auch nirgends wund;
Nun ist mir erst des starken Giselheres Mannheit kund.“

Er hörte zu beiden Seiten seine Feinde stehn;
Wüßten sie die Kunde: ihm wäre noch übler geschehn.
Auch hatt' er Giselheren nahe bei sich vernommen;
Er dachte, wie er wollte weg von seinen Feinden kommen.

Wie er aus dem Blut so recht ungestüm aufsprang!
Seiner großen Schnellheit mochte er sagen Dank.
Da lief er aus dem Hause hin wo er Hagen fand,
Und schlug ihm harte Schläge mit seiner viel gewaltigen Hand.

Da gedachte Hagen: „Du hast dir den Tod erlesen!
Und schütze dich der Teufel, du kannst nicht genesen.“
Doch wundete Iring Hagen durch den Helmhut;
Das that der Held mit Wasken; das war ein Waffen viel gut.

Da der Herr Hagen die Wunde empfand,
Da zuckte ihm mit Ungestüm das Schwert in seiner Hand.
Allda mußt' ihm entweichen der Hawartes Mann;
Hinab von der Stiegen Hagen ihn verfolgen begann.

Iring der viel kühne den Schild über's Haupt schwang,
Und wäre dieselbe Stiege drei Stiegen gewesen lang,
Hagen ließ all die Weile ihn schlagen nicht einen Schlag;
Hei! was rother Funken da ob seinem Helme lag!

Wieder zu den Seinen kam Iring wohl gesund,
Da wurden diese Mären Kriemhilden kund,
Was er von Tronege Hagen im Streite hatte gethan.
Dafür ihm die Königin viel hoch danken begann:

„Nun lohne Gott dir, Iring, viel tapfrer Held gut!
Du hast mir wohl getröstet das Herz und auch den Mut,
Nun sehe ich roth vom Blute Hagen sein Gewand."
Kriemhilde nahm ihm selber den Schild vor Liebe aus der Hand.

„Ihr möget mit Maß ihm danken," rief Hagen dagegen;
„Wollt' er's noch einmal versuchen, das ziemte einem Degen;
Käm' er dann wieder, so wär' er ein kühner Mann.
Die Wunde hilft Euch wenig, die ich von ihm empfangen han.

Daß Ihr von meiner Wunde die Ringe sehet roth,
Das hat mich gereizt nur zu manchen Mannes Tod.
Ich bin erst erzürnet, und ringen Schaden ich han;
Mir hat der Degen Iring noch viel wenig Leid gethan."

Da stund gegen dem Winde Iring von Däneland,
Er kühlte sich in den Ringen; den Helm er ab sich band;
Da sprachen all die Leute: seine Mannheit wäre gut.
Deß hatte der Markgrave einen reichlich hohen Mut.

Wieder sprach da Iring: „Meine Freunde, wisset das,
Ihr sollt schnell mich waffnen; versuchen will ich's baß,
Ob ich möge bezwingen den übermütigen Mann."
Sein Schild war zerhauen, einen bessern er dafür gewann.

Viel bald war der Recke da gewaffnet baß.
Einen Speer, einen viel starken, nahm er in seinem Haß,
Damit er aber wollte Hagen dort bestahn.
Sein harrete feindlich Hagen der mordgrimmige Mann.

Ihn konnte nicht erwarten Hagen der Degen;
Er lief ihm entgegen mit Schüssen und mit Schlägen
Bis an der Stiegen Ende; sein Zürnen das war groß;
Iring von seiner Stärke wenig Frommen da genoß.

Sie schlugen durch die Schilde daß es leuchten begann
Von feuerrothen Winden. Der Hawartes Mann
Ward von Hagens Schwerte so kräftiglich wund,
Durch Schild und Helmhut, daß er ward nimmermehr gesund.

Da der Degen Iring die Wunde recht empfand,
Den Schild er besser rückte über das Helmband.
Ihn däuchte genug der Schaden den er da gewann;
Noch aber that ihm mehr des Königes Gunthers Mann.

Hagen vor seinen Füßen
Einen Speer liegen fand;
Den schoß er auf Iringen,
Den Held von Däneland,
Daß vom Haupt die Stange
Ragte dem kühnen Mann.
Ihm hatte der Recke Hagen
Das grimme Ende angethan.

Iring mußte entweichen
Zu denen von Däneland,
Eh man da dem Degen
Den Helm ab band,
Brach man den Speer vom Haupte;
Da nahte ihm der Tod.
Das weinten seine Magen;
Dazu zwang wahrlich sie die Noth.

Da kam auch die Königin
Zu ihm gegangen heran;
Iring den starken
Klagen sie begann,
Sie weinte um seine Wunden,
Es war ihr grimmig leid.
Da sprach vor seinen Magen
Der Recke von großer Kühnheit:

„Laßt die Klage bleiben,
Viel herrliches Weib;
Was hilft Euer Weinen?
Ja muß ich Leben und Leib

Verlassen durch die Wunden die ich empfangen han.
Der Tod läßt mich nicht länger seyn Euer und König Etzels Mann."

Er sprach zu denen von Thüringen und denen von Däneland:
„Die Gabe soll empfahen Euer Keines Hand
Von der Frauen Kriemhild, ihr lichtes Gold viel roth.
Und besteht Ihr Hagen: Ihr müsset davon haben den Tod."

Seine Farbe war erblichen; des Todes Zeichen trug
Iring der viel kühne; das war ihnen leid genug.
Genesen nicht mehr mochte der Hawarts Mann;
Da mußte heben das Streiten derer von Dänemarken an.

Irnfrid und Hawart sammt tausend Helden mit Toben
Vor den Palast sprangen; allenthalben erhoben
Ward ungefüges Gelärme, kräftig und groß.
Hei! was man scharfer Speere hin zu den Burgunden schoß!

Irnfrid der kühne lief an den Spielmann,
Deß er großen Schaden von seiner Hand gewann.
Volker, der edle Fiedeler, den Landgraven schlug
Durch den Helm, den festen; wohl war er dazu grimmig genug.

Es schlug der Herr Irnfrid den kühnen Spielmann darnach,
Daß der Ringe Gespänge ihm davon zerbrach,
Und daß ward beschüttet der Panzer feuerroth.
Doch fiel der Landgrave vor Volker dem Fiedeler todt.

Hawart und Hagen zusammen waren kommen.
Der mochte Wunder schauen, der es hatte wahrgenommen.
Die Schwerter kräftig fielen in der Helden Hand;
Hawart mußte sterben vor dem von Burgundenland.

Da die Dänen und Thüringen ihre Herren sahen todt,
Da hub sich vor dem Hause grauslichen Jammers Noth;
Eh sie die Thür gewannen mit mannhafter Hand,
Ward zuvor zerhauen mancher Helm und Schildrand.

„Weichet,“ sprach da Volker, „und laßt sie dringen herein,
Sonst mag, weß sie gelüstet, nimmer vollendet seyn;
Sie müssen drinn sterben in viel kurzer Zeit,
Sie erwerben mit dem Tode was ihnen die Königin verleiht.“

Da die Hochgemuten kamen in den Saal:
Viel Manchem das Haupt ward geneiget so zuthal,
Daß er mußte sterben vor ihren harten Schlägen.
Wohl stritt der kühne Gernot; so that auch Giselher der Degen.

Tausend und Viere kamen in das Haus;
Zucken viel manche Schwerter sah man in wildem Saus.
Seit wurden doch die Recken alle darin erschlagen.
Man mochte viele Wunder von denen aus Burgunden sagen.

Darnach ward eine Stille da sich legte das Getos.
Das Blut allenthalben durch die Löcher floß,
Und dann zu den Rinnsteinen von manchem todten Mann.
Das hatten die vom Rheine mit ihrer starken Mannheit gethan.

Da saßen wieder zu ruhen die von Burgundenland;
Die Waffen mit den Schilden legten sie von der Hand.
Da stund noch vor dem Hause der kühne Spielmann;
Er wartete ob ihn Jemand im Streite wollte laufen an.

Der König klagte bitter, so that auch sein Weib;
Mägden war und Frauen gequält Herz und Leib.
Ich wähne wohl, daß hatte der Tod auf sie geschworen;
Deß ward noch viel der Recken durch die Gäste da verloren.

Sechsunddreifsigste Aventure.

Wie die Königin den Saal zurichten ließ.

Nun bindet ab die Helme," sprach Hagen der Degen,
„Ich und mein Geselle wollen Eurer Hut pflegen.
Und wollen uns laufen wieder die Etzels Mannen an,
So warn' ich meine Herren wie ich auf's allerschnellste kann."

Da entwaffneten die Häupter manche Ritter gut;
Sie saßen auf die Wunden die vor ihnen in das Blut
Waren zu dem Tode von ihren Handen kommen.
Da ward der edeln Gäste viel böse wahrgenommen.

Noch vor dem Abende rieth der König das
Und auch die Königin: daß es versuchten baß
Die heunischen Recken. Derer sah man vor ihnen stehn
Noch wohl zwanzig Tausend; die mußten da zum Streite gehn.

Sich hob ein Sturm, ein harter gegen die Gäste dann.
Dankwart, Hagens Bruder, der viel schnelle Mann,
Sprang von seinen Herren zu den Feinden vor die Thür;
Man wähnt' er wäre gestorben; er kam gesund wohl herfür.

Der harte Streit der währte bis die Nacht das Licht benahm.
Da wehrten sich die Gäste, wie guten Helden zukam,
Gegen Etzels Mannen den sommerlangen Tag.
Hei! was guter Degen vor ihnen, Todes Beute, lag!

An einer Sonnenwende der große Mord geschah;
Ihr Herzeleid rächte Frau Kriemhild da
An ihren nächsten Magen und an viel manchem Mann;
Davon der König Etzel Freude nimmermehr gewann.

Ihnen war der Tag zerronnen; da naht' ihnen Sorge und Noth.
Sie dachten, daß ihnen besser wäre ein kurzer Tod,
Als lange da sich quälen in ungefügem Leid.
Eines Friedens begehrten die stolzen Ritter zu der Zeit.

Sie baten, daß man brächte den König zu ihnen dar;
Die Helden, denen der Harnisch blank und auch blutig war,
Traten aus dem Hause und die drei Könige hehr;
Sie wußten nicht Wem sie sollten klagen ihre große Beschwer.

Etzel und Kriemhilde kamen beide dar.
Das Land war ihr eigen, drum mehrte sich ihre Schaar.
Er sprach zu seinen Gästen: „Nun sagt, was wollt Ihr mein?
Friede wähnt Ihr gewinnen; das könnte viel schwerlich seyn.

Nach Schaden also großem als Ihr mir habt gethan,
Ihr sollt deß nicht genießen, weil ich mein Leben han,
Daß Ihr mein Kind mir erschluget und viel der Magen mein:
Frieden und Sühne sollen Euch ganz versaget seyn."

Da antwortete Gunther: „Dazu zwang uns große Noth,
Alles mein Gesinde lag von deinen Helden todt
In der Herberge; was büßten sie für Schuld?
Ich kam zu dir auf Treue; ich wähnte daß du mir trügest Huld."

Da sprach von Burgunden Giselher das Kind:
„Ihr Etzels Helden, so viele noch lebend sind,
Weß zeihet Ihr mich, Recken, was hatt' ich Euch gethan?
Bin ich doch in Freundschaft geritten in dieß Land heran."

Sie sprachen: „Deiner Güte ist all die Burg voll
Mit Jammer, sammt dem Lande. Und gönnten wir dir wohl
Daß du nie kommen wärest von Wormes überm Rhein;
Ihr schafft das Land voll Waisen du und auch die Brüder dein."

Da sprach in Zornes Mute Gunther der Degen:
„Wollt Ihr diesen Haß den starken zu einer Sühne legen
Mit uns landfremden Recken: das ist beidenthalben gut.
Es ist gar unverschuldet was Etzel uns Leides thut."

Da sprach der Wirth zu den Gästen: „Mein und Euer Leid,
Die sind ungleich von Arten: Ich hab' zu der Zeit
Des Schadens zu der Schande so viel hier genommen,
Daß Euer Keiner nimmer lebend heim soll kommen."

Da sprach zu dem Könige der starke Gernot:
„Daß Ihr thuet freundlich woll' Euch gebieten Gott!
Schlagt uns Heimatlose und laßt uns zu Euch gahn
Hernieder in die Weite; das ist Euch zu Ehren gethan.

Was uns geschehen möge, das laßt kurz ergehn,
Ihr habt so viel Gesunder; und dürfen sie uns bestehn,
Daß sie uns Sturmmüde nicht lassen lange leben:
Wie lange sollen wir Recken in diesen großen Sorgen schweben?"

König Etzels Recken die hätten gethan es fast,
Daß sie sie wollten lassen treten vor den Palast;
Das hörte Kriemhilde; es war ihr grimmig leid;
Da ward den Heimatlosen der Friede jählings aufgesait.

„Ei doch, stattliche Recken, deß Ihr da habet Mut,
Ich rathe Euch mit Treuen, daß Ihr dessen Nichts thut,
Daß Ihr die Mordlustigen nicht lasset aus dem Saal.
Es müßten so Eure Magen leiden den tödtlichen Fall zumal.

So Ihrer auch Niemand lebte als nur Frau Utens Kind',
Die meinen edlen Brüder, und sie kämen an den Wind,
Und erkühlten ihre Ringe, so seyd Ihr alle verloren.
Es wurden kühnere Degen nie auf dieser Welt geboren."

Da sprach der junge Giselher: „Viel schöne Schwester mein!
Deß versah ich mich übel, daß du mich übern Rhein
Ladetest her zu Lande in diese große Noth.
Wie hab' ich an den Heunen denn hier verdienet den Tod?

Getreu war ich dir immer, kein Leid that ich dir nie;
In solchem Vertrauen zu Hofe ritt ich hie,
Daß du mir hold wärest, viel liebe Schwester mein;
Bedenke an uns Gnade; nichts Andres mag dir ziemend seyn.

„Ich mag Euch nicht begnaden, Ungnade nur ich han;
Mir hat von Tronege Hagen so großes Leid gethan,
Es bleibt gar unversöhnet so lange ich leb' im Leib;
Ihr müßt es Alle entgelten," sprach des Königes Etzels Weib.

„Wollt Ihr den Einen Hagen mir als Geisel geben,
So will ich's nicht verreden, daß ich Euch lasse leben,
Weil Ihr seyd meine Brüder und Einer Mutter Kind';
So trag' ich an die Sühne diesen Helden die hier sind."

„Nun wolle Gott im Himmel,“ sprach da Gernot,
„Ob unser tausend wären, wir lägen Alle todt,
Von deiner Magen Sippschaft, eh wir den Einen Mann
Gäben hier als Geisel; das wird nimmermehr gethan.“

„Wir müssen doch ersterben,“ sprach da Giselher;
„Uns scheidet Niemand von ritterlicher Wehr.
Wer gerne mit uns föchte, wir sind aber hie;
Meiner Freunde Keinen verließ ich ohne Treue nie.“

Da sprach der kühne Dankwart, — ihm ziemt' es ein Wort zu sagen —
„Steht doch noch nicht alleine hier mein Bruder Hagen;
Die hier den Frieden verreden, es möcht' ihnen werden leid;
Das werdet Ihr uns inne; mit Wahrheit sey Euch das gedräut.“

Da sprach die Königin: „Ihr Helden unverzagt,
Nun gehet die Leid' zu rächen die ich Euch geklagt;
Ich will's Euch immer vergelten wie ich mit Rechte soll.
Dem Uebermut Hagens will den Lohn ich geben voll.

Laßt Keinen aus dem Gemache entrinnen überall,
So heiß' ich an vier Ecken zünden an den Saal;
So werden wohl gerochen alle meine Leid'.“
König Etzels Recken die machten sich alle bald bereit.

Die noch außen stunden, die trieben sie in den Saal
Mit Schlägen und mit Schüssen; deß ward groß der Schall.
Doch wollten nicht scheiden die Fürsten und ihr Mann;
Sie konnten von ihrer Treue an einander nicht abstahn.

Den Saal hieß da anzünden
König Etzels Weib;
Da quälte man mit Feuer
Den Helden den Leib.
Das Haus von einem Winde
Viel bald in Flammen stand;
Ich wähne, daß noch nimmer
In größerer Angst Volk sich fand.

Genug riefen drinne:
„O weh um diese Noth!
Viel lieber hätt' im Sturme
Uns genommen der Tod!
Es möge sich Gott erbarmen,
Wie sind wir alle verlor'n!
Nun büßet ohnmaßen
An uns die Königin ihren Zorn!“

Da sprach drinnen Einer:
„Wir müssen erliegen todt.
Was hilfet uns das Grüßen
Das uns der König entbot?
Mir thut von starker Hitze
Der Durst so recht weh,
Daß ich sorge, mein Leben
In diesen Nöthen bald zergeh'."

Da sprach von Tronege
Hagen der Ritter gut:
„Wen Durstes Noth zwinget,
Der trinke hier das Blut;
Das ist bei solcher Hitze
Noch besser denn Wein;
Es mag zu diesen Zeiten
Anders nicht zu rathen seyn."

Da ging der Recken Einer
Wo er einen Todten fand;
Er kniete zu seiner Wunde,
Den Helm er ab band,
Da begann er zu trinken
Das fließende Blut.
Wie ungewohnt er's wäre,
Doch däucht' es ihn ein Labsal gut.

„Nun lohne Euch Gott, Herr Hagen,"
Sprach der müde Mann,
„Daß ich durch Eure Lehre
So wohl getrunken han.

Mir ward noch geschenket viel selten besserer Wein;
Leb' ich noch eine Weile, will ich Euch immer dienstlich seyn."

Da die Andern hörten, daß es ihn däuchte gut,
Da wurden ihrer noch Viele, die auch tranken das Blut;
Davon gewann viel Kräfte ihrer aller Leib.
Deß mußte an lieben Freunden entgelten noch manch waidliches Weib.

Das Feuer fiel gar reichlich auf sie in den Saal;
Da lenkten sie's mit Schilden von sich ab zuthal.
Der Rauch und auch die Hitze thaten ihnen beide weh;
Ich wähn', so großer Jammer über Helden nimmermehr ergeh'.

Da sprach von Tronege Hagen: „Steht an des Saales Wand,
Laßt nicht die Brände fallen auf Euer Helmband,
Tretet sie mit den Füßen tiefer in das Blut.
Es ist eine üble Hochzeit die uns Frau Kriemhilde thut."

In so gethanem Leide ihnen doch die Nacht zerrann.
Noch stund vor dem Hause der kühne Spielmann
Und Hagen, sein Geselle, gelehnt auf den Schildrand;
Sie erwarteten weitern Schaden von denen aus König Etzels Land.

Da sprach so der Fiedeler: „Gehn wir nun in den Saal,
So wähnen dann die Heunen, daß wir seyn allzumal
Todt von diesen Qualen die uns sind geschehn.
Sie sehen uns noch entgegen im Streite ihrer Manchem gehn."

Da sprach von Burgunden Giselher das Kind:
„Ich wähn', es wolle tagen, sich hebet ein kühler Wind.
Nun lasse uns Gott im Himmel noch liebere Zeit erleben;
Uns hat meine Schwester Kriemhild eine arge Hochzeit gegeben."

Da sprach aber Einer: „Ich spüre nun den Tag;
Weil es uns nun besser nimmer werden mag,
So waffnet Euch Ihr Helden, gedenket an den Leib;
Wohl kommt uns wieder balde des Königes Etzels Weib."

Der Wirth begann zu wähnen die Gäste wären todt
Von ihres Streites Arbeit und von des Feuers Noth;
Da lebten ihrer noch drinne sechshundert kühner Mann,
Daß nirgends ein König jemals bessere Degen gewann.

Die die Gäste bewachten, hatten wohl gesehen,
Daß noch die Gäste lebten, wie viel ihnen war geschehen
Zu Schaden und zu Leide den Herren und Mannen zumal.
Man sah sie wohl gesunde noch immer gehen in dem Saal.

Man sagte Kriemhilden: ihrer Viele seyen genesen.
Da sprach die Königin: „Wie wär' es möglich gewesen,
Daß ihrer noch Einer lebte von des Feuers Noth?
Ich will deß baß mich trösten, daß sie Alle liegen todt."

Die Fürsten und ihre Mannen, noch wären sie gern entronnen,
Hätten noch bei Jemand sie Gnade gewonnen,
Doch konnten sie Keinen finden unter denen von Heunenland;
Da rächten sie ihr Sterben mit viel williger Hand.

Des Tages gegen Morgen den Gruß man ihnen bot
Mit viel hartem Fechten; deß kamen Helden in Noth.
Da ward auf sie geschossen viel manch starker Speer;
Ritterlich sich wehrten die Degen alle kühn und hehr.

König Etzels Gesinde stand also der Mut
Daß sie wollten erwerben das Kriemhilden Gut;
Dazu sie wollten leisten was ihnen der König gebot;
Da mußte Mancher balde von ihnen schauen den Tod.

Von Geheißen und auch von Gaben könnte man Wunder sagen;
Sie hieß Gold das rothe herzu mit Schilden tragen;
Sie gab es, Wer da mochte, und es wollte empfahn;
Nie ward reicher Begaben aus Haß gegen Feinde gethan.

Ein groß Theil der Recken — gewaffnet kamen sie.
Da sprach der kühne Volker: „Wir sind aber hie;
Ich sah daher zum Fechten nie Helden gerner kommen,
Die das Gold des Königs uns zum Blutgeld haben genommen."

Da riefen ihrer Viele: „Naht Euch, Ihr Helden, baß!
Daß wir hier sollen sterben, schaffet bei Zeiten das.
Hier bleibet Niemand, als der doch sterben soll."
Da sah man bald ihre Schilde stecken von Speerschüssen voll.

Was soll ich sagen weiter? zwölfhundert Mann oder drüber
Die versuchten sich im Streite herüber und hinüber.
Da kühleten mit Wunden die Gäste wohl ihren Mut;
Niemand mochte sie scheiden; davon sah man fließen das Blut

Aus marktiefen Wunden; deren ward da viel geschlagen.
Jeglichen um seine Freunde hörte man da klagen.
Die Biderben sturben alle dem reichen Könige hehr;
Darob sich grämten holdgesinnte Magen sehr.

Siebenunddreissigste Aventure.

Wie Rüdeger erschlagen ward.

Es hatten die Heimathlosen guten Streit am Morgen gethan;
Der Traute Gotelindens kam da zu Hofe heran;
Da sah er beidenthalben große Noth und Beschwer.
Das beweinte inniglich der viel getreue Rüdeger.

„O weh mir," sprach der Recke, „daß ich das Leben gewann,
Weil diesen großen Jammer Niemand hindern kann.
Wie gern ich's beschwichten wollte, der König thut es nicht,
Weil vor seinen Augen den Seinen immer mehr Leids geschicht."

Da sandte zu Dietrichen der gute Rüdeger,
Ob sie's noch könnten wenden bei dem Könige hehr.
Da entbot ihm der von Berne: „Wer könnte es scheiden?
Es will der König Etzel keine Sühne und Frieden leiden."

Da sah ein Heunenrecke Rüdegeren stehn,
Und ihm aus seinen Augen der Thränen viele gehn;
Der sprach zu der Königin: „Nun sehet wie er staht,
Der doch Gewalt am meisten hier bei König Etzel hat;

Und dem Alles dienet, Leute und Land;
Wie ist so viel der Burgen an Rüdeger gewandt!
Deren er von dem Könige viel manche haben mag.
Er schlug in diesem Sturme noch nicht einen löblichen Schlag.

Mich dünkt ihn kümmre wenig wie es hier steht,
Dieweil ihm Alles genüglich nach seinem Willen geht.
Man lobt ihn, er sey kühner als Jemand möge seyn;
Das hat in diesen Sorgen gewonnen einen übeln Schein."

Mit traurigem Mute der viel getreue Mann
Den er das reden hörte, der Held den blickte an.
Er gedachte: „Du sollst es büßen; du höhnst, ich sey verzagt:
Du hast deine Märe zu Hofe wohl zu laut gesagt."

Die Faust begann er ballen; da lief er ihn an
Und schlug also kräftig den heunischen Mann,
Daß er ihm vor den Füßen lag viel bald todt;
Da ward aber gemehret des Königes Etzels Noth.

„Fort, du zager Lügner," sprach da Rüdeger,
„Ich hab' doch genugsam Leid und Herzensbeschwer;
Daß ich hier nicht fechte, was schiltst du mich um das?
Trüg' ich den Gästen doch mit allen Schulden Haß,

Und Alles, das ich möchte, das hätt' ich ihnen gethan,
Nur daß ich die Recken hergeführet han.
Selbst war ich ihr Geleite in meines Herren Land;
Darum soll nicht streiten mit ihnen meine starke Hand."

Da sprach zum Markgraven Etzel der König hehr:
„Wie habt Ihr uns geholfen viel edler Rüdeger,
Da wir so viel der Todten schon hier im Lande ha'n!
Nicht Mehr wir deren bedürfen; Ihr habt viel übel gethan."

Da sprach der edle Ritter: „Betrübt' er mir doch den Mut,
Und hat mir vorgerücket Ehre und Gut,
Dessen ich von deinen Handen so viel hab' genommen;
Das ist nun dem Lügner übel zu unstatten kommen."

Da kam die Königin und hatte es auch gesehen,
Was von des Helden Zorne dem Heunen war geschehen.
Sie klagt es aus der Maßen, ihre Augen wurden naß;
Sie sprach zu dem Markgraven: „Wie haben wir verdienet das,

Daß Ihr mir und dem Könige mehret unser Leid?
Nun war't Ihr, edler Rüdeger, doch immer bereit,
So sagtet Ihr, zu wagen für uns Ehre und Leben.
Ich hörte von viel der Recken Euch den Preis viel laut geben.

Ich mahne Euch der Zusagen und daß Ihr mir geschworen,
Da Ihr mir zu Etzeln riethet, Ritter auserkoren,
Daß Ihr wolltet dienen bis an unser Eines Tod;
Deß war mir armen Weibe nimmer noch so zwingende Noth."

„Das bleibt ungeläugnet; ich schwur Euch, edles Weib,
Daß ich für Euch wagte die Ehre und auch den Leib;
Daß ich die Seele verlöre, das hab' ich nicht geschworen.
Ich hab' zu dieser Hochzeit gebracht die Fürsten hochgeboren."

Sie sprach: „Gedenke Rüdeger, der großen Treue dein,
Und deiner steten Eide, daß du den Schaden mein
Immer wollest rächen und alle meine Leid'."
Da sprach der Markgrave: „auch war ich immer Euch bereit."

Etzel der reiche zu flehen auch begann;
Sie baten zu Füßen beide den einen Mann;
Dem edeln Markgraven ward viel ungemach.
Der viel getreue Recke da in hartem Jammer sprach:

„O weh mir Gottesarmen, daß ich muß das erleben!
Aller meiner Ehren deren muß ich mich begeben,
Der Züchten und Treuen die mir Gott gebot.
O weh Gott im Himmel, daß mir's wendet nicht der Tod!

Welches ich nun lasse und fahe das Andre an,
So hab' ich immer böslich und viel übel gethan;
Lass' ich aber beides, schilt mich alles Volkes Ruf.
Nun wolle mich der berathen, der zu dieser Welt mich schuf."

Da baten sie brünstig, der König und sein Weib.
Darum mußten seit Recken verlieren Leben und Leib
Von Rüdegeres Händen, da auch der Held starb.
Ihr möget das wohl hören, wie er jämmerlichen Lohn erwarb.

Er wußte, daß nur Schaden er konnte gewinnen und Leid.
Er hätte dem König viel gerne seinen Eid
Versagt und der Königin. Viel sehr furcht' er auch das,
So er ihrer Einen schlüge, die Welt ihm trüge darum Haß.

Da sprach zu dem Könige der viel kühne Mann:
„Herr König, nun nehmt hinwieder was ich von Euch han,
Das Land mit den Burgen; Nichts soll mir davon bestehn;
Ich will auf meinen Füßen hinaus in das Elend gehn.

Ledig alles Gutes, so räum' ich Euch das Land,
Mein Weib und meine Tochter nehm' ich an meine Hand,
Eh daß ich ohne Treue müßte bleiben todt.
Ich hatte genommen übel Euer Gold also roth."

Da sprach der König Etzel: „Wer hülfe dann mir?
Das Land zu den Leuten das geb' ich alles dir,
Daß du mich rächest, Rüdeger, an den Feinden mein;
Du sollst hie neben Etzeln ein gewaltiger König seyn."

Da sprach aber Rüdeger: „Wie soll ich's fangen an?
Heim zu meinem Hause ich sie geladen han;
Trinken und Speise ich ihnen gütlich bot,
Und gab ihnen meiner Gaben; wie soll ich helfen zu ihrem Tod?

Leicht die Leute wähnen, daß ich sey verzagt;
Meiner Dienste keinen hab' ich ihnen nie versagt
Den viel edeln Fürsten und ihren Mannen auch;
Mich reut auch die Freundschaft, der ich pflag nach altem Brauch.

Giselher dem Degen gab ich die Tochter mein;
In dieser Welt sie konnte nicht besser vergeben seyn
Nach Zucht und nach Ehre, nach Treue und nach Gut;
Ich sah keinen jungen König noch so recht tugendlich gemut."

Da sprach aber Kriemhild: „Viel edler Rüdeger,
Nun laß dich doch erbarmen unser Beider Beschwer,
Meine und auch des Königs. Gedenke wohl daran,
Daß nie ein Wirth auf Erden also leidige Gäste gewann."

Da sprach der Markgrave wider das edle Weib:
„Es muß heute entgelten Rüdegeres Leib
Was Ihr und mein Herre mir Liebes habt gethan;
Darum muß ich sterben, es kann nun länger nicht bestahn.

Ich weiß wohl daß noch heute meine Burgen und mein Land
Euch müssen ledig werden durch der Gäste Hand.
Ich befehle Euch auf Gnaden mein Weib und meine Kind',
Und auch die viel Ausländ'schen, die da zu Bechlaren sind."

„Nun lohne dir Gott, Rüdeger!" der König sprach so;
Er und die Königin sie wurden beide froh;
„Uns sollen deine Leute wohl empfohlen stehn,
Auch traue ich meinem Heile, daß du gesund vom Streit wirst gehn."

Da setzt' er auf die Wage Seele und Leib.
Da begann zu weinen König Etzels Weib.
Er sprach: „Ich muß Euch leisten was ich Euch gelobet eh;
O weh um meine Freunde, die ich ungerne hie besteh'."

Man sah ihn von dem Könige viel trauriglich gehn.
Da fand er seine Recken viel nahe bei ihm stehn;
Er sprach: „Ihr sollt in Waffen Alle seyn bereit;
Die kühnen Burgunden ich leider muß bestehn im Streit."

Sie hießen bald eilen wo man ihr Gewaffen fand.
Ob der Helm es wäre oder der Schildrand,
Von ihrem Ingesinde ward es ihnen hergetragen.
Seit hörten leidige Märe die stolzen Landfremden sagen.

Gewaffnet ward da Rüdeger mit fünfhundert Mann;
Darüber zwölf Recken sah man ihm folgen hinan.
Die wollten Preis erwerben in des Sturmes Noth;
Sie wußten nicht die Märe, daß ihnen so nahe war der Tod.

Da sah man Rüdegeren unterm Helme gehen dar;
Es trugen scharfe Schwerter die in des Markgraven Schaar,
Dazu vor ihren Händen die lichten Schilde breit.
Das sah Volker der Spielmann; es war ihm das allergrößte Leid.

Da sah der junge Giselher seinen Schwäher gehn
Mit aufgebundnem Helme. Wie mochte man da verstehn
Was er damit meinte als nur eitel Gutes?
Deß war der edle König so recht fröhlichen Mutes.

„Nun wohl mir ob solchen Freunden," sprach Giselher der Degen,
„Die wir haben gewonnen nun auf diesen Wegen.
Viel Segen wir sollen haben von meinem Weibe hie;
Mir ist lieb, auf meine Treue, daß je diese Heirath gedieh."

„Ich weiß nicht, weß Ihr Euch tröstet," sprach der Spielmann;
„Wo saht Ihr je zum Frieden so manchen Held gahn
Mit aufgebundnen Helmen, die Schwerter in der Hand?
An uns will Rüdeger verdienen seine Burgen und Land'."

Bevor daß der Fiedeler seine Rede gesprochen aus,
Rüdegeren den edeln sah man vor dem Haus;
Seinen Schild den guten setzt er vor den Fuß;
Da mußt' er seinen Freunden versagen seinen Dienst und Gruß.

Der edle Markgrave rief da in den Saal:
„Ihr kühnen Nibelungen, nun wehrt Euch allzumal!
Ihr solltet mein genießen: nun entgeltet Ihr mein.
Ehevor waren wir Freunde; der Treue will ich ledig seyn."

Da erschraken ob dieser Märe die nothhaften Mannen,
Denn sie wenig Freude davon Alle gewannen,
Daß mit ihnen wollte streiten, dem viel hold sie waren.
Sie hatten von ihren Feinden große Drangsal schon erfahren.

„Nun wolle Gott im Himmel," sprach Gunther der Degen,
„Daß Ihr gegen uns zur Gnade laßt Euer Herz bewegen
Um der viel großen Treue, darauf uns stand der Mut.
Ich will Euch deß vertrauen, daß Ihr es nimmermehr thut."

„Ich kann es nicht lassen," sprach der kühne Mann,
„Ich muß mit Euch streiten, weil ich's gelobet han.
Nun wehrt Euch, kühne Helden, so lieb Euch Leben und Leib,
Mir wollt' es nicht erlassen des Königes Etzels Weib."

„Ihr widersagt uns nun zu spat," sprach der König hehr.
„Nun muß Euch Gott vergelten viel edler Rüdeger!
Treue und Minne die Ihr uns habt gethan.
Ob Ihr's am Ende wolltet gütlich stehen lassen an:

Wir würdens immer entgelten, was Ihr uns habt gegeben,
Ich und meine Magen, so Ihr uns ließet leben.
Der herrlichen Gaben, da Ihr uns brachtet her
In Etzels Land zu den Heunen, deß gedenkt, viel edler Rüdeger!"

„Wie wohl ich Euch das gönnte," sprach Rüdeger der Degen,
„Daß ich Euch meine Gaben dürft' in Fülle zuwägen
Mit also gutem Willen, als mir dazu steht der Mut;
Und wäre da Niemand, der mir darob Schelten thut!"

„Laßt ab, edler Rüdeger," sprach da Gernot;
„Nie wird ein Wirth gefunden, der's seinen Gästen entbot
Mit so minniglicher Güte, als Ihr uns habt gethan;
So wir bei Leben bleiben, sollt Ihr deß zu genießen ha'n."

„Wollte doch Gott," sprach Rüdeger, „viel edler Gernot,
Daß Ihr am Rheine wäret und ich geläge todt
Mit etlichen Ehren, weil ich Euch soll bestahn!
Es ward an Heimatlosen schlimmer nie von Freunden gethan."

„Nun lohne Euch Gott, Herr Rüdeger," sprach da Gernot,
„Der viel reichen Gabe. Mich reuet Euer Tod,
Soll an Euch verderben so tugendlicher Mut.
Hie trag' ich Euer Waffen, das Ihr mir gabet, Held gut!

Das ist mir nie erlahmet in aller dieser Noth;
Unter seiner Schärfen liegt mancher Ritter todt;
Es ist fest und lauter, herrlich und gut;
Ich wähne, so reiche Gabe nimmermehr ein Held thut.

Und wollt Ihr nicht ablassen, und Preis an uns gewinnen,
Schlagt Ihr mir von den Freunden die ich hab' hierinnen:
Mit Eurem eignen Schwerte nehm' ich Euch Leben und Leib;
Doch reuet Ihr mich, Rüdeger, und Euer viel herrliches Weib."

„Das wollte Gott, Herr Gernot, und mög' es ergehn
Daß aller Euer Wille wäre hier geschehn,
Und daß genesen wäre Eurer Freunde Leben und Leib!
Wohl sollten Euch vertrauen beide meine Tochter und mein Weib."

Da sprach von Burgunden der schönen Ute Kind:
„Wie thut Ihr so, Herr Rüdeger? die mit mir kommen sind,
Die sind Euch Alle gewogen. Ihr griffet übel zu!
Eure schöne Tochter wollt' Ihr zur Wittwe haben zu fruh.

Wenn Ihr und Eure Recken mich besteht im Streit:
Wie übel vergeltet Ihr mit Unfreundlichkeit
Daß ich Euch vertraute wohl vor Jedermann,
Davon ich zum Weibe Eure Tochter mir gewann."

„Gedenket Eurer Treue, viel edler König hehr!
Send' Euch Gott gesund von hinnen," so sprach Rüdeger.
„Lasset die Jungfraue nicht entgelten mein;
Eurer eignen Tugend willen wollet ihr hold und gnädig seyn!"

„Das thät' ich wohl billig," sprach Giselher das Kind;
„Aber meine hohen Magen, die noch hier innen sind,
Sollten die durch Euch sterben, so muß geschieden seyn
Die viel stete Freundschaft zu dir und der Tochter dein."

„Nun wolle uns Gott gnaden," sprach der kühne Mann.
Da huben sie die Schilde, als wollten sie hinan
Zum Streit mit den Gästen in Kriemhildens Saal.
Da rief viel laut Hagen von der Stiege herab zuthal.

„Bleibt noch eine Weile, viel edler Rüdeger,"
Also sprach da Hagen; „wir wollten reden mehr,
Ich und meine Herren, weil uns zwinget die Noth;
Was mag Etzeln helfen unser, der Heimatlosen, Tod?

Ich steh' in großen Sorgen," so redete Hagen,
„Den Schild den mir gegeben Frau Gotelind zu tragen,
Den haben mir die Heunen zerhauen von der Hand;
Ich trug ihn friedlich her in König Etzels Land.

Daß das Gott im Himmel mir gewähren wollte,
Daß ich einen so guten Schild noch tragen sollte,
Wie den du hast in Händen, viel edler Rüdeger,
So bedürfte ich zum Sturme keiner Halsberge mehr."

„Viel gern wär' ich dir hülfreich mit meinem Schilde,
Wenn ich ihn dir zu bieten mir traute vor Kriemhilde.
Doch nimm du ihn hin, Hagen, und trag' ihn an der Hand;
Hei! solltest du ihn führen heim in der Burgunden Land!"

Da er ihm so williglich den Schild zu geben bot,
Da wurden Vieler Augen von heißen Thränen roth.
Es war die letzte Gabe die seit der Zeit her
Bot einem Degen von Bechlaren Rüdeger.

Wie grimmig auch war Hagen und wie zornig gemut:
Doch erbarmte ihn die Gabe die der Held gut,
Seinen letzten Zeiten so nahe, hatte gethan.
Viel mancher Ritter edel mit ihm zu trauern begann.

„Nun lohne Euch Gott im Himmel, viel edler Rüdeger,
Es kommt Eures Gleichen Keiner nimmermehr,
Der landfremden Recken so herrliche Gaben gebe.
So wolle das Gott gebieten, daß Eure Tugend immer lebe.

O weh mir dieser Märe," sprach aber Hagen,
„Wir hatten andre Sorgen so viele zu tragen;
Gott sey geklaget mit Freunden der Streit!"
Da sprach der Markgrave: „Mir ist es inniglich viel leid!"

„Nun lohn' ich Euch die Gabe, viel edler Rüdeger,
Wie hart gegen Euch gebahren diese Recken hehr,
Daß nimmer Euch anrühret im Streite hier meine Hand,
Ob Ihr sie Alle schlüget die Helden aus Burgundenland."

Deß neigte sich ihm mit Züchten der gute Rüdeger;
Sie weinten allenthalben. Daß diese Herzensbeschwer
Niemand scheiden konnte, das war eine große Noth.
Ein Vater aller Tugenden lag an Rüdegeren todt.

Da sprach von dem Hause Volker der Spielmann:
„Weil mein Geselle Hagen Euch den Frieden gesagt an:
Sollt Ihr ihn also stet auch haben von meiner Hand;
Das habt Ihr wohl verdienet, da wir kamen in das Land.

Viel edler Markgrave, mein Bote seyn sollt Ihr:
Diese rothen Spangen gab die Markgravin mir,
Daß ich sie tragen sollte hier zur Hochgezeit;
Die mögt Ihr selber schauen, daß Ihr deß mein Zeuge seyd."

„Das wolle Gott der reiche," sprach da Rüdeger,
„Daß Euch die Markgravin noch sollte geben mehr.
Die Märe sage ich gerne dem trauten Gemahle mein,
So ich gesund sie sehe; deß sollt Ihr ohne Zweifel seyn."

Als er ihm das gelobte, den Schild hob Rüdeger;
Der Mut in ihm ertobte; da säumte er nicht mehr;
Da lief er an die Gäste, kühn war er genug;
Manchen Schlag, viel harten, der reiche Markgrave schlug.

Die beiden traten zurücke Volker und Hagen,
Weil sie zuvor ihm hatten Frieden angetragen;
Doch traf er noch so Kühne bei den Thürmen an,
Daß den Streit Rüdeger mit viel großen Sorgen begann.

Mit mordlustigem Willen empfingen sie darin
Gunther und Gernot; sie hatten Helden Sinn;
Zurück trat da Giselher; wohl war es ihm leid;
Er versah sich noch des Lebens, drum mied er Rüdegeres Streit.

Da sprangen gegen die Feinde des Markgraven Mannen;
Zu folgen ihrem Herren viel tugendlich sie begannen.
Die schneidenden Waffen trugen sie an der Hand;
Da brachen viel der Helme und manch herrlicher Schildrand.

Da schlugen die viel Müden viel manchen harten Schlag
Denen von Bechlaren, der gar schwer auflag,
Durch die festen Ringe, bis auf's Leben und Mark.
Sie thaten in dem Sturme Thaten viel herrlich und stark.

Das edle Ingesinde war nun auch darin;
Volker und Hagen die sprangen bald dahin.
Sie gaben Keinem Frieden als dem Einen Mann;
Von ihrer Beider Händen das Blut nieder durch Helme rann.

Wie recht grimmiglich von Schwertern drin es klang.
Viel der Schildspangen von den Schlägen sprang;
Da sanken ihre Schildsteine zerhauen in das Blut;
Sie fochten also grimmig, daß man's nimmer also thut.

Der Vogt von Bechlaren schritt hinwieder und dann,
Als Einer der mit Mannheit im Sturme werben kann,
Das hat Rüdeger des Tages wohl bewährt,
Daß er war ein Recke viel kühn und großes Preises werth.

Hier stunden diese Recken, Gunther und Gernot;
Sie schlugen in dem Streite viel manchen Held todt.
Giselher und Dankwart die schlugen blinden Schlag;
Da halfen sie viel Manchem hin zu seinem jüngsten Tag.

Viel wohl zeigte Rüdeger, daß er war stark genug,
Kühn und wohlgewaffnet; hei, was er Helden schlug!
Das sah ein Burgunde: Zornes war ihm Noth;
Davon begonnte nahen des edeln Rüdegeres Tod.

Gernot der starke den Helden rief er an.
Er sprach zum Markgraven: „Ihr wollt keinen Mann
Von den Meinen lassen leben, viel edler Rüdeger!
Das kränkt mich ohnemaßen; ich kann es nicht ansehen mehr.

Nun mag Euch Eure Gabe wohl zu Schaden kommen,
Weil Ihr mir meiner Freunde habt so viele benommen.
Zu mir Euch jetzt wendet, viel edel kühner Mann!
Eure Gabe wird verdienet wie ich es auf's allerhöchste kann."

Eh daß der Markgrave ganz kam zu ihm dar,
Mußten blutroth werden viele Ringe klar.
Da sprangen zu einander die Ehre begehrenden Mannen;
Beide sich zu schirmen vor starken Wunden begannen.

Ihre Schwerter so scharf waren; es half da kein Segen;
Da schlug Gernoten Rüdeger der Degen,
Durch den Helm, den kieselharten, daß nieder floß das Blut;
Das vergalt ihm reichlich der Ritter viel kühn und gut.

Die Rüdegeres Gabe
In der Hand hoch er schwang,
War er schon wund zum Tode;
Durch den Schild drang
Bis zum Helmgespänge
Der viel harte Schlag,
Davon bald zum Tode
Gotelindens Mann erlag.

Wohl ward nie schlimmer vergolten
So reiche Gabe mehr;
Da fielen Beide erschlagen,
Gernot und Rüdeger.

Zugleich in dem Sturme von ihrer Beider Hand.
Nun erst zürnte Hagen, als er den großen Schaden befand.

Da sprach der von Tronege: „Es ist uns Uebel gekommen:
Wir haben an ihnen Beiden so großen Schaden genommen,
Den wir nimmer überwinden, ihre Leute und auch ihr Land.
Die Rüdegeres Helden sind unser, der Heimatlosen, Pfand.“

„O weh um meinen Bruder! der Tod ist Meister hier!
Was der leidigen Mären kommt zu allen Zeiten mir!
Auch muß mich immer reuen der edle Rüdeger;
Der Schaden ist beidenthalben und das Leid groß und schwer.“

Da der junge Giselher sah seinen Bruder todt:
Die noch darinnen waren, die mußten leiden Noth.
Der Tod unter seinem Gesinde sich viel Beute erlas;
Derer von Bechlaren da nicht länger Einer genas.

Gunther und Giselher, Hagen von grimmem Mut,
Dankwart und Volker, die Degen kühn und gut,
Die gingen wo sie fanden liegen die zween Mannen;
Mit Jammer zu weinen da die Helden alle begannen.

„Der Tod uns arg beraubet,“ sprach Giselher das Kind;
„Nun lasset Euer Weinen, und gehn wir an den Wind,
Daß uns die Ringe erkühlen, uns Mannen müd vom Streit;
Gott, ich wähne, länger uns doch nicht zu leben verleiht.“

Den sitzen, Jenen lehnen sah man manchen Degen.
Sie waren wieder müßig, da todt waren erlegen
Die Rüdegeres Helden. Zergangen war das Getos;
So lange währte die Stille, daß König Etzeln es verdroß.

„O weh dieser Dienste!“ sprach des Königes Weib;
„Die sind uns nicht so ergeben, daß unsrer Feinde Leib
Müßte das entgelten durch Rüdegeres Hand.
Er will sie wieder bringen heim in der Burgunden Land.

Was hilft es, König Etzel, daß wir getheilet ha'n
Mit ihm, was er wollte? Der Held hat übel gethan!
Der uns da sollte rächen, der will der Sühne pflegen!“
Da rief ihr herüber Volker der viel zierliche Degen:

„Der Rede ist so nicht, leider! viel edeln Königes Weib!
Dürft' ich der Lügen zeihen also edeln Leib,
So habt Ihr gar teufelisch an Rüdeger gelogen;
Er und seine Mannen sind um die Sühne gar betrogen!

Er that mit solchem Willen, was ihm der König gebot,
Daß er und sein Gesinde ist hier erlegen todt.
Nun sehet Euch ringsum, Kriemhild, Wen Ihr Euch jetzt erwählt;
Euch hat bis an das Ende gedienet Rüdeger der Held.

Wollt Ihr das nicht glauben, sehen lassen man's Euch kann;“
Zu ihrem Herzeleide ward das also gethan;
Man trug den Held erschlagen hin wo ihn der König sah;
König Etzels Degen nimmer größres Leid geschah.

Da sie den Markgraven, einen Todten, sahen tragen:
Es könnte kein Schreiber aufschreiben und sagen
Die manche Wehklage von Weib wie von Mann,
Die sich aus Herzensjammer viel bitter zeigen begann.

König Etzels Jammer — einen größern sah man nie;
Wie eines Löwen Stimme der reiche König schrie
Mit herzinnigem Wehrufe; so that auch sein Weib.
Ohnmaßen sie klagten des guten Rüdegeres Leib.

Achtunddreißigste Aventure.

Wie Herrn Dietrichs Recken alle erschlagen wurden.

Da hörte man allenthalben Jammer also groß,
Daß von dem Wehklagen ertosten Thürme und Schloß.
Da hört' es auch von Berne ein Dietriches Mann;
Ob dieser harten Märe wie zornig er werden begann!

Da sprach er zu dem Fürsten: „Hört mein Herr Dietrich,
Was ich noch gelebet han, so recht unbändiglich
Hört' ich noch nie Wehklage, als ich nun hab' vernommen.
Ich wähne der König selber ist zu der Hochgezeit gekommen.

Wie möchten sonst Alle haben solche Noth?
Der König oder Kriemhild, Ihrer Eines das ist todt
Vor den kühnen Gästen durch ihren Haß erlegen.
Es weinet ohnmaßen viel mancher zierliche Degen."

Da sprach der Vogt von Berne: „Hört mich, meine Mannen, an;
Nun hastet doch zu sehr nicht; was hie haben gethan
Die heimatlosen Recken, dazu zwang sie die Noth,
Auch laßt sie deß genießen, daß ich ihnen meinen Frieden bot."

Da sprach der kühne Wolfhart: „Ich will gehn hinan,
Und nachfragen der Märe, was sie haben gethan,
Und will's Euch dann sagen, viel lieber Herre mein,
Wie ich es dort erfinde, was die Klage möge seyn."

Da sprach der Herre Dietrich: „Wo man Zornes sich versieht,
Wo eine ungefüge Frage da geschieht:
Das betrübet Recken und reizt leicht ihren Mut;
Ich will nicht Wolfhart, daß Ihr solche Frage thut."

Da bat er Helfrichen alsbald gehen dar,
Und hieß ihn erkunden von König Etzels Schaar
Oder von den Gästen, was da wäre geschehen;
Man hatte von Leuten so großen Jammer nie gesehen.

Der Bote begann fragen: „Was ist hier geschehn?"
Da sprach Einer darunter: „Wir müssen viel sehen zergehn
Was wir Freude hatten in der Heunen Land;
Hier liegt erschlagen Rüdeger todt von der Burgunden Hand.

Die mit ihm hineinkamen derer ist nicht Einer genesen;"
Da war Helfrichen nimmer leider gewesen;
Wohl hört' er Märe nie so recht ungerne.
Der Bote, viel sehr weinend, ging zu dem Fürsten hin von Berne.

„Was habt Ihr uns erkundet?" sprach da Dietrich;
„Warum weinet so sehr Ihr, Degen Helfrich?"
Da sprach der edle Recke: „Ich mag wohl hart klagen!
Den guten Rüdeger haben die Burgunden erschlagen."

Da sprach der Held von Berne: „Das soll nicht wollen Gott!
Das wär' eine starke Rache und auch des Teufels Spott.
Wie hätten an Rüdeger sie zu strafen eine Schuld?
Ist mir doch wohl kundig, er trägt den fremden Gästen Huld."

Da antwortete Wolfhart: „Und hätten sie's gethan,
So sollt' es ihnen Allen an das Leben gahn;
So wir das ertrügen, wir hätten immer Schand'.
Hat uns doch viel gedienet des guten Rüdegeres Hand!“

Der Vogt der Amelungen hieß es erkunden baß.
Mit viel harter Sehnsucht er in einem Fenster saß;
Da bat er Hildebranden zu den Gästen gehn,
Daß er von ihnen erführe, was bei ihnen wäre geschehn.

Der sturmkühne Recke Meister Hildebrand
Weder Schild noch Waffen trug er an der Hand,
Er wollte in seinen Züchten zu den Gästen gahn,
Von seiner Schwester Kinde ward ihm da ein Strafen gethan.

Da sprach der grimme Wolfhart: „Wollt unbewehrt Ihr gehn,
So mag ohne ein Schelten Eure Botschaft schwerlich geschehn;
So müßt mit Lästerworten Ihr Euch wehren dagegen;
Geht Ihr hin gewaffnet, so hütet sich wohl jeglicher Degen.“

Da gürtete sich der Weise auf des Dummen Rath.
Eh daß er's inne wurde, waren in Waffen genaht
Alle Dietrichs Recken und trugen Schwert in der Hand;
Leid war es dem Helden; viel gerne hätt' er es gewandt.

Er fragte was sie wollten: „Wir wollen mit Euch hin,
So etwa von Tronege Hagen hätte so schlimmen Sinn,
Daß er Spott Euch spräche, wie er es wohl kann pflegen.“
Da er das hörte gestand es ihnen zu der Degen.

Nun sah der kühne Volker gewaffnet kommen heran
Die Recken von Berne mit Dietriches Mann,
Begürtet mit den Schwertern, sie trugen den Schild an der Hand;
Er sagt' es seinen Herren, den Königen von Burgundenland.

Da sprach der kühne Fiedeler: „Ich sehe kommen dar
Die Dietriches Mannen, so recht feindliche Schaar,
Gewaffnet unter Helmen, sie wollen uns bestehn;
Ich wähne, daß es übel mit uns Landfremden wolle gehn.“

In denselben Zeiten kam auch Hildebrand.
Da setzt' er vor die Füße seinen Schildrand;
König Gunthers Mannen fragen er begann:
„O weh, Ihr guten Helden, was hat Euch Rüdeger gethan?

Mich hat mein Herr Dietrich her zu Euch gesandt,
Ob erschlagen hätte Euer Eines Hand
Den edeln Markgraven als uns das ist gesait;
Wir könnten überwinden nimmer das viel harte Leid.“

Da sprach von Tronege Hagen: „Die Mär' ist ungelogen,
Wie wohl ich Euch das gönnte, hätt' Euch der Bote betrogen,
Um Rüdegeres willen, daß lebte noch sein Leib,
Den immerdar beweinen beide mögen, Mann und Weib.“

Da sie das recht gehöret, daß er wäre todt,
Da klagten ihn die Recken; ihre Treu' ihnen das gebot;
Den Dietriches Recken sah man die Thränen gehn
Ueber Bart und über Wangen; ihnen war groß Leid geschehn.

Der Herzog aus Berne Sigestab da sprach:
„Nun hat gar ein Ende genommen Ruh und Gemach
Die uns hier schuf Rüdeger nach unsern leiden Tagen;
Der Heimatlosen Freude liegt von Euch Helden hier erschlagen.“

Da sprach von Amelungen der Degen Wolfwein:
„Und ob ich heute sähe todt den Vater mein,
Mir wäre darum nicht leider als um seinen Leib;
O weh! Wer soll nun trösten des guten Markgraven Weib?“

Da sprach in Zornes Mute der Degen Wolfhart:
„Wer weiset nun die Recken auf so mancher Heerfahrt,
Als wie der Markgrave viel häufig hat gethan?
O weh, viel edler Rüdeger, daß wir dich so verloren ha'n!"

Wolfbrand und Helfrich und auch Helmnot
Mit allen ihren Freunden sie weinten seinen Tod.
Vor Seufzen mochte fragen nicht mehr Hildebrand,
Er sprach: „Nun thut Ihr Degen, warum mein Herre mich hat gesandt;

Gebt uns Rüdegeren als Todten aus dem Saal,
An dem gar mit Jammer liegt unsre Freude all,
Und laßt uns ihm vergelten, was er je hat gethan
An uns viel große Treue und an manchem andern Mann.

Wir sind auch Heimatlose gleichwie Rüdeger war.
Was lasset Ihr uns warten? Laßt uns ihn hindar
Tragen, daß wir im Tode lohnen noch dem Mann.
Wir hätten es viel billig bei seinem Leben noch gethan."

Da sprach der König Gunther: „Nie war ein Dienst so gut,
Als den ein Freund dem Freunde nach dem Tode thut.
Das heiß' ich stete Treue, wer die leisten kann;
Ihr lohnet ihm von Schulden; er hat Euch Liebe viel gethan."

„Wie lange sollen wir flehen?" sprach Wolfhart der Degen;
„Seit unser Trost, der beste, durch Euch ist todt erlegen,
Und wir den Recken leider nicht mehr mögen haben,
Laßt uns ihn tragen von hinnen, daß den Helden wir begraben."

Da antwortete ihm Volker: „Niemand giebt ihn Euch;
So holet ihn in dem Saale wo der Degen bleich
Liegt mit starken Wunden gefallen in das Blut;
So ist es ein Dienst, ein voller, den Ihr hie Rüdegeren thut."

Da sprach der kühne Wolfhart: „Gott weiß, Herr Spielmann,
Ihr dürft uns nicht reizen; Ihr habt uns übel gethan.
Dürft' ich's vor meinem Herren, so kämet Ihr drum in Noth;
Doch müssen wir's lassen, weil er uns Streiten hier verbot."

Da sprach aber der Fiedeler: „Der Furcht ist allzuviel,
Wenn, was man ihm verbietet, Einer Alles lassen will;
Das kann ich nicht heißen rechten Heldes Mut."
Die Rede däuchte Hagen von seinem Heergesellen gut.

„Dessen laßt Euch nicht gelüsten," sprach aber Wolfhart,
„Ich verstör' Euch so die Saiten, wenn Ihr zur Wiederfahrt
Reitet nach dem Rheine, daß Ihr's wohl möget sagen.
Ich mag nicht mit Ehren Euern Uebermut vertragen."

Da sprach der Spielmann: „Wenn Ihr den Saiten mein
Verstört die guten Töne, Eures Helmes Schein
Muß viel trübe werden von meiner Hand,
So ich je wieder reite heim in der Burgunden Land."

Da wollt' er zu ihm springen; das ließ nicht geschehn
Hildebrand, sein Oheim, der zwang ihn bei ihm bestehn:
„Ich wähne du wolltest wüthen in deinem dummen Zorn!
Meines Herren Hulden hättest du auf immer verlor'n."

„Laßt los den Leuen, Meister, er ist so grimmig gemut;
Kommt er mir zu Handen," sprach Volker der Degen gut,
„Und hätt' er die Welt alle mit seiner Hand erschlagen:
Ich schlage ihn, daß er nimmer darf seine Widerreden sagen."

Darob viel sehr erzürnet ward der Berner Mut;
Den Schild rückte Wolfhart, ein schneller Degen gut.
Als wie ein Leu ein wilder, lief er vor ihnen dar;
Ihm begann zu folgen jach seiner Freunde Schaar.

Wie weite Sprünge er machte vor des Saales Wand,
Doch ereilt' ihn vor der Stiege der alte Hildebrand;
Er wollte ihn vor sich lassen nicht kommen in den Streit.
Sie fanden, was sie suchten, an den Heimatfernen seit.

Da sprang zu auf Hagen Meister Hildebrand;
Die Schwerter man hörte erklingen in ihrer Beider Hand.
Sie waren sehr erzürnet; das mochte man wohl sehn;
Man sah von Beider Schwertern den Wind, den feuerrothen, gehn.

Die wurden da geschieden in des Streites Noth;
Das thaten die von Berne, als ihnen ihre Kraft gebot.
Es wandte Meister Hildebrand sich von Hagen dann;
Da lief der starke Wolfhart Volker, den kühnen Spielmann, an.

Er schlug den Fiedeler auf den Helmhut,
Daß des Schwertes Schärfe drang bis zur Spange gut;
Das vergalt mit Kräften der kühne Spielmann;
Da schlug er Wolfharten, daß zu wanken er begann.

Feuers aus den Ringen hauten sie genug;
Haß ihrer Jeglicher großen dem Andern trug.
Sie schied da von Berne der Degen Wolfwein;
Wär' er kein Held gewesen, hätte das nimmer mögen seyn.

Gunther der Degen mit viel williger Hand
Empfing die kühnen Helden von Amelungenland.
Giselher der Herre der lichten Helme gut
Macht' er da viel manche mit Schlägen naß und roth von Blut.

Dankwart, Hagens Bruder, war ein grimmiger Mann;
Was er zuvor im Streite Alles hatte gethan
König Etzels Recken, das war gar wie ein Wind,
Nun focht viel tobender des kühnen Aldrianes Kind.

Ritschart und Gerbart, Helfrich und Wikart,
Die hatten in manchen Stürmen selten sich gespart;
Deß mußten da die Mannen Gunthers wohl inne werden;
Da sah man Wolfbranden im Streite herrlich sich geberden.

Da focht, als ob er wüthe, der alte Hildebrand;
Viel der guten Recken von Wolfhartes Hand
Im Tode mußten fallen vor'm Schwerte in das Blut.
So rächten Rüdegeren die Recken viel kühn und gut.

Da focht der Herre Sigestab, als er war stark genug;
Hei, was er in dem Streite der guten Helme zerschlug
Den seinen Feinden, Dietriches Schwester Sohn;
Er konnte in dem Streite Besseres nimmermehr thun.

Volker der starke der sah bald darnach,
Daß Sigestab der kühne den blutigen Bach
Hieb aus harten Ringen; das weckte des Helden Zorn;
Er sprang ihm entgegen; da hatte Sigestab verlor'n

Durch die Hand des Fiedelers viel bald das Leben;
Er begann ihm seiner Künste einen solchen Theil zu geben,
Daß er von seinem Schwerte mußte erliegen todt;
Das rächte der alte Hildebrand, wie ihm seine Mannheit das gebot.

„O weh des lieben Herren," sprach Meister Hildebrand,
„Der hier liegt erschlagen von Volkers Hand!
Nun soll auch der Fiedeler länger nicht genesen!"
Hildebrand der kühne — grimmiger war er nie gewesen.

Da schlug er Volkern, daß ihm die Helmband'
Flogen allenthalben an des Saales Wand
Vom Helm und auch vom Schilde dem kühnen Spielmann,
Davon der starke Volker seines Lebens Ende gewann.

Da drangen zu dem Streite
Die Dietriches Mannen;
Sie schlugen, daß die Ringe
Viel fern flogen von dannen,
Und daß flogen die Spitzen
Manches Schwertes das zerbrach;
Sie lockten aus den Helmen
Den viel heiß fließenden Bach.

Da sah von Tronege Hagen
Den Spielmann Volker todt;
Das war auf der Hochgezeit
Seine allergrößeste Noth
Die er da hatte gewonnen
An Magen oder Mann.
O weh, wie hart Hagen
Den Held da zu rächen begann!

„Nun soll sich deß nicht freuen
Der alte Hildebrand!
Mein Helfer liegt erschlagen
Von des Helden Hand,
Der beste Heergeselle
Den ich je gewann.“
Den Schild den rückt' er höher,
Hin schritt er hauend dann.

Helfrich der starke
Dankwarten schlug;
Gunther und Giselher
Denen war es leid genug,
Da sie ihn fallen sahen
In der starken Noth;
Er hatte mit seinen Händen
Wohl vergolten seinen Tod.

Dieweile ging auch Wolfhart hinwieder und dann,
Auf Gunthers Mannen haute der kühne Mann;
Er war zum dritten Male nun kommen durch den Saal,
Da fiel vor seinen Handen viel mancher Recke zuthal.

Da rief der Herre Giselher Wolfharten an:
„O weh, daß ich so grimmen Feind je gewann!
Edler Ritter kühne, nun wendet Euch hieher!
Ich will es helfen enden; es kann nicht anders gehen mehr."

Zu Giselher kehrte Wolfhart in den Streit.
Da schlug ihrer Jedweder viel manche Wunden weit;
So recht kräftigen Sprunges er zu dem Könige drang,
Daß ihm's Blut unter'n Füßen über's Haupt zusammen sprang.

Mit harten Schlägen grimmig das Kind der schönen Ute
Empfing Wolfharten, den Recken von kühnem Mute.
Wie stark war der Degen, er konnte nicht genesen;
Es war ein König, so junger, nimmermehr so kühn gewesen.

Da schlug er Wolfharten durch seinen Panzer gut,
Daß ihm von der Wunde nieder schoß das Blut;
Er wundete zum Tode den Dietriches Mann.
Außer einem Recken, hätte Niemand wahrlich das gethan.

Als der kühne Wolfhart die Wunde da empfand,
Den Schild den ließ er fallen; höher in der Hand
Hob er ein starkes Waffen, das war scharf genug;
Durch Helm und durch Ringe der Held da Giselheren schlug.

Sie hatten Beide einander grimmen Tod angethan,
Da konnte auch nicht mehr leben der Dietriches Mann.
Hildebrand der alte Wolfharten fallen sah;
Vor seinem Tod, ich wähne, so großes Leid ihm nie geschah.

Da waren Gunthers Mannen vom Tod Alle umfangen,
Und auch Dietriches. Hildebrand war gegangen,
Wo Wolfhart war gefallen nieder in das Blut;
Er umschloß mit Armen den Recken viel kühn und gut.

Er wollte ihn aus dem Hause mit sich tragen fort;
Er war ihm zu schwer; er mußte ihn lassen liegen dort.
Da blickte aus dem Blute der todwunde Mann;
Er sah wohl, daß ihm gerne sein Oheim hätte Hülfe gethan.

Da sprach der Todwunde: „Viel lieber Oheim mein,
Ihr möget zu diesen Zeiten mir nicht mehr dienstlich seyn;
Hütet Euch nur vor Hagen, wohl dünket mich das gut;
Er trägt in seinem Herzen einen viel grimmigen Mut.

Und so mich meine Magen nach dem Tode wollten klagen,
Den Nächsten und den Besten denen sollt Ihr von mir sagen:
Daß sie nach mir weinen das sey ohne Noth;
Von eines Königes Handen lieg' ich hie viel herrlich todt.

Ich hab' auch so verkaufet hier innen meinen Leib,
Daß es wohl mag beweinen manch guten Ritters Weib.
So Euch deß Jemand fraget, so mögt Ihr alsbald sagen:
Von meinen Eines Handen liegen Hundert wohl erschlagen."

Da gedacht' auch Hagen an den Spielmann,
Dem der kühne Hildebrand sein Leben abgewann.
Da sprach er zu dem Degen: „Meine Leid' büß' Euer Haupt!
Ihr habt uns viel manchen kühnen Recken heut geraubt."

Er schlug auf Hildebranden, daß man wohl vernahm
Balmungen klirren, den Sigfriden abnahm
Hagen der viel kühne, als er den Helden schlug.
Da wehrte sich der Alte; dazu war er kühn genug.

Der Dietriches Recke schwang ein Gewaffen schwer
Auf den Held von Tronege, das auch schnitt viel sehr;
Doch konnte er nicht verwunden König Gunthers Mann;
Da schlug ihn aber Hagen durch seinen Panzer wohlgethan.

Da der alte Hildebrand die Wunde recht empfand,
Da furchte er größern Schaden noch von Hagens Hand;
Den Schild warf über den Rücken der Dietriches Mann;
Mit der starken Wunde der Held vor Hagen da entrann.

Da war nun Niemand lebend von den Helden allen;
Außer Gunther und Hagen waren sie Alle gefallen.
Mit Blute ging beronnen der alte Hildebrand,
Er brachte leidige Märe hin wo er Dietrichen fand.

Da sah er traurigen Mutes sitzen hie den Mann.
Des Leides viel mehr noch der Fürst da gewann;
Er sah auch Hildebranden in seinem Panzer roth,
Da fragt' er um die Märe, als ihm seine Sorge das gebot.

„Nun sagt mir, Meister Hildebrand, wie seyd Ihr so naß
Von dem Lebensblute, oder Wer that Euch das?
Ich wähne: daß mit den Gästen Ihr habt gebrochen den Frieden,
Den Streit verbot ich so sehr Euch; Ihr hättet billig es vermieden."

Da sagt' er seinem Herren: „Das that Hagen;
Der hat mir diese Wunden in dem Saale geschlagen,
Da ich von den Recken mich zu wenden begonnen;
Mit meinem Leben bin ich diesem Teufel kaum entronnen."

Da sprach der Fürst von Berne: „Viel recht ist Euch geschehen,
Da Ihr mich hörtet Freundschaft den Recken zugestehen,
Daß Ihr den Frieden brachet, den ich ihnen hatte gegeben.
Wär' mir's nicht ewig Schande, Ihr solltet lassen darum das Leben."

„Nun zürnet doch so sehr nicht, mein Herr Dietrich;
Zu großen Schaden nahmen schon meine Freunde und ich.
Wir wollten Rüdegeren hertragen von dannen,
Das wollten nicht vergönnen uns des Königes Gunthers Mannen."

„O weh mir um diese Märe! ist Rüdeger doch todt?
Den muß ich immer klagen; deß ist mir große Noth.
Gotelind die edle ist meiner Base Kind;
Ach weh der armen Waisen die da zu Bechlaren sind."

An ihr Leid und Grämen mahnte ihn da sein Tod.
Er begonnte weinen; das war dem Helden Noth:
„O weh der treuen Hülfe die ich verloren han;
Denn ich verwinden nimmer werde König Etzels Mann.

Mögt Ihr mir, Meister Hildebrand, die rechte Märe sagen,
Wer da war der Recke, der ihn hat erschlagen?"
Er sprach: „Das that mit Kräften der starke Gernot,
Von Rüdegeres Handen ist auch der Held erlegen todt."

Er sprach zu Hildebranden: „Nun sagt den Mannen mein,
Daß sie sich balde waffnen, denn ich will gehn hinein,
Und heißet mir bringen mein lichtes Sturmgewand.
Ich will selber fragen die Helden aus Burgundenland."

Da sprach Meister Hildebrand: „Wer soll mit Euch gehn?
Was Ihr habt von Lebenden, die seht Ihr bei Euch stehn;
Das bin ich mutersalleine; die Andern die sind todt."
Da erschrack er ob der Märe; dazu zwang wahrlich ihn die Noth;

Denn er Leid, so großes, nie auf der Welt erworben;
Er sprach: „Und sind sie Alle, meine Mannen, erstorben:
So hat mein Gott vergessen, ich armer Dietrich!
Und doch ein König gewesen, gewaltig, reich und hehr bin ich.

Wie konnte es sich fügen," sprach aber Herr Dietrich,
„Daß sie Alle sind erstorben die Helden tugendlich,
Vor den Streitmüden, die doch litten Noth?
Wenn mein Unglück nicht wäre, blieb' ihnen fremde noch der Tod.

Weil meines Glückes Zeiten nun am längsten sind gewesen,
So sagt mir: Ist von den Gästen noch Jemand dort genesen?"
Da sprach Meister Hildebrand: „Das weiß Gott, Niemand mehr
Als nur Hagen alleine, und Gunther der König hehr."

„O weh, lieber Wolfhart, soll ich dich han verloren:
So mag mich bald reuen, daß ich je ward geboren;
Sigstab und Wolfwein und auch Wolfbrand!
Wer soll mir denn helfen in der Amelungen Land?

Helfrich der viel kühne, und ist mir der erschlagen,
Gerbart und Wikhart, wie könnt' ich genug sie klagen?
Das ist für meine Freuden mir der letzte Tag.
O weh, daß vor Leide Niemand gar sterben mag!"

Neununddreißigste Aventure.

Wie Gunther, Hagen und Kriemhild erschlagen wurden.

Da suchte der Herr Dietrich selber sein Gewand;
Ihm half, daß er sich waffnete, der alte Hildebrand.
Da klagte also heftig der kräftige Mann,
Daß das Haus erbeben vor seiner Stimme begann.

Da gewann er aber wieder rechten Heldes Mut;
In Grimme ward gewaffnet da der Degen gut;
Schild, einen viel festen, den nahm er an die Hand.
Sie gingen bald von dannen, er und Meister Hildebrand.

Da sprach von Tronege Hagen: „Ich sehe dort her gehn
Den Herrn Dietrichen; der will uns bestehn
Nach seinem starken Leide das ihm hie ist geschehen.
Man soll das heute schauen, Wem man den Preis soll zugestehen.

Dünket sich denn von Berne der Herre Dietrich
Also stark des Leibes und so furchtbarlich,
Und will er's an uns rächen, was ihm ist geschehn,"
Also redete Hagen, „ich getrau mir wohl ihn zu bestehn."

Diese Rede hörten Dietrich und Hildebrand.
Er kam, da er die Recken beide stehend fand
Außen an dem Hause gelehnet an den Saal.
Seinen Schild, den guten, setzte Herr Dietrich zuthal.

In leidevollen Sorgen sprach Herr Dietrich:
„Wie habt Ihr so geworben, König tugendlich,
Wider mich Elenden? was hatt' ich Euch gethan?
Alles meines Trostes muß ich Einsamer ledig gahn.

Ihr hattet noch nicht Genüge an der großen Noth,
Da Ihr uns Rüdegeren, den Held, erschluget todt.
Nun habt Ihr meine Mannen alle mir genommen;
Von mir wär' Euch, Helden, nimmer solches Leid gekommen.

Gedenket an Euch selber und an Euer Leid,
An den Tod Eurer Freunde und auch die Arbeit,
Ob es Euch zieren Recken beschweret nicht den Mut?
O weh, wie recht unsanfte mir der Tod Rüdegeres thut!

Auf dieser Welt geschah nie Leid einem Manne mehr;
Ihr bedachtet übel meine und Eure Beschwer.
Was ich Freuden hatte, liegt nun von Euch erschlagen;
Wohl kann ich zur Genüge nimmer meine Magen beklagen."

„Ei sind wir doch nicht so schuldig," sprach Hagen dagegen;
„Es gingen zu dem Hause heran Eure Degen
Gar fleißig gewaffnet mit einer großen Schaar.
Mich dünket, daß die Märe Euch nicht recht ward offenbar."

„Was soll ich mehr glauben? mir sagt Hildebrand,
Da meine Recken begehrten aus Amelungenland,
Daß Ihr ihnen Rüdegeren gäbet aus dem Saal:
Habet Ihr nur Spott geboten den meinen Recken her zuthal."

Da sprach der Vogt vom Rheine: „Sie begehrten zu tragen
Rüdegeren von hinnen; den hieß ich ihnen versagen,
Etzeln zum Leide und nicht den deinen Mannen;
Darob von Wolfharten wir harte Scheltreden gewannen.“

Da sprach der Held von Berne: „Es mußte also seyn;
Gunther, König edel, um willen der Tugend dein
Vergüte mir die Leide, die mir von dir geschehen,
Und sühne es Ritter kühne, daß ich dir kann Frieden zugestehen.

Ergieb dich mir als Geisel, du und dein Mann,
So will ich verhüten, so ich allerbestens kann,
Daß dir hie bei den Heunen Niemand Nichts thut;
Du sollst an mir finden nur redlichen und treuen Mut.“

„Das wolle nicht Gott im Himmel,“ sprach Hagen dagegen,
„Daß sich dir ergeben als Geiseln zwei Degen,
Die noch so wehrlich gewaffnet gegen dir stehn,
Und noch so frei und ledig daher vor ihren Feinden gehn.“

„Ihr sollt es nicht verreden,“ so sprach Herr Dietrich,
„Gunther und Hagen! Ihr habt beide mich
So heftig betrübet, das Herz und auch den Mut,
Und wollt Ihr mir's vergüten, daß Ihr das viel billig thut.

Ich gebe Euch meine Treue und sicherliche Hand,
Daß ich mit Euch reite wieder heim in Euer Land;
Ich geleite Euch nach Ehren oder ich will liegen todt,
Und will Euretwegen vergessen meine große Noth.“

„Anmutet's uns nicht länger,“ sprach aber Hagen;
„Für uns nicht sich's ziemte, daß man sollte Märe sagen,
Daß sich Euch ergaben also kühne Mannen zween;
Sieht man bei Euch doch Niemand als allein Hildebranden stehn.“

Da sprach Meister Hildebrand: „Gott weiß, Herr Hagen,
Der Euch anbietet Frieden mit Euch zu vertragen —
Es kommt noch an die Stunde, wo Ihr ihn gerne nähmet;
Zu meines Herren Sühne billiglich Ihr entgegen kämet!“

Da sprach Hagen: „Die Sühne wohl eh ich nehmen wollte,
Als daß ich also lästerlich aus einem Saale sollte
Fliehen, Meister Hildebrand, wie von Euch hie geschehn;
Ich wähnte, auf meine Treue, Ihr könntet baß gegen Feinde stehn.“

Da antwortete Hildebrand: „Wie verweiset Ihr mir das?
Wer war es, der auf dem Schilde vor dem Wasgensteine saß,
Da ihm von Spanien Walther so viel der Magen schlug?
Auch an Euch selber habt Ihr wohl zu schelten noch genug.“

„Das ist nicht,“ sprach Herr Dietrich, „Helden Zeitvertreib,
Daß sie sollten schelten als wie die alten Weib’;
Ich verbiete Euch, Meister Hildebrand, daß Ihr nicht sprechet mehr.
Mich elenden Recken zwinget die sorglichste Beschwer.

Laßt hören, Recke Hagen,“ sprach Herr Dietrich,
„Was Ihr Beide sprachet, Degen tugendlich,
Da Ihr mich gewaffnet zu Euch sahet gehn?
Ihr rühmtet, daß Ihr alleine mit Streite wolltet mich bestehn?“

„Das leugnet ab Euch Niemand,“ sprach Hagen der Degen;
„Ich will es hier versuchen mit den starken Schlägen,
Es sey denn, daß mir zerbreche das Nibelunges Schwert.
Mir ist Zorn, daß unser Beider Ihr als Geiseln habt begehrt.“

Da Herr Dietrich hörte des grimmen Hagen Mut,
Den Schild viel bald zuckte der schnelle Degen gut.
Wie bald gegen ihm Hagen von der Stiege sprang!
Nibelunges Schwert, das gute, viel laut auf Dietrichen erklang.

Da wußte wohl Herr Dietrich, daß der kühne Mann
Viel grimmen Mutes wäre; sich zu schirmen begann
Der Fürst von Berne vor furchtbarlichen Schlägen;
Viel wohl er erkannte Hagen den viel zierlichen Degen.

Auch furchte er Balmungen, ein Waffen stark genug;
Unterweilen Dietrich mit Listen wieder schlug,
Bis daß er Hagen im Streite doch bezwang;
Er schlug ihm eine Wunde, die war beides, tief und lang.

Da gedachte der Herre Dietrich: „Du bist gesunken in Noth;
Ich hab' deß wenig Ehre, so du vor mir lägest todt;
Ich will es sonst versuchen, ob ich erzwingen kann
Dich mir zu einem Geisel." Das ward mit Sorgen gethan.

Den Schild ließ er fallen; seine Stärke die war groß;
Hagen von Tronege mit Armen er umschloß;
Da ward so bezwungen von ihm der kühne Mann.
Gunther der edele darum sehr zu trauern begann.

Da band Dietrich Hagen und führt' ihn da er fand
Kriemhild die Königin, und gab ihr bei der Hand
Den allerkühnesten Recken, der je ein Schwert trug.
Nach ihrem viel starken Leide ward sie darob fröhlich genug.

Vor Liebe sich dem Degen neigte das edle Weib;
„Immer sey dir selig dein Herz und auch dein Leib!
Du hast mich wohl vergütet aller meiner Noth;
Das will ich immer vergelten, es nehme mich denn hin der Tod."

Da sprach der Herre Dietrich: „Ihr sollt ihn lassen leben,
Viel edle Königin; und mag sich noch begeben,
Daß er Euch wohl vergütet das er Euch gethan.
Er soll deß nicht entgelten, daß Ihr ihn sehet gebunden stahn."

Da hieß sie Hagen führen an ungemachen Ort;
Da er lag beschlossen und ihn Niemand sah dort.
Gunther, der König edel, rufen da begann:
„Wohin kam der Held von Berne? der hat mir groß Leid gethan.“

Da ging ihm hin entgegen der Herre Dietrich;
König Gunthers Mannheit die war viel tugendlich;
Da harrte auch er nicht länger, er lief her vor den Saal.
Von ihrer Beider Schwertern hob sich ein furchtbarlicher Schall.

Wie viel der Herre Dietrich langher war gelobt:
Gunther war so gewaltig erzürnet und ertobt,
Da er nach starkem Leide solchen Feind gewann;
Man sagt es noch zum Wunder, daß Herr Dietrich da dem Tod entrann.

Ihre Mannheit und ihre Stärke beide waren groß;
Palast und Thürme bebten von ihrem Schlag und Stoß,
Da sie mit Schwertern hauten auf die Helme gut.
Es hatte der König Gunther einen viel herrlichen Mut.

Doch zwang ihn der von Berne, wie Hagen eh geschah;
Das Blut man durch die Ringe dem Helden fließen sah
Von einem starken Schwerte, das trug Herr Dietrich.
Doch hatte gewehrt kräftig Gunther, der viel müde, sich.

Der Herre ward gebunden von Dietriches Hand,
Wie Könige nimmer sollten leiden solche Band'.
Er dachte, so er sie ließe, den König und seinen Mann,
Alle die sie träfen, die würden von ihnen den Tod empfahn.

Dietrich von Berne der nahm ihn bei der Hand;
Hin führt' er ihn gebunden wo er Kriemhilden fand.
Sie sprach: „Willkommen Gunther, Held aus Burgundenland!“
„Nun lohne Gott Euch, Kriemhild, so mich Eure Treue dessen mahnt.“

Er sprach: „Ich sollt' mich Euch neigen, viel liebe Schwester mein,
Ob Euer Grüßen möchte gnädiglicher seyn.
Ich weiß Euch Königin, also zornig gemut,
Daß Ihr mich und Hagen viel schwach nur grüßen thut."

Da sprach der Held von Berne: „Viel edles Königes Weib,
Es ward nimmer gebunden so guter Ritter Leib,
Als ich Euch, hehre Fraue, zu Geiseln gegeben han;
Nun thut mir zu Liebe den Elenden viel Gnade an!"

Sie sprach: sie thu' es gerne. Da ging Herr Dietrich
Mit weinenden Augen von den Helden tugendlich;
Seit rächte doch grimmig sich König Etzels Weib:
Den auserwählten Degen nahm sie beiden Leben und Leib.

Sie ließ getrennt sie liegen wo ihnen Leid geschah,
Daß ihrer seit Keiner den Andern niemals sah,
Bis sie das Haupt ihres Bruders hin für Hagen trug.
Der Kriemhilde Rache ward an ihnen Beiden genug.

Darauf ging hin die Königin wo sie Hagen sah.
Wie recht feindlichen Mutes zu dem Recken sprach sie da:
„Wollt Ihr mir geben wieder, was Ihr mir habt genommen,
So mögt Ihr noch wohl lebend heim zu den Burgunden kommen."

Da sprach der grimme Hagen: „Die Bitte ist gar verloren,
Viel edle Königin. Hab' ich doch das geschworen,
Daß ich den Hort nicht zeige; dieweile daß sie leben,
Meiner Herren Einer, so lang wird er Niemand gegeben."

„Ich bring' es an ein Ende," so sprach das edle Weib;
Da hieß sie ihrem Bruder nehmen Leben und Leib.
Man schlug ihm das Haupt ab; beim Haare sie es trug
Für den Held von Tronege; das war ihm groß Leid genug.

Als der Ungemute
Seines Herren Haupt sah,
Wider Kriemhilde
Sprach der Recke da:
„Du hast es nach deinem Willen
Zu einem Ende gebracht,
Und ist auch recht ergangen,
Als ich mir es hatte gedacht.

Nun ist von Burgunden
Der edle König todt,
Giselher der junge
Und auch Gernot.
Den Schatz weiß nun Niemand,
Als Gott und ich allein;
Der soll dir, Valandin,
Immerdar verhohlen seyn!“

Sie sprach: „So habt Ihr übel
Des Entgeldes mich gewährt;
So will ich doch behalten
Das Sigfrides Schwert,

Das trug mein holdes Ehgemal da ich zuletzt ihn sah,
An dem mir Herzeleide über alles Leid geschah."

Sie zog es aus der Scheide, das konnte er nicht erwehren,
Da dachte sie's zu enden mit dem Recken, dem hehren;
Sie hob es mit ihren Händen, das Haupt sie ab ihm schlug.
Das sah der König Etzel; das war ihm groß Leid genug.

„Waffen!" sprach der Fürste, „wie ist nun todt erlegen
Von eines Weibes Handen der allerbeste Degen,
Der je kam zum Sturme oder den Schild je trug!
Wie feind ich ihm gewesen, es ist mir doch leid genug!"

Da sprach der alte Hildebrand: „Doch genießt sie's nicht,
Daß sie ihn frech erschlagen. Was mir auch geschicht,
Ob er mich selbst gebracht hat in viel ängstliche Noth:
Dennoch will ich rächen des kühnen Tronegeres Tod."

Hildebrand der alte gegen Kriemhilden sprang,
Auf die Königin zum Schlage sein Schwert hoch er schwang.
Wohl schwebte vor Hildebranden in großen Aengsten sie;
Was mocht' es ihr helfen, daß sie viel furchtbarlich schrie?

Da war erlegen überall der Todeskinder Leib;
Zu Stücken war gehauen da das edle Weib.
Dietrich und Etzel weinen da begannen,
Inniglich sie klagten beide ihre Magen und Mannen.

Die viel große Ehre war da erlegen todt;
Die Leute hatten Alle Jammer und Noth.
Mit Leide ward geendet des Königes Hochgezeit,
Wie immerdar zum letzten gekommen ist aus Liebe Leid.

Ich kann euch nicht bescheiden was seither dort geschah,
Nur daß Ritter und Frauen weinen man da sah,
Dazu die edlen Knechte ihrer lieben Freunde Tod.
Hie hat die Mär' ein Ende: Das ist der Nibelungen Noth.

Ich enkan iu niht beſcheiden
Waz ſider da geſchach,
Wan riter unde vrouwen
Weinen man da ſach,
Dar zuo die edeln knehte,
Ir lieben friunde tot.
Hie hat daz mær ein ende,
ditze iſt
Der Nibelunge Not.